KB141164

중국문학사 알기

중국과 중국인을 깊이 이해할 수 있는

한중인문학교류연구소 지음

시사중국어사

중국과 중국인을 깊이 이해할 수 있는

중국문학사 알기

초판인쇄	2024년 2월 25일
초판발행	2024년 3월 10일

저자	한중인문학교류연구소
편집	최미진, 연윤영, 高霞, 엄수연
펴낸이	엄태상
디자인	진지화
조판	이서영
콘텐츠 제작	김선웅, 장형진
마케팅본부	이승욱, 왕성석, 노원준, 조성민, 이선민
경영기획	조성근, 최성훈, 김다미, 최수진, 오희연
물류	정종진, 윤덕현, 신승진, 구윤주

펴낸곳	시사중국어사(시사북스)
주소	서울시 종로구 자하문로 300 시사빌딩
주문 및 문의	1588-1582
팩스	0502-989-9592
홈페이지	http://www.sisabooks.com
이메일	book_chinese@sisadream.com
등록일자	1988년 2월 12일
등록번호	제300 - 2014 - 89호

ISBN 979-11-5720-251-5(03820)

◆ 들어가기

어느 한 민족이나 나라를 가장 빠르고 쉽게 이해하기 위해서 먼저 할 수 있는 일은 아마도 그 나라의 역사를 들여다보는 일일 것이다. 그리고 그 '역사' 가운데에서도 그 민족의 '말들의 발자취'인 '문학사'를 들여다보는 것은 더욱이 의미가 있을 것이다. 왜냐하면 문학이란 모름지기 그 땅 위에서 그 시대를 살다간 인간 군상들이 그 사회와 문화를 가장 집약적으로 표현해낸 하나의 결과물이기 때문이다. 그만큼 어느 한 민족의 '문학사'에는 그 시대의 정치, 사회, 문화, 사상 등이 녹아져 있다고 할 수 있다. 따라서 '문학사'를 집필한다는 것은 그러한 복잡다단한 외부적인 요인에 대해 민감하게 고려할 수밖에 없다. 뿐만 아니라, 언어와 문자는 그 사용자들의 내재적인 관습과 선호에 따라 부단히 변화하고 발전하는 경향을 보이기에, '문학사' 역시 그 내재적인 변화의 규율에 따를 수밖에 없다.

본서의 집필진들은 이러한 '문학사' 집필의 가장 기본적인 필요조건에 대해 충분히 인식을 공감하였고, 이를 충분히 반영하고자 하였다. 물론 기존에 소개된 국내 여타의 중국문학사를 검토하였으며, 이를 통해 이러저러한 장단점을 보완하여 본서를 완성하게 되었다. 이에 더해 중국문학의 다양성과 풍부한 측면을 놓치지 않고 전달하기 위해 몇몇 주제에 대한 깊은 이해와 새로운 시각을 덧붙이려고 노력하였다.

일반적으로 기존의 대학에서 다루는 중국문학사는 전·후반으로 나누어 서술되어 있다. 즉 전반부에서는 고대古代로 분류되는 선진先秦에서 당대唐代까지의 약 2,000년 정도를, 후반부에서는 근대近代로 분류되는 송대宋代 이후의 약 1,000년 정도를 기술하는 것이 일반적이다. 얼핏 보기에는 전반부와 후반부의 균형이 맞지 않는 것 같기도 하지만 문학작품의 작품 수량이 시대의 흐름에 따라 점차 증가하고, 장르도 다변화한다는 것을 감안한다면, 이런 분법도 어느 정도 합리성을 갖는다. 중국 고전문학은 유구한 역사와 다양한 문학 장르에 수많은 작가와 작품이 있기에 중국문학사의 편찬자와 교수자는 많은 부담을 가질 수밖에 없다. 일반적으로 중국이나 대만 등 현지 대학의 경우 중국문학사는 2년 동안 네 학기에 걸쳐 개설되지만, 국내의 경우 한 학기 혹은 두 학기로 개설된다. 그러므로 수강반의 구성이나 강좌의 성격에 따라 포함 내용의 폭과 깊이에는 차이가 클 수밖에 없어 편찬자의 편찬 취지나 강좌의 성격에 따라 대폭적인 취사선택이 따르게 된다. 관점에 따라 중요도를 달리할 수가 있지만 모든 내용을 망라할 수 없기에 과감하게 취사선택하고, 더욱 중요하다고 생각되는 부분에 집중해야 한다. 따라서 우리의《중국문학사 알기》역시 상세하고 완정한 문학사라기보다는 입문서의 성격에 더욱 치중할 수밖에 없었음을 먼저 밝힌다. 그러기에 좀 더 소상한 내용을 원하는 독자라면 본서를 하나의 '항구'로 삼아 좀 더 넓고 깊은 내용을 담고 있는 중국문학사의 '바다'로 나아가 멋진 '항해'를 하기 바란다.

중국, 이 거대하고 다양한 문화를 자랑하는 나라는 오랜 세월 동안 다양한 역사적, 사회적 변천을 겪어왔다. 그리고 이 모든 변화와 발전은 당연히 그 땅의 문학에도 큰 영향을 끼쳤다. 중국문학은 단순히 종이 한 장에 적힌 소설 하나, 한 마디에 담긴 시 한 편에 그치는 것이 아니고, 그 시대와 그 땅 위에서 살다간 인간 군상들의 마음의 여정을 대변한다는 점을 잊어서는 안 될 것이다. 아무쪼록 본서를 통해 그 복잡하고 다양한 중국인의 기나긴 마음의 여정을 조금이라도 더 이해하여 오늘날의 중국인의 마음을 더욱 명료하게 이해할 수 있기를 바랄 뿐이다.

끝으로 본서의 출간을 위해 중국학 '알기' 시리즈의 총서를 주관하고 있는 '한중인문학교류연구소'의 기획에 감사드리고, 또한 본《중국문학사 알기》의 출간에 흔쾌히 수락해주신 시사중국어사에 깊은 감사의 뜻을 올린다. 아울러 매번 책의 깊이와 품격을 높여주는 편집의 최전선에서 그 노고를 마다 않는 최미진 부장님과 편집부에 감사의 뜻을 전한다.

2024년 3월
저자 일동 삼가 씀

차례

중국 역사 조대 기년표

BC.2070? 하夏

BC.1600? 상商(은殷) BC.1046

BC.1046 서주西周 BC.771

BC.770 동주東周

춘추春秋 →|←

BC.476

-2000 -1600 -1000 -700

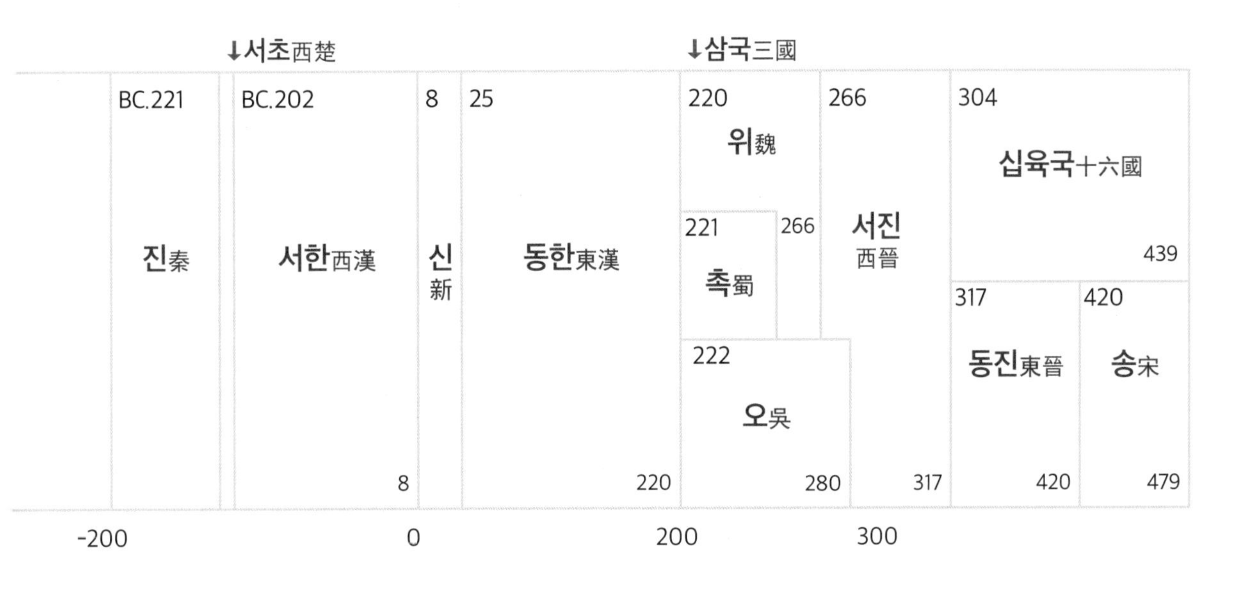

↓서초西楚
↓삼국三國
BC.221
진秦
BC.202
서한西漢
8
8
신
新
25
동한東漢
220
220
위魏
221
촉蜀
266
222
오吳
280
266
서진
西晉
317
304
십육국十六國
439
317
동진東晉
420
420
송宋
479
-200
0
200
300

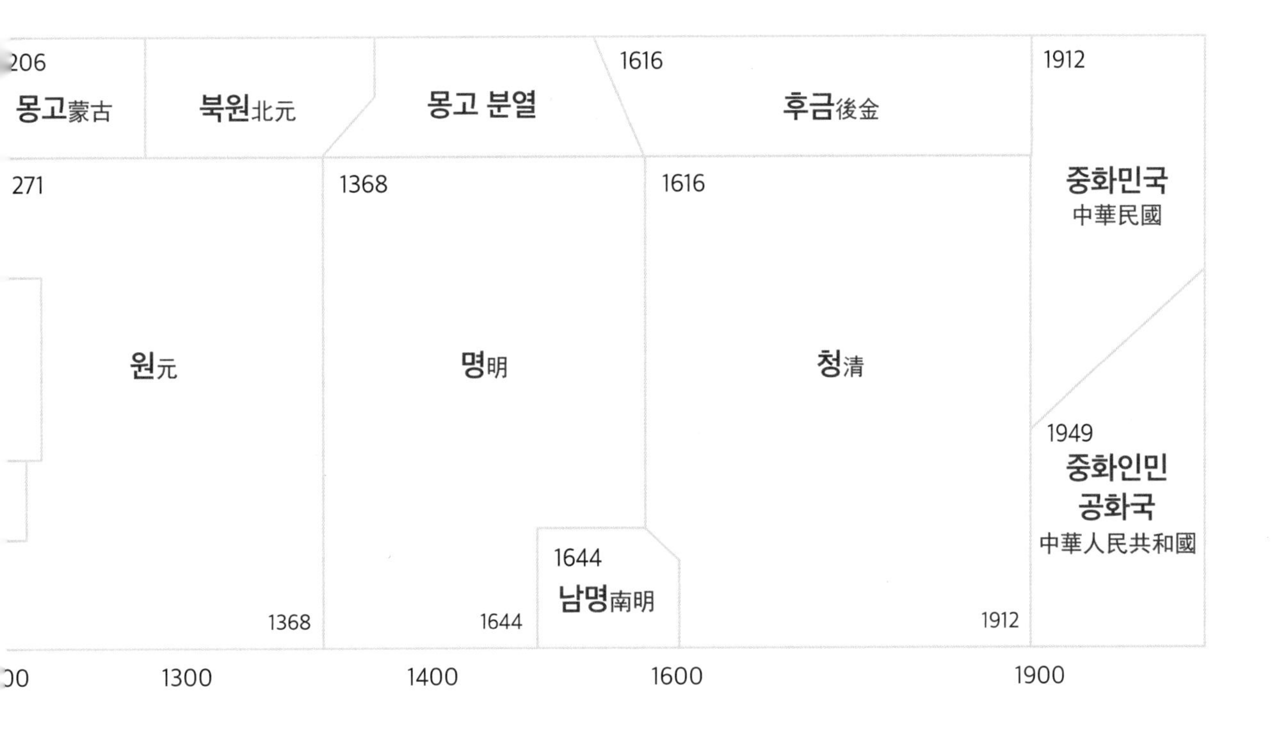

206
몽고蒙古
북원北元
몽고 분열
1616
후금後金
1912
중화민국
中華民國
271
원元
1368
1368
명明
1644
1644
남명南明
1616
청淸
1912
1949
중화인민
공화국
中華人民共和國
1300
1400
1600
1900

Chapter 01

중국문학사 총론

1
중국문학사의 시기와 구분

2
중국문학의 개념과 그 범위

3
중국문학의 전반적 흐름

1 중국문학사의 시기와 구분

중국문학의 가장 두드러진 특징은 무엇보다 그 역사가 장구하다는 점과 시대별로 다양한 문학 장르가 출현하였다는 사실이다. 현존하는 문헌으로 볼 때 중국 고전문학사는 기원전 11세기경부터 19세기 후반에 이르기까지 3,000년 정도의 역사를 지녔다.

일반적으로 전통적 중국문학사는 선진문학, 진한문학, 위진남북조에 이어 수당, 송, 원, 명, 청으로 시대별 대표 장르와 대표 작가 · 작품을 소개하고 설명하는 방식으로 전개한다. 물론 학계에서는 다른 분기법[01]도 더러 사용하지만, 이러한 어떤 분기법도 문제가 전혀 없을 수는 없다. 따라서 이 책에서도 기본적으로 독자들이 이미 인지하는 조대의 흐름에 따라 문학사를 서술하고자 한다. 왜냐하면 문학사적 사건으로 보더라도 조대가 바뀌는 것 이상으로 정치, 문화, 경제 등 다방면에 큰 영향을 주는 사건도 거의 없기 때문이다. 다만 서술 과정에서 타 분기법의 장점도 적절히 인용하며 단편적인 분기법의 문제를 보완하고자 한다.

유구한 중국문학사에서 시기별 대표 장르에는 이견이 있을 수 있으나 대체로 왕궈웨이, 궈샤오위 선생의 다음과 같은 개괄을 따르고자 한다.

▶ 왕궈웨이

왕궈웨이王國維1877-1927는 《송원희곡고宋元戱曲考》에서 다음과 같이 말하였다.

"무릇 한 시대에는 한 시대를 대표하는 문학이 있다. 초楚의 초사楚辭, 한漢의 부賦, 육조六朝의 변문騈文, 당唐의 시詩, 송宋의 사詞, 원元의 곡曲은 모두 이른바 한 시대의 문학으로 후세에 누구도 그것을 잇지 못했다."[02]

01 대표적으로 원행패袁行霈(1936-) 주편의 《중국문학사》는 상고上古, 중고中古, 근고近古로 나누었고, 김학주의 《중국문학사》도 대체로 이를 따랐다.

02 王國維《宋元戱曲考》: "凡一代有一代之文學, 楚之騷, 漢之賦, 六代之駢語, 唐之詩, 宋之詞, 元之曲, 皆所謂一代之文學, 而後世莫能繼焉者也."

궈샤오위郭紹虞1893-1984도 《중국문학비평사中國文學批評史》 〈서론〉에서 이를 그대로 이어받았다.

"문학으로 말하면, 주진周秦시기는 제자서諸子書로 일컬어지고 초나라 사람들은 이소離騷를 비롯한 초사로 일컬어지며, 한나라 사람들은 부로 일컬어지고, 위진육조는 변문으로 일컬어지며, 당나라 사람은 시로 일컬어지고, 송나라 사람은 사로 일컬어지며, 원나라 사람은 곡으로 일컬어지고, 명나라 사람은 소설과 희곡 혹은 팔고문八股文으로 일컬어진다. 청대의 문학은 어떤 것은 위에서 언급한 가운데에 있고 어떤 것은 위에서 언급한 것 외에 있는데, 어느 하나 족히 청대의 문학이라고 특별히 칭할 만한 것이 없지만 어느 하나 청대의 문학이 되지 않은 것이 없다. 청대의 문학으로 말하자면 모든 것을 포괄하여 앞 각 대의 특징을 모두 겸한다고 해야 한다."[03]

이와 같은 관점은 나름의 합리성을 인정받아 일부 학계에서는 수용·인용하곤 한다. 다만 이와 같은 관점은 중국문학사의 흐름을 꿰뚫어보는 데 매우 참신한 견해를 제공해줄지라도 실제 중국문학사의 내용은 훨씬 더 복잡다단하여 이렇게 단순하게 볼 수만은 없다. 따라서 이와 같은 문제는 차차 서술 과정에서 추가 설명하기로 한다.

2 중국문학의 개념과 그 범위

고대 중국인들은 기본적으로 문학과 역사와 철학이라는 '문사철文史哲'을 하나로 뭉뚱그려 따로 구분하지 않는 경향이 있다. 이는 단지 선진이나 양한兩漢만의 문제가 아니라 위진남북조 이후 문학의 관념이 비교적 선명하게 분화된 이후에도, 심

03 郭紹虞《中國文學批評史·緒論》: "就拿文學來講, 周秦以子稱, 楚人以騷稱, 漢人以賦稱, 魏晉六朝以駢文稱, 唐人以詩稱, 宋人以詞稱, 元人以曲稱, 明人以小說、戲曲或制藝稱, 至於清代的文學則或於上述各種中間, 或於上述各種之外, 沒有一種比較特殊的足以稱爲清代的文學, 卻也沒有一種不成爲清代的文學. 蓋由清代文學而言, 也是包羅萬象而兼有以前各代的特點的."

지어 지금까지도 여전히 분화된 개념과 함께 분화하기 이전의 개념을 혼용하기도 한다. 그래서 중국문학사의 전반적인 흐름을 서술하기 전에 중국 '문학'의 개념을 간단히 설명할 필요가 있다.

우선 우리가 현재 쓰고 있는 '文學'이란 명칭은 《논어論語》에 처음으로 보인다. 《논어》〈선진〉편에 공자학파의 4개 학과덕행德行, 정사政事, 언어言語, 문학文學를 언급하면서 '문학文學에는 자하子夏, 자유子遊가 있다'고 하였다. 여기에서 '문학'은 사실 문장과 박학을 통괄하는 것으로[04] 모든 서적, 학문이나 학술을 포함하는 개념인데, 이는 선진시기의 보편적 이해로 보인다. 양한兩漢에 이르러서는 문장文章(문文)과 문학文學(학學)의 구분이 생겼다. 박학博學, 즉 학술의 의미는 '학學' 혹은 '문학文學'이라 하였고, 지금의 문학文學의 의미에 가까운 글은 '문文'이나 '문장文章' 혹은 '사장詞章', '문사文辭'라 했다. 한대漢代까지는 이른바 '문학'이란 말은 광의로 말하면 모든 학술을 가리켰고 협의로 말하면 유가의 학술을 가리켰다.

위진남북조 유송劉宋에 이르러서 문학은 비로소 현학玄學, 사학史學, 경학經學과 구분되는 독립적 지위를 확보하게 된 것으로 보인다.[05] 이렇게 독립적 지위를 확보한 문 혹은 문학은 나중에 다시 크게 문文과 필筆로 나뉘는 등 더욱 세분화된다. 또한 유협劉勰 460?-538?은 이를 다시 '유운有韻'과 '무운無韻'으로 구분하였고, 또 양梁 소역蕭繹의 정情에 치중한 것과 지知에 치중한 것으로 구분하기도 했으니, 이들의 구분은 거의 오늘날의 순문학과 잡문학의 구분에 가까워졌다고 할 수 있다.

우리가 오늘날 중국문학사에서 다루어야 하는 범위는 대략 이 위진남북조시기까지 변천한 개념의 '문학'의 범주가 되어야 한다. 즉 현학, 사학, 경학 등 학술성 글을 배제한 '문학文學'이다.

04 송대 학자 형병邢昺은 논어소論語疏에서 "문장과 박학에는 자유와 자하 두 사람이 있다.文章博學則有子遊子夏二人. "라고 하였는데, 문장과 박학은 나중에 2개 과로 분과된 것이었지만 논어 당시에는 문학이라는 단어 하나에 통합되어 있었다.

05 《송서宋書 · 뇌차종전雷次宗傳》: "上留心藝術, 使丹陽尹何尚之立玄學, 太子率更令何承天立史學, 司徒參軍謝元立文學."

3 중국문학의 전반적 흐름

위와 같이 중국문학의 개념을 어느 정도 확정하고 보면 우리가 중국문학사를 대략 어떻게 이해해야 할지 방향이 잡힌다. 이렇게 본다면 선진先秦시기에 온전하게 문학의 범주에 둘 수 있는 것은《시경詩經》과《초사楚辭》정도다. 다만,《시경》을 제외한《서書》·《예藝》·《역易》·《춘추春秋》같은 경서經書는 그 성격이나 편찬 목적 등이 모두 문학과는 거리가 멀고,《노자老子》·《묵자墨子》·《맹자孟子》·《장자莊子》·《순자荀子》·《논어》등 제자서 그리고《좌전左傳》·《전국책戰國策》·《국어國語》등 역사 산문도 마찬가지다. 하지만 일반적으로 전통적인 중국문학사에서는 모두 서술 대상으로 삼고 있고 어떤 경우 지나치리만큼 많은 편폭을 할애하기도 한다. 하지만 엄격하게 말해서 이들은 그 자체의 문학성보다는 조기 문헌으로서 당시는 물론 후세에 내용 정신이나 수사형식 면에서 모두 지대한 영향을 미쳤고 또 일부 내용이나 서사 방식에 많은 문학적 요소를 포함하고 있으며 그것이 후세 문학의 제재나 형식 등에 많은 영향을 주었기 때문이지 그 자체가 엄밀한 의미에서의 문학작품으로 보기는 어렵다.

이와 같은 관점에서 보면 선진에서는《시경》과《초사》를 중심으로 다뤄야 하며, 진한秦漢의 경우 진秦대에는 일부 정론문은 문학적 가치가 있기는 하지만 짧은 조대朝代만큼이나 언급할 내용이 적고, 문학사에서 공헌도 적을 뿐 아니라 분서갱유焚書坑儒와 같은 파괴적 영향이 훨씬 크다. 한대漢代 운문 계통으로는《시경》과《초사》그리고 선진산문 등의 동시 영향으로 생겨난 한부漢賦, 시경의 국풍과 같은 민가의 전통을 이으며 오언시五言詩 형성에 많은 영향을 준 악부시樂府詩, 오언시五言詩의 성숙을 의미하는 고시십구수古詩十九首가 있다. 한대의 산문은 정론문政論文과 같은 응용문과 사기史記, 한서漢書 같은 역사 산문이 있다. 이 역시 순수문학과는 거리가 있지만 사기는 특별한 경우로 후세 문학에도 지대한 영향을 미쳤기에 다룰 만한 가치는 충분하다.[06] 이외에 한대 시기 한부의 시기별 대표 풍격이나

06 루쉰魯迅은《한문학사대강漢文學史大綱》에서 "史家之絶唱, 無韻之離騷. 역사가의 빼어난 노래요, 운율 없는 이소다."라 하여 그 역사서로서의 가치와 문학적 가치를 모두 극찬하였다.

형식의 변천과 함께 위진남북조의 소부小賦, 변부騈賦, 당송의 율부律賦, 산문부散文賦로 변천하는 상황도 함께 유의해볼 필요가 있다.

위진남북조의 경우 왕궈웨이나 궈샤오위 선생은 모두 변문騈文을 대표 장르로 들지만 우리가 가장 눈여겨보아야 할 부분은 전론典論 · 전문典文, 문부文賦, 문심조룡文心雕龍, 시품詩品 등으로 이어지는 문학이론의 발전과 그렇게 진전된 문학관점에 기반하여 편선된 문선文選, 옥대신영玉臺新詠 등이다. 또한 시가는 동한 말 건안建安시기를 시작으로 정시正始, 태강太康, 영가永嘉 등의 시기를 거치며 지속적으로 발전하여 당시唐詩의 전성全盛을 준비한 시기라고 할 수 있다. 이 시기는 무엇보다 시가 시경詩經, 악부시樂府詩와 달리 점차 음악과 분리되어 성률이 음악의 리듬감을 대체하는데, 이는 또한 당대 근체시로 발전하는 밑바탕이 되었다.

이밖에 위진남북조는 지괴志怪, 지인志人소설을 다량으로 선보여 후세 중국소설의 초기형식을 갖추었다. 다만 지괴나 지인소설은 기이하거나 신기한 명사의 일화를 전하는 수준으로 아직 작가의 창작의식은 돋보이지 않는다.

수 · 당대唐代의 문학은 무엇보다 시를 들 수 있는데 시는 일반적으로 초당, 성당, 중당, 만당 네 시기로 구분한다. 초 · 성 · 중 · 만당이라는 명칭은 당대 시가의 발전상황과 그 궤를 같이한다.

다음은 당대의 산문, 즉 고문을 들 수 있는데 화려하지만 내용이 부실한華而不實 변려문騈儷文에 대한 반발은 일찍이 변려문이 성행하던 제량齊梁시기에 이미 유협의 문심조룡에서 문제를 제기하였으나 유협 이후 양진梁陳과 중당中唐시기에 이르기까지 변려문의 폐단은 계속되었다. 당시 변려문을 '시문時文' 혹은 '금문今文'[07]이라 하였으니 그 유행 정도가 얼마나 대단했는지를 알 수 있다. 그것이 성행하면 할수록 폐단도 커져 유협 이후 지각 있는 문인들이 꾸준히 문제를 제기하였으나 큰 효과를 거두지 못했고, 결국 중당시기 한유韓愈768-824와 유종원柳宗元773-819 그리고 한유의 문인門人들에 의해 양한兩漢 이전 옛사람들의 내용전달을 위주로 한 고문古文을 표방하는 고문운동이 제창되어 어느 정도 성과를 거두었다. 그러나 만

07 '고문古文'은 이에 대한 상대적 개념의 명칭이다.

당오대晩唐五代와 송초宋初에 여전히 유미적 문풍이 문단의 주류가 되면서 고문은 쇠미했다가 송대 구양수歐陽脩1007-1072를 비롯한 고문 육대가六大家가 출현하면서 고문은 산문의 주류로서 자리를 지킬 수 있었다.

당대唐代에는 시문詩文 외에 송대에 꽃피웠던 사詞가 흥기하였고, 전기傳奇소설도 성행하여 중국소설을 또 다른 차원으로 이끌었다. 기존의 문학작품은 지식인 계층의 전유물이었는데, 변문變文의 등장은 작품 향유층을 일반 시민계층으로 확대해 송대 이후 통속문학의 길을 열었다.

송대문학은 기존의 시와 산문이 여전히 주류 장르의 위치를 차지하고 발전한 외에 사詞가 송대 대표 장르로 손색이 없을 정도로 흥성하였다. 시詩는 당시가 성당 시기 전성을 구가한 후 중 · 만당을 거치면서 다소 그 기세가 꺾인 감도 없지 않았지만, 시기마다 많은 시인이 나와 그 시기에 걸맞은 작품을 썼고, 송대 초기에는 만당오대의 시풍을 잇다가 구양수, 매요신梅堯臣1002-1060, 소식蘇軾1037-1101, 황정견黃庭堅1045-1105 같은 시인들이 나오면서 비로소 송시의 특색을 갖춘 시가 본격적으로 등장했다. 특히 황정견을 필두로 한 강서시파의 시작詩作 방법이나 시풍은 남송이 망할 때까지 그 영향이 이어졌다. 산문은 초기 만당의 시체를 본받던 서곤파시西崑派詩와 함께 만당오대의 변려문이 다시 고개를 들었으나 새로운 국면을 열지는 못했다. 산문 역시 구양수가 문단을 이끌면서 증공曾鞏1019-1083, 왕안석王安石1021-1086, 삼소三蘇소순, 소식, 소철와 함께 당대 한유가 들었던 고문의 기치를 들고 나서야 문단의 폐단을 일소하고 고문이 산문의 주류로 자리매김하게 되었다. 송대 고문운동에서 특기할 만한 점은 위와 같은 육대가가 활약하던 시기 주돈이周敦頤1017-1073, 정이程頤1033-1107, 정호程顥1032-1085 같은 성리학자들은 육대가六大家와 같은 문인이 제창한 문도관文道觀이 그들 성리학자만큼 철저하지 못한 데 불만을 품고 각자 차이는 있지만 대체로 한유, 구양수 등에게 신랄한 비판을 가하였다는 것이다. 특히 남송의 주희朱熹1130-1200는 산문창작에서 이론과 실천을 겸비하고 비판하였기에 그 파급력이 상당했다. 하지만 송대 고문의 위세를 꺾지는 못했다. 그래서 이러한 고문의 성취는 당송唐宋뿐 아니라 명대 가정嘉靖연간의 당송파唐宋派, 청대 동성파桐城派 등이 표방하는 문체가 되어 중국 산문의 주류로 자리매김하였다.

상기의 시문은 선진양한 이후 면면히 전대의 성취를 계승 · 발전해온 결과물이라고 할 수 있다. 그런데 송대에 성행한 사는 시가 위진남북조 이후 음악에서 분리되면서 점차 정형화의 길을 걸어와 당송시기 시체詩體의 절대다수가 고체시든 근체시든 막론하고 오언체五言體가 아니면 칠언체七言體였다. 송사의 연원에 대해서는 학자들 간에 이견이 존재하지만 대체로 중 · 만당시기의 장단구 민가를 문인들이 접해 모방하면서 시작되었다고 본다. 물론 어떤 이는 남북조시기 민가의 장단구가 그 원조라고 하기도 하는데, 어쨌든 시가가 음악과 관계가 밀접해지면서 악보에 따라 사구詞句를 장단으로 늘이고 줄이면서 생겨난 것은 틀림없다. 이렇게 유행하기 시작한 사는 주로 만당과 오대를 거치면서 내용과 형식이 어느 정도 정립되고 송대 초기 유영柳永984?-1053?, 장선張先990-1078 등의 사인들을 거치면서 편폭이 확장되어 사로 담을 수 있는 내용도 확대되었다. 사는 태생적으로 초기에는 주로 음유한 여성미가 사의 특색이라고 하였으나, 편폭의 확장과 함께 소식, 주방언周邦彦1056-1121, 이청조李淸照1081-1141?, 신기질辛棄疾1140-1207 등 사인들이 나오면서 사의 내용이나 풍격에도 많은 변화가 생겨 시詩나 산문散文으로 쓸 수 있는 내용을 모두 사詞로 표현하게 되었다. 초기 음악적 특성도 점차 변질되어 사의 정체성이 희미해졌다. 사는 원 · 명 · 청에도 여전히 적지 않은 작가가 있었고, 특히 청대에는 크게 부흥하는 모습도 보였으나 전체적으로 보았을 때 더는 송사의 전성을 회복하지 못했다.

송대에는 이상에서 언급한 장르 외에 화본소설話本小說, 강창講唱, 제궁조諸宮調 같은 통속문학通俗文學이 일어나게 되었는데, 이는 중국문학에서 기존의 서사방식이나 향유층과는 완전히 다른 변화를 가져왔다. 즉 이전의 문학작품은 지식인과 지식인 사이에 소통하던 전유물이었으나 이러한 통속문학의 형식은 텍스트와 향유층 사이에 이야기꾼인 설화인說話人이나 배우 등이 있어 매개 역할을 함으로써 문자를 모르는 사람들도 작품의 향유층으로 참여하게 되었다. 이러한 문학작품의 공연방식이 상품화됨에 따라 필연적으로 동종업자들의 경쟁이 뒤따르게 되었고, 작품의 내용과 형식은 자연히 소비자의 수요에 부응하고자 하면서 기존의 지식인이 쓰던 형태의 문체와는 전혀 다른 양상을 띠게 되었다. 이러한 통속문학은 향유층과 끊임없이 소통하면서 수요자의 기대와 요구에 부응하는 과정에서 원대의 잡극雜劇, 명 · 청대의 희곡이나 소설로 발전하는 단서를 열었다.

남송과 시기적으로 겹치는 금金의 경우 대부분 문인의 문학 성향이 송宋을 따랐는데, 문학적 성취가 그리 높지 않아 편폭을 고려하면 특별히 소개할 만한 내용이 없다. 그러나 원나라의 경우 몽골족이 중원으로 들어와 지배하면서 문학사적으로 많은 이슈와 변화를 가져왔다. 우선 한족, 특히 남인南人[08] 멸시, 과거제도 중단 등은 한족 지식인들에게 치명적이었다. 자고이래로 지식인은 자신의 학식과 시문을 연마해 과거에 응시함으로써 관료로 진출하는 것을 가장 이상적인 삶으로 여겼다. 그러나 그 가장 중요한 경로가 차단되자 재능을 제대로 발휘할 수 없었고, 민족에 대한 멸시와 민족 간 갈등은 다양한 문학적 소재를 제공하기도 하였다. 또 재능을 발휘할 기회를 잃은 지식인들이 주로 음악과 함께 민간에서 발원하여 발전한 산곡散曲과 잡극雜劇 등 원대 대표 문학의 창작에 참여하면서 문학적 성취를 높였다.

명대 시문詩文의 경우, 초기 원에서 넘어온 문인들 그리고 개국에 공이 많은 고위 관료들의 대각체臺閣體 문풍이 문단을 주도하였으나 조정의 간섭과 문자옥文字獄으로 문단이 생기를 잃자 전후칠자前後七子가 "문필진한, 시필성당文必秦漢, 詩必盛唐"[09]의 기치를 내걸고 복고復古를 통하여 쇠미한 문풍을 진작하고자 하였다. 그리고 이반룡李攀龍 1514-1570, 왕세정王世貞 1526-1590 등 후칠자에 조금 앞서거나 동시기의 가정삼대가嘉靖三大家가 주도한 '당송파唐宋派'는 산문의 전범을 당시 산문과 괴리가 큰 진한 이전을 배우기보다 시간적 거리가 가까운 당송팔대가唐宋八大家[10] 중심의 당송고문의 장점을 배울 것을 주장하였다. 전후칠자와 당송파는 배

08 항저우杭州, 난징南京 등 지역에 거주한 실질적 남송 문학이나 문화의 주류.

09 전칠자前七子, 후칠자後七子의 세부 견해까지 완전히 일치하지는 않았지만 기본적으로 "산문은 반드시 진한 이전의 것을 모범으로 삼고, 시는 반드시 성당의 시를 모범으로 삼는다.文必秦漢, 詩必盛唐."라는 기본 주장에는 대체로 동의하였다.

10 '당송팔대가'라는 명칭 또한 '당송파'의 일원인 모곤茅坤이 편찬한 《당송팔대가문초唐宋八大家文鈔》에서 나왔으니 이로써 그들의 고문관을 엿볼 수 있다.

움 대상을 달리하긴 하였지만 모두 복고로 시문을 진작하려 한 점은 다름이 없다.

전칠자, 후칠자와 당송파 이후 이러한 복고 주장에 반발한 공안파公安派와 경릉파竟陵派가 나와 만명晚明의 문단에 새로운 기운을 불러일으켰다. 그들은 이전 문인들의 복고에 반하여 "오로지 내 마음을 표현해야지 옛사람들의 틀에 얽매이지 않는다.獨抒性靈, 不拘格套."를 주장하였다. 하지만 명대의 시문은 인쇄술의 발달과 문헌 보전이 용이해지면서 전반적 수량에서는 전대를 능가했지만 문학적 성취는 당송을 넘지 못했다.

그러나 '사대기서四大奇書'로 대표되는 장회章回소설과 '삼언이박三言二拍'으로 대표되는 화본소설話本小說, 원말명초의 사대전기四大傳奇와 만명 탕현조湯顯祖의 '사몽四夢' 등의 전기傳奇 작품은 공전空前의 성취를 이루었다. 무엇보다 이러한 소설과 희곡은 이전 문인들의 주류문학과는 다른 통속문학으로서 일반 평민들을 향유층으로 끌어들였다는 점과 그 과정에서 그들의 수요를 충족하려고 많은 평민이 작품의 주인공으로 대두되게 되었다는 점이 특기할 만하다.

청대의 문학을 두고 궈샤오위 선생은 "청대의 문학은 어떤 것은 위에서 언급한 가운데에 있고 어떤 것은 위에서 언급한 외에 있는데, 어느 하나 족히 청대에 문학이라고 특별히 칭할 만한 것이 없지만 어느 하나 청대의 문학이 되지 않은 것이 없다. 청대의 문학으로 말하면 모든 것을 포괄하여 앞 각 대의 특징을 모두 겸하고 있다고 해야 할 것이다."[11]라고 하였다. 이 말은 청대에는 어느 한 장르를 대표 장르라고 할 수 없을 만큼 시, 사, 산문, 변문, 소설, 희곡, 문학이론 등 다양한 장르가 다량 창작되었고 또 상당한 수준에까지 이르렀다는 것이다. 그래서 어느 장르 하나 청대의 문학이라 하지 못할 것이 없다는 뜻이다. 하지만 우리가 객관적으로 봤을 때 결국 소설, 희곡이야말로 명대를 이어 전대에 없던 전성을 구가하였으니 청을 대표하는 문학장르라고 해야 할 것이다.

11 郭紹虞《中國文學批評史 · 緖論》: "至于清代的文學則于上述各種中間, 或于上述各種之外, 沒有一種比較特殊的足以稱爲清代的文學, 卻也沒有一種不成爲清代的文學. 蓋由清代文學而言, 也是包羅萬象而兼有以前各代的特點的."

MEMO

Chapter 02

중국문학의 뿌리, 선진문학

1

중국 시가문학의 두 원류, 《시경》과 《초사》

2

중국 서사문학의 뿌리, 선진산문

중국문학의 탄생은 당연한 이야기지만 중국 문자, 즉 한자漢字를 사용하면서 본격적인 신호탄을 올리게 된다. 널리 알려진 바와 같이, 한자는 은殷기원전1600-기원전1046나라 시기에 사용된 갑골문甲骨文에 그 기원을 두고 있다. 중국 역사의 시작을 알리는 하夏기원전 약2070-기원전 약1600나라의 문자 유물은 현재 전하지 않고, 그 뒤를 이은 은나라의 기록만 갑골문으로 남아 있다. 그러나 이 갑골문은 20세기에 발견되었으며[01] 그 내용은 점을 치는 것이 주를 이루었다. 한자를 사용하여 개인의 생각이나 느낌을 표현하는 것은 역시 주대周代에 이르러서야 가능했다.

주대는 문왕文王과 무왕武王이 나라를 세운 기원전 1046년부터 유목민 견융犬戎의 침입을 받아 유왕幽王이 여산 기슭에서 살해된 기원전 771년까지를 서주西周라 하고, 이후 주 왕실이 도읍을 호경鎬京에서 낙읍洛邑으로 옮기고 난 후 진나라에 멸망하게 되는 기원전 256년까지를 동주東周시기로 구분한다. 그리고 이 동주시기는 다시 주 왕실의 권위가 그래도 비교적 인정받았던 춘추春秋시기와 각 제후국의 왕이 스스로 황제가 되고자 끊임없이 전쟁을 일삼던 전국戰國[02]으로 나뉜다. 다만 여기서는 일반적인 중국문학사에서 그러하듯이, 진시황이 천하를 통일하기 이전까지의 이른바 선진先秦시기를 하나로 아울러 서술한다.

선진시기는 중국문학의 출발을 알리는 시기인 동시에 기초를 다진 시기다. 사실상 이 시기에 형성된 중국문학의 형태는 이후 중국문학의 형성과 발전에 심대한 영향을 준다. 이 시기에 형성된 중국문학은 크게 보아 '시문詩文' 형태라고 할 수 있다. 즉 시가詩歌 문학과 산문散文의 형태다. 시가문학은 중국의 최초 시가 총집인《시경詩經》과 개인 시집의 출발을 알린《초사楚辭》의 등장으로 성대하게 출발했다. 산문의 장르는 크게 세 범주로 발전한다. 첫째는 신화와 전설, 둘째는 역사 산문, 셋째는 제자백가 산문이 그것이다. 이 가운데 신화와 전설은 서구의 신화와 비슷한 천지창조나 신들의 영웅담과 같은 스토리가 전해지지만, 그리스·로마신화

01 1899년에 안양현安陽縣 소둔촌小屯村의 은허殷墟에서 처음 발견되었으며, 1928년 이래 수차례에 걸친 본격적인 발굴에서 15만 편이 넘는 갑골을 발굴하였다.

02 춘추春秋는 공자가 엮은 노魯나라의 역사서인《춘추春秋》에서 유래했고, 전국戰國은 한나라 유향劉向이 쓴《전국책戰國策》에서 유래했다.

와 같이 체계적이고 방대한 문헌은 전해지지 않는다. 그 대신《산해경山海經》,《초사》,《회남자淮南子》등에 비교적 산만하고 단편적인 스토리 등으로 남겼다. 즉 서구의 그것에 비하거나 다른 장르의 문학에 비해 확연히 뒤떨어짐을 알 수 있다. 이렇듯 신화와 전설의 장르가 발달하지 못하게 된 데는 가장 먼저 공자기원전551-기원전479와의 관계를 들 수 있다. 즉 공자가 출현한 후 '수신제가치국평천하修身齊家治國平天下'라는 실용의 가치를 중시하고 괴이한 것, 폭력적인 것, 어지러운 것, 귀신에 관한 것을 말하지 않은[03] 것처럼, 유가 지식인들 역시 이러한 내용을 담은 신화나 전설 등을 멀리했다. 이 밖에도 고대 중국에는 서양의 호메로스Homeros와 같은 문인이 나타나지 않아 고대 중국의 입에서 입으로 전해지던 많은 신화와 전설을 제대로 기록하지 못했다고 보는 이들도 있다. 어쨌든 선진시기를 돌이켜보면, 신화와 전설은 상대적으로 미약했던 반면,《시경》과《초사》를 중심으로 한 시가문학,《상서尙書》와《춘추春秋》등의 역사 산문,《논어論語》와《장자莊子》등의 제자백가 산문이 크게 흥성했음을 알 수 있다.

1 중국 시가문학의 두 원류,《시경》과《초사》

시가는 중국문학 가운데 가장 먼저 발전한 장르다. 먼저 서주 초기기원전 약 11세기부터 춘추 중엽기원전 약 6세기에 이르는 시기에 창작된《시경》은 중국 시가뿐만 아니라 본격적인 중국문학의 출발을 알리는 신호탄이 되었다. 황허黃河를 중심으로 형성된 북방 중원中原문화의 결정체로 불리는《시경》은 이른바 '현실주의'의 성격을 강하게 보여준다. 즉 현실의 일상생활에서 느낄 수 있는 남녀 간의 사랑, 노동의 고됨, 전쟁의 참상 등 다양한 내용을 폭넓게 담았다. 간결한 사언四言 위주의 시어로 비유나 과장 등의 예술 기교를 구사하며 진솔한 감정을 생동감 있게 표현한 것이다. 이에 비해 전국戰國시기 말엽에 남방의 창장長江 유역 초楚 땅에서 탄생한《초사》는 농후한 '낭만주의' 색채를 보여준다. 즉 비교적 자유스러운 잡언체

03 《논어論語 · 술이述而》: "子不語, 怪力亂神."

를 구사하는 가운데 환상적인 신화의 스토리를 가미하며 낭만적 비유 등의 수법을 적극 활용해 개인의 우국적인 뜻을 펼쳐 내고 있다.

흔히들 중국문학사에서 《시경》은 황허를 중심으로 발전한 현실주의적 · 유가儒家적 특색이 농후한 북방 문학의 비조鼻祖가 되었고, 《초사》는 창장 이남을 중심으로 발전한 자유롭고 낭만주의적 특색이 강한 남방 문학의 비조가 된 것으로 일컬어진다. 《시경》은 그 대표작품인 '국풍國風' 혹은 더욱 줄여 '풍風바람 풍'으로 부르고, 《초사》는 그 대표작품인 '이소離騷' 혹은 더욱 줄여 '소騷근심하다 소'라고 부르기도 한다. 중국인들이 습관적으로 말하는 '풍소風騷'의 전통은 이렇게 탄생했다.

(1) 황허의 노래, 《시경》

① 《시경》의 편찬

흔히들 유가의 경전으로 말하는 사서삼경四書三經[04] 가운데에서도 《시경》은 가장 첫 번째로 꼽히는 중요한 저작이다. '경經'을 '바이블' 정도로 해석한다면, '시'를 바이블로 삼은 것은 매우 흥미로운 일이 아닐 수 없다.

《시경》은 기원전 약 11세기인 서주西周 초기부터 기원전 6세기에 해당하는 동주東周의 춘추春秋시기까지인 500여 년 동안의 작품으로 구성되어 있다. 오랜 세월 쌓여온 노래 가운데 의미 있는 것들이라 여겨진 305편[05]을 모아 편찬한 것이다. 이 편찬 과정의 한가운데에 공자孔子가 있었다. 공자는 옛날부터 전해 내려오는 3,000편에 이르는 시가 가운데 중복된 것은 버리고 예의에 사용할 수 있는 내용 중 305편을 선별하여 제자를 가르치는 교재로 삼았다고 사마천

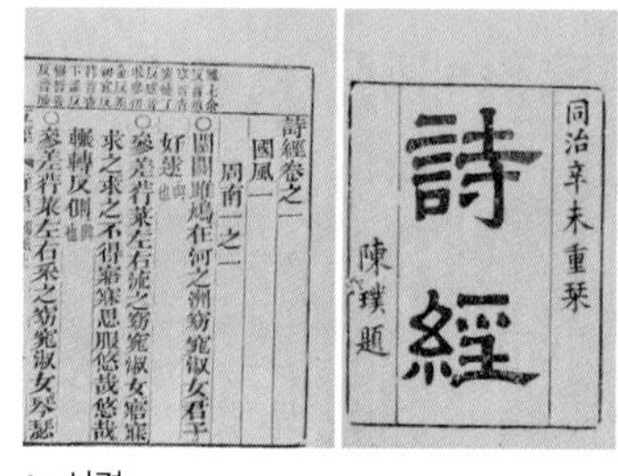
同治辛未重栞
詩經
陳璞題
詩經卷之一
國風一
周南一之一
○關關雎鳩在河之洲窈窕淑女君子好逑
○參差荇菜左右流之窈窕淑女寤寐求之求之不得寤寐思服悠哉悠哉輾轉反側
○參差荇菜左右采之窈窕淑女琴瑟

▶ 시경

---

04 사서四書는 《논어論語》, 《맹자孟子》, 《대학大學》, 《중용中庸》을 가리키고 삼경三經은 《시경詩經》, 《서경書經》, 《역경易經》을 말한다. 남송의 주희(朱熹 1130-1200)가 《예기》에서 《대학》 · 《중용》 편을 취해서 《논어》 · 《맹자》와 합본하여 '사서'가 되었다.

05 《시경》에는 305편 외에도 제목만 있고 내용이 없는 시, 즉 〈남해南陔〉, 〈백화白華〉, 〈화서華黍〉, 〈유경由庚〉, 〈숭구崇丘〉, 〈유의由儀〉 6편이 더 있어 총 311편이 수록되어 있다. 공자 시대에는 《시경》이라는 이름 대신 '시삼백詩三百' 또는 그냥 '시'라고 했다.

司馬遷의 《사기史記》에서 전한다. 이것을 가리켜 '산시설刪詩說'이라고 한다. 그러나 후세의 적지 않은 학자들이 이러한 공자에 따른 '산시설'을 부정했다. 예를 들어 공자가 8세일 때 이미 《시경》의 내용이 다른 기록에 보인다는 등의 이유가 대표적이다. 다만 최종적으로 공자가 정리하고 편찬했다는 점에서는 대체로 많은 학자가 긍정하고 있다.

② 《시경》과 공자

앞서 언급한 바와 같이, 공자는 《시경》 편찬에 매우 깊숙이 간여했다. 그뿐만 아니라 공자는 제자를 가르치면서 《시경》을 매우 중시하였다. 공자는 일찍이 "《시경》은 한마디로 말하면 생각에 사악함이 없는 것이다."[06]라고 했다. 또한 "사람으로서 〈주남周南〉과 〈소남召南〉을 공부하지 않았으면, 그는 마치 벽을 마주 보고 서 있는 것과 같을 것이다."[07]라 했고, 심지어는 "《시경》을 공부하지 않았으면 말할 거리가 없게 된다."[08]라고도 했다. 이렇듯 공자가 《시경》을 중시한 까닭에 《시경》은 단순한 문학작품 이전에 유가의 한 경전으로서 더욱 큰 존중을 받았다. 이런 연유로 유가의 절대적 영향을 받은 고대 중국 사회에서 시가 장르는 가장 먼저 발달하게 되었으며, 《시경》의 지위와 더불어 가장 존숭받는 정통正統의 문체文體가 되었다.

③ 《시경》의 내용

㉠ 풍風

《시경》의 내용은 이른바 '풍風', '아雅', '송頌' 세 부분으로 나뉜다. '바람'이란 뜻의 '풍'은 '풍속'의 의미 혹은 바람처럼 사람의 입에서 이리저리 전해지는 '민요'의 성격이 강하다. 그 당시 주나라를 중심으로 그 주변 제후들의 나라에서 유행하던 민요들을 모아서 수록한 것이다. '주남周南', '소남召南', '패邶' 등 15개국[09]의 민요

06 《논어 · 위정爲政》: "詩三百, 一言以蔽之, 曰思無邪."

07 《논어 · 양화陽貨》: "人而不爲周南召南, 其猶正牆面而立也與."

08 《논어 · 계씨季氏》: "不學詩, 無以言."

09 15국풍은 '주남周南', '소남召南', '패풍邶風', '용풍鄘風', '위풍衛風', '왕풍王風', '정풍鄭風', '제풍齊風', '위풍魏風', '당풍唐風', '진풍秦風', '진풍陣風', '회풍檜風', '조풍曹風', '빈풍豳風'을 가리킨다.

를 〈국풍國風〉의 노래라고 한다. 이 〈국풍〉에는 160편이 수록되어 있는데, 민간의 다양한 감정과 진솔한 생활상이 생생하게 담겨 있어 문화적 가치도 상당하다.

먼저 〈국풍 · 주남 · 물수리관저關雎〉의 내용을 살펴보자.

구욱구욱 물수리는	關關雎鳩,
황하 섬 속에서 우는데,	在河之洲.
아리따운 숙녀는	窈窕淑女,
군자의 좋은 배필이라네.	君子好逑.
들쭉날쭉 마름풀은	參差荇菜,
좌우로 흘러들고,	左右流之.
군자는 아리따운 숙녀를	窈窕淑女,
자나 깨나 찾고 있네.	寤寐求之.
찾아도 찾지 못하니	求之不得,
자나 깨나 그리웁네.	寤寐思服.
끝없는 그리움에	悠哉悠哉,
이리저리 밤새 뒤척이네.	輾轉反側.

▶ 관저새

이 시는 《시경》에 첫 번째로 수록되었다. 예전에는 이 시를 "후비后妃의 덕을 노래한 것이다."[10]라고 보기도 했다. 그러나 〈국풍〉의 대표 특징이 민요의 성격이 강하며 그 내용을 직관적으로 감상해 본다면 남녀의 사랑을 노래한 것으로 파악해도 큰 무리가 없어 보인다. 즉 강가의 암수 물수리가 다정하게 노는 모습을 보면 군자와 요조숙녀의 순진무구하고 진정한 사랑이 연상된다. 이렇듯 〈국풍〉에는 일상생활과 밀접한 다양한 내용의 민요가 포함되어 있다. 사랑하는 남녀 간의 그리움을 표현한 〈왕풍王風 · 칡 캐러 가세채갈采葛〉와 〈정풍鄭風 · 님의 옷깃자금子衿〉, 남녀 간의 사랑에서 생겨난 번뇌를 노래한 〈주남 · 한수는 넓어서한광漢廣〉, 귀족의 혼인을 구체적으로

10 《모시서毛詩序》: "關雎, 后妃之德也."

노래한 〈위풍衛風 · 높으신 님석인碩人〉, 전쟁의 폐해를 적나라하게 묘사한 〈빈풍豳風 · 동산東山〉 등 매우 폭넓은 내용을 담고 있다.

ⓛ 아雅

'아雅'는 중원中原을 뜻하는 '하夏' 혹은 '정正'과 통하는데, 당시 중원 일대에서 유행하던 궁전의 '아악雅樂'과 성격이 같은 노래다. 즉 〈국풍〉을 일종의 민간 가요인 속악俗樂으로 볼 수 있다면, '아'는 사대부들의 작품으로 중원 일대에서 유행하던 왕조의 '정악正樂' 혹은 '아악'으로 볼 수 있다. '아'는 주로 왕실의 조회 때나 제후국의 연향燕饗 때 사용되었다. 이는 다시 주나라 왕실의 행사나 의식에 사용된 〈대아〉와 이보다는 작은 정사를 논하던 제후국의 연향 행사나 의식에 사용된 〈소아〉로 나뉜다. 〈소아〉는 74편, 〈대아〉는 31편으로 모두 105편이 있다. 이 가운데 〈소아 · 사슴이 울면서녹명鹿鳴〉를 살펴보자.

메에메에 사슴이 울며　　呦呦鹿鳴,
들판의 다북쑥 뜯어 먹네.　　食野之蘋.
내 반가운 손님 오시니　　我有嘉賓,
거문고 타고 생황 분다네.　　鼓瑟吹笙.
생황 불고 피리 불며　　吹笙鼓簧,
폐백 광주리 들어 올리네.　　承筐是將.
나를 좋아하는 이가　　人之好我,
내게 큰 도를 보여주시네.　　示我周行.

이 시는 임금과 신하, 사방에서 온 훌륭한 손님들의 잔치 모습을 노래한 것이다. 그야말로 궁중의 연향에 쓰인 '아악'의 성격을 확연히 보여준다. 이밖에도 〈소아 · 아가위상체常棣〉, 〈소아 · 나무를 베네벌목伐木〉, 〈소아 · 손님 잔치빈지초연賓之初筵〉, 〈소아 · 박잎호엽瓠葉〉 등도 모두 그러한 내용을 담았다. 다만 주의할 것은 그렇다고 〈소아〉의 내용이 모두 연향의 내용만을 보여주는 것은 아니라는 점이다. 즉 신혼의 즐거움을 노래한 〈소아 · 수레 굴대빗장차할車舝〉, 행역行役의 괴로움을 노래한 〈소아 · 무슨 풀이고 시들지 않나하초불황何草不黃〉, 남녀의 사랑을 노래한 〈소아 · 진펄의 뽕나무습상隰桑〉 등과 같이 〈국풍〉의 내용과 비슷한 것들도 상당하다. 사실상 〈소아〉와 〈국풍〉의 차이는 대체로 내용보다는 그 음악의 차이에 있는 것으로 보인다. 즉 〈국풍〉은 민요풍 노래이고, 〈소아〉는 궁중에서 사용된 사대부들의 '아악'의 차이로 이해할 수 있다.

〈소아〉가 제후나 신하 등의 의식에 쓰이고 그 편폭이 비교적 짧다면, 〈대아〉는 주로 주周 왕실의 행사나 의식에 쓰였기에 더욱 전아典雅하고 그 편폭도 상대적으로 긴 것이 많다. 주로 왕실의 흥망성쇠를 논한 내용이 많으며, 조정 사대부들이 지어 올린 '헌시獻詩'가 많다. 〈대아 · 대명大明〉은 다음과 같다.

땅 위에 문왕의 덕이 밝게 밝혀지고 있고	明明在下,
하늘에는 주나라가 받은 천명이 밝게 빛나고 있네.	赫赫在上.
하늘은 믿고만 있기 어려운 것이니	天難忱斯,
임금 노릇은 쉬운 것이 아니네.	不易維王.
은나라 자손들 천자의 자리에 있었으나	天位殷適,
하늘은 주왕에 이르러 세상을 다스리지 못하게 하셨네.[11]	使不挾四方.

이 시는 주나라 초기에 지은 것으로 전체 56구 가운데 문왕의 덕을 찬송하는 첫 단락이다. 문왕과 무왕의 덕을 찬송하는 장편으로 왕실의 의식에 쓰이기에 적합한 내용을 담았다. 이렇듯 〈대아〉에는 선왕의 덕을 찬미하는 내용이 주를 이룬다. 〈대아 · 문왕文王〉, 〈대아 · 백유나무 떨기역복棫樸〉, 〈대아 · 한산 기슭한록旱麓〉 등이 모두 좋은 예이다.

이밖에도 〈대아〉에는 정치를 풍자하는 내용도 있다. 〈대아 · 백성들의 수고로움민로民勞〉, 〈대아 · 위대하심탕蕩〉, 〈대아 · 빈틈없음억抑〉 등의 작품에서 그러한 내용을 살펴볼 수 있다.

11 시 해석은 김학주, 《시경》(명문당, 2007) 인용.

㉢ 송頌

'송頌'은 글자 그대로 찬송의 노래라는 뜻이다. 조상에게 제사를 지낼 때 신을 떠받들거나 조상의 은덕을 찬송하는 내용이 주를 이룬다. 여기에는 주周나라를 개국한 무왕武王 등을 찬미하거나 그 당시 임금을 칭송하는 내용이 담겨 있다.

사실 〈송〉의 작품은 전문적으로 왕실의 제사에 쓰인 일종의 '종묘宗廟' 노래의 성격이 강하다. 그 내용은 왕실의 제사에 부합하도록 주로 선왕의 성덕盛德을 찬미하거나 찬송하는 내용을 담고 있다. 〈대아〉의 작품처럼 선왕들의 덕을 찬미하는 것들이 주를 이루는데, 다만 그 편폭은 〈대아〉에 비해 훨씬 짧은 경우가 많다. 〈대아 · 청묘淸廟〉를 살펴보자.

아아 아름다운 청묘에	於穆清廟,
공경스럽고 의젓한 덕 많은 제사 돕는 대신들 모였네.	肅雝顯相.
수많은 선비,	濟濟多士,
문왕의 덕을 받들어,	秉文之德,
하늘에 계신 분 높이 모시며,	對越在天,
바쁘게 묘당을 뛰어다니고 있네.	駿奔走在廟.
문왕의 신령 매우 밝게 돌봐주고 계시니,	不顯不承,
사람들은 싫증을 낼 줄 모르네.	無射於人斯.

이 시는 '송'편의 첫 번째에 배치된 것으로, 문왕을 제사 지내는 내용이다. '송'의 의미에 충실하게 경건한 찬송을 담고 있다. '송'은 〈주송周頌〉 31편, 〈상송商頌〉 5편, 〈노송魯頌〉 4편으로 구성되어 있다. 즉 주나라, 노나라, 상나라에서 후손들이 자기 조상을 제사 지낼 때 찬송하며 연주하던 곡의 가사다. 〈주송〉은 주나라 문왕과 무왕에 대한 칭송을 담고 있고, 〈상송〉은 은나라를 세운 탕왕의 공덕을 기린 것이며, 〈노송〉은 노나라 시조인 주공周公 단旦과 그 아들의 공덕을 노래하고 있다.

④《시경》의 예술적 가치와 영향

문학창작 면에서 《시경》의 예술성은 한대부터 이미 '부賦', '비比', '흥興'이라는 창작 수법을 제기하였다. 그러나 한대 학자들이 거론한 '부', '비', '흥'은 상당히 모호하여, 송대 주희朱熹1130-1200가 《시집전詩集傳》에서 비로소 명확하게 설명하였다. 그는 '부'에 대해서는 "사물을 펼쳐 직접적으로 서술하는 것敷陳其事而直言之者也"이라고 했으니, 즉 사물을 직접적이고 사실적으로 그려내는 것을 가리킨다. '비'에 대해서는 "저 사물로 이 사물을 비유하는 것以彼物比此物也"이라고 했으니, 즉 '비유'를 말한다. '흥'에 대해서는 "먼저 다른 사물을 말한 뒤, 다시 읊고자 하는 사물을 끌어내는 것先言他物以引起所詠之詞也"이라고 했으니, 즉 다른 사물의 묘사에서 시작하여 묘사하고 싶은 주요 대상을 이끌어내는 방법을 가리킨다. 특히 이와 같은 수사 기법상 차이인 '부·비·흥'과 시의 체제에 해당하는 '풍·아·송'을 합쳐서 '육의六義'TIP라고 한다. 이러한 '부·비·흥'의 수사 기법이 후세의 시가 창작에 지대한 영향을 미쳤음은 충분히 짐작할 수 있다.

TIP

《시경》의 육의六義란?

한대漢代의 《모시毛詩》에서 처음 언급한 것으로 풍風·아雅·송頌·부賦·비比·흥興 여섯 가지를 가리켜 육의六義라고 한다. 이 가운데 '풍·아·송'은 내용과 관련된 것이며, '부·비·흥'은 창작 수사 기교와 관련된 것이다.

《시경》이 후세에 미친 영향은 실로 막대하다. 특히 유가의 '바이블'이라는 지위 덕분에 '시'는 단순한 문학의 장르를 뛰어넘어 큰 가르침의 일환으로 각광받았을 뿐만 아니라, 문인이라면 반드시 익혀야 하는 문화 영역으로 자리 잡았다. 특히 당대부터는 관직에 오르려면 반드시 치러야 하는 과거시험의 주요 과목으로 자리 잡기까지 했으니, 《시경》이 후세에 미친 영향은 우리의 상상 이상이다.

(2) 장강의 노래, 《초사》

《초사》는 전국시대 후기의 굴원屈原 기원전 약340-기원전278으로 대표되는 초나라 시인들의 시가 작품을 모아 엮은 것이다. 《초사》는 새롭게 등장한 일종의 신체시新體詩로, 그 형식과 내용 등에서 북방 황허黃河의 노래인 《시경》과는 사뭇 다른 양상을 보여준다. 먼저 《초사》는 6언 또는 7언 중심의 시가로 초나라의 독특하고 낭만적인 특성이 농후하며, 4언 중심의 《시경》과는 그 내용과 형식에서 크게 다르다.

또 《시경》에 수록된 시들이 대부분 작자 미상인 반면, 《초사》의 시들은 대부분 굴원과 굴원의 문하생 송옥宋玉, 굴원을 추종한 한대 문인들의 작품이다.

'초사'라는 명칭은 '초 땅의 노래가사歌辭'라는 뜻에서 출발했다. 즉 《초사》는 남방 초나라 땅의 특수성을 한껏 반영한 시가다. 초나라는 본래 춘추전국시대의 강국으로, 무왕武王이 기원전 700년 전후에 기틀을 잡고 그의 아들인 문왕文王이 수도를 영郢[12]에 정하고 난 뒤 급속히 강성해진 나라다. 초나라의 지리적 환경은 황허의 중원보다는 좋아 물산이 풍부하였으나 의식주와 습관, 풍속이 중원과는 확연히 달랐다. 특히 귀신을 믿고 제사를 지내는 풍속이 널리 퍼져 있었는데, 이러한 풍속은 사실상 초나라의 노래가사인 《초사》 창작에 매우 큰 영향을 주었다. 북송의 황백사黃伯思1079-1118가 "초나라의 말을 썼고, 초나라의 곡조를 내었으며, 초나라의 땅을 기록하고, 초나라의 물건을 이름 붙였기에 이를 초사라고 했다."[13]고 언급한 바와 같다. 실제로 《초사》의 내용에는 초 땅의 사투리라 할 수 있는 '혜兮'[14] 자가 매 구의 중간 혹은 끝에 자주 사용되기도 한다.

《초사》는 굴원이 활동할 당시에는 새롭게 등장한 시체詩體였지만 《초사》라는 명칭이 처음 보이는 것은 서한西漢 때의 일이다. 즉 서한 성제成帝 때 유향이 굴원을 비롯한 송옥宋玉, 가의賈誼 등의 작품을 모아 처음으로 《초사》로 명명한 것이다.

《초사》 형성에 가장 직접적인 영향을 주고 또한 가장 예술성이 뛰어난 작품을 쓴 이로 역시 굴원을 꼽을 수 있다.

① 굴원과 《초사》

흔히들 굴원은 중국문학사에서 첫 번째로 꼽을 수 있는 위대한 시인이라고 한다. 굴원은 초나라의 왕족 출신으로 어려서부터 좋은 교육을 받았고 능력도 뛰어나 초나라 최고위 행정관 중 하나인 좌도左徒를 맡기도 했다. 그러나 우국충정의 올곧은 성격으로 신료들의 미움을 받아 세 번

▶ 굴원

12 지금의 후베이성湖北省 장링江陵.

13 黃伯思《東觀餘論》: "書楚語, 作楚聲, 紀楚地, 名楚物."

14 어조사 혜, 뜻 없이 글자 수와 박자를 맞추기 위해 쓰던 글자이다.

이나 유배되었고, 결국 진나라의 침략에 망국亡國을 목도하며 원망과 한을 품은 채 멱라강에 뛰어들어 자결하기에 이른다. 《초사》의 대표작으로 뽑는 〈이소離騷〉는 바로 이러한 굴원의 원망하는 마음과 절절한 우국충정을 노래한 작품이다.

고양 임금님의 먼 후손이셨던	帝高陽之苗裔兮,
제 선친께선 백용 어른이시네.	朕皇考曰伯庸.
인寅의 해 음력 정월 무렵	攝提貞於孟陬兮,
경인庚寅 날에 이 몸이 태어났네.	惟庚寅吾以降.
……	
길게 숨을 내쉬고 눈물 닦으며,	長太息以掩涕兮,
이렇게 모진 인생을 슬퍼한다네.	哀民生之多艱.
저는 아름다운 것에만 얽매여	余雖好脩姱以鞿羈兮,
아침에 충언을 올렸다가 저녁에 버림을 받네.	謇朝誶而夕替.
……	
마지막으로 이르노니, 이제 그만하리라!	亂曰，已矣哉,
이 나라에 나를 알아줄 이 하나 없으니	國無人莫我知兮,
조국을 맘에 품은들 무엇 하겠는가?	又何懷乎故都?
바른 정치 함께할 이조차 없으니	旣莫足與爲美政兮,
나는 팽함이 산다는 곳으로 따라가려네.	吾將從彭咸之所居.

제목의 '이소離騷'는 "근심을 만나다"라는 뜻으로[15] 굴원의 원망하는 마음이 잘 드러나 있다. 굴원의 대표작인 동시에 《초사》의 대표작으로 굴원이 한북漢北으로 유배당했을 때 지었다. 시는 굴원 자신의 가계와 출생으로 시작하여 충정을 다했지만 오히려 버림받자 자신을 알아줄 이를 찾아 하늘과 땅을 오가며 자신의 미래를 점쳐보지만, 결국 실망하고 슬퍼한다는 내용을 담았다. 마지막에서는 모든 것을 다 버리고 존경해마지 않던 팽함 곁에 가서 살기로 결심하는 것으로 끝맺었다. 〈이

15 '이소離騷'의 뜻에 대해 '이離'를 '이별하다'로 풀이하고 '소騷'를 '근심하다'로 해석하여, 즉 '이별과 근심'으로 풀이하기도 한다.

소〉는 후대에 회재불우懷才不遇[16]를 표현한 시의 기원이라 할 수 있다.

〈이소〉 외에 굴원은 민간에서 신에게 제사 지내는 악곡에 개인의 정서를 넣어 만든 〈구가九歌〉 11편, 천지 생성, 하늘과 달의 운행과 역사의 흥망성쇠를 묻는 〈천문天問〉 1편, 유배 중에 지은 작품을 모은 〈구장九章〉 9편과 〈원유遠遊〉, 〈복거卜居〉, 〈어부漁夫〉 각 1편 등 총 25편을 남겼다.

② 《초사》의 다른 작가들

굴원 이후 초나라에서는 송옥宋玉, 당륵唐勒, 경차景差 등이 굴원을 따르며 초사를 지었다. 이 가운데 송옥이 가장 성취가 높아 《초사》 하면 '굴송屈宋'이라며 병칭되기도 했다. 송옥의 정확한 생평生平은 알려진 바가 없으나 초나라 사람으로 굴원 이후에 활약했다. 그 역시 기우는 나라를 보며 충언을 올렸으나 받아들여지지 않고 모함을 받았다. 그의 대표작으로는 〈구변九辯〉과 〈초혼招魂〉이 있다. 〈구변〉은 처량한 가을 풍경을 대하며 스러져가는 초나라의 암울한 현실을 노래했다. 〈초혼〉은 초 경양왕景阳王의 혼을 부르는 내용으로 굴원의 〈대초大招〉의 영향을 받았다.

당륵은 송옥과 동시대 인물로 《한서漢書 · 예문지藝文志》에 그의 부 4편이 있다고 하는데 전하지 않으며, 경차는 유일하게 〈대초大招〉 1편이 전하는데, 진위는 분명치 않다. 《사기史記 · 굴원가생열전屈原賈生列傳》에서 말하기를, "굴원이 이미 죽은 뒤에 초나라에 송옥, 당륵, 경차 무리가 있었는데, 모두 사辭를 좋아하고 부賦에 뛰어났다. 그러나 굴원의 부드러운 언어를 그대로 따라 끝내 감히 직간直諫하지 못했다."[17]라고 평가했다.

③ 《초사》의 문학사적 의의와 영향

《초사》는 《시경》과 더불어 중국 시가문학의 원류로 여겨진다. 《초사》가 후세 시가문학 발전에 미친 영향은 크게 다음 세 가지 측면에서 살펴볼 수 있다. 첫째, 그

16 재능이 있으면서도 펼 기회를 만나지 못한다는 뜻이다.

17 《史記 · 屈原賈生列傳》: "屈原既死之後, 楚有宋玉、唐勒、景差之徒者, 皆好辭而以賦見稱. 然皆祖屈原之從容辭令, 終莫敢直諫."

형식적 측면에서 4언 위주의 《시경》과 달리 6언, 7언을 즐겨 사용함으로써 한부漢賦와 칠언시七言詩 형성에 지대한 영향을 주었다. 둘째, 그 내용에서 민간 등의 집체창작을 채집한 《시경》과 달리 굴원, 송옥 등 한 개인의 정서를 집중적으로 표현함으로써 한 작가가 개인의 울분과 정서를 시가에서 표현하는 큰 전통을 열어주었다. 셋째, 그 창작 예술기교와 풍격 면에서 북방의 현실주의 색채를 농후하게 보여준 《시경》과 달리 남방 초 땅의 낭만적인 색채와 더불어 신화와 전설 등을 동원한 풍부한 상상력과 섬세한 감정 표현 등으로 후세 낭만주의 문학 형성에 지대한 영향을 주었다.

전한前漢시기 유향劉向 기원전77-기원전6[18]이 처음으로 굴원과 송옥 등의 작품을 엮어 '초사'라고 명명했는데, 이것은 지금 전하지 않는다. 오늘날 우리가 보는 '초사'는 후한시기 왕일王逸이 엮은 《초사장구楚辭章句》에서 비롯했다. 왕일은 여기서 다음과 같이 《초사》의 문학적 가치를 평가하였다. "굴원의 시들은 실로 넓고 아득하다. 굴원이 강에 뛰어들어 죽은 후로, 유명한 유학자들과 해박한 사람들이 사부辭賦를 지었으나 그의 모습을 흉내 내고 그의 규범을 따르고 그의 오묘함을 취하고 그의 아름다운 시가를 훔친 것에 지나지 않았다. 시가의 내용과 형식이 뛰어나 백세가 흘러도 필적할 수 없을 것으로, 그 이름은 끝없이 전해질 것이니 영원히 사라지지 않을 것이다."[19]

18 서한西漢시기(기원전202-기원후8) 저명한 학자로 경학자 유흠(劉歆 기원전50-기원후23)의 아버지이기도 하며 중국 목록학의 비조라 불린다.

19 《楚辭章句》: 屈原之詞, 誠博遠矣. 自終沒以來, 名儒博達之士, 著造詞賦, 莫不擬則其儀表, 祖成其模範, 取其要眇, 竊其華藻. 所謂金相玉質, 百世無匹, 名垂罔極, 永不刊滅者矣.

2 중국 서사문학의 뿌리, 선진산문

(1) 산문의 맹아 – 문자기록의 시작

▶ 갑골복사

중국문학의 원류는 신화전설의 시대까지 거슬러 올라갈 수 있다. 그러나 중국문학사에서 다룰 수 있는 것은 신화전설과 민요 등 오랜 기간 구전口傳을 거쳐 문자로 기록된 후의 것들이다. 한자漢字의 기원은 갑골복사甲骨卜辭[20]와 은상殷商시대 청동기靑銅器에 쓰인 명문銘文[21]을 들 수 있다. 우리가 지금 볼 수 있는 갑골문은 상商나라기원전1600–기원전1046 후기의 문자로 글자의 수나 문장의 형태로 보면 초기문자가 생겨난 후 이미 상당한 기간을 거친 성숙한 문자 형태임을 알 수 있다. 갑골복사의 문구는 전반적으로 단조로운데, 갑골문에는 복사卜辭 외에 일부 기사記事 문자가 보인다. 예를 들면, 다음과 같다.

계묘일에 (점을 위한) 균열을 냈다: 오늘 비가 올 것이다.
아마도 서쪽으로부터 오는 비일 것이다.
아마도 동쪽으로부터 오는 비일 것이다.
아마도 북쪽으로부터 오는 비일 것이다.
아마도 남쪽으로부터 오는 비일 것이다.
癸卯卜，今日雨.
其自西来雨. 其自东来雨.
其自北来雨. 其自南来雨.

▶ 合12870의 탁본

▶ 合12870의 모사본

20 주로 19세기 말, 20세기 초에 발견되었으며 중국 상주商周시기 귀갑龜甲에 새겨진 글자로 대체로 점복과 관련된 내용이 중심이어서 '갑골복사'라고 한다. 지금까지 발굴된 글자 수는 총 4,500자 정도 되며, 해독이 가능한 글자 수가 2,500자 정도에 달한다고 한다.

21 고대 청동기에 새겨진 글로 그 기물을 만든 내력이나 기리거나 기념하고자 하는 인물에 관한 내용을 주로 한다.

상나라 중기의 것으로 보이는 청동기 명문銘文은 대부분 그저 몇 글자에 불과하며 상나라 후기의 명문도 수십 자 정도로 여전히 매우 간략하다. 그러나 서주西周 기원전1046-기원전771 후기에서 춘추春秋시대 기원전770-기원전476에 이르러서는 짧게는 백여 자에서 길게는 500자에 달하는 종정문鐘鼎文[22]이 출현하는데, 이는 이미 산문 텍스트가 출현하였음을 의미한다. 물론 갖가지 이유로 문헌 기록이 유실될 수 있음을 감안하고, 지금 전해지는《시경》,《서경》등 경전의 내용을 종합해볼 때 중국문학은《시경》,《서경》,《춘추》등과 함께 본격적으로 시작되었고, 본격적인 산문 역시《서경》,《춘추》와 같은 경전과 같이 시작되었다고 할 수 있다.

(2) 신화전설에서 역사로 – 역사 산문,《상서》[23]와《춘추》

주周대 기원전1046-기원전256의 산문은 상商대의 신화전설이나 짙은 무속巫俗적 성격과 달리 역사와 사상 등에 관한 내용이 많이 보이는 등 사회와 인간의 삶에 관심을 보이는 것이 특징이다. 역사 기록에 대한 관심은 현실 문제에 대한 관심과도 관련이 크다고 할 수 있는데, 이는 인간의 지혜가 발달하면서 기존의 신령神靈이나 무속에 대한 기대나 의존이 더는 인간 행위를 지배하는 동력이 되지 못하고 그것이 인간이 나아가야 할 방향을 제시하기에 부족하다고 느끼면서 점차 지난 역사에서 교훈을 찾으려는 노력이 따르게 되었기 때문이다. 이는 수천 년이 지난 지금 우리가 역사를 대하는 태도와도 별반 차이가 없다. 즉 사회가 급변하고 복잡다단해짐에 따라 자연스럽게 인간의 단순 기억이나 구전에만 의존할 수 없어서 문자 기록의 필요성이 생기게 된 것이다. 그래서 주대에 들어와 역사 기록에 대한 인식이 크게 성숙하면서 무축巫祝[24]이 겸직하기도 했던 사관史官의 종교적 역할은 점차 줄

22 성왕(成王 ?-기원전1021) 때의 '영이令彝'는 187자이고 강왕(康王 기원전1040?-기원전996) 때의 '소우정小盂鼎'은 390자에 이르며, 가장 긴 명문은 서주 선왕(宣王 ?-기원전782) 때의 '모공정毛公鼎'으로 33행, 497자에 이른다.

23 《상서》는 '육경六經'의 하나로《서》혹은《서경》으로도 불린다.

24 옛날 귀신을 섬기는 자를 '무巫'라고 하고 제사를 주관하는 사람을 '축祝'이라고 하였는데, 나중에는 두 글자를 연용하여 점이나 제사를 주관하던 무당이나 주술사를 지칭하게 되었다.

어 자신의 역사적 지식과 현실과 후세에 대한 책임의식을 가지게 되었다.

《상서尙書》 중 〈주서周書〉 가운데에서 '고誥'와 '서誓'는 주나라가 상나라를 정복한 역사를 기록하였는데 실제 주나라 초기의 사회와 주나라 사람들의 정치적 이상을 반영했다.

기록에 따르면 춘추시대에는 제후국마다 사서史書[25]가 있었는데 그중 노魯나라의 《춘추春秋》가 대표적이다. 현존하는 노나라의 《춘추》는 공자가 썼다고도 하나 공자가 직접 썼다기보다 공자의 손을 거친 정도로 보는 것이 합리적일 텐데, 이는 여타 경전에 대한 공자의 역할도 마찬가지다. 《춘추》는 당시 사회 윤리와 질서의식 아래 기록하면서 역사 사실에 대한 취사取捨와 언어문자의 미묘한 표현의 차이를 이용해 포폄褒貶의 뜻과 자신의 우의寓意를 나타내곤 하였는데, 이러한 기록 태도와 방법을 '춘추필법春秋筆法'TIP이라 하였다.

TIP

춘추필법春秋筆法

《춘추》는 노나라의 역사서로 전하는 바에 따르면 공자가 편찬했다고 하나 직접 편찬은 아니어도 공자의 수정을 거친 것으로 보인다. 경학가들은 공자가 편찬할 때 책에서 한 글자 한 글자 모두 포폄褒貶의 뜻을 담았다고 하여 후세에는 중국의 경서인 《춘추》와 같이 엄정하고 비판적인 태도로 곡진하게 포폄의 뜻을 담아 역사서를 쓰는 방식을 '춘추필법'이라고 부르게 되었다. '춘추필법'은 후세 유가들, 특히 공양가公羊家의 과장과 견강부회로 지금은 의심과 부정적 견해가 많기는 하지만 《춘추》 가운데에 분명 편찬자의 정치적 이상과 사회에 대한 판단을 기탁한 것을 부정할 수는 없다.

이러한 역사 산문이 생겨난 배경으로는 여러 이유가 있을 수 있으나 가장 중요한 것은 앞에서도 언급하였듯이 다음과 같이 요약해볼 수 있다. 즉, 문자의 서사敍事 기능이 점차 발달함과 동시에 춘추전국의 혼란기 각 제후국 간의 정세에 복잡다단한 변화가 많고 국가 간 흥망이나 분쟁과 같은 일들이 발생하면서 그러한 일들을 문자로 기록할 필요가 생기게 된 결과로 보인다.

산문散文 형식의 기록서가 나오게 된 배경은 《시경》 같은 작품에 보이는 기존의 운문 형식만으로 변화무상하고 복잡다단한 상황을 기록하기에 한계가 있었기에 서사에 유리한 산문이 그러한 수요에 따라 빠른 속도로 발전한 것으로 본다. 그런데 산문과 운문의 발전은 선후를 나누기보다 상호 영향 아래 발전하였다고 보아야 한

25 《묵자墨子 · 명귀明鬼》에서 "주周의 《춘추》, 송宋의 《춘추》, 제齊의 《춘추》, 백국百國의 《춘추》"라고 하였고, 《맹자孟子》에서 "진晉의 《승乘》, 초楚의 《도올檮杌》, 노魯의 《춘추》 晉之乘, 楚之檮杌, 魯之春秋"라고 말하는 것으로 보아 당시 제후국마다 역사서가 있었음을 알 수 있다.

다. 이는 중국문학사의 흐름을 보면 초기 산문은 후세 산문은 물론 다시 초사楚辭, 한부漢賦 같은 운韻, 산문散文이 혼합된 형태의 문체 발전과도 상호 영향을 주고받은 것으로도 알 수 있다. 《상서》와 《춘추》는 중국에서 가장 오래된 역사 산문이자 경전 산문이기에 후세 산문의 장법章法이나 어휘 그리고 기록으로 남긴 많은 내용은 후세 역사서뿐만 아니라 산문가들에게도 많은 영향을 미쳤다. 다만 이들 산문은 일부 부분적으로 문학적 표현을 포함하기는 하지만 그 자체가 문학창작을 목적으로 쓰인 것이 아니어서 전체적인 문학성은 그리 높지 않고 문학이라고 지칭하기에는 무리가 있다.[26]

춘추 말에 이르러 《좌전左傳》과 《국어國語》[27]가 나오는데 이 두 책은 《춘추》의 현실반영 정신과 표현수법을 잘 계승하였고 또한 기본적으로 유가적 세계관을 보여준다. 《좌전》, 《국어》 그리고 그 후 나온 《전국책戰國策》과 같은 역사 산문은 점차 내용이 풍부하고 다채로워졌으며, 우언寓言이나 대화체와 같은 많은 문학적 수법을 활용하여 기본적으로 중국 서사문학叙事文學의 특징을 갖추었기에 중국 서사 산문의 전통을 열었다고 할 수 있다.

사실 《좌전》, 《국어》, 《전국책》의 저자와 쓰인 시대에 대해서는 지금까지도 다양한 이설異說이 있다. 《상서》와 《전국책》은 후인들의 손을 많이 거친 것으로 기록 내용과 성서成書연대 간의 간극이 매우 크다. 《좌전》은 좌구명左丘明?-?의 저작이라고 하는데 《공양전公羊傳》, 《곡량전穀梁傳》과 함께 '《춘추》 삼전三傳'[28]의 하나다. 《공양전》과 《곡량전》은 순전히 경전 해석을 위주로 해서 문학적 가치가 적다. 그와 달리 《좌전》은 서사敍事를 위주로 하여 문장이 매우 감동적이고, 특히 인물 묘사와

26 엄격하게 말해서 선진의 전적典籍 가운데 《시경》과 《초사》 작품을 제외하고 경전이나 역사 산문, 제자 산문 등은 부분적으로 문학적 표현이나 문학적 요소를 포함하지만 출발부터 모두 비문학적 목적으로 쓰였기에 엄격한 의미로 '문학'이라고 하기 어렵다.

27 중국 삼국시대 오나라의 위소(韋昭 204-273)는 《국어해國語解 · 서叙》에서 《좌전》은 《춘추》의 내전이고 《국어》는 《춘추》의 외전이라고 하였는데, 비록 이 말이 사실이 아니라 해도 《좌전》과 《국어》 두 책과 《춘추》의 전승 관계를 알 수 있다.

28 《춘추좌전春秋左傳》, 《춘추공양전春秋公羊傳》, 《춘추곡량전春秋穀梁傳》을 통칭하여 '춘추삼전'이라고 한다.

각 인물의 언사言辭에 대한 기록, 전쟁 장면과 인물의 심리 묘사가 빼어나다. 이와 같이 저자가 수준 높은 문학적 표현수법을 사용해서 후세 《전국책》, 《사기》 등과 같은 문학성 높은 사전산문史傳散文의 길을 열었다고 할 수 있다.

《국어》는 기언記言을 위주로 하여 언어가 전아하고 정련된 편이긴 하나 인물의 언어와 형상 그리고 역사의 전개 과정 등에 대한 묘사는 전반적으로 다소 산만하다는 평가가 있다. 그래서 문학성 자체는 《좌전》에 미치지 못한다는 평가를 받지만 《좌전》과 마찬가지로 후세 산문에 미친 영향은 적지 않다.

《전국책》은 《국책國策》이라고도 하며 전국시대戰國時代 기원전770-기원전221에 대한 기록이나 원저자는 알 수 없다. 지금 전하는 것은 서한의 유향이 내용을 정리한 후 편찬하여 《전국책》이라 이름하였다. 전체적으로 언어가 간결하고 내용에 대한 개괄성이 뛰어나며, 재미있는 우언寓言을 많이 담아 문학적 가치가 크고, 또한 인물묘사에 능하여 《좌전》과 함께 《사기》[29] 등 후세 역사 산문에 큰 영향을 미쳤다.

(3) 백가쟁명의 산물, 제자 산문

선진시기는 문文 · 사史 · 철哲, 즉 문학과 사학 그리고 철학이 명확하게 구분되지 않은 시기였다. 《시경》을 제외한 《상서》, 《주역》, 《춘추》와 같은 경서들은 특히 그러하여 그 성격이 모두 대체로 역사 · 철학 · 문학 그리고 유가 경전의 성격 등을 겸했다고 할 수 있다. 춘추전국시대에 이르러 사람들의 지혜와 지식이 발달하고 학술 사상의 보급이 활발해지면서 제자諸子들이 백가쟁명百家爭鳴하는 상황이 나타나 제자들의 설리說理 산문이 점차 성숙단계로 접어들었다. 또 그런 제자들의 철학사상적 성격이 짙은 산문은 내용의 사실성事實性이나 설득력을 더하려고 자연스럽게 우언이나 비유 · 대화체 등 많은 문학적 표현을 활용하면서 저작의 문학성도 점차 강화되었다. 내용을 보면 제자들은 춘추전국시기 그들이 당면했던 정치 ·

---

29 책의 최종 수집과 편찬은 《사기》보다 뒤에 했으나 대부분 전국시대의 기록이라 사마천도 선진에 대한 기록은 이러한 기록들을 많이 참고하고 인용한 것으로 보인다.

사회적 문제를 대하면서 각각의 문제에 대한 각기 다른 이상과 해결책을 제시하고자 하였다. 설리 산문이 크게 발전하면서 《논어》, 《묵자》, 《노자》, 《장자》, 《맹자》, 《순자》, 《한비자》 등이 연이어 나왔다. 제자 산문은 대체로 모두 특정 저자와 연결되는 것으로 알려져 있으나, 사실 대부분 한 개인의 저작은 아니다. 예를 들면 《논어》는 주로 공자의 제자와 그 제자의 제자가 공자와 제자들 간의 언행을 어록체 형식으로 기록한 것이고, 《묵자》와 《장자》 역시 책 속의 많은 내용은 묵자나 장자 후학의 손을 거쳐서 나왔다.

그리고 이들 선진시기 작품은 오랜 전파과정을 거치면서 판본에 따라 내용에도 다소 차이가 있다. 이는 그 시기 작품들은 오랜 세월을 거쳐 쓰이면서 그전 스승으로부터 전해 받은 사설師說과 후학의 설說이 뒤섞이기 쉽고 스승과 제자 간에 대대로 전승되는 과정에서 차이가 생기기 쉬웠기 때문이다. 그다음으로는 선진의 전적들은 대체로 모두 진시황秦始皇 기원전259-기원전210의 분서갱유焚書坑儒TIP를 거쳤으므로 대부분 한대 사람들의 손을 거쳐 다시 수집되고 편찬된 것이라 그 과정에서 착오가 생기는 것을 피하기 어려웠기 때문이다. 그 결과 노자나 공자, 묵자 같은 인물들은 춘추시기 내지 전국시기 초기에 활동했지만 그들과 관련된 저작인 《노자》, 《논어》, 《묵자》 등은 모두 후인의 손을 거친 것이라 전국시대 이후, 심지어는 한대漢代 기원전202-기원후220에 편찬된 것도 있다.

TIP

분서갱유焚書坑儒

'책을 불태우고 유생을 땅에 묻는다'는 말이다. 진시황이 기원전 213년과 212년에 걸쳐 자신의 혹독한 법치에서 방해 요소를 제거하고자 농경이나 의학 등 실용적 서적을 제외하고 특히 유가나 제자백가의 서적을 불태우고 500명에 달하는 술사術士나 유생들을 묻어 죽인 일을 말한다.

① 조기 선진인의 지혜가 담긴 어록체 제자 산문: 《노자》, 《논어》, 《묵자》

노자는 당시 만연한 사회적 혼란과 죄악 등에 느끼는 바가 있어서 '무위이치無爲而治'TIP라는 사회정치사상을 제시하며 사회현실에 대한 반성과 비판을 주창하였다. 노자는 도가를 창립하여 유가의 공자와 함께 중국 사상의 양대 산맥으로 중국 역대 사상과 문화에 매우 큰 영

TIP

무위이치無爲而治

글자만 보면 '아무것도 하지 않으면서 다스린다'는 뜻으로 《노자》에 나오는 말이다. '무위'는 정말 아무것도 하지 않는 것이 아니라 우주만물의 자연적인 운행 규율을 위배하는 어떠한 작위적인 것도 하지 않는다는 말이다.

향을 미쳤다. 그의 저서라 알려진 《노자》는 《도덕경》이라고도 불리며 전체 내용은 약 5,000자에 불과하지만 언어는 전체적으로 매우 간결하다. 문장은 산문과 운문이 혼합된 형태로 많은 우의를 담아서 자연스러우면서도 변화가 많다. 마치 노자의 사상처럼 언어형식도 어느 틀에 얽매이지 않았으나 내용이 심원하면서 많은 운문형식의 언어로 지나치게 간결한 탓에 이해하기가 쉽지 않다.

《논어》는 대체로 공자의 제자나 제자의 제자들이 공자와 그 제자들 간의 언행을 기록한 것으로 주로 어록체語錄體로 쓰였다. 내용은 선진 유가의 예악禮樂과 덕치德治 사상이 집중적으로 보이며 공자의 현실에 대한 적극적 관심이 잘 드러나 있다. 《논어》에 보이는 사상은 중국 전통 유가사상의 바탕이 되며, 특히 공자가 육경의 정리에 직간접적으로 관여한 것으로 보이지만 별도 저작이 전하지 않는 상황에서 그의 사상과 인간적 면모를 《논어》에서 비교적 온전히 엿볼 수 있기에 더욱 중요한 가치를 지닌다. 《논어》에 담긴 글은 간결하지만 사상적 내용을 많이 포함하고 있다. 또한 언어는 대체로 매우 간결하면서도 생동적이고 비교적 이해하기 쉬운 어록체로 쓰였다. 《논어》는 줄곧 유가의 중시를 받아왔지만 특히 송 이후 '사서'에 포함되어 원 · 명 · 청 과거시험의 필독서가 되면서 당시 상류층뿐만 아니라 지금에 이르기까지 매우 광범하게 중국인의 사유에 막대한 영향을 미치고 있다.

▶ 공자와 《논어》

《묵자》의 저자로 알려진 묵자는 이름이 적翟으로 그의 생평은 확실하지 않으나[30] 대략 춘추시대 말기에서 전국시대 초기의 인물로 보인다. 저자는 춘추전국의 혼란한 시대 상황을 마주하고 기존의 유가나 도가와 다

▶ 묵자

30 묵자의 생평에 대해서는 이설이 많은데 우선 그의 생졸년은 기원전 476년(일설에는 기원전 480년에서 기원전 390년 또는 기원전 420년이라고 함) 정도이고, 그의 국적도 송나라 사람, 노양魯陽 사람, 등滕나라 사람 등 여러 설이 있다.

르게 대체로 소시민적 견지에서 평등·겸애·근검절약을 주장하고 전쟁이 아닌 평화를 지향하는 일종의 종교적 생활방식을 주창하여 당시 유가에 대적할 정도로 '현학顯學'[31]이 되면서 그 세력이나 영향력을 매우 컸던 것으로 보인다. 《묵자》의 문장은 논리성이 강하나 문장의 풍격은 실용을 중요하게 생각하는 그의 사상처럼 매우 질박하고 서민적이다.

② 격변기 어록체에서 설리문으로 과도기적 산문: 《장자》, 《맹자》

전국시대는 중국 역사에서 또 한 번 큰 변혁이 일어난 시대다. 당시 각 학파를 대표하는 제자諸子들은 주나라의 천자가 위세를 잃으면서 서주와 춘추시대의 예악제도도 함께 붕괴되는 것을 목도하였다. 그들은 당시 사회에 대한 책임감과 삶에 대한 각자의 관심과 철학을 나름의 방식으로 책에 담았다. 즉, 그들이 각자의 학설로 시대의 폐단을 진단하면서 자신의 정치적 이상과 견해를 밝히며 서로 논쟁하게 되어 이른바 '백가쟁명百家爭鳴'하는 국면이 나타나게 되었다. 서한西漢 초 《사기史記》의 저자 사마천司馬遷 기원전145-기원전86?의 아버지 사마담司馬談?-기원전110은 '제자백가諸子百家'를 음양陰陽·유儒·묵墨·명名·법法·도덕道德 6가家로 나누었고, 서한 말의 유흠劉歆은 이 6가 외에 농農·종횡縱橫·잡雜·소설小說 4가家를 더 보태어 10가家로 나누었다. 이들 제자諸子들이 속한 학술 유파는 각자 자연, 사회, 인생, 정치, 학술 등의 문제들에 자신들의 의견을 밝혔다. 각 방면에 미친 영향으로 보면 유가에 속하는 맹자孟子 기원전372?-기원전289와 순자荀子 기원전313?-기원전238, 도가의 장자莊子 기원전369?-기원전286, 법가의 한비자韓非子 기원전280-기원전233가 비교적 중요하며 각각의 주장은 달랐지만 모두 전국시대 혼란한 시대 상황에 대한 각기 나름의 인식과 대처 방안 그리고 시대 특유의 문화적 기질을 지니고 있었다.

우선 한 가지 특징은 그들의 모든 사상이 각자가 처한 시대의 현실적 문제에 기

---

31 《한비자》의 〈현학〉 편에 "세상의 현학(두드러진 학문)은 유가와 묵가가 있는데, 유가로 지극한 이는 공자이고 묵가로 지극한 이는 묵적이다.世之顯學, 儒墨也. 儒之所至, 孔丘也; 墨之所至, 墨翟也."라고 하였다.

반을 두어서 춘추시대에 유행했던 '천명天命'과 같은 사상에는 거의 관심을 두지 않았다는 점이다. 전국시대의 제자諸子들은 더욱 뚜렷한 현실 인식에 기반하였기 때문에 그들의 산문에는 사회현실에 대한 더욱 깊은 인식과 첨예한 비판이 담겨 있다. 당시는 또한 지식인이 문화와 정치의 중심이 되면서 기존 질서에 맹목적으로 순종하지 않는 그들의 자각적인 정신과 대처가 돋보인다. 당시 그들은 각자 문제에 대한 인식과 그것을 타개할 방법이나 방향은 달랐지만, 그들의 저작에는 엄준한 시대상황에 대한 분명한 인식이 있었기에 그들의 저술에서 공통적으로 춘추시대의 온건한 말투를 버리고 강렬한 개성과 격정을 드러내었다. 그중 가장 대표성을 띠는 것이 《맹자》와 《장자》이다.

▶ 장자

맹자는 스스로 "나는 호연지기를 잘 기른다. 我善養吾浩然之氣."[32]라고 하면서 유가의 인의仁義에 입각하여 당시 군왕의 부귀를 대수롭지 않게 여겼고 자신이 제왕들의 스승임을 자처하였다. 그러한 그의 문장에도 강한 기세가 전해져서 마음에 들지 않는 군왕에 대해서는 "멀리서 보건대 군왕답지 않고, 가까이 다가가도 그 위엄이 보이지 않는다. 望之不似人君, 就之而不見所畏焉."[33]라고 평가하는 등 글에 거침이 없고 격정이 충만하다.

▶ 맹자

이처럼 맹자는 당시 사회현실을 직시하면서 세상을 구제해야 한다는 마음이 매우 절박했다. 그의 그러한 도덕성과 사명감이 글에도 투영되어 독자들에게 매우 강렬한 인격적 매력을 느끼게 한다. 그로써 《맹자》에 보이는 문장은 기세가 종횡무진으로 펼쳐져 사람을 압도하는 데다 생동감 있는 비유적 표현까지 더하여 문장의 풍격이 지극히 강렬하면서도 풍부한 운치가 느껴지게 한다. 맹자는 사상적인 면에서 중국 유가에서 공자의 '도통道統'TIP을 이은 공자에

TIP

도통道統

유가에서 유가의 도를 전승한 정통성을 말하는 것으로 선진의 맹자, 당대의 한유, 남송의 주희 등이 은연중 스스로가 요임금·순임금·탕임금·문왕·공자·맹자의 뒤를 이음을 자임하기도 하였다.

32 《맹자孟子 · 공손추상公孫醜上》에 보임.

33 《맹자孟子 · 양혜왕상梁惠王上》에 보임.

버금가는 '아성亞聖'으로 추앙받음과 동시에 당송 고문가들로부터 '문통文統'을 잇는 인물로 추앙받으며 중국 사상사나 문학사에서 모두 중요한 위치를 차지한다.

장자의 사상은 비록 현묘玄妙한 것 같지만 현실에 대한 또렷한 인식을 바탕으로 하는데, 이에 대해 공리功利적 색채가 짙은 법가와 종횡가縱橫家는 더 말할 것이 없다. 당시 그들이 관심을 가지고 중요하게 여긴 것은 정치적 형세 판단과 당면한 문제를 해결할 정치적 수단이었다. 유가사상도 전국시대에 변화와 발전이 생겨 공자의 '귀신을 공경하고敬鬼神', '천명을 두려워하는 것畏天命'과 같은 사상은 맹자에 이르러 이미 큰 의미가 없어지고 《맹자》에서는 주로 현실적인 문제를 다루어 '백성을 보호하고 지키는 일保民'과 같이 당시 사회를 위해 이상적인 청사진을 제시하고자 하였다.

《장자》는 문장이 막힘이 없고 해학적이며 과장이 심한 것이 특징인데, 풍자나 비판을 막론하고 독자의 강한 공감을 불러일으킨다.

장자는 당시 사회현실에 대한 풍자를 나타내고 현학적이면서도 분명한 사상을 표현하려고 우언寓言과 비유 등 많은 문학적 표현수법을 창의적으로 운용하여 문장 속에 기발한 사상적 특색이 충만하다. 그는 이른바 "말로 표현되지 않는 말불언지언不言之言", "말로 표현하지 않는 논변불언지변不言之辯"으로 사람들이 "말의 뜻을 파악하면 그 형식적인 표현 문자 자체는 잊어버려야 한다.득의망언得意忘言"와 같은 말을 역설하였다. 즉, 이는 어쩔 수 없이 말로 그렇게 표현하지만 의미하는 바는 다른 데 있어서 표면적 언어 자체에 얽매이지 않고 "언어표현 밖에서 의미를 찾아서 표면적 표현과 표현 의도 사이에 구분이 사라지게"[34] 하는 경지를 추구하였다. 장자의 이러한 문장은 후세 문장가에게 많은 영감과 영향을 주었을 뿐 아니라, 위진남북조 현학玄學의 명제를 제공하기도 하고, 글 쓰는 이의 의도와 언어표현 간의 문제를 다루는 문학이론에도 많은 영향을 미치게 되었다.

이외에 종횡가는 각기 개성을 지니는데, 이러한 종횡가로는 강한 설득력으로 상대를 압도하는 소진蘇秦?-기원전284, 교묘한 언변에 능한 장의張儀?-기원전309 그

34 《장자莊子 · 추수秋水》 곽상郭象의 주注: "求之於言意之表, 而入乎無言與意之域."

리고 고결하고 자기애가 강하면서 강자를 물리치고 약자 돕기를 좋아하는 노중련魯仲連 기원전305?–기원전245? 등이 있다. 종횡가는 전국시대에 가장 활발한 정치 세력으로 그 가운데 대부분은 당시 여러 제후국의 정치와 군사 · 외교 활동에 적극적으로 참여하였기에 그들에게 언어문자의 힘은 무엇보다 중요하였다. 그래서 그들은 과장 · 나열 · 우언寓言 · 용운用韻 등 갖가지 문학적 표현수법을 동원하여 그들의 언어가 더욱 강한 설득력과 선동성을 가지도록 하고자 노력했고, 이러한 특징은 그들의 문장이 더욱 강한 문학성을 지니는 데 도움을 주었다.

③ 전국 말기 장편 논설문: 《순자》, 《한비자》

순자의 문풍文風은 《맹자》와 가까워서 빼어난 언변을 갖추고 논변이 치밀한 것으로 유명하다. 순자 역시 비유의 사용에 능하고 논리가 정연하고 치밀하다. 순자는 공자 · 맹자와 함께 유가의 핵심 인물이긴 하나 순자가 생존한 시기는 이미 전국시대 후기에 해당하여 정치사회 전반의 모순과 갈등이 최고조에 달한 때라 더는 유가의 온유한 덕치德治나 예치禮治만으로 혼란한 사회의 제반 국면을 타개할 수 없는 지경에 이르렀다. 그래서 그는 맹자가 성선설性善說을 주장했던 것과 달리 성악설性惡說을 주장하면서 인간의 타고난 본성은 악하기 때문에 반드시 교육과 어느 정도 법치로 보완이 필요함을 주장하여 은연중 법가法家적 사상을 이미 잉태하였다고 할 수 있다. 그의 문하에서 법가사상의 집대성자 한비자와 진시황의 잔혹한 형법을 주도한 재상 이사李斯?–기원전208가 나온 것으로도 이러한 변화를 어느 정도 짐작할 수 있다. 또 순자가 후세 유가의 도통을 잇는다고 자부한 당대의 한유나 송대의 이학가들로부터 줄곧 사상이 순정하지 못하다는 비판을 받아온 것도 이와 관련이 있다고 할 수 있다.

▶ 순자

한비자는 전국시대 말기 사람으로 법가사상을 집대성한 인물이다. 그의 저서명이기도 한 《한비자》에 담긴 문장은 논리가 매우 치밀하고 필치가 날카로우며 논증이나 추리에 능하다. 많은 우언과 생동감 넘치는 비유법을 능수능란하게 구사하여 강한 설득력과 풍부한 문학성을 동시에 지니고 있다. 《한비자》에 담긴 우언고사만

▶ 한비자

거의 400개에 달하는데 '자상모순自相矛盾', '수주대토守株待兔', '늙은 말이 길을 안다老馬識途' 등 생동감이 넘치는 우언은 현재까지 성어로 널리 쓰인다. 또 그 속에는 풍부한 철학적 의미와 함께 강렬한 문학적 감응력까지 갖추어 제자 산문 가운데에서도 문학적 문장으로서 최고 수준을 보여준다고 할 수 있다.

이상과 같은 전국시대 백가쟁명의 국면은 문학적 산문의 발전을 촉진하여 그 전과 다른 풍격의 산문과 시부詩賦를 탄생시키는 결과를 가져왔다. 그래서 청대의 장학성章學誠1738-1801은 "대체로 전국시기에 이르러 문장의 변화를 다 하였고, 전국시대에 이르러 저술이 전문성을 가지게 되었고, 전국시대에 이르러 후세 문장의 갖가지 문체가 갖추어지게 되었다. 그래서 전국시대의 글을 논하면 당시 흥망성쇠의 원인을 알게 된다."[35]라고 평가하였다.

35 장학성, 《문사통의文史通義》 내편內篇 〈시교詩教상上〉: "蓋至戰國而文章之變盡, 至戰國而著述之事專, 至戰國而後世之文體备. 故論文於戰國, 而升降盛衰之故可知也."

✣ 작품 감상 ✣

❶ 우언고사: 〈화사첨족畫蛇添足〉

昭陽爲楚伐魏，覆軍殺將，得八城，移兵而攻齊. 陳軫爲齊王使，見昭陽. 再拜，賀戰勝，起而問："楚之法覆軍殺將，其官爵何也？" 昭陽曰："官爲上柱國，爵爲上執珪." 陳軫曰："異貴于此者何也？" 曰："唯'令尹'耳." 陳軫曰："令尹貴矣！王非置兩令尹也，臣竊爲公譬可也：

楚有祠者，賜其舍人卮酒. 舍人相謂曰："數人飮之不足，一人飮之有餘，請畫地爲蛇，先成者飮酒." 一人蛇先成，引酒且飮之，乃左手持卮，右手畫蛇，曰："吾能爲之足." 未成，一人之蛇成，奪其卮曰："蛇固無足，子安能爲之足？" 遂飮其酒. 爲蛇足者，終亡其酒.

今君相楚而攻魏，破軍殺將，得八城，不弱兵. 欲攻齊，齊畏公甚. 公以是爲名足矣！官之上非可重也. 戰無不勝而不止之者，身且死，爵且後歸，猶爲'蛇足'也." 昭陽以爲然，解軍而去.

해설 이것은 《전국책戰國策 · 제책齊策》의 〈소양위초벌위昭陽爲楚伐魏〉 편에 실린 것으로, 뱀을 먼저 그린 사람이 술을 차지하여 마실 기회가 있었음에도 자신의 과시욕으로 있지도 않은 뱀의 다리를 그리려다 결국 술도 마시지 못하고 웃음거리만 되고 말았다는 이야기이다. 이미 완성된 일에 불필요하게 군더더기를 더할 때 자주 인용되는 '화사첨족畫蛇添足' 혹은 '사족蛇足'이라는 유명한 고사성어를 남겼다.

해석 소양이 초나라를 위해 위를 쳐 군대를 전멸시키고 장수를 죽여 여덟 성을 빼고서 군대를 이동하여 제나라를 공격하게 되었다. 진진이 제왕을 위해 사신으로 가서 소양을 만났다. 재배再拜하여 인사하고는 승전을 축하하고 일어나서 "초나라의 법으로는 군대를 전멸시키고 장수를 죽이면 그 관직과 작위가 어떻게 됩니까?"라고 하니 소양이 "관직은 상주국이 되고 작위는 상집규가 되오."라고 했다. 진진이 "달리 그것보다 더 높은 벼슬은 무엇인가요?"라고 하니 소양이 "단지 '영윤'만 있지요."라고 했다. 진진이 "영윤은 존귀하죠! 그러나 왕이 영윤을 둘을 두진 않습니다. 제가 당신에게 비유를 들어보겠습니다.

초나라에 제사 지내는 이가 있었는데 제사를 지내고 나서 그 사인들에게 술을 주니 사인舍人들이 "여러 사람이 이것을 마시면 부족하고 한 사람이 이것을 마시기에는 여유가 있으니, 제의하건대 땅에 뱀을 그려 먼저 완성하는 사람이 술을 마시게 합시다."라고 하고는 한 사람이 뱀이 먼저 완성되자 술을 끌어 마시려고 왼손으로 술잔을 잡고 오른손으로 뱀을 그리며 "나는 뱀에 발을 그릴 수 있어." 하고 발을 그리려다 다 그리지 못했는데 다른 사람의 뱀이 완성되어 그 술잔을 빼으며 "뱀은 본래 발이 없는데 그대는 어떻게 발을 그릴 수 있소?" 하고는 마침내 그 술을 마셨고, 뱀의 다리를 그리던 자는 마침내 술을 마실 기회를 잃었지요.
지금 그대께서는 초나라를 도와 위나라를 공격하여 군대를 무찌르고 장수를 죽이고 여덟 성을 얻고서도 병력을 쇠잔시키지 않고 제나라를 치려고 하니 제나라에서는 당신을 무척 두려워하고 있습니다. 당신은 이런 명성으로 족하지 않습니까? 지금의 관직 위에 더 존귀해질 수가 없고 지금까지 전쟁에서 승리하지 못할 때가 없었으나 여기서 멈추지 않는다면 장차 몸이 죽은 후 작위가 또 그대에게 돌아간다고 하더라도 그것은 '사족蛇足'과 같지요." 하니 소양은 일리가 있다고 여기고는 군대를 해산하고 떠났다.[01]

❷ 〈어부사漁父辭〉

굴원屈原

屈原旣放，遊於江潭，行吟澤畔. 顔色憔悴，形容枯槁，漁父見而問之曰:"子非三閭大夫與? 何故至於斯?" 屈原曰:"擧世皆濁，我獨清; 衆人皆醉，我獨醒，是以見放." 漁父曰:"聖人不凝滯於物，而能與世推移. 世人皆濁，何不淈其泥而揚其波? 衆人皆醉，何不餔其糟而歠其釃? 何故深思高擧，自令放爲?" 屈原曰:"吾聞之，新沐者必彈冠，新浴者必振衣. 安能以身之察察，受物之汶汶者乎? 寧赴湘流，葬於江魚之腹中; 安能以皓皓之白，而蒙世俗之塵埃乎?"

漁父莞爾而笑，鼓枻而去，乃歌曰:"滄浪之水清兮，可以濯吾纓; 滄浪之水濁兮，可以濯吾足." 遂去，不復與言.

01 본 〈화사첨족畵蛇添足〉의 해석 및 본서의 〈어부사漁父辭〉, 〈잡설雜說〉, 〈취옹정기醉翁亭記〉의 해석은 박영종, 안찬순 공저, 《대학생을 위한 한문선독》(대명출판사, 2000년)에서 인용.

해설 이 작품의 저자가 굴원인지에 논란이 있지만, 작품 중 드러나는 저자의 고뇌가 굴원의 다른 작품들과 일맥상통하여 대체로 굴원의 작품으로 본다. 굴원은 초나라의 우국憂國시인으로 그가 쓴 〈이소〉 등 많은 초사 작품은 중국문학사에서 그 가치가 《시경》에 비견될 만큼 중요한 위치를 차지한다. 〈어부사〉는 짧은 글에 저자의 인간적 고뇌의 근원과 인품을 여실히 보여준다.

해석 굴원이 쫓겨나서 강과 호숫가를 노닐며 호반에서 시를 읊조리는데 안색이 초췌하고 모습이 무척 수척해 보였다. 어부가 보고서 "당신은 삼려대부가 아닙니까? 무슨 까닭으로 이 지경에 이르렀습니까?"라고 하니 굴원이 "온 세상이 모두 혼탁한데 나 홀로 깨끗하고, 모든 사람이 취해 있는데 나만 홀로 깨어 있어서 그래서 추방을 당하였지요."라고 하니 어부가 "성인聖人은 사물에 얽매이지 않고 세상과 함께 변해갈 수 있지요. 세상 사람들이 모두 혼탁하다면 왜 그 진흙을 휘저어 흙탕 물결을 일으키지 않으며, 세상 사람들이 모두 취해 있다면 어찌 술지게미라도 먹고 막걸리라도 마시지 않습니까? 무엇 하러 깊게 생각하고 행동거지를 고상하게 하여 스스로 쫓겨나게 합니까?"라고 했다. 굴원이 "내가 듣기로는 새로 머리를 감은 사람은 반드시 갓을 털고, 새로 목욕한 사람은 반드시 옷을 털어 입는다고 했습니다. 어찌 자신의 깨끗한 몸으로 사물의 더러움을 받아들일 수 있겠습니까? 차라리 상수로 가서 물고기 배 속에 장사 지내지, 어찌 깨끗한 몸으로 세속의 먼지를 덮어쓸 수 있겠습니까?"라고 했다.
어부는 빙그레 웃고는 뱃전을 두드리고 "창랑의 물이 맑으면 내 갓끈을 씻고, 창랑의 물이 탁하면 내 발을 씻을 수 있지요."라고 노래하며 마침내 떠나가서 다시는 더불어 이야기를 나누지 않았다.

Chapter 03

유가문학의 전성기,
한대문학

1

유가의 읊조림, 한부

2

진한시기의 정론 및 역사 산문

3

민간의 노래, 한대 시가

한나라는 진이 멸망한 뒤 유방劉邦 기원전247?-기원전195이 항우項羽 기원전232-기원전202와 벌인 결전에서 승리하고 기원전 202년에 세운 나라다. 비록 서기 9년에 왕망王莽 기원전45-23에 의해 신新나라가 건립되지만 서기 25년에 한나라 왕조의 후예인 광무제光武帝 유수劉秀가 신나라를 무너뜨리고 다시 한나라를 건립했다. 유방이 세운 한나라를 '서한西漢' 또는 '전한前漢'이라 하고, 광무제가 다시 세운 한나라를 '동한東漢' 또는 '후한後漢'이라고 한다. 이 두 한나라를 합쳐 양한兩漢이라 한다. 후한 220년 마지막 황제인 헌제獻帝가 강압으로 조조曹操 155-220의 아들 조비曹丕 187-226에게 제위를 물려줄 때까지 한나라는 400여 년간 지속되었다.

물론 중국을 최초로 통일한 나라는 진나라로, 시황제는 혼란의 춘추전국시대를 끝내고 중국 역사상 최초로 중국을 통일했다. 그는 군현제郡縣制를 실시하고 문자, 화폐, 도량형 등을 통일하며 중앙집권 체제의 기반을 마련하였으나 분서갱유와 만리장성 · 아방궁 축조 등의 폭정으로 불과 15년 만에 멸망했다. 이런 짧은 통치 기간으로 중국문학은 물론이고 중국적 전통을 마련하지는 못했다. 이에 비해 한나라는 무려 400여 년을 지속하며 실질적인 중국 최초의 통일왕조로 역할을 했다. 유가를 중심으로 하는 학술사상과 문자의 통일 그리고 중국문학과 중국문화 전반에 걸쳐 오늘날 말하는 중국적 전통이 이 시기에 마련되었다. 이로써 '한漢'은 단지 한 왕조만을 가리키는 것이 아니라 중국적 전통을 총칭한다. 중국인들을 '한족漢族', 중국어를 '한어漢語', 글자를 '한자漢字'라 부르는 이유가 바로 여기에 있다.

기원전 202년, 강력한 맞수인 항우를 물리친 유방은 장안長安을 수도로 삼고 한나라를 세웠다. 고조 유방은 왕조 초기의 안정을 위해 각 지역 세력을 왕과 제후로 임명하여 중앙 정치의 틀 안으로 끌어들였다. 또한 오랜 전란으로 황폐해진 나라의 경제를 되살리려고 농민 생활을 안정시키고 농업 생산력을 회복하는 데 힘을 기울였다. 이런 고조의 정책은 지속적으로 이어져 '문경지치文景之治'라 불리는 문제文帝와 경제景帝 시기에는 농업생산력이 회복되어 농민들의 생활이 안정되고 사회가 번영하였다.

특히 16세에 황제가 된 무제武帝는 55년간 재위하며 정치 · 군사 · 문화면에서 큰 업적을 남겼다. 무제는 유학자 동중서董仲舒 기원전179?-기원전104?의 의견을 받아들여 유가사상을 국가 통치의 원리로 삼아 장안에 국립대학인 태학太學을 설치하고 오경박사五經博士를 두어 유교 경전을 가르치며 사상적 · 문화적 통일을 이루었다. 또한 군사력을 강화해 흉노족 등을 정복했고, 중국과 서방의 교통로인 비단길을 개척하여 전성기를 이루었다. 하지만 이로써 경제 사정이 나빠지고 외척들의 권력투쟁이 심화되면서 결국 반란을 일으킨 왕망에게 멸망당했다. 왕망은 황제로 등극하고 신新이라는 나라를 세웠으나 그 역시 건국된 지 15년 만에 유방의 후손인 유수에게 멸망당했다.

광무제 유수는 낙양洛陽을 수도로 삼고 후한을 세웠다. 후한의 광무제, 명제明帝, 장제章帝 시기에는 국세가 회복되어 대체로 서한의 문화를 계승 발전시켰다. 또 채륜蔡倫 50?-121?이 최초로 종이를 발명하고 장형張衡이 혼천의渾天儀와 지동의地動儀를 만드는 등 문화가 번창했다. 그러나 또다시 외척과 십상시十常侍[01] 같은 환관宦官들의 권력 싸움이 심화되면서 황제권은 나날이 쇠락해갔다. 게다가 기근이 들어 백성들의 삶은 더욱 곤궁해져 결국 농민들이 일으킨 황건적黃巾賊의 난으로 후한은 실질적으로 멸망한다. 한나라는 이처럼 최초의 통일 왕조인 진나라를 이어 통일 왕조를 무려 400여 년 동안 지속해 중국 역사상 가장 오래 통치한 왕조가 되었다.

한나라는 이런 오랜 역사 속에서 오늘날 말하는 중국적 문화의 원형을 마련했을 뿐만 아니라 문학 방면에서도 뛰어난 성취를 보여주었다. 이 시기에는 한자 자체가 통일되어 문자가 사용되면서 다양한 문자 활동이 이루어졌고, 종이의 발명으로 글을 짓고 읽는 행위가 보편화되어 중국문학이 본격적으로 발전하였다. 이런 배경 아래 다양한 문학양식이 생겨났고 자신의 이름을 내건 작가들과 작품들이 대거 등장했다.

이 시기 문학은 선진문학을 계승하여 시가와 산문이 더욱 발달했고 '한부漢賦'라고 하는 한나라의 시대적 특성을 담은 문학이 탄생했다. 우선 한나라 시가를 대표

01 후한 말 영제 때 정권을 잡은 환관 10명으로, 황제가 정치에 관심을 두지 못하도록 주색에 빠지게 만들고 정권을 농단하였다.

하는 악부시樂府詩는 무제 때 설립한 관청인 악부에서 비롯했다. 악부시는 민간에서 유행하던 노래의 가사로 사랑과 이별, 삶의 고통 그리고 사회의 모순상 등을 생생하게 묘사했다. 동한에 이르러 문인들이 수집 · 정리하면서 점점 5언으로 정형화되어 5언고시로 발전했다. 대표적 오언고시에는 〈고시십구수古詩十九首〉가 있다.

▶ 사마천(위)과 반고(아래)

산문 역시 춘추전국시대의 산문을 계승하여 양적인 면이나 성취 면에서 크게 발전하였다. 특히 《사기史記》와 《한서漢書》가 한대 산문을 대표한다. 사마천司馬遷 기원전145-기원전86?의 《사기》는 전설시대인 황제黃帝부터 서한 한무제漢武帝에 이르는 약 2,600년에 걸친 장구한 역사를 인물 중심으로 서술한 기전체紀傳體 역사서로 중국 전기문학傳記文學의 신기원을 열었다. 반고班固 32-92[02]의 《한서漢書》는 고조부터 왕망까지 200여 년에 걸친 서한의 역사를 다룬 단대사斷代史로 문체가 중후하면서도 세련되었다는 평을 받고 있다. 이외에 정치적 주제를 다룬 《과진론過秦論》, 《염철론鹽鐵論》, 《논형論衡》 등 다양한 산문이 있다.

무엇보다도 한나라를 대표하는 문학으로는 한부를 손꼽는다. 한부는 《초사楚辭》의 기초 위에 《시경詩經》과 선진산문의 특성을 종합적으로 혼합한 새로운 형식의 문학이다. 한부는 주로 왕의 공덕과 태평성세를 화려하고 과장된 수사로 찬양하는 궁정문학이지만 그 안에 완곡한 풍간諷諫으로 도덕적 훈계를 담고 있다. 한부는 한나라 사회가 안정되고 부국강병해지는 서한의 경제 때 지어지기 시작하여 무제와 선제 때 본격적으로 성행했고, 동한 말까지 유행했다. 이처럼 한부는 한나라의 경제부흥, 사회적 안정과 연관되어 나온 장르로 그 시대의 특징을 지녔고, 또 사마상여司馬相如 기원전179-118와 같은 유명 문인들이 대거 배출되는 등 한 시대를 풍미한 대표 문학이기에 중국문학사에서는 당시, 송사, 원곡처럼 '한부'라 한다.

02 반고는 중국 문학사상 유명 문인이 지은 최초의 오언시五言詩인 〈영사시詠史詩〉의 작자이며, 사마상여, 양웅揚雄, 장형과 함께 한부漢賦 4대가 중 한 사람이다. 기전체紀傳體 역사서의 모범이 된 《한서漢書》를 지었다.

이와 같이 한나라 문학은 선전문학을 이어 본격적인 발전 단계로 접어들었고, 문학양식과 예술적 풍격 등 여러 방면에서 후대의 전범을 수립했다.

1 유가의 읊조림, 한부

한부漢賦는 운문과 산문이 혼합된 독특한 양식으로 한나라 400여 년 동안 유행했던 대표적 문학이다. 한부는 주로 화려하고 과장된 수사로 한 왕조의 번영과 황제의 덕을 찬양한 궁정문학이지만 그 안에 완곡한 풍간諷諫으로 도덕적 훈계를 담아 '유가의 읊조림'이라고도 불린다.

《초사》의 기초 위에 《시경》과 선진산문의 특성을 종합적으로 혼합한 새로운 형식의 문학인 한부는 서한 초기에는 《초사》와 비슷했지만 서한 중엽에 이르러 점차 《초사》의 반복적인 리듬과 혜兮 자가 빠지고 사물을 직접적 · 사실적으로 그려내는 부의 작법과 선진산문의 문답체 형식을 빌려 길이가 긴 장편의 산문체부로 발전했다. 이 산문체부가 바로 한나라 부의 전형으로 한나라를 대표하는 문학이 되어 '한부'라 불린다.

주로 한 왕조의 번영과 황제의 공덕을 찬양하는 한부는 문인집단에서 창작되었기에 소박하기보다는 화려하고 낭만적이며 스케일이 크다. 이처럼 한부는 당시의 번영된 시대적 특징을 보여주는 특유의 문학양식으로 한 시대를 풍미했다. 한부의 발전은 크게 형성기, 전성기, 전변기로 나누어 그 특색을 살펴볼 수 있다.

(1) 한부의 형성기 – 매승의 〈칠발〉

한나라 초기에는 초가楚歌, 초사楚辭 등 초조楚調의 시가가 성행했는데, 이런 영향하에서 '부賦'라는 문체가 형성되었다. '부'는 초사의 기초 위에서 발전한 문체이기에 종종 '사부辭賦'라는 이름으로 불린다. 한나라 초기의 부 작가들은 대부분 초사 형식을 답습하여 부를 지었는데 이를 '이소체부離騷體賦'라 한다. 주요 작품으로는 가의賈誼 기원전200–기원전168의 〈굴원을 애도하며조굴원부弔屈原賦〉가 있다.

이소체부는 시간이 지나면서 초사의 반복적인 리듬과 혜兮 자가 빠지고 점차 산문적 성격이 가미되면서 압운과 일정한 대구가 있는 시 같기도 하고 구법이 매우 들쑥날쑥하고 일정하지 않아 산문 같기도 한 산문체부로 바뀌었다. 그리하여 서한 중엽에는 산문체부라고 하는 장편의 독특한 양식이 이루어졌다.

▶ 매승

산문체부는 서한 경제 때 매승枚乘?-기원전140이 지은 〈칠발七發〉에서 시작된다. 경제는 문학을 좋아하지 않았지만 그의 동생인 양梁나라 효왕孝王 유무劉武는 문학을 좋아하여 많은 문객을 받아들였다. 당시 양 효왕의 문객 가운데에는 부를 잘 짓는 이가 많았으나 그중 매승이 가장 뛰어났다. 매승은 효왕의 정원인 양원梁園에서 〈칠발〉을 지었는데, 이것이 산문체부의 시작이다.

문답체로 이루어진 〈칠발〉은 초나라 태자가 병이 나자 오나라 문객이 찾아가 성현의 말씀으로 병을 고쳤다는 내용이다. 모두 일곱 단락으로 나뉘어 있고 첫 단락에서 여섯 단락까지는 태자의 병을 고치려고 음악의 아름다움, 수레와 말, 유람, 사냥, 파도 구경 등 성대하고 화려한 즐거움을 이야기했지만 아무런 효험이 없었고, 마지막 단락에서 성현의 가르침을 이야기하자 태자가 자리에서 일어나 땀을 흘리더니 병이 나았다는 것이다. 이처럼 온 재주를 다해 주변 사물들의 즐거움을 나열하여 묘사하지만 마지막에 성현의 가르침으로 풍간을 행한다는 글이다.

이처럼 〈칠발〉은 초사에 비해 훨씬 산문화되어 있고 문답체이며 편폭이 크고 수사가 화려하다. 〈칠발〉은 산문체부의 시작을 알리는 작품으로 한초의 이소체부에서 사마상여의 산문체부를 이어주는 중요한 역할을 한다.

(2) 한부의 전성기

서한 무제시기부터 동한 중엽 약 200년간은 한부의 전성기였다. 특히 무제에서 선제에 이르는 약 90년 동안은 한부의 최전성기라고 할 수 있다. 반고의 《한서 · 예문지藝文志》에 따르면 그 당시 작가는 60여 명이고 작품 수는 900편에 달한다고 한다. 이때의 작품들은 대부분이 한나라 왕조의 공덕을 찬양하고 궁원의 장대한 아름다움, 수도의 번화함, 수렵의 화려함과 성대함 등을 묘사했다.

특히, 무제 때 왕조가 번영하자 산문체부가 왕실을 중심으로 성행했다. 문학을 좋아했던 무제가 부를 좋아하자 당시 많은 문인이 부를 지어 황제에게 바쳤고, 무제는 부가 마음에 들면 벼슬자리를 내주었다. 벼슬이 없는 사람은 부를 지어 벼슬자리를 구했고, 이미 벼슬이 있는 사람은 부로 황제의 총애를 얻으려 했다. 이처럼 부가 벼슬과 총애를 얻는 지름길이 되자 일시에 극성하게 되었다. 또 무제 때 유학이 나라의 통치이념이 되어 학문의 중심이 되자 많은 유학자가 부에도 《시경》처럼 풍자적이고 암시적인 풍간 효과가 있다고 여겨 사마천이나 양웅揚雄, 반고와 같은 대유학자들도 부를 지었다. 이런 배경 아래 많은 부 작가와 작품이 쏟아져 나와 부는 공전의 발전을 이루었다.

이 시기에 가장 대표적인 작가가 사마상여다. 그는 매승의 작풍을 극도로 발전시켜 내용과 형식상에서 한부의 체계를 완성하고 한부를 전성기로 이끈 최고의 부 작가로 평가받고 있다. 그의 작품에는 〈자허부子虛賦〉, 〈상림부上林賦〉, 〈대인부大人賦〉, 〈미인부美人賦〉, 〈장문부長門賦〉 등이 있다.

▶ 사마상여

사마상여는 현재 쓰촨성四川省 청두成都 사람으로 자는 장경長卿이다. 그는 어려서 독서를 좋아했고 검술을 배웠다. 아명은 견자犬子이고, 후에 전국시대 조나라 재상이었던 인상여藺相如를 흠모해 이름을 상여로 바꾸었다. 그는 재물로 낭郎 벼슬을 사기도 하고 경제의 보디가드 격인 무기상시武騎常侍가 되었으나 만족해하지 않았다. 경제가 문학을 좋아하지 않아 자기 뜻을 펼 기회가 없자 병을 핑계 삼아 벼슬을 그만두고 경제의 동생인 양나라 효왕 유무의 문하로 들어갔다. 이때 사마상여는 많은 문인과 어울려 지내며 그의 대표작이라 불리는 〈자허부〉를 지었다. 사마상여는 효왕이 죽자 고향으로 돌아와 빈곤하게 살아갔다.

시간이 흘러 무제가 왕위에 올랐다. 무제가 어느 날 〈자허부〉를 읽고 감탄하며 이 부를 지은 사람과 만나보면 좋겠다고 탄식하자 무제의 사냥개를 키우던 촉인 양득의楊得意가 고향 사람 사마상여가 지은 것임을 아뢰고 그를 궁으로 불러들였다. 사마상여는 무제에게 "제후를 위해 〈자허부〉를 지었으니 천자를 위해 새로운 부를 쓸 것"이라 했고, 이후 〈상림부〉를 지어 무제에게 바치니 무제는 매우 기뻐하며 그에게 낭郎이라는 벼슬자리를 주었다. 이때부터 그는 황제를 위해 많은 부를 창작했다. 그의 작품 중 〈자허부〉와 〈상림부〉가 가장 뛰어나다.

〈자허부〉는 제후의 사냥 광경을, 〈상림부〉는 황제의 사냥 광경을 묘사한 것으로 연작連作 성격을 띠고 있다. 그 내용은 다음과 같다. 제나라 왕은 초나라 사자 자허와 사냥을 나간다. 사냥이 끝나고 제나라 왕이 자허에게 소감을 묻자 자허는 초나라 왕이 사냥하는 운몽이 더 아름답다고 말한다. 이에 오유가 나서 제나라를 멸시하는 태도는 초나라에 득이 될 것이 없다고 경고한다. 이를 듣고 있던 무시공은 두 사람을 비웃으며 천자가 사냥하는 상림의 호화로움과 웅장함을 자세히 묘사한다. 뒤이어 천자가 그의 사치를 반성하고 인정仁政을 펼쳤다는 사실을 거론하며 초나라와 제나라 왕의 사치스러움을 비판한다. 자허와 오유는 자신들의 어리석음을 반성한다.

〈자허부〉와 〈상림부〉는 '공허'한 의미의 자허子虛, '어찌 이런 일이 있으리오'의 의미인 오유烏有선생, '이 사람은 없다'는 의미의 무시공無是公 등 가상의 세 인물을 등장시켜 천자와 제후 사냥터의 화려함과 왕의 공덕과 태평성세를 찬양하는 미사여구로 가득하지만 결론은 검약으로 귀결되어 이로써 풍간을 삼았다. 이처럼 〈자허부〉와 〈상림부〉는 허구적으로 설정된 인물들의 대화체로 기발한 상상과 화려한 문체 그리고 박학에 기반을 둔 포진鋪陳 등의 기법을 이용하여 풍간을 행하고 있다. 이는 한나라 산문부의 전형으로 부 작가들이 본뜨고 흉내 내는 전범이 되었다. 한무제가 읽고 감탄하며 "짐이 이 사람과 같은 시대에 살지 못하다니 참으로 통탄스럽구나. 朕獨不得與此人同時哉."라고 탄식했다는 사마상여의 〈자허부〉 일부를 감상해보자.

> 신은 초나라에 일곱 개의 못이 있다고 들었는데 일찍이 그중에 하나만 보았고, 나머지는 아직 보지 못했습니다. 신이 본 것은 아주 작은 것으로 운몽雲夢이라 합니다. 운몽은 사방이 900리이고 그 안에 산이 있습니다.
> 그 산은 구불구불하고 가파르게 높이 솟아 있으며 산봉우리가 들쑥날쑥하여 해와 달을 가리고 어지럽게 뒤섞여 위로는 푸른 구름 위로 치솟고 산비탈이 기울어져 아래

로는 강물에 연이어져 있습니다. 그곳의 흙은 단청, 자악, 자황, 백부, 석벽, 금은 등으로서 여러 가지 색깔로 광채가 나서 용의 비늘처럼 빛났습니다. 그곳의 돌로는 적옥, 매괴, 임민, 곤오, 감륵, 현려, 연석, 무부 등이 있습니다. 그 동쪽에는 혜초 밭이 있는데 두형, 난초, 백지, 두약, 사간, 궁궁, 창포, 강리미무, 석류, 파초가 자라고 있습니다.

臣聞楚有七澤，嘗見其一，未覩其餘也. 臣之所見，蓋特其小小者耳，名曰雲夢. 雲夢者，方九百里，其中有山焉.
其山則盤紆茀鬱，隆崇嵂崒；岑崟參差，日月蔽虧；交错糾紛，上干青雲；罷池陂陀，下屬江河. 其土則丹青赭堊，雌黃白坿，錫碧金銀，衆色炫燿，照爛龍鱗. 其石則赤玉玫瑰，琳瑉琨珸，瑊玏玄厲，碝石碔砆. 其東則有蕙圃：蘅蘭芷若，芎藭菖蒲，江蘺蘪蕪，諸柘巴苴.

이 부분은 자허가 초나라 왕실의 사냥터인 운몽의 거대하고 화려함을 묘사한 내용이다. 운몽의 산, 흙, 돌, 식물 등에 대해 화려한 단어로 열거를 반복하는데, 이는 과장하는 면도 있지만 규모가 크고 기세가 당당함을 나타낸다. 자허의 말은 단어의 열거와 현학적 표현으로 전형적인 한부의 특징을 보여준다.

이외에 서한의 부 작가로는 양웅, 동방삭東方朔, 왕포王褒 등이 있으나 모두 사마상여의 화려한 부를 모방하여 황제에게 아부하는 부를 지었다. 이후 동한에 들어와서도 부는 이전 작품의 제목, 체재, 묘사수법 등을 모방하는 풍조가 성행했다. 주요 작품으로는 반고의 〈양도부兩都賦〉 등이 있다. 서도西都 장안과 동도東都 낙양 두 도시의 규모와 생활상을 읊은 〈양도부〉는 사마상여의 〈상림부〉와 양웅의 〈촉도부〉를 모방한 작품으로 한서의 작가답게 문장을 대구로 엮어 더욱 세련된 풍격을 보여준다.

(3) 동한 후기의 전변기 – 산문체부에서 서정의 소부로

그러나 동한 후기에 정치적 혼란으로 현실을 비판하고 반성하는 모습이 두드러지면서 부도 서한의 부와 달리 개인의 서정을 다룬 소부小賦들이 등장했다. 이전의 산문체부에서 개성적이면서도 청신한 짧은 부인 소부로 진화했다. 주요 작가와 작품에는 장형張衡 78–139의 〈귀전부歸田賦〉, 〈총부冢賦〉 등이 있다. 〈귀전부〉는 세태와 타협을 거부하고 전원으로 돌아가 은둔하고 싶은 마음을 간결하게 서정적으로 표현했다. 이는 산문체부가 지니고 있던 내용에서 벗어나 신선함으로 부의 새로운 경지를 열었다고 할 수 있다.

(4) 한부의 가치와 영향

한부는 한 왕조의 번영과 황제의 덕을 찬양하는 궁정문학의 성격이 강하다는 점 때문에 부정적 측면이 있지만 문학사적 관점에서는 크게 다음 두 가지 의의가 있다. 첫 번째, 한부는 《시경》과 《초사》 그리고 선진산문의 특색을 종합적으로 받아들여 새롭게 형성된 문학이라 할 수 있다. 그 형식과 체계가 갖추어져 있을 뿐만 아니라 자기 이름을 밝히고 창작했기에 현대적 문학에 가까운 최초의 문체라 할 수 있다. 두 번째, 한부는 진지한 담론이나 감정을 표현하기보다는 주로 어떤 일이나 사물을 표현할 때 화려한 수식과 수사를 사용하여 내용이 공허하다는 평가를 받고 있지만 이런 특징으로 후대 중국문학의 어휘 사용에서 수사미가 한층 발전할 수 있었다고 볼 수 있다. 또한 동한 말에 등장한 소부는 위진남북조시기에 배부俳賦로 발전을 거듭한다.

읽을거리 사랑의 야반도주: 사마상여와 탁문군의 드라마틱한 러브스토리

사마상여는 어려서부터 글재주가 뛰어나 양나라 효왕 밑에서 〈자허부〉를 비롯해 많은 글을 썼다. 그러다 효왕이 죽자 사마상여는 고향으로 돌아왔고, 임공현의 부자 탁왕손의 초대를 받아 연회에 참석했다. 당시 과부였던 탁왕손의 딸 탁문군卓文君은 수컷인 봉이 암컷인 황을 구한다는 〈봉구황鳳求凰〉을 거문고로 연주하는 사마상여를 훔쳐보았다. 그날 밤, 이 둘은 사랑을 확인하여 야반도주를 감행했고 주막을 운영하며 생계를 이어 나갔다. 시간이 흘러 한무제는 〈자허부〉를 읽고 크게 감명받았고 사마상여는 왕에게 작품을 바치며 벼슬을 얻게 되었다. 이는 중국 역사 최초의 자유연애 이야기로 현재까지도 중국에서 가장 아름다운 사랑 이야기로 꼽히며 사랑받고 있다.

▶ 사마상여와 탁문군

2 진한시기의 정론 및 역사 산문

진대秦代의 산문 작품으로는 이사李斯?-기원전208의 〈간축객서諫逐客書〉가 의론議論이 논리적이면서 문사도 빼어나고 문학성도 풍부하여 진을 대표하는 정론政論 산문이라고 할 수 있다.

양한兩漢의 산문은 가의賈誼기원전200-기원전168[03]의 〈과진론過秦論〉으로 대표되는 정론문政論文과 선진의 역사 산문을 이은 역사 산문이 있는데, 양적인 면이나 성취 면에서 역사 산문이 훨씬 중요한 위치를 점한다. 이는 한이 진의 멸망과 초한간 쟁패를 거친 뒤 비교적 장기간 안정을 유지한 왕조이므로 전대에 대한 반성과 정리가 필요했던 터라 서사敍事 중심의 역사 산문이 크게 발전하였기 때문이다.

03 가의는 서한의 문인으로 대표작으로는 정론문에 〈과진론〉, 〈논적저소論積貯疏〉, 〈진정사소陳政事疏〉 등이 있고 사부辭賦로는 소체부騷體賦인 〈조굴원부弔屈原賦〉, 〈복조부鵩鳥賦〉가 유명하다.

(1) 압운하지 않은 〈이소〉, 《사기》

서한 사마천의 《사기》는 전설의 시대 황제黃帝 기원전2717?-기원전2599?부터 당시 한무제漢武帝 기원전156-기원전87에 이르는 약 2,600년에 걸친 장구한 역사를 기록하였다. 인물을 중심으로 서술한 기전체紀傳體 역사서로 중국 전기문학傳記文學의 신기원을 열었다. 동한東漢 25-220 반고의 《한서》는 기본적으로 《사기》의 체례를 계승하였고 《오월춘추吳越春秋》[04]는 역사서에 문학성을 보태어 후대 역사연의소설歷史演義小說의 효시가 되었다고 할 수 있다.

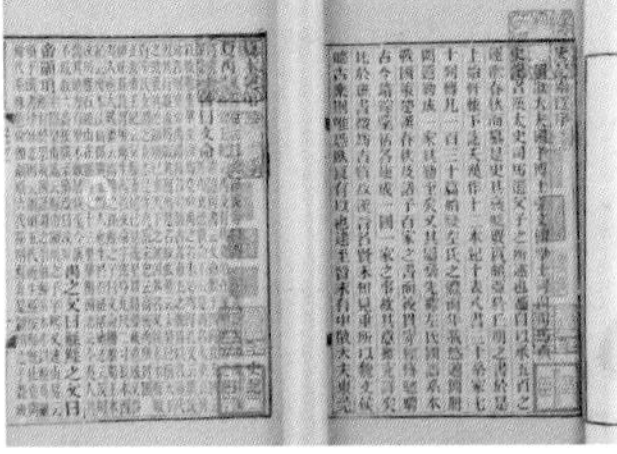

▶ 사마천의 사기

중국 현대문학의 비조이자 학자인 루쉰魯迅 1881-1936[05]은 《한문학사강요漢文學史綱要》에서 《사기》를 평가하기를 "비록 《춘추春秋》의 미세한 표현에 큰 뜻의 차이를 담고 있는 미언대의微言大義의 필법에는 어긋나지만 정말 역사가의 독창적인 절창으로는 손색이 없으며 운문이 아닌 이소와도 같은 작품이다. 즉 기존의 역사기록 방법에 구애받지 않고 그 자구에 얽매이지 않으며 주관적 감정을 담아 글을 썼다."[06]라고 하였다. 이는 역사서歷史書로서 다른 전통적인 역사서와 다르지만 독보적 업적을 이루었으며, 기록 속에 저자의 감정을 담아 문학작품으로도 손색이 없다는 두 측면에서 모두 최고 평가를 한 것으로 볼 수 있다. 《사기》가 이처럼 높은 평가를 얻을 수 있었던 원인을 정리해보면 다음과 같다.

첫째, 풍부한 사상 내용을 담아서 비록 기본적으로는 유가의 관점에 속하지만 유가 사상에만 국한되지 않고 저자 나름의 주장과 철학을 반영하고 있다.

둘째, 독창적인 체재로 전통적 사서史書의 작법에 얽매이지 않고不拘於史法, 인

04 동한 조엽趙曄이 쓴 패관잡기체稗官雜記體 글로 역사서의 형식을 취했지만 소설에 가깝다.

05 루쉰은 본명이 주수인周樹人으로 중국 현대문학의 비조로 불리며, 문학가이면서 사상가이고 학자이자 교육자이기도 하다. 작품으로는 〈광인일기狂人日記〉, 〈아큐정전阿Q正傳〉, 〈공을기孔乙己〉, 〈고향故鄕〉 등 많은 명작을 남겼다.

06 "雖背《春秋》之義, 固不失爲史家之絶唱, 無韻之離騷矣. 惟不拘於史法, 不囿於字句, 發於情, 肆於心而爲文."

물을 중심으로 역사를 서술하는데, 인물에 대한 묘사가 매우 생동감이 있다. 그래서《사기》는 중국 전기문학傳奇文學의 비조라고도 일컬어진다.

셋째, 작가의 강렬한 애증愛憎을 표현하였는데, 이는 작자 사마천이 '궁형宮刑'이라는 치욕적이고 불행한 일을 겪었기에《사기》의 저작으로 자신의 한恨을 표출한 것으로 평가한다. 그래서 한의 천자라 하더라도 기록에 거리낌이 없었으며 벼슬이 낮은 역사의 피해자나 굴원屈原과 같은 충직하고 의로운 사람에 대해서는 깊은 동정과 존경의 마음을 나타내었다. 이렇게 자신의 감정을 담아 역사서를 쓴 것이《사기》가 고도의 문학 예술적 가치를 가지게 된 주요 원인이다.

넷째, 빼어난 언어예술을 들 수 있는데, 사마천이 폭넓은 학식과 식견 그리고 걸출한 재능을 지녔기에 작품에서 아주 간결하면서도 빼어나고 기세가 웅위雄偉하면서 다양한 변화를 통한 힘 있는 문학적 언어기교를 운용하였으며, 인물의 신분에 맞는 언어를 잘 사용해 인물의 표정이나 성격적 특색을 잘 표현하여 간결하면서도 생동감 있는 독창적인 언어예술을 보였다.

다섯째, 후대에 미친 영향을 들 수 있는데 송宋대의 정초鄭樵1104-1162는 "백대 이래로 역사가들은 그의 필법을 바꿀 수 없게 되었고 학자들은 그의 책을 놓을 수 없다."[07]라고 하였는데, 이 말은《사기》가 후세에 미친 영향을 잘 개괄해주고 있다.《사기》는 후세 역대 역사가와 산문가들에게 막대한 영향을 미친 것 외에 후대의 소설, 희곡의 소재와 작법 등에 매우 심원한 영향을 미쳤다.

(2) 유가의 역사서《한서》

동한 반고의《한서》는 한의 고조高祖 원년기원전206부터 왕망王莽의 지황地皇 4년23까지 200여 년에 걸친 서한의 역사를 다룬 단대사斷代史로《전한서前漢書》라고도 불리며《사기》의 뒤를 이은 정사正史이다. 반고는 사마천과 마찬가지로 그의 부친 반표班彪의 유업遺業을 이어《한서》를 편찬하였으며, 그의 누이 반소班昭와 제자

07 송대의 사학자이자 목록학자인 정초鄭樵가《通誌 · 總序》에서 한 말로 "百代以下, 史官不能易其法, 學者不能捨其書."라고 하였다.

마속馬續이 보충하고 정리하여 완성하였다. 특히 서한 유흠劉歆의 〈칠략七略〉에 근거한 〈한서예문지漢書藝文志〉는 중국 고대학술사와 문학사를 연구하는 데 매우 귀중한 자료로 평가받고 있다. 일반적으로 《사기》는 편찬자의 주관적 색채가 강하나 《한서》는 유학자이자 문인인 반고의 손에서 편찬되어 상대적으로 객관적이고 견실하다. 전체적으로 유가적 색채가 강하며 주관적이거나 감정적인 색채는 《사기》에 비하여 훨씬 엷다. 그러나 동한시기 산문의 발전과 성숙을 반영해 문체가 중후하면서도 세련되었다는 평을 받아 《사기》와 함께 각각 나름의 특색을 지녔다는 평가를 받는다.

3 민간의 노래, 한대 시가

한나라는 진나라의 급속한 멸망을 거울삼아 문치를 내세우고 학술을 장려하였다. 이러한 분위기가 사회 전체에 영향을 미쳤으며 한대 시가詩歌의 출발 또한 예외는 아니었다. 한무제는 제국의 음악 담당 기관으로 악부를 건립하였으며, 종묘宗廟 제사에 쓰이는 음악을 제작하고 가사를 짓는 이외에 각 지역에서 불리는 노래를 채집하여 민정의 참고자료로 삼았다. 이러한 과정에서 민간에서 불리는 노래가 수집되었는데, 이를 악부시라 한다. 따라서 악부시는 종묘제례에 쓰인 노래를 제외하면 대부분 이름 없는 백성들의 고단한 삶을 다룬 것이다. 민간에서의 성취에 비해 문인시의 탄생은 서서히 이루어졌다.

서한시기에 문인들의 문학창작은 한부에 집중되어 시가에서는 별다른 성취가 없었다. 다만 동한시기에 이르면 문인들이 민간에서 유행하는 5언 형태의 고시에 관심을 가지면서 가필하여 〈고시십구수古詩十九首〉와 같이 정형화된 5언고시로 성숙할 수 있었다. 문인들의 시가창작은 이러한 민간 작품의 영향을 받아 익숙해지면서 동한시기에 출현하게 된다. 이를 순서대로 살펴보겠다.

(1) 관청의 노래, 악부시

선진시기에 《시경》과 《초사》가 시가문학을 꽃피운 이후 한대의 시가로는 문학사 흐름에서 볼 때 악부시樂府詩가 가장 중요하다고 할 수 있다. 악부는 원래 음악을 관장하는 관청이었다. 조정의 제사와 연회에 필요한 음악을 만들고 악공을 훈련하며 민간 가요를 채집하고 문인의 작품에 곡을 붙이는 등의 기능을 수행했다. 이러한 악부에서 채집하고 정리한 노래의 가사를 후세에 악부시라고 불렀으며, 후대에 지속적으로 이를 모방한 작품들이 나와서 이 또한 악부시라고 했다.

악부시는 고아, 부녀자, 난세의 유민, 전쟁에 시달리는 병사 등 현실적 모습을 매우 생생하게 묘사해 사실에 기반한 《시경》의 전통을 계승한 것으로 평가된다. 인물이 부각되고 이야기를 담아 서사시 발전에도 기여했다. 송나라 곽무천郭茂倩 1041-1099[08]이 편집한 《악부시집樂府詩集》에서는 악부시를 음악에 따라 12종류로 나누었는데, 문학작품으로서 가치가 높은 것은 주로 '상화가사相和歌辭'와 '잡곡가사雜曲歌辭'에 실려 있다. 대표적 작품을 꼽으면, 사회 제반 모습을 다룬 〈고아의 노래孤兒行〉, 〈병든 부인의 노래婦病行〉, 〈동문행東門行〉, 남녀 간의 사랑을 다룬 〈하늘이시여上耶〉, 〈그리워하는 이 있어有所思〉 등이 있다. 이밖에 남녀의 사랑을 다루면서도 인물묘사가 두드러진 것으로 〈공작새는 동남쪽으로 날아가고孔雀東南飛〉, 〈길가의 뽕나무陌上桑〉 등이 있다. 형식 면에서 악부시는 《시경》의 4언이 잡언 및 5언으로 향하는 과도기로 볼 수 있다. 대표작 〈그리워하는 이 있어〉와 〈동문행〉을 살펴보자.

08 북송시대 저명한 문인으로 《악부시집》의 편찬자로 이름을 남겼다. 수많은 민가와 이러한 민가의 영향으로 탄생한 문인들의 악부시를 모아 편찬하여 악부시 연구에 귀중한 자료가 되었다.

〈그리워하는 이 있어〉

그리운 임,	有所思,
큰 바다 남쪽에 계시네.	乃在大海南.
무엇을 보내어 내 마음 보일까,	何用問遺君,
쌍구슬 단 대모 비녀	雙珠玳瑁簪.
옥으로 감아 보내려 했네.	用玉紹繚之.
그대가 다른 마음 품었단 얘기 듣고	聞君有他心,
그것을 가져다 분질러 태웠네.	拉雜摧燒之.
분질러 태워서	摧燒之,
바람에 재를 날렸네.	當風揚其灰.
지금부터는	從今以往,
다시는 그리워하지 않고,	勿復相思,
그대 그리움을 끊어버리리.	相思與君絕.
닭이 울고 개 짖으면	雞鳴狗吠,
형수도 알게 되리라.	兄嫂當知之.
아아	妃呼狶,
가을바람 휙휙 풀고 신풍새 우네,	秋風肅肅晨風颸,
동방이 밝아오면 내 마음을 알리라.	東方須臾高知之.

〈그리워하는 이 있어〉에서는 사랑에 빠진 여인의 심리 변화가 돋보인다. 초반에는 멀리 떠난 임에게 선물을 보낼 것을 고민하다가 애인이 변심했다는 소식을 듣고 선물로 받은 비녀를 부러뜨려 바람에 그 재를 날리는 장면이 등장한다. 그러나 끝내 잊을 수 없어 여러 가지 생각으로 밤을 지새우는 한 여인의 심리가 시간 순서에 따라 기술되어 있다.

〈동문행〉

동문을 나서네,	出東門,
다시는 돌아오지 않으리.	不顧歸.
그러나 돌아와 대문을 들어서면,	來入門,
가슴이 찢어질 듯 슬퍼지네.	悵欲悲.
독에는 한 말의 쌀도 없고,	盎中無斗米儲,
돌아보면 옷가지 하나 걸려 있지 않네.	還視架上無懸衣.
칼을 뽑고 동문을 나서는데	拔劍東門去,
집에 있는 아이 어미가 옷을 잡고 훌쩍이네.	舍中兒母牽衣啼.
"남들은 부귀를 바란다지만	他家但願富貴,
저는 당신과 죽이라도 먹고 살렵니다."	賤妾與君共餔糜.
"위로는 푸른 하늘이 있고	上用倉浪天故,
아래로는 아이들이 있지요.	下當用此黃口兒,
지금은 안 돼요."	今非.
"놔, 갈 거야. 벌써 늦었어.	咄，行，吾去爲遲.
백발이 늘어지니 오래 버티기 어렵겠어."	白髮時下難久居.

〈동문행〉에서는 생활고에 처한 한 집안의 가장이 부인과 아이를 저버리고 혼자 살길을 찾아 떠나려는 장면을 다루었다. 부부의 대화체까지 그대로 사용되어 당시의 절박한 상황이 잘 표현되어 있다. 한대의 부가 황제 1인에게 바쳐진 제국의 문학이었던 데 비해 악부시는 유가의 경직된 예교에 얽매이지 않은 진솔한 감정을 드러냈다는 점에서 그 의의가 크다.

(2) 문인의 오언시, 고시십구수

동한에 이르러 사회변화에 따라 인식의 폭이 넓어지고 감정이 깊어지면서 문인들의 시가 나타났다. 반고, 장형張衡78–139,[09] 채옹蔡邕133–192[10] 등이 일정한 글자 수에 운을 맞춘 5언시를 남겼다. 문학사의 흐름에서 이들보다 더 유명하고 큰 영향을 미친 것은 작자를 알 수 없는 〈고시십구수古詩十九首〉라 불리는 오언고시 19편이다. 소명태자昭明太子501–531[11]가 편찬한 《문선文選》에 실려 있으며 당시 민가에 기반하여 몰락한 지식인들이 가필하였을 것이라고 추정한다. 그 주제는 나그네의 슬픔, 인생의 깨달음, 장수와 성공에 대한 열망 등이 있다. 각각의 작품도 제목이 없기 때문에 편의상 작품의 첫 구절을 제목으로 부른다. 이 가운데 〈가고 또 가고行行重行行〉를 감상해보자.

가고 가고 또 가서	行行重行行,
그대와 생이별하였네.	與君生別離.
서로 만 리를 떨어져	相去萬餘里,
각자 하늘 한쪽에 산다오.	各在天一涯.
길이 험하고도 머니	道路阻且長,
만날 날을 어찌 알 수 있을까.	會面安可知.
오랑캐 말은 북풍에 몸을 의지하고	胡馬依北風,
월나라 새는 남쪽 가지에 둥지를 트는 법	越鳥巢南枝.
서로 헤어져 나날이 멀어져 가니	相去日已遠,
허리띠는 날마다 더 헐거워지네.	衣帶日已緩.

09 한나라 때 뛰어난 과학자이자 문학가로 천체현상을 연구하여 저술하였고 문학 방면에서는 〈두 도시의 노래二京賦〉, 〈네 가지 슬픔의 시四愁詩〉 등을 남겼다.

10 후한시대 문인으로 천문학에 밝고 음악적 재능이 뛰어났다.

11 남조 양나라의 왕족이자 문학가로 양무제梁武帝 소연蕭衍의 장자로 양 간문제簡文帝 소강蕭綱과 양원제梁元帝 소역蕭繹의 형이다. 소명태자昭明太子로 불린다. 태자로 책봉되어 조야 모두에서 신뢰를 얻었고 문학을 애호하였으나 31세에 병사하였다. 《문선》 편집을 주관하여 선진시기부터 양나라에 이르는 시문 등 700편을 수록했다. 현존하는 가장 이른 시기에 나온 대형 시문총집이다.

뜬구름이 밝은 해를 가리니	浮雲蔽白日,
길 떠난 임은 돌아올 생각을 하지 않네.	遊子不顧返.
그대 그리움으로 몸은 늙고	思君令人老,
세월은 어느덧 저물어가네.	歲月忽已晩.
버려진 신세 다시 말하지 말자,	棄捐勿復道,
애써 밥이라도 잘 드시기를.	努力加餐飯.

먼 길을 떠난 임을 끝없이 애타게 그리워하다가 끝부분에서는 서로 만나지 못해도 식사를 잘하시라며 건강을 축복하고 있어 깊은 감정을 느끼게 한다. 혼란한 시대에 내일을 알 수 없고 가족이 이산되고 끊임없이 먼 길을 헤매는 당시 상황이 잘 반영되어 있다. 형식 면에서 앞에서 소개한 한대의 악부시 〈그리워하는 이 있어〉와 〈동문행〉에 비해 고시십구수에 속하는 이 시는 이미 완벽하게 5언으로 정련된 모습을 하였으며 내용 전개도 자연스럽다. 오언시가 성숙 단계에 이르렀음을 알 수 있다.

✣ 작품 감상 ✣

❶ 〈귀전부歸田賦〉

장형張衡

遊都邑以永久，無明略以佐時;
徒臨川以羨魚，俟河清乎未期.
感蔡子之慷慨，從唐生以決疑.
諒天道之微昧，追漁父以同嬉;
超埃塵以遐逝，與世事乎長辭.
於是仲春令月，時和氣清.
原隰鬱茂，百草滋榮.
王雎鼓翼，鶬鶊哀鳴;
交頸頡頏，關關嚶嚶.
於焉逍遙，聊以娛情.
爾乃龍吟方澤，虎嘯山丘.
仰飛纖繳，俯釣長流;
觸矢而斃，貪餌吞鉤;
落雲間之逸禽，懸淵沉之魦鰡.
於時曜靈俄景，繫以望舒.
極般遊之至樂，雖日夕而忘劬.
感老氏之遺誡，將回駕乎蓬廬.
彈五弦之妙指，詠周孔之圖書;
揮翰墨以奮藻，陳三皇之軌模.
苟縱心於物外，安知榮辱之所如?

해설 장형이 만년에 쓴 작품으로 동한 말엽 어지러운 세태 속에서 타협을 거부하고 전원으로 돌아가 은둔하고자 하는 심정을 서정적이고 생동적으로 표현해냈다. 이전의 산문체부와는 표현 방식이나 내용이 아주 색다르다. 이로써 〈귀전부〉는 개성적이고 청신한 서정소부의 새로운 경지를 열었다는 평가를 받는다.

해석 〈전원으로 돌아가며〉[12]

도읍에서 노닌 지 오래되었지만 시국을 바로잡을 훌륭한 계책 없네.

하릴없이 냇물가에서 물고기 잡길 바라지만, 황하가 맑아지길 기다려도 기약이 없네.

옛날 채택蔡澤은 일이 뜻대로 되지 않아 애태우다가 당거唐擧를 찾아가 관상을 보고 의혹을 풀었네.

천도의 현묘함은 헤아릴 수 없으니, 어부를 따라 함께 즐겨야겠네.

속세의 먼저 털어버리고 멀리 떠나 세상일과는 영영 이별하려네.

때는 한 봄 좋은 달, 시절 화창하고 날씨 맑네.

들판은 빽빽이 우거지고, 온갖 풀 무성하네.

물수린 날갯짓하고, 꾀꼬린 슬피 울며,

서로 목 비비며 위아래로 날면서, 꽌꽌 꾹꾹 우짖네.

여기에서 소요하며, 애로라지 마음 즐겁게 해야지.

큰 호숫가에서 용 울음소리 내고, 산언덕에선 호랑이 울음소리 지르네.

위로는 주살 날리고, 아래로는 긴 강물에 낚시 드리우니,

화살에 맞아 죽고, 미끼 탐하다 낚싯바늘 삼켜,

구름 사이로 나는 새 떨어뜨리고, 깊은 연못 속에 잠긴 고기 낚아 올리네.

그러다 어느덧 해지면, 달이 떠오르네.

노니는 지극한 즐거움 다하느라, 비록 여러 날 되어도 수고로움 잊네.

노자가 남긴 교훈을 떠올리며, 수레 돌려 내 초가로 돌아와,

오현금을 날렵한 손가락으로 타고, 주공과 공자의 책을 읊네.

붓 휘둘러 멋진 글 짓고, 삼황의 법도 써 보네.

진실로 세상밖에 마음 풀어놓으니, 영화와 굴욕이 어떠한지 어찌 알리오?

---

12 김장환, 《중국문학입문》(학고방, 1999), 181-182쪽 인용.

② 〈공작동남비孔雀東南飛〉

序曰：漢末建安中，廬江府小吏焦仲卿妻劉氏，爲仲卿母所遣，自誓不嫁. 其家逼之，乃投水而死. 仲卿聞之，亦自縊於庭樹. 時人傷之，爲詩云爾. 孔雀東南飛，五裏一徘徊.

“十三能織素，十四學裁衣，十五彈箜篌，十六誦詩書. 十七爲君婦，心中常苦悲. 君既爲府吏，守節情不移，賤妾留空房，相見常日稀. 雞鳴入機織，夜夜不得息. 三日斷五匹，大人故嫌遲. 非爲織作遲，君家婦難爲！妾不堪驅使，徒留無所施，便可白公姥，及時相遣歸.”

府吏得聞之，堂上啟阿母：“兒已薄祿相，幸復得此婦，結發同枕席，黃泉共爲友. 共事二三年，始爾未爲久，女行無偏斜，何意致不厚？”

阿母謂府吏：“何乃太區區！此婦無禮節，舉動自專由. 吾意久懷忿，汝豈得自由！東家有賢女，自名秦羅敷，可憐體無比，阿母爲汝求. 便可速遣之，遣去慎莫留！”

府吏長跪告：“伏惟啟阿母，今若遣此婦，終老不複取！”

阿母得聞之，槌床便大怒：“小子無所畏，何敢助婦語！吾已失恩義，會不相從許！”

……

府吏還家去，上堂拜阿母：“今日大風寒，寒風摧樹木，嚴霜結庭蘭. 兒今日冥冥，令母在後單. 故作不良計，勿複怨鬼神！命如南山石，四體康且直！”

阿母得聞之，零淚應聲落：“汝是大家子，仕宦於台閣，慎勿爲婦死，貴賤情何薄！東家有賢女，窈窕豔城郭，阿母爲汝求，便複在旦夕.”

府吏再拜還，長歎空房中，作計乃爾立. 轉頭向戶裏，漸見愁煎迫.

其日牛馬嘶，新婦入青廬. 奄奄黃昏後，寂寂人定初. 我命絕今日，魂去屍長留！攬裙脫絲履，舉身赴清池.

府吏聞此事，心知長別離. 徘徊庭樹下，自掛東南枝.

兩家求合葬，合葬華山傍. 東西植松柏，左右種梧桐. 枝枝相覆蓋，葉葉相交通. 中有雙飛鳥，自名爲鴛鴦，仰頭相向鳴，夜夜達五更. 行人駐足聽，寡婦起彷徨. 多謝後世人，戒之慎勿忘！

해설 시의 첫 구절이 '공작동남비孔雀東南飛'로 시작되어 후세 사람들이 이를 작품 이름으로 부르게 되었다. 원제목은 〈초중경의 아내를 위해 지은 옛시古詩爲焦仲卿妻作〉이고 전체 353구의 장편서사시이다.

중국 한나라 말기에 지어진 작자 미상의 장편 서사시로 고부姑婦간의 불화로 빚어지는 가정 비극을 다룬 작품이다. 서릉徐陵의 《옥대신영》에 수록되어 있다.

여주인공 유란지劉蘭之와 남주인공 초중경焦仲卿은 서로 사랑하였으나 시어머니의 인정을 받지 못하여 헤어지고, 친정에서의 재혼 강요 및 두 사람 사이의 오해로 결국 두 사람 다 자결하는 것으로 끝을 맺는다. 짜임새 있는 스토리가 돋보이며 사건이 진행됨에 따라 섭섭함, 당혹감, 원망, 비통함 등 두 사람의 섬세한 감정 변화 또한 세세하게 표현되었다. 작품의 시작에서 공작새가 동남쪽으로 날아가며 오 리에 한 바퀴 빙그르르 돈다는 것은 미련이 많았던 여주인공의 처지를 상징적으로 나타낸다. 또한 작품 끝부분에는 두 사람이 죽은 뒤 양쪽 집안에서 합장하여 연리지가 자라고 원앙새가 깃들었다는 대목이 나온다. 이 또한 살아서 이루지 못한 사랑을 사후에 이루게 되는 애틋한 장면이다.

해석 서문에서 다음과 같이 말하였다. 한나라 말기 건안建安 연간에 여강부廬江府 관리 초중경焦仲卿의 아내 유씨는 초중경의 어머니에게 쫓겨나 스스로 시집가지 않으리라 맹세하였다. 그녀의 집안에서 (재혼을) 강요하자 이에 물에 몸을 던져 죽었다. 초중경이 그 소식을 듣고 또한 정원의 나무에 목을 매었다. 당시 사람들이 이를 슬프게 여겨 시를 지어 다음과 같이 말하였다. 공작새는 동남쪽으로 날아가며 오 리에 한 바퀴 빙그르르 도네.

"열셋에는 흰 비단을 짜고 열넷에는 옷을 짓고 열다섯엔 공후를 뜯고 열여섯엔 시서를 읊고, 열일곱에 당신 아내 되었지만 마음은 늘 괴롭고 슬퍼요. 당신은 고을의 관리가 되어 딴마음 없이 근면하시지만, 저는 빈방에 남아 뵐 날이 드물어요. 새벽닭 울 때 베틀에 오르면 밤늦도록 쉬지도 못하고, 사흘에 다섯 필씩 끊어내도 어르신은 굼뜨다 탓하셔요. 베 짜기가 굼뜬 게 아니라 이 집 며느리 노릇이 어려워요. 부릴 만하지 못하다면 공연히 놔둬야 소용없으니 바로 시부모님께 말씀드리고 일찌감치 내보내 주셔요."

관리는 이 말을 듣고 안방으로 올라가 어머님께 말씀드렸지요. "저는 본래 박복한 놈이었는데 다행히도 이 아내를 얻었습니다. 머리를 묶고 부부가 된 것은 무덤까지 함께 벗할 생각입니다. 함께 부모님 모시기 두세 해, 이제 시작이라 오래된 것도 아닙니다. 행실에 나쁜 점이 없는데 무엇 때문에 야박하게 하십니까?"

어머님은 관리에게 이르셨지요. "어찌 그다지 못났느냐? 이 애는 예절도 없는 데다가 거동도 모두 제멋대로다. 내가 오랫동안 화를 참고 왔는데 너는 어찌 멋대로 하려느냐? 동쪽 집에 참한 처자가 있지, 진나부 같다고 말한단다. 사랑스러운 몸매는 비할 데가 없지. 어미가 너를 위해 얻어줄 테니 빨리 이 애를 쫓아내거라, 쫓아내고 다시는 들이지 말아라!"

관리는 꿇어앉아 아뢰었지요. "엎드려 어머님께 여쭙습니다. 지금 만약 이 처를 쫓아내시면 늙도록 다시 장가들지 않겠습니다!"

어머님은 이 말씀을 들으시고 마루를 치시며 대노하셨소. "이놈이 두려운 게 없구나! 감히 아내 편을 들다니! 나는 이미 보기 싫으니 결단코 허락하지 않겠다."

……

관리는 집으로 돌아가서 안방으로 올라가 어머님께 절했소. "오늘 센바람이 몹시 춥습니다. 추운 바람에 나무가 꺾어지니 서릿발이 마당의 난초에 엉깁니다. 저는 오늘 어두운 나라로 갑니다. 뒤에 어머님을 외롭게 남겨 두옵고, 일부러 궂은 길을 택한 것이오니 귀신일랑 원망치 마십시오. 남산 위의 저 바위처럼 오래오래 만수무강하십시오!"

어머님 이 말씀 들으시더니 눈물이 주르륵 흘렀소. "너는 대갓집의 자식, 관청에서 벼슬하는 몸. 여자 하나 때문에 죽지 말아라. 귀천이 다른데 어찌 박정하다 할까? 동쪽 집에 참한 색시가 있지. 예쁘다고 도성에 소문이 났단다. 어미가 너를 위해 구해줄 테니 바로 조만간에 이루어질 게다."

관리는 두 번 절하고 돌아와 빈방에서 길게 탄식하오. 갈 길은 이제 정해져 있지만 고개 돌려 방 안을 살펴보니 볼수록 슬픔이 차오릅니다.

그날 소와 말이 울 때, 새색시는 혼례장막으로 들어갔소. 어둑어둑 황혼이 지난 다음, 조용조용 한밤중이 되자 "내 목숨은 오늘로 끊어지리니, 넋은 떠나고 주검만 길이 남으리!" 치마를 여미며 비단신 벗어놓고, 몸을 일으켜 맑은 못에 들어갔소.

관리는 이 일을 듣자 영원한 이별임을 확신하고, 마당의 나무 밑에서 배회하다가 스스로 동남쪽 가지에 목을 매었소.

두 집안에서 합장을 요구하여 화산 곁에 둘을 합장했소. 동서로는 소나무 측백나무를, 좌우에는 오동나무를 심었소. 가지와 가지가 서로 덮고 이파리와 이파리가 서로 닿았소. 그 안의 한 쌍의 새는 사람들이 원앙이라 불렀소. 고개 젖혀 서로 보며 밤마다 오경까지 우오. 나그네는 걸음을 멈추어 듣고, 과부는 일어나 방황하네. 후세 사람들에게 많이 알려서 조심하고 잊지 않도록 하시라!

MEMO

Chapter 04

문학 자각의 시기, 위진남북조문학

1

시가문학의 자각, 위진시가

2

산문의 자각,

위진남북조의 산문과 변려문

3

온갖 괴이한 일의 기록,

위진남북조의 지괴·지인소설

위진남북조시기는 한나라를 이어 성립된 위魏나라, 진晉나라 그리고 남조南朝와 북조北朝로 전개된 나라들로 이루어진 시기를 말한다. 이 시기는 문학 자각의 시기로 일컬어진다. 중국문학사 발전의 흐름을 개관하면 항상 그 이전 시대와의 관계 속에서 다음 시대의 특색이 드러나는 현상을 발견할 수 있다. 한대는 그 이전 진秦나라의 폭정과 선을 긋고 문치를 내세우며 유학을 확립하여 국가적 특색이 드러났다. 그러나 한나라 말기에 국세가 기울며 이어진 위진시대 및 남북조시기는 한대만큼 강력한 중앙집권이 나타나지 못하고 자주 다른 세력으로 교체되었다. 급기야 위진시대의 진나라는 내부 분열로 북방 유목민들을 전쟁에 끌어들였다. 흉노의 유연劉淵이 세운 한조漢趙에 멸망당한 사마씨의 진晉은 남하하여 동진東晉을 세우게 되고 이에 그 이전을 서진西晉이라 부른다. 그 이후 펼쳐지는 남북조시기는 말 그대로 남방에서 전개된 한족 중심의 왕조와 북방에서 전개된 비한족 중심의 왕조로 복잡하게 전개되었다.

이러한 상황에서 안정과 질서, 정통을 강조하는 유학儒學은 힘을 잃고 노장老莊사상과 여기에서 파생된 현학玄學[01]이 흥성했다. 위진시기 지식인들은 실질적인 일에서 벗어나 '청담淸談'을 즐겼다. 이들은 솔직하고 법도에 구애되지 않는 태도를 높이 평가하고 예술에 조예가 있는 사람을 존경하고 스스로 그렇게 되고자 했다. 이러한 이야기들이 당시 인물들의 일화를 모은 《세설신어世說新語》에 가득하다. 한편 서역에서 전해진 불교도 꽃을 피웠다. 불경 번역으로 유가에서 다루지 않는 사후세계나 전생과 같은 개념이 중국문화에 들어오고 그 풍부한 상상력이 문학의 소재와 이야깃거리를 확충하는 데 큰 역할을 하였다. 또한 불경 번역 과정에서 인도어와 다른 중국어의 성조를 알게 되었고, 이는 자국어의 특징을 더욱 명확히 인식한 상태에서 작품을 쓰는 계기가 되었다.

위진남북조시기는 한족 중심의 역사관에서 보면 분열과 혼란의 시기로 평가되기도 하지만 문학예술의 견지에서 보면 다양성이 실험되고 철학의 자장에서 벗어난

01 중국 위진시대의 철학사조. 삼현三玄이라 불리는 《노자》, 《장자》, 《주역》에 의거하여 사상을 전개하였기에 현학이라고 불렀다. 현학가들은 노장사상에 유가경전의 사상을 혼합하여 이전 시기 경학을 대체하였다.

순수한 개인의 문학이 꽃핀 시기이기도 하다. 위진남북조의 문학은 크게 위진시기와 남북조시기로 양분할 수 있으며 그 시작은 한나라 말기 건안建安시기196–220에 시작되어 수나라의 통일589을 종결점으로 본다. 약 400년간 지속된 이 시기의 문학은 문인집단의 형성, 문학창작에 대한 자각, 다양한 장르의 탄생과 발전, 문학비평의 활성화 등 여러 면에서 발전을 이루었다.

건안은 한나라 헌제獻帝의 연호로 명목은 한나라에 속하지만 정권은 조조曹操155–220가 장악하고 있었다. 당시 국가는 위魏 · 촉蜀 · 오吳로 나뉘어 있었으나 문학 발전은 위나라를 중심으로 이루어졌다. 조조 휘하에 있던 문인들은 한대의 유생들에 비하여 격변의 시기를 겪으며 성장한 인물들로, 정치적 이상을 품었으며 현실에 대한 다양한 경험도 있었다. 유명한 적벽대전赤壁大戰TIP이 벌어진 때가 건안 13년208이었던 만큼 건안시기 문인들은 가까이에서 전란을 목도하며 국가를 바로 세우고자 열의를 다지기도 하고 전쟁의 참상으로 비애에 빠지기도 했다. 건안에서 이어지는 정시正始240–248는 위나라 조방曹芳의 연호로 위나라 말기 문학이라 할 수 있다. 이 시기는 위나라와 진나라가 교체되던 때로 상황은 정권교체기라는 면에서 건안시기와 비슷하다. 건안시기도 연호는 한나라 말기였으나 실권은 위나라의 실질적 건립자인 조조에게 완전히 넘어왔던 것과 같이 정시시기의 위나라 정권은 곧이어 등장할 사마씨의 진나라에 장악되어 있었다. 이 시기 문인들은 현학에 심취하는 한편 사마씨의 잔혹한 통치에 항거하며 자연 속에서 구속 없는 삶을 지향하였고 문학에도 이를 반영하였다. 한나라와 위나라 말기에 각각 활동했던 건안 문인들과 정시 문인들은 집단적으로 활동하며 자신들의 문학적 색채를 드러냈다. 이로써 한나라 때에는 주로 관방 색채의 문학이 지배적이었다면 이 시기에는 자연과 인생을 본질적으로 고민하고 그 의미를 묻는 문학이 발전할 수 있었다. 이를 후대에 한위풍골漢魏風骨이라 하며 특히 비분강개한 색채가 더 강렬했던 건안시기 문학을 가리켜 건안풍골建安風骨이라 하였다.

TIP

적벽대전赤壁大戰

삼국시대인 208년 후베이성湖北省 양쯔강揚子江 남안에 있는 적벽에서 벌이진 전투로, 후한 말기에 조조曹操가 손권孫權과 유비劉備의 연합군과 싸웠던 전투이다. 결과적으로 조조 군대가 화공火攻으로 대패하여 천하가 삼분되는 계기가 되었다.

이어지는 남북조시기는 더욱 복잡하게 진행된다. 남방에는 동진東晋 · 송宋 · 제

齊 · 양梁 · 진陳이라는 5개 왕조가 있었고 북방에는 16국시기를 거쳐 복잡한 변화를 거치며 최종적으로 북제北齊를 이어서 북주北周가 성립되고 수隋나라가 이 북주를 정복함으로써 남북조시기가 일단락되었다. 동진시기부터 수나라의 통일까지 300년 가까이 되는 기간은 오랜 분열의 국면이었다. 지금의 중국 땅이 남북조로 갈라지면서 남방과 북방에서 모두 정권 교체가 잦았다. 남조의 5개 왕조에 위 · 촉 · 오 삼국시기의 오나라를 추가하여 '6개 왕조'라는 뜻의 육조六朝시기라고 부르기도 한다. 전체적으로 이전의 한나라 시대와 대비할 때 문인들이 스스로 문학의 주체로 자각하며 집단화 양상과 더불어 전에 없던 새로운 실험들이 이루어졌으며 형식면에서 완비되어 간 시기다. 이 시기 문인들은 중국어의 음절적 미감을 분명히 인식하며 성조를 적절히 배열하여 근체시近體詩의 기초를 마련했다. 의고시擬古詩라 부르는 모방작이 수없이 만들어지기도 했는데 당시 아직 문학이 충분히 발달하지 않은 상태에서 이러한 모방은 한 장르를 굳건히 만들어가는 데 도움이 되었다. 남북조 대치 국면은 문화를 풍부하게 하였고 문인시 외에 일반 백성들이 부른 민가民歌도 새롭게 등장하였다.

윤리와 도덕에서 비교적 자유로워진 위진남북조시기는 거의 모든 영역에서 글을 아름답게 지으려고 노력하면서 부賦의 영역과 산문에서도 변화가 나타났다. 한대에 주로 제왕의 공간인 도성과 궁궐을 노래했던 부가 이제는 문인의 개인적 감정을 드러내는 영역으로 변화하면서 미의식 또한 성장하였다. 이밖에 문장 영역에서도 선진先秦시기의 정치철학 산문이나 한대의 역사 산문과 달리 미적 표현에 주의하며 변려문騈儷文이 탄생하였다. 이렇게 위진남북조시기는 모든 장르에서 아름다움을 추구하였고 표현 기법이 발달하였다.

이러한 배경에서 문학비평 또한 활발해지고 전문적인 비평도 등장하였다. 조비曹丕187-226[02]는 일찍이 《전론典論 · 논문論文》에서 문장은 국가의 대업이라 하여 문학의 지위를 높이 평가하였고 서진시기 문인 육기陸機261-303는 〈문부文賦〉에서

02 위나라 문제文帝. 조조의 아들이자 조식의 형이다. 후에 명분만 남은 한나라를 대신하여 황제의 자리에 올라 국호를 위魏나라로 정하였다.

문학창작에서의 상상력을 논했다. 무엇보다 이 시기의 획기적 발전은 《문심조룡文心雕龍》과 《시품詩品》이 출현한 것이다. 먼저 《문심조룡》은 양나라 유협劉勰 460?-538?이 저술한 50편으로 이루어진 대작으로 문학 창작의 이론, 창작의 영감, 장르별 발달과정, 문체적 특징 등을 논하였다. 미적 추구를 전면에 내세웠던 시기답게 글자 수와 성조의 규칙을 지켜가며 쓴 변려문으로 되어 있다는 것이 대단하다. 《시품》의 저자는 양나라 종영鍾嶸 468?-518?으로 당시까지 출현했던 모든 시인을 상 · 중 · 하로 등급을 나누고 매 시인들을 전대 시인 혹은 작품과 연계지어 설명하였다.

한편 소설 영역에서도 새로운 형식이 출현하였다. 한대에 중국으로 유입된 불교가 위진시기 이후 광범위하게 퍼지면서 신선과 관련된 이야기를 많이 파생시켰고 이는 괴이한 일을 기록한 '지괴소설志怪小說'의 탄생을 도왔다. 또한 위진시기 명사들의 일화와 청담을 주로 기록한 《세설신어》와 같은 작품집도 '지인소설志人小說'로 출현하게 되었다.

1 시가문학의 자각, 위진시가

(1) 시인들의 문학살롱, 건안·정시·태강의 시

먼저 위진시기 시가의 흐름은 한대 말기 건안建安TIP시가로 시작된다. 명맥상 후한을 유지하고 있었지만 실권은 조조曹操에게로 넘어간 이 시기에 조조는 수도 업성鄴城[03]에 문인들을 불러모아 창작활동을 장려했다. 주요 작가로는 조조 본인을 비롯해 두 아들인 조비와 조식曹植 192-232이 있었으며 이밖에 건안칠자建安七子[04]로 불리는 왕찬王粲 177-217, 유정劉楨 ?-217 등과 여류시인 채염蔡琰 ?-?을 들 수 있다. 훗날 '건안풍골建安風骨'로 칭송되

TIP

건안建安

후한 헌제獻帝 때의 연호(196-220). 중국 고전문학을 서술할 때 시대구분은 크게는 왕조에 따르며 작게는 해당 황제의 연호로 표현한다. 건안시가는 건안시기의 시가를 가리키며 비장하며 힘이 있어 중국 시 분야에서 높은 문학적 수준을 이룬 것으로 평가된다.

03 지금의 허베이河北성 한단邯鄲시 린장臨漳현.

04 후한 헌제獻帝 때 연호(196-220)인 건안 시기에 활약한 공융孔融, 진림陳琳, 왕찬, 서간徐幹, 완우阮瑀, 응양應瑒, 유정 등의 일곱 문인을 가리킨다. 비장하며 힘이 있는 수준 높은 시가 성취를 이루었다.

▶ 조조

는 시풍의 흐름을 처음 주도한 것은 백전노장이자 타고난 지략가였던 조조의 힘이 크다. 남겨진 작품은 20여 수에 불과하지만 동란의 시대에 정국을 이끌어갈 책임을 통감하며 정치적 기개와 포부를 밝혔다. 대표작은 〈짧은 노래短歌行〉로 "술을 마주하고 노래하니, 인생이 얼마나 되는가?對酒當歌, 人生幾何? "라는 인생의 짧음을 탄식하는 강렬한 비감으로 시작한다. 적벽赤壁에서 손권孫權과 전투를 벌이던 즈음에 창작한 것으로 알려진 이 시는 현실의 어려움을 통감하면서도 "산은 높음을 마다하지 않고, 바다는 깊음을 싫어하지 않네.山不厭高, 海不厭深."라 하여 인재를 폭넓게 흡수해 강국을 만들어가고자 하는 포부를 다졌다. 조조의 맏아들 조비 또한 문재가 뛰어났으며 더욱 적극적으로 문인들과의 창화를 다각적으로 시도했고 창작에서도 5언, 7언을 비롯해 기타 잡언체雜言體까지 시도하였다. 대표작은 〈연나라의 노래燕歌行〉로 임을 그리는 여인의 어투가 특징이며 완전한 형태의 7언시를 이루어 문학사적 의의가 있다. 조조의 셋째 아들 조식은 창작의 다양성과 깊이에서 아버지와 형을 뛰어넘으며 건안 시인의 대표로 중국 시가사의 흐름에서 문인시 정착이라는 중요한 역할을 하였다. 생의 전반기는 나라를 위해 일해보겠다는 포부를 밝히거나 화려한 귀공자의 면모를 보였으며 〈백마의 노래白馬篇〉, 〈화려한 도시의 노래名都篇〉가 대표작이다. 후반기에는 왕위에 오른 형 조비의 지속적인 정치적 압박으로 깊은 고민과 울분이 표출되면서 문학적으로 성숙하고 감동적인 작품을 남겼다. 〈백마왕 조표에게 드림贈白馬王彪[05]〉, 〈어허라 아이고 노래吁嗟篇〉, 〈일곱 가지 슬픔의 노래七哀詩〉, 〈이것저것 읊다雜詩〉, 〈들판 참새의 노래野田黃雀行〉 등이 대표작이다. 장편시 〈백마왕 조표에게 드림〉의 일부분을 보자.

05 223년 낙양에서 지었으며 총 7장으로 되어 있다. 시의 서문에 따르면 조식은 이복동생인 백마왕白馬王, 친동생인 임성왕任城王과 함께 상경하여 황제를 뵙게 되었는데 임성왕이 급사하여 백마왕과 조식 두 사람만 자신의 임지로 돌아가게 되었다. 이때 두 사람은 돌아가는 길에 숙박과 휴식 시간을 다르게 하라는 황명이 있었다고 한다. 두 사람이 혹시라도 정치적 모의를 할 수 있어서 이를 사전에 철저히 막은 것이다. 당시 조식에게 가해진 압박이 어느 정도였는지 가늠해볼 수 있다.

외로운 짐승은 무리를 찾아 달리느라　　孤獸走索群,
입안의 풀도 씹을 틈이 없구나.　　銜草不遑食.
이러한 경치로 감상에 젖은 마음　　感物傷我懷,
가슴을 쓸며 길게 탄식한다.　　撫心長太息.
탄식한들 이제 어떻게 하리　　太息將何爲,
천명은 나를 저버렸거늘.　　天命與我違.
친형제를 그리는 마음 어찌할까　　奈何念同生,
한번 가면 육신은 돌아오지 못하는구나.　　一往形不歸.
……　　……
마음이 슬퍼 정신이 흔들리지만,　　心悲動我神,
버려두고 다시 말하지 않으리.　　棄置莫複陳.
장부가 천하에 뜻을 두었다면　　丈夫志四海,
만 리 떨어져도 오히려 이웃이라오.　　萬里猶比鄰.

총 80구로 이루어진 장편시 가운데 일부분이다. 한밤중 먹을 것을 채 씹을 틈도 없이 도망치는 짐승의 모습은 극한의 억압에 처한 시인 자신의 표상이기도 하다. 이어서 갑자기 저세상으로 떠난 동생에 대한 뜨거운 그리움을 드러내면서 이 시를 주는 대상자인 또 다른 동생 '백마왕'에게 그래도 낙담하지 말고 꿋꿋하게 살아갈 것을 다짐하고 있다.

건안시기 이후 시가창작은 죽림칠현竹林七賢TIP이 활동한 정시 연간에 또 한 번 고조되었다. 당시는 명맥상 위나라를 유지했으나 정권은 곧이어 진晉나라를 세울 사마司馬씨가 장악하고 있었다. 사마씨들은 수시로 황제를 폐위했고 이 과정에서 수많은 관료와 지식인들이 죽임을 당하였다. 내일을 보장할 수 없는 암담한 현실 앞에서 문인들은 현담玄談을 나누며 일부러 술에 취하여 정치적 거리를 두었지만, 작

TIP

죽림칠현竹林七賢

중국 위魏·진晉의 정권교체기에 부패한 정치권력에는 등을 돌리고 죽림에 모여 거문고와 술을 즐기며 청담淸談으로 세월을 보낸 완적阮籍·혜강嵇康·산도山濤·향수向秀·유영劉伶·완함阮咸·왕융王戎의 일곱 선비를 말한다.

품에는 한편으로 억누르기 힘든 현실에 대한 불만과 근심 또한 엿보인다. 죽림칠현의 대표는 완적阮籍 210–263으로 정치적 고민과 인생의 감개를 다룬 〈영회시詠懷詩〉 82수가 유명하다. 직접적으로 자기 뜻을 밝히기 어려워 우회와 기탁의 방법으로 시를 전개하여 난해하지만 부분적 시편들은 개인감정을 드러내고 시적 형상화에 성공해 오언시 발전에 한 획을 그었다. 이밖에 혜강嵇康 223–262 또한 인습에서 벗어난 행동, 거문고와 바둑 등 예술에 대한 사랑과 더불어 무위자연을 노래한 것으로 유명하다.

건안과 정시의 격정적 시풍이 가라앉고 사마씨의 진나라가 세워진 뒤 태강 시인들은 오랜만에 찾아온 평화를 찬미하며 수사기법에 충실하여 남조의 유미주의로 이어지는 면모를 보였다. 대표적 문인은 〈문부文賦〉를 남긴 육기陸機 261–303로 옛것을 모방하는 의고체 작품들이 주류를 이루었다. 이밖에 아름다운 도망시를 남긴 반악潘岳 247–300, 시대 분위기와 달리 사회적 모순과 정치적 불만을 토로하는 〈영사시詠史詩〉 등을 지은 좌사左思 250?–305?가 이름을 남겼다.

(2) 자연에서 발견한 위로, 산수 전원시 등장

사마씨가 집권한 진나라는 통일제국으로 오래가지 못하고 황실 내부 권력투쟁으로 팔왕八王의 난이 발생하였다. 권력을 잡고자 16년간 황족 여덟 명이 서로 밀고 당기는 싸움을 벌였는데, 그 과정에서 북방 흉노와 선비족을 끌어들여 급기야 영가永嘉의 난TIP을 유발함으로써 서진은 멸망하고 남북조시대가 시작되었다. 북방민족에게 영토를 빼앗겨 축소된 진나라를 동진東晉이라 한다. 축소된 영토에서 귀족과 지식인들은 현실의 괴로움을 잊고자 황로黃老사상에 심취하며 이를 반영한 현언시玄言詩,[06] 유선시

TIP

영가永嘉의 난

서진西晉 말기 영가(307–312) 연간에 일어난 사건. 북방 이민족들인 오호五胡가 침입하여 황제와 대신들이 포로가 되고 북방영토를 상실하였다. 이를 기점으로 한족의 정권은 남쪽으로 기반을 옮기게 되어 북쪽은 오호십육국五胡十六國시대가 시작되고 남쪽은 남조南朝의 정권들이 들어섰다.

06 동진시대에 유행한 시의 유파로 노장사상에 근거해 관념적 이치를 설명하였다. 시의 서정성이 부족하다는 평가가 있다.

遊仙詩[07]를 창작하였다. 이러한 분위기에 일대 변화를 가져온 시인은 동진 말기의 도연명陶淵明365?-427, 그리고 잠시 후 등장하는 남조 송나라의 사령운謝靈運385-433이다. 그 가운데서도 도연명의 등장은 시대를 뛰어넘어 당대의 백거이白居易772-846, 송대의 소식蘇軾1036-1101을 비롯하여 수많은 문인에게 심대한 영향을 주었다. 전원과 은일이라는 영역을 개척하여 중국 시가의 깊이와 다양성을 가져오고 문인 사대부들에게 정신의 안식처를 제공해준 점은 중요한 의미가 있다.

도연명TIP의 이름은 일명 잠潛이라고도 하며, 자는 원량元亮이고 호는 오류선생五柳先生으로 알려져 있으며 동진과 송나라 교체기에 살았다. 관리 생활과 은퇴를 반복하다가 결국 벼슬에서 완전히 물러나 전원에서 사는 삶을 선택하였다. 〈전원으로 돌아가 살다歸園田居〉의 제1수를 보면 "어려서부터 세속에 영합하는 기질이 없었고 천성은 본시 언덕과 산을 사랑하였다. 잘못하여 티끌 세상 그물 속에 떨어져 단숨에 삼십 년이 지나갔구나.少無適俗韻, 性本愛丘山. 誤落塵網中, 一去三十年." 라고 하여 스스로 자연을 사랑하는 본성을 속여가며 너무 오랫동안 인습에 매여 있었음을 고백하였다. 다만 전원생활은 새벽부터 밤까지 이어지는 노동의 연속이어서 힘겨웠으며 가뭄과 흉작의 폐해도 피해갈 수 없었다. 도연명의 전원시는 일상생활을 평이한 언어에 담았지만 결코 시가 가벼운 것은 아니다. 〈형가를 노래하며詠荊軻〉의 "아깝구나, 검술이 미숙했던 것. 뛰어난 공적은 마침내 이루지 못하였네. 지금 그 사람 육신은 없어졌지만 섭섭한 심정은 천 년을 가리라.惜哉劍術疎, 奇功遂不成. 其人雖已沒, 千載有餘情."를 보면 도연명이 세상을 바꾸려 했던 비극적 인물에게 깊은 공명을 느꼈음을 알 수 있다. 이러한 저변의 과정과 고민을 이해하고 나면 표면으로 드러난 간

TIP

도연명陶淵明

증조부 도간陶侃은 대사마였고 조부도 태수를 지냈으나 부친 대에 와서 관직의 등급이 더욱 낮아졌고 그마저도 부친이 유년기에 사망하였다. 청년기의 학습을 마치고 29세부터 낮은 벼슬을 전전하며 생계를 위해 애써보려 하다가 41세가 되던 해 팽택彭澤(장시江西성 지우장九江시 펑저彭泽현) 현령으로 부임했다가 쌀 다섯 말 때문에 허리를 굽힐 수 없다며 관직을 버리고 고향 전원으로 돌아가 죽을 때까지 벼슬하지 않고 살았다.

07 신선 사상을 바탕으로 하여 신선이나 세속을 떠난 삶 등을 묘사한 시가이다. 특히 중국 위진남북조시대에 성행한 문학 유형의 하나로, 현실에서 벗어난 삶을 그리고 있다.

단한 전원시가 사실은 깊은 고민이 가라앉은 뒤의 산물임을 알 수 있다. 대표작인 〈음주飮酒〉 제5수를 보자.

초가집 짓고 마을 근처에 살아도	結廬在人境,
수레나 말 시끄럽지 않네.	而無車馬喧.
나보고 어떻게 그러할 수 있냐 묻지만	問君何能爾,
마음이 멀어지면 사는 곳은 절로 외진 곳이 된다네.	心遠地自偏.
동쪽 울타리 밑에서 국화꽃 따노라니	採菊東籬下,
유연히 남산이 눈에 들어오네.	悠然見南山.
산 기운은 저녁나절에 더욱 좋고	山氣日夕佳,
날던 새들 짝지어 집으로 돌아오네.	飛鳥相與還.
이 가운데에 참뜻이 있으니	此中有眞意,
말하려 해도 이미 말을 잊어버렸네.	欲辯已忘言.

한가로운 마음과 초연한 생활 태도, 고상한 지조와 절개, 아름다운 자연과 참된 인생의 의미, 이 모든 것이 의식적으로 추구하지 않으면서도 자연스럽게 융화되어 한 폭의 풍격으로 묘사되고 있다. 특히 "동쪽 울타리 밑에서 국화꽃 따노라니 유연히 남산이 눈에 들어오네." 구절은 천하의 명구로 손꼽힌다.

위진 이후 남조시기에 이르러 시인들은 전반적으로 작품의 외형적 아름다움을 중시했다. 그것은 자연을 노래할 때도 마찬가지여서 남조 송나라의 사령운은 도연명의 전원시와는 다른, 대상 자체의 아름다움이 두드러지는 산수시를 써내었다. 산수시는 은일 풍조의 영향을 받아 등장한 것으로 보이며, 한편 강남으로 이주한 귀족들의 물질적 풍요와 정치적 실망감이 결합되어 나타난 것으로 해석된다. 당시 현학의 발전도 산수시 흥성에 영향을 미쳤다. 사령운은 영가永嘉[08] 태수를 지내며 더욱 세밀하게 자연미를 묘사하였다.

08 저장浙江성 남쪽에 위치하며 원저우溫州시 북쪽에 있다.

〈강 가운데 외로운 섬登江中孤嶼〉

……

물결을 거슬러 바로 절경에 닿으니　　亂流趨正絶,
외로운 섬은 강 가운데 어여쁘다.　　孤嶼媚中川.
구름과 해가 서로 환하게 비추니　　雲日相輝映,
하늘과 물은 모두 맑고 깨끗하네.　　空水共澄鮮.

……

〈석벽정사에서 호수로石壁精舍還湖中作〉

……

아침저녁으로 자주 변하는 기후,　　昏旦變氣候,
산과 호수는 항상 청신한 광휘.　　山水含淸暉.

……　　……

골을 나서니 해는 아직 이르던데　　出谷日尙早,
배에 오르니 빛은 이미 희미하다.　　入舟陽已微.
수풀은 어둠이 살짝 깔렸는데　　林壑斂暝色,
구름은 저녁 어스름에 물들었네.　　雲霞收夕霏.

……

자연의 미묘한 변화를 잘 포착할 뿐만 아니라 자연을 즐기는 감정도 드러나 있다. 다만 도연명의 시가 대상 자체보다 그 내면에 담긴 깊은 의미를 전달하여 여운을 남기는 반면 사령운의 시는 대상 자체의 묘사에 천착하여 때때로 표현이 과도하다. 또한 철학적 깨달음을 시의 끝 단락에 설명조로 붙여서 마무리하는 것도 한계로 지적된다.

비슷한 시기의 시인 포조鮑照416?-466도 남조의 중요한 시인이다. 귀족 집안의 사령운과 달리 한미한 가문 출신으로 시에 개인적 회재불우와 사회에 대한 비판을 담았다. 옛 악부시를 모방하여 쓴 〈가는 길 어렵다行路難〉 18수가 대표작이다.

(3) 유약한 화려함, 그리고 강인한 소박함, 남북조 시풍의 합류

사령운과 포조 이후 중국 남조시기의 시단을 장식한 것은 영명체永明體, 궁체시宮體詩, 제량체齊梁體 등이다. 영명체는 제나라 영명483-493 연간에 성행하여 이름 붙은 것으로 정교한 대구와 성률의 미감을 추구한다. 특히 심약沈約441-513이 제기한 사성팔병설四聲八病說TIP에 근거해 평측平仄을 고려한 시는 아름다운 음조로 당 근체시近體詩의 앞길을 열었다. 그 가운데 사조謝朓464-499는 이 시기 대표적 시인으로 정련된 형식에 산뜻한 내용을 담아 훗날 이백李白이 가장 좋아하는 작가가 되었다. 궁체시는 양무제梁武帝 소연蕭衍이 집정하고 그 아들 간문제簡文帝 소강蕭綱이 태자였을 때 여러 문인과 주로 여성의 복식, 외모 등을 화려한 필치로 묘사한 시를 지칭한다. 이렇게 아름다운 형식미만 추구한 제나라와 양나라의 시들을 제량체라 하여 훗날 형식주의에 빠져 내용이 없는 공허한 작품을 지칭하는 말이 되었다. 형식주의의 열풍은 남조의 마지막 왕조인 진陳나라까지 지속되었으며 염정적인 궁체시가 주류를 이루었다.

TIP

사성팔병설四聲八病說

제齊·양梁 무렵에 심약沈約 등이 중국어에 평平·상上·거去·입入의 4성조聲調가 있다는 것을 정리하는 한편, 작시상 피해야 할 '팔병설'을 내세웠다. '팔병'은 평두平頭, 상미上尾, 봉요蜂腰, 학슬鶴膝, 대운大韻, 소운小韻, 방뉴旁紐, 정뉴正紐를 말한다.

남북조시기의 민가도 중국 시가사의 흐름에서 나름 의미가 있다. 남조의 민가는 대부분 송 곽무천郭茂倩1041-1099의 『악부시집樂府詩集·청상곡사淸商曲辭』에 실려 있으며 오가吳歌와 서곡西曲으로 나뉜다. 오가는 남조의 수도가 있던 난징南京 지역의 민가이고 서곡은 후베이湖北성 부근의 민가이다. 대체로 남녀 간의 사랑 노래로 여성 화자가 등장하며, 강남의 유려한 환경을 배경으로 사랑의 맹세나 변심한 남자에 대한 원망, 원하지 않는 결혼으로 인한 고통 등을 다루었다.

북방의 민가는 특수한 자연환경의 영향으로 유목민족의 강인한 기상과 드넓은 초원이 등장한다. 유명한 〈뮬란〉의 원작인 〈목란시木蘭詩〉는 아버지를 대신해 전쟁에 나가 10여 년 동안 활약하며 큰 공을 세우고 돌아오는 여성 주인공의 이야기를 담은 장편서사시이다. 섬세하고 유려한 남조 민가에 비해 투박하지만 경쾌하다.

장기간 분화된 남북방의 차이를 좁히는 데 기여한 것은 남조 후기 양나라의 시인 유신庾信513-581이다. 그는 본래 궁체시宮體詩에 뛰어났는데 북조에 사신으로 나갔다가 고국이 멸망하여 끝내 돌아오지 못한 채 이국땅에서 고향을 그리며 생을 마감했다. 뛰어난 기교에 개인적 체험이 어우러져 힘 있고 감동적인 시편을 만들어내었다. 완적의 영회시를 모방하여 쓴 〈의영회擬詠懷〉 27수가 대표작이다.

2 산문의 자각, 위진남북조의 산문과 변려문TIP

위진남북조는 문학을 자각하는 시기로 우선 문학文學이 당시 유학儒學, 현학玄學, 사학史學의 부속적 지위에서 벗어나 독자적 지위와 가치를 인식하게 되었다.[09]

물론 이러한 자각은 일시에 갑자기 나타난 것이 아니라 장기간 누적된 결과라고 할 수 있겠으나, 우리가 지금 확인할 수 있는 문헌으로 볼 때 먼저 조비의 〈전론典論 · 논문論文〉에서 그 자각의 신호탄을 쏘아 올리고,[10] 그 후 서진西晉 266-316 육기陸機 261-303의 〈문부文賦〉, 남조南朝 유협劉勰의 《문심조룡》, 소통蕭統 501-531의 《문선文選》 등을 거치며 문학에 대한 인식이 점차 명확해지고 장르도 세분되었다. 이러한 인식의 심화와 장르의 세분화는 장르 각각의 특성에 대한 분명한 인식에서 출발하였다고 할 수 있다. 즉, 조비의 〈전론 · 논문〉에서 크게 4종으로 나뉘었던 문체를 육기의 〈문부〉를 거치며 10종, 유협의 《문심조룡》과 소통의 《문선》을 거치며 30여 종 이상으로 세분되었고 이미 현대적 의미에 매우 가까워진 '문학文學'을 다시 순수문학 성격의 '문文'과 응용문 성격의 '필筆'로

TIP

변려문騈儷文

'변문騈文'이라고도 하고, 구식이 대체로 4자, 6자로 마치 운문처럼 글자 수가 정해졌다고 하여 '사륙문四六文'이라고도 한다. 시가처럼 압운까지 강구하여 극도로 문장의 아름다움을 추구하였으나, 재주가 따르지 않는 사람들이 쓸 경우 겉만 그럴듯하고 내용이 없는 글이 되기 쉬운 폐단이 있다.

09 《송서宋書 · 뇌차종전雷次宗傳》에 따르면 남조南朝 송宋 문제文帝가 뇌차종은 유학儒學을, 하상지何尙之는 '현학玄學'을, 하승천何承天은 '사학史學'을, 사원謝元은 '문학文學'을 학관에 세우게 했다고 하는데 이는 문학이 유학, 현학, 사학 등과 다른 독립된 학문분과가 되었음을 의미한다.

10 "문장은 나라를 다스리는 대업이며 영원히 사라지지 않는 성대한 일이다.文章, 經國之大業, 不朽之盛事."라고 하여 문학의 가치와 인식을 크게 제고했다.

나누어 '문필의 구분'[11]이 생겨나기도 하였다.

그러나 문학 현상은 아이러니하여 그러한 세분화와 동시에 각 문체 간의 융화·합류도 동시에 이루어져 시詩와 부賦, 부賦와 변려문, 변려문과 산문 등의 경계가 흐려지는 현상이 나타나기도 하였다. 즉 각각은 본래 다른 장르이지만 서로 합류하는 현상이 나타났다. 예를 들면, 위진남북조의 산문은 부賦, 변려문과 합류하는 현상이 매우 두드러진다.

이 시기를 대표하는 산문의 명작으로는 제갈량諸葛亮의 〈출사표出師表〉, 이밀李密의 〈진정표陳情表〉, 도연명의 〈도화원기桃花源記〉·〈오류선생전五柳先生傳〉, 왕희지王羲之의 〈난정집서蘭亭集序〉 등을 들 수 있다. 〈난정집서〉의 마지막 한 단락을 들어보자.

> 매번 옛사람들이 감회를 일으킨 까닭을 살필 때마다 마치 부절符節을 서로 맞추는 것처럼 하나같았는데, 일찍이 글을 대할 때마다 탄식하고 슬퍼하지 않은 적이 없었는데, 그 까닭은 마음에 깨달을 수 없었다. 죽고 사는 것을 같은 일이라 보는 것이 허황되고 팽조彭祖처럼 오래 사는 것과 요절하는 것을 같다고 하는 것은 망발임을 진실로 잘 안다. 후세의 사람이 지금을 보는 것은 또한 지금의 사람이 옛날을 보는 것 같을 테니 슬프다! 그러므로 지금 사람들을 열거하여 기록하며 그들의 작품을 기록해둔다. 비록 세상이 달라지고 대하는 일도 다르지만 감회가 이는 이치는 같다. 후세에 이 글을 읽는 사람 또한 이 글에 대해 느끼는 바가 있을 것이다.
>
> 每覽昔人興感之由，若合一契，未嘗不臨文嗟悼，不能喻之於懷. 固知一死生爲虛誕，齊彭殤爲妄作. 後之視今，亦猶今之視昔，悲夫! 故列敘時人，錄其所述. 雖世殊事異，所以興懷，其致一也. 後之覽者，亦將有感於斯文. 《晉書·王羲之傳》

11 '문'과 '필'을 크게 두 기준으로 '유운有韻'과 '무운無韻' 혹은 '정情'과 '지知'로 나누기도 하는데, 간단히 감정 표현 등을 위주로 하는 시문 등 문학적 성격이 강한 글을 '문文'이라 하고, 지식이나 내용의 전달을 위주로 하는 역사, 철학, 상주문 등 응용성에 초점을 둔 글을 '필筆'이라 하였다.

그리고 이 시기 변려문도 크게 성행하여 이와 같은 산문 작품과 많은 상호 영향을 미치기도 하였다. 이때는 전형적인 변려문 작품도 나오는데 대표 변려문 작품으로는 공치규孔稚珪 447-501의 〈북산이문北山移文〉, 구지丘遲 463-508의 〈여진백서與陳伯書〉 등이 있고 도연명의 〈전원으로 돌아가 살다귀거래사〉나 유신의 〈애강남부哀江南賦〉는 부賦와 변려문의 특성을 모두 가져 '변부騈賦'라고 할 수 있다.

위진남북조의 산문으로 위에서 든 것과 같은 좋은 문장이 있기는 하지만 당시 가장 성행한 대표 문체는 왕궈웨이王國維 1877-1927가 《송원희곡고宋元戱曲考》에서 "무릇 한 시대에는 한 시대의 문학이 있는데, 초나라의 초사, 한대의 부, 위진남북조의 변려문, 당시, 송사, 원곡은 모두 이른바 한 시대의 대표문학 장르여서 후세에 그것의 성취를 이을 수 있는 자가 없었다…….[12]"라고 하였듯이 변려문을 위진남북조를 대표하는 문체로 보아야 한다.[13]

'변려문'은 '변체문' 혹은 '사륙문'이라고도 하는데, 비록 위진남북조에서 성행하기 시작하였지만 위와 같은 이름이 정해진 것은 중당中唐시기 유종원柳宗元 773-819의 〈걸교문乞巧文〉에서 '변사려육騈四儷六'이라고 한 것과 만당晩唐시기 이상은李商隱 813?-858?의 《번남사륙문집樊南四六文集》 등에서 나온 것으로 보인다.

변려문은 문인들이 문장의 아름다움을 추구하는 과정에서 생겨난 자연스러운 산물이라고 할 수 있는데, 형성과 발전 과정을 보면 선진시기의 《시경詩經》이나 《초사楚辭》와 같은 운문 중심의 작품 속이나 선진 제자 산문 속에도 이미 많은 변어騈語와 변구騈句가 보이고 특히 한대 한부漢賦 가운데에는 이와 같은 현상이 더욱 두드러지게 나타난다. 본격적인 문체로서 변려문은 이렇게 한위漢魏시기에 시작하여 남북조시기에 크게 성행하는데, 이는 남북조시가에서 성률聲律을 추구하는 등 유

12 凡一代有一代之文學; 楚之騷, 漢之賦, 六代之騈語, 唐之詩, 宋之詞, 元之曲, 皆所謂一代之文學, 而後世莫能繼焉者也…….

13 궈샤오위(郭紹虞 1893-1984)도 《중국문학비평사 · 서론》에서 "문학을 가지고 말하자면 주 · 진대에는 제자서로 일컬어지고, 초나라 사람들은 초사로 일컫고, 한대 사람은 부로 일컫고, 위진남북조는 변려문으로 일컫고 당나라 사람은 시로 일컫는다.就拿文學來講, 周秦以子稱, 楚人以騷稱, 漢人以賦稱, 魏晉六朝以騈儷文稱, 唐人以詩稱."라고 하였다.

미적 문풍의 영향을 받은 것으로 보인다.

남북조 때는 변려문이 서사문敍事文으로서 산문의 지위를 완전히 대체하였는데, '시문時文'이라고 불린 데서 성행 정도를 짐작할 수 있다. 당송 고문古文운동 이후 다시 고문이 변려문이 가지고 있던 주요 서사문의 지위를 대체하긴 했으나 변려문은 청대 말에 이르기까지 여전히 쓰는 이가 적지 않았고 훌륭한 작품도 많다.

변려문 문체의 특징을 보면 우선 대우對偶가 정교하고 4·6자 구가 기본이며 운율韻律의 조화와 문장의 화려함을 극도로 추구하고 지나칠 정도로 많은 전고典故를 사용하였다. 그래서 작자가 의도적으로 자신의 학식이나 재주를 자랑하는 측면이 많아 독자에게는 매우 어렵고 복잡하다는 느낌이 들게 한다. 그렇지만 유협이 《문심조룡》에서 "4자 구는 빡빡하기는 하지만 긴박하지는 않고, 6자 구는 규격이 정해져 느슨하지 않다."[14]라고 하였듯이 한자의 운용 규율을 잘 살린 긍정적 측면도 있기에 그렇게 오랜 시기 성행했을 것이다.

종합해보면 변려문은 문사文辭를 극도로 늘어놓고 전고를 많이 쓰며 문장의 대우 등 운문에서나 쓰는 형식과 성률까지 따져 글이 실용적 목적에서 멀어지고, 문인들이 자신의 재주를 뽐내는 수단의 하나가 된 폐단이 컸다. 또 그것이 당대에 이르러 고문운동이 일어나게 된 주요한 원인이기도 하다. 특히 변려문의 말류로 가서는 '겉만 화려하고 알맹이가 없는華而不實' 폐단이 있지만, 중국 문자와 문학의 특성에 깊이 뿌리내리고 있다는 긍정적 측면도 있어서 변려문의 장점은 최대한 취하고 단점은 버린다면 문장을 쓰는 데 참고할 만한 가치가 충분하다. 이것이 변려문이 당송唐宋 고문운동 이후에도 완전히 소멸되지 않고 청 말까지 고문古文과 함께 경쟁할 수 있었던 이유이기도 하다.

14 유협은 《문심조룡》〈장구章句〉에서 "四字密而不促, 六字格而非緩."이라고 하였다.

3 온갖 괴이한 일의 기록, 위진남북조의 지괴·지인소설

중국 고전소설은 크게 문언文言소설과 백화白話소설로 나뉜다. 문언소설의 내용은 《산해경山海經》TIP 같은 신화에서, 그 형식은 《사기》 같은 역사서에서 영향을 많이 받았다. 위진남북조에 접어들면 '지괴志怪'와 '지인志人'이라는 양대 서사로 문언소설의 초기 형태가 나타난다. 지괴는 '괴이한 일을 기록한다'는 의미로 도교道教의 방사方士 계층이 주요 저자이다. 지괴의 내용은 이 세상의 온갖 괴이한 일에 관련되어 있는데 귀신이나 변신한 요괴, 죽었다 살아난 사람 등이 이에 해당한다. 그런데 지괴의 저자는 자신이 가짜로 이야기를 만들어낸다고 생각하지 않고 현대의 미확인비행물체UFO 관련 책의 저자처럼 사실을 기록한다고 생각했다. 이러한 저자의 태도 때문에 위진남북조의 지괴가 과연 소설인가 아닌가 하는 논쟁이 벌어지기도 하였다. 독자의 즐거움을 위해 이야기를 만들어낸 서사라면 소설이 될 테고, 믿기 어려운 내용이지만 사실을 기록한다는 의도로 만들어진 서사라면 소설이 되지 않기 때문이다. 중국에서는 신화서 이래 하나의 작품을 허구인가 사실인가 하는 이분법적으로 계산하지 않았다. 허구 속에 역사가 있고, 역사 속에 허구를 끼워 넣었다. 엄정한 글쓰기로 경전 바깥의 흥미를 추구하기도 하고, 흥미 속에서 백성을 다스리는 도리를 설파하고자 한 것이 중국 서사의 특징이다. 따라서 중국의 신화는 그저 신화라는 양식의 서사일 뿐이고 지괴 역시 그냥 지괴라는 서사일 따름이다. 당나라의 '전기傳奇'도 '전기소설'이 아니라 전기라는 중국의 고유한 형식의 서사로 보는 것이 글쓴이의 기본 태도이다. 다만 이 책에서는 우리가 '소설'이라는 용어를 지금껏 익숙하게 사용해왔기에 독자의 이해와 편의를 위해 간혹 '지괴소설', '전기소설' 등의 용어를 선택적으로 사용한다.

> **TIP**
>
> **《산해경山海經》**
>
> 중국 신화를 가장 선명하게 찾아볼 수 있는 자료로 중국 최초의 신화서神話書다. 하夏나라 우왕禹王이 지었다는 설과 우왕의 신하 백익伯益이 지었다는 설이 있으나 언제 누가 만들었는지 정설은 없다. 다만 방사方士 집단이 정리한 신화서인 동시에 지리서임은 부정할 수 없다. 원래 23권이 있었으나 전한前漢 말기에 유흠劉歆이 교정校定한 18편만 오늘에 전한다. 《산해경》은 이국의 풍속과 사물, 신들의 계보, 온갖 괴물에 대한 설명으로 가득하다. 《산해경》을 비롯한 《신이경神異經》 등의 중국 신화는 후대 중국소설에 수많은 원재료와 상상력을 제공하였을 뿐 아니라 현대의 '포켓몬' 같은 애니메이션에도 큰 영향을 미쳤다.

지괴 이외에 위진남북조에는 지인으로 분류되는 문언 작품이 존재하였다. '지인

志人'은 '사람에 관한 일을 기록한다'는 의미로 실제 존재했던 인물에 관한 재미난 일 또는 특이한 일을 기록했다. 이러한 지인소설은 당시 유행한 인물품평의 기풍과 관련이 깊다. 당시 사회에서는 벼슬에 임용하기 전 그 사람의 인품과 학식을 정량화된 기준에 따라 판단하고자 하였고, 이에 그 사람과 관련 있는 일화를 기록하였다. 그러므로 이 같은 지인 작품은 사실에 뿌리를 두고 있다. 그러나 단순한 사실만 나열한 것은 아니었다. 현대 유튜브나 팟캐스트 등에서 어떤 사실에 윤색을 가해 흥미를 끌듯 당시 지인류 작품의 저자 역시 그 인물 관련 사실을 윤색하였고, 그렇게 만들어진 흥미로운 일화를 읽고 즐기는 독자가 생겨났다.

(1) 괴이한 상상력의 기록, 지괴소설

신화와 역사의 서사 전통은 위진남북조시대의 지괴로 이어져 내려왔다. 서사 형식은 무척 단순하고 편폭은 길지 않다. 하지만 내용상 이미 오락성, 교훈성과 더불어 정보성 역시 갖추어 중국 문언소설의 한 자리를 차지하는 데 전혀 부족함이 없다. 지괴의 작자는 도교의 방사 집단이다. 방사 집단의 관심 대상은 귀신 세계다. 따라서 지괴는 귀신에 관한 내용이 대다수를 차지한다. 게다가 인도에서 전래된 불교의 영향을 받아 지괴가 다루는 '괴이한 일'의 범위는 무척 풍부하였다. 루쉰魯迅1881-1936은 자신이 쓴 《중국소설사략中國小說史略》에서 이렇게 말하였다.

> "당시에는 대체로 이승과 저승이 비록 다르지만 인간과 귀신이 모두 실제로 존재하는 것이라고 여겼기에 인간세계의 일상사를 기록하는 것에 관해 진실과 망령됨의 구별이 없었다."[15]

이 언급에서 보이듯 지괴에서는 귀신을 인간과 이분법적 존재로 보지 않는다. 귀신이 인간과 서로 연접해 있듯이 지괴 세상에서 현실은 환상과 서로 섞여 있다. 이는 서구의 소설이론에서 소설은 완전한 허구여야만 한다는 의견과 다른 것으로 중

15 "蓋當時以為幽明雖殊途, 而人鬼乃皆實有, 故其敍述異事, 與記載人間常事, 自視固無誠妄之別矣."

국 지괴의 독특한 성격이 된다.

지괴는 대체로 제재에 따라 몇 가지로 나뉜다.

첫째, 신괴류神怪類 작품이다. 귀신과 관련된 고사를 기록한 작품으로 지괴의 특성을 가장 잘 드러내주는 부류이다. 그 가운데 조비曹丕187-226가 찬한 《열이전列異傳》은 최초의 지괴소설집으로 후대 지괴소설에 많은 영향을 미쳤고, 간보干寶?-?가 편찬한 《수신기搜神記》는 지괴의 대표격인 작품이다. 이 책에서 간보는 "귀신의 도가 거짓이 아님을 밝히고자 이 책을 지었다."[16]라고 하였다. 이는 환상의 이야기를 다루되 역사의 연장선상에서 그것을 바라보고자 하는 지괴 저자의 처지를 잘 드러낸 부분이다. 이 책의 이야기 중 한 소녀가 커다란 뱀을 퇴치한다는 〈이기살사李寄殺蛇〉, 신비로운 보검의 주조와 관련된 〈간장막야干將莫邪〉를 보면 이미 독자의 흥미를 끄는 서사 구조가 충분히 갖춰져 있다.

둘째, 박물류博物類 작품이 있다. 박물류 작품은 《산해경》의 영향을 받은 것으로 대표작으로는 장화張華232-300의 《박물지博物誌》가 있다. 이 책에는 온갖 신화, 잡설, 이 세상의 진귀한 물산物産에 관한 내용이 나열되어 있다.

셋째, 신선류神仙類 작품이다. 신선류는 신선, 선품仙品에 대한 고사를 설명한 것으로 대표적인 작품으로 갈홍葛洪281-341의 《신선전神仙傳》을 들 수 있다.

넷째, 불교 소재 작품이다. 대부분 불교를 선교하고, 부처의 위력을 선양하며, 인과응보와 윤회사상을 고취하는 내용으로 남조 송 유의경劉義慶403-444의 《유명록幽明錄》 등이 있다.

지괴는 이후 당대 전기傳奇에 직접적인 영향을 줬고, 송대 홍매洪邁1123-1202의 《이견지夷堅志》와 청대 포송령蒲松齡1640-1715의 《요재지이聊齋志異》 등에도 지대한 영향을 미쳤다.

16 "及其著述, 亦足以明神道之不誣也."

(2) 옛사람들의 인물평, 지인소설

위진남북조시기에는 지괴와 함께 지인이라고 분류되는 서사가 등장한다. 지인류 작품들은 당시 유명인의 일화와 언행 그리고 생활 면모를 비교적 사실적으로 기록했다. 이는 한나라 때부터 이어져 온 인물을 품평하는 사회 분위기와 선진시기 역사 산문에 등장하는 인물 이야기의 영향을 받은 것이다. 지인소설은 크게 소화류笑話類와 일화류逸話類로 나눌 수 있다.

첫째, 대표적 소화류 작품으로 위나라 한단순邯鄲淳132?-221?의 《소림笑林》과 수나라 후백侯白?-?의 《계안록啓顔錄》을 들 수 있다. 소화류는 선진시기 우언의 풍자고사와 《사기》〈골계열전滑稽列傳〉에서 그 기원을 찾아볼 수 있는데, 처음에는 민간에서 시작하였다가 점차 문인의 주목을 받아 정리된 것이다.

둘째, 일화류의 대표 작품으로 송 유의경의 《세설신어世說新語》를 들 수 있다. 《세설신어》에는 후한後漢 말부터 동진東晉까지 명사들과 관련한 일화가 수록되어 있다. 지인소설은 이외에 갈홍의 《서경잡기西京雜記》, 은운殷芸471-529의 《소설小說》 등이 있다. 일화류의 경우 주로 문인과 사대부를 중심으로 한 상류 계층의 언행과 일화를 기록했는데, 그 내용이 사실에 가까운 것이 많다. 특히 인간 생활을 중심으로 한 사실에 근거한 내용과 인물묘사의 세밀한 수법은 지괴에 비해 한층 발전된 서사 양식임을 증명한다. 지인의 전통은 위진남북조에만 한정되지 않고 당나라의 《대당신어大唐新語》를 비롯해 인물 중심의 서사에 많은 영향을 미쳤다.

읽을거리 중국에서 초기 '소설小說'의 개념

중국에서 '소설'이라는 단어가 처음 보이는 문헌은 《장자莊子》〈외물편外物篇〉이다.

> 작은 이야기小說를 꾸며서 높은 벼슬을 구하는 것은 큰 도에 이르기에는 또한 먼 것이다.
> 飾小說以干縣令, 其于大達亦遠矣.

위에서 언급한 '소설'은 자질구레하고 하찮은 이야기란 뜻으로 '큰 도大達'의 상대적 의미로 쓰였을 뿐 서구에서 들어온 근대적 의미의 '소설' 개념과는 달랐다. 한대 반고班固의 《한서漢書》〈예문지藝文志〉를 보면 당시 소설가小說家라고 불리던 유파가 있었다는 것도 알 수 있다.

> 소설가의 무리는 대개 패관에서 나온 것으로, 길거리나 골목의 이야기를 길에서 듣고 말하는 자들이 지어낸 것이다.
> 小說家者流, 蓋出於稗官, 街談巷語, 道聽塗說者之所造也.

한대로 들어오면서 '소설' 개념에 허구성, 통속성 등이 구체적으로 언급되고 있으나 이 역시 그 개념에서 근대 장르인 '소설'과는 일정 정도 거리가 있었다.

✣ 작품 감상 ✣

❶《열이전列異傳》〈송정백宋定伯〉

南陽宋定伯，年少時，夜行逢鬼. 問之，鬼言：“我是鬼.” 鬼問：“汝復誰？” 定伯誑之，言：“我亦鬼.” 鬼問：“欲至何所？” 答曰：“欲至宛市.” 鬼言：“我亦欲至宛市.” 遂行數里. 鬼言：“步行太遲，可共遞相擔，何如？” 定伯曰：“大善.” 鬼便先擔定伯數里. 鬼言：“卿太重，將非鬼也？” 定伯言：“我新鬼，故身重耳.” 定伯因復擔鬼，鬼略無重. 如是再三.

定伯復言：“我新鬼，不知有何所畏忌？” 鬼答言：“唯不喜人唾.” 於是共行，道遇水，定伯令鬼先渡；聽之，了然無聲音. 定伯自渡，漕漼作聲. 鬼復言：“何以有聲？” 定伯曰：“新死，不習渡水故耳. 勿怪吾也！” 行欲至宛市，定伯便擔鬼着肩上，急執之. 鬼大呼，聲咋咋然，索下. 不復聽之，徑至宛市中. 下着地，化爲一羊，便賣之. 恐其變化，唾之. 得錢千五百乃去.

當時石崇有言：“定伯賣鬼,得錢千五.”

해설 《열이전》은 위진남북조 최초의 지괴집으로 귀신 · 요괴 · 신선 · 도술 · 저승 · 유혼幽婚 · 기이한 물건 · 변신 · 민간 전설 등 괴이한 이야기가 주로 실려 있다. 조조曹操의 아들인 위魏 문제文帝 조비曹丕가 지은 것으로 알려져 있는데, 원서는 3권이었으나 남송대南宋代 이후에 이미 없어진 것으로 보인다. 그 일문佚文이 여러 유서類書에 흩어져 총 51조가 남아 있는데, 현재 남아 있는 일문을 통해 《열이전》의 대체적인 면모와 내용을 파악할 수 있다. 여기에 소개하는 〈송정백〉은 어수룩한 귀신을 속이고 팔아서 돈을 번다는 내용이다.

해석 남양 사람 송정백이 젊었을 때 밤길을 가다 귀신을 만났다. 정백이 누구냐고 묻자 귀신이 “나는 귀신이오.”라고 했다. 귀신이 “당신은 또 누구요?”라고 묻자 정백은 “나도 귀신이오.”라고 속여 말했다. 귀신이 “어디 가는 거요?”라고 묻자 대답하길 “완宛 시장에 가오.”라고 했다. 함께 몇 리를 가다 귀신이 “걸어가는 것이 너무 늦으니 교대로 업어주는 것이 어떻겠소?”라고 하자 정백이 “아주 좋소.”라고 했다. 귀신이 먼저 정백을 업고 몇 리 길을 갔다. 귀신이 “그대는 너무 무거운 게 귀신이 아니지요?” 하자 정백은 “나는 귀신이 된 지 얼마 안 되어 몸이 무거울 뿐이오.”라고 대답했다. 이어서 정백이 귀신을 업었는데 거의 무게가 나가지 않았다. 이렇게 번갈아 업어주며 길을 갔다.

정백이 다시 "나는 귀신이 된 지 얼마 안 되어 (귀신이) 무서워하고 꺼리는 것이 무엇인지 모르겠소." 하자 귀신은 "오직 사람의 침을 싫어하오."라고 말했다. 이렇게 길을 가다 물을 만나 정백이 귀신에게 먼저 건너라고 했는데, 들어보니 전혀 소리가 나지 않았다. 정백이 물을 건너자 첨벙첨벙 소리가 났다. 귀신이 "왜 소리가 나오?" 하고 묻자 정백은 "막 죽어서 물 건너는 것이 익숙하지 못해서 그럴 뿐이니 이상하게 생각하지 마시오."라고 대답했다. 시장에 다 이르러 정백은 귀신을 어깨 위로 걸쳐 단단하게 잡았다. 귀신은 큰 소리를 지르며 내려 달라고 요구했다. 정백은 아랑곳하지 않고 곧장 시장으로 갔다. 땅에 내려놓으니 한 마리 양으로 변하자 그대로 팔아버렸다. 그것이 다시 귀신으로 변할까 봐 침을 뱉고 돈 1,500냥을 벌어 떠나갔다.

당시에 석숭石崇이라는 사람이 "정백이 귀신을 팔아 1,500냥을 벌었다."라고 말했다.

❷ 〈도화원기桃花源記〉

도연명陶淵明

晉太元中，武陵人捕魚爲業，緣溪行，忘路之遠近. 忽逢桃花林，夾岸數百步，中無雜樹，芳草鮮美，落英繽紛. 漁人甚異之，復前行，欲窮其林，林盡水源，便得一山. 山有小口，髣髴若有光，便捨船，從口入.

初極狹，纔通人，復行數十步，豁然開朗，土地平曠，屋舍儼然. 有良田美池桑竹之屬，阡陌交通，雞犬相聞. 其中往來種作，男女衣着，悉如外人. 黃髮垂髫，並怡然自樂. 見漁人乃大驚，問所從來. 具答之，便要還家，設酒殺雞作食. 村中聞有此人，咸來問訊. 自云："先世避秦時亂，率妻子邑人，來此絶境，不復出焉，遂與外人間隔." 問："今是何世?" 乃不知有漢，無論魏晉. 此人一一爲具言所聞，皆歎惋. 餘人各復延至其家，皆出酒食. 停數日，辭去，此中人語云："不足爲外人道也." 旣出，得其船，便扶向路，處處誌之. 及郡下，詣太守，說如此. 太守卽遣人，隨其往，尋向所誌，遂迷不復得路.

南陽劉子驥，高尙士也. 聞之欣然規往，未果，尋病終. 後遂無問津者.

《陶淵明集》

해설 〈도화원기〉는 동진東晉 시기의 위대한 시인 도연명이 지은 산문 작품이다. 이야기는 한 무릉 사람이 배를 타고 개울을 따라가다 복사꽃 핀 곳에서 우연히 어떤 이상한 세계로 들어가 그곳 사람들과 어울렸으나, 그곳을 나온 뒤로 다시는 찾지 못했다는 설정을 하고 있다. 바로 이 이야기에서 동양의 파라다이스로 불리는 '무릉도원武陵桃源'이 비롯하게 된다. 노자老子의 소국과민小國寡民 작은 나라의 적은 백성을 추구하는 사상 사상과, 세속과 명리를 멀리하고 자연과 하나가 되어 소박하게 살고자 했던 도연명의 사상이 담담한 필치로 잘 드러난 걸작 중 하나이다.

해석 진晉나라 태원 연간에 무릉 사람이 고기잡이를 생업으로 하였는데 개울을 따라가다가 길의 멀고 가까움을 잊었다. 갑자기 복사꽃이 우거진 숲을 만났는데 양쪽 언덕 수백 보에 걸쳐 다른 잡나무가 없었다. 향기로운 풀은 신선하고 아름다웠으며 꽃잎이 흩어져 떨어지고 있었다. 어부는 매우 신기하게 생각하고 다시 앞으로 가 그 숲 끝까지 가보고자 했다. 숲이 끝나고 수원이 있는 곳에 한 산이 나타났다. 산에는 작은 동굴이 있는데 마치 빛이 비치는 것 같아서 곧 배를 버려두고 그 입구로 들어갔다.

입구가 시작되는 부분은 아주 좁아 겨우 사람이 지나갈 정도였는데 다시 수십 보를 가니 갑자기 넓게 트였고, 토지는 평평하고 넓었으며, 집들은 가지런하였다. 좋은 밭, 아름다운 연못과 뽕나무, 대나무 같은 것들이 있고 밭두렁은 사방으로 잘 통했으며 닭 울음과 개 짖는 소리가 들렸다. 그 가운데 오가며 밭을 가는 이가 있고 남녀의 의복은 모두 바깥세상 사람 같았다. 늙은이와 어린아이들은 모두 기쁜 표정으로 제각기 즐거워했다. 그들이 어부를 보고는 크게 놀라 어디에서 왔는지를 물었다. 묻는 대로 대답하니 곧 그들 집으로 초대해가서는 술자리를 마련하고 닭을 잡아 음식을 하여 대접하였다. 마을 사람들은 이런 사람이 있다는 것을 듣고는 모두 와서 묻고 스스로 "선조들이 진秦나라의 난을 피해서 처자식과 마을 사람을 데리고 이 절경에 들어와서 다시는 이곳을 나가지 않아 마침내 바깥사람들과 왕래가 두절되었습니다." 하고는 "지금이 어느 세상입니까?"라고 하는데 한漢나라가 있었다는 것을 몰랐고, 위진魏晋은 말할 것도 없었다. 어부가 하나하나 그들에게 들은 바를 갖추어 말하니 모두 탄식하며 안타까워하였다. 나머지 사람들도 각기 또 그들의 집으로 초대해서 모두 술과 음식을 내어왔다. 며칠을 머물다가 인사하고 떠나니, 그들 가운데 어떤 사람이 "바깥 사람들한테 말하지 마세요."라고 했다. 그곳을 빠져나와서 배를 찾아 곧 예전의 길을 따라 나오며 곳곳에 표시를 해두었다. 그리고 군으로 태수를 찾아가서 그와 같음을 이야기하였다. 태수는 곧 사람을 보내어 그 전의 길을 따라 그 전에 표시해둔 것을 찾아보았으나 결국 길을 잃고 찾지 못했다.

남양에 유자기劉子驥란 사람은 고상한 선비였는데 그 일을 듣고는 기뻐하며 가고자 했으나 목적을 달성하지 못하고는 얼마 안 가서 병으로 죽었다. 그 후로 다시는 나루터를 묻는 사람이 없었다.

Chapter 05

고대문학의 최고봉,
당대문학

중국은 위진남북조魏晉南北朝의 오랜 분열을 끝내고 6세기 말 수隋나라가 들어서면서 통일제국을 건설하였다. 그러나 과도한 운하사업 등으로 수나라는 30여 년 만에 멸망하고 당唐나라가 들어선다. 7세기 초에 수립된 당나라는 위진남북조의 분열, 수나라의 빠른 멸망을 교훈 삼아 제도를 정비하고 경제를 안정시켜 300여 년간 글로벌 대제국으로 위세를 떨쳤다. 당나라가 멸망한 뒤 960년에 송宋나라가 세워지기까지 약 50년간은 다시 여러 지역 국가가 난립하는 오대십국五代十國시기가 있었다. 왕조 중심으로 역사를 기술할 경우 대형 제국으로서 오래 지속된 당나라를 중심으로 하여 그 전후를 묶어서 수당오대隋唐五代시기라 부른다.

국력의 강대함은 문화 발전에 유리한 환경을 만들어냈다. 당나라를 세운 통치 계층은 화이華夷 관념을 강조하지 않고 외래문화를 포괄적으로 수용하는 정책을 펼쳤다. 또한 사상적으로도 유가, 도교, 불교가 모두 발전할 수 있는 포용정책을 실시하였다. 비록 안사安史의 난TIP이 전국을 휩쓴 이후 재건의 와중에는 순수한 유가儒家 전통을 강력하게 주장했으나 이러한 목소리가 주된 흐름은 아니었다.

TIP

안사安史의 난

당나라 최대 내전으로 755년에 시작되어 763년에 종결되었다. 주동자인 안녹산安祿山, 사사명史思明의 성을 따서 안사의 난이라 한다. 당시 당나라는 가혹한 세금제와 요역 부담으로 농민들의 고통이 심하였고 이와 더불어 토번 등 외부세력을 점차 방어하기 어려워 절도사에게 막중한 권한을 부여하면서 점차 중앙정부의 통제에서 벗어나 모반이 일어나기 쉬운 상황이었다. 이때 양귀비의 사촌오빠 양국충楊國忠이 안녹산을 견제하자(당시 안녹산은 동북방 3개 지역 절도사를 맡으며 현종과 양귀비 모두에게 신임을 받고 있었다), 안녹산은 대규모 군사력을 바탕으로 난을 일으켰다. 이 사건으로 현종은 사천까지 피란을 가고 수많은 황족과 양귀비가 전란의 와중에 사망하였다. 뒤를 이은 토번과 위구르의 침략으로 당나라는 다시 한번 휘청거렸고 문화적 자신감에도 타격을 입었다. 각종 종교에 개방적이었던 문화가 폐쇄적으로 변하였고 대외적으로 실크로드의 중앙아시아 지역에 대한 영향력도 상실하였다.

한편 당대 문화에서 특징적인 것은 외부와의 교류에 있었다. 호족들이 중국으로 대량 유입되어 거주하기 시작했고 상업과 여행의 왕래가 활성화되었으며 종교의 전파로 서역 민족들의 생활양식이 장안長安과 낙양洛陽 등 대도시 문화에 영향을 미쳤다.

당나라의 지식인들은 인생에 적극적이며 진취적인 태도를 지녔다. 국력의 신장으로 지식인이 벼슬에 나아갈 길이 다양해지면서 귀족 출신이 아닌 지식인들에게도 더 많은 기회가 열렸다. 진자앙陳子昂 661−702, 이백李白 701−762, 고적高適 704−765, 잠삼岑參 718−769 등 다양한 시인이 시로 그들의 정치적 열망과 이상을 노래했다.

진취적 기풍은 시에만 나타난 것이 아니라 역사, 서술, 서예, 그림, 조각, 음악 등 각종 예술에 모두 반영되었다. 예를 들어 서예는 위진시기 왕희지王羲之 303-361/321-379의 귀족적 풍도와 달리 씩씩하고 활달한 기상을 표현하였다. 안진경顔眞卿 709-784의 단정하면서도 두꺼운 글씨는 새로운 시대의 미감을 반영하며, 회소懷素 737-799와 장욱張旭 685?-759?의 변화막측한 초서는 적극적으로 세상에 참여하려는 이백을 비롯한 당나라 지식인들의 정신세계를 가장 잘 반영했다. 회화 영역에서는 인물화, 화조화, 산수화가 두루 발달하였고 벽화예술 또한 불교 발전과 함께 꽃피웠다. 그림의 발전은 당대의 대시인 이백, 두보杜甫 712-770, 왕유王維 693/694/701-761 등이 모두 그림을 주제로 한 제화시題畫詩를 남기는 것에서도 확인할 수 있다.

당대의 새로운 사회 분위기로 문인들은 전과 다르게 큰 포부를 실현하고자 하였고, 벼슬에 나아가기 전에 멀리 유람하거나 산림에서 장기간 학습하는 과정을 거쳤다. 명산대천을 유람하는 것은 산수를 감상하고자 한 목적 외에 도교 신앙과도 관련이 깊었으며, 견문을 넓히고 다른 문인들과 친분을 쌓기도 했다. 한편, 변경 개척에 열을 올린 당시 상황으로 많은 문인이 제국의 변방에서 활동하며 이역의 풍물을 노래했다. 시인들의 다양한 체험은 변새邊塞, 산수山水 등 시가 영역의 제재를 넓혔고 전보다 문인의 시야를 한층 확장해 이역 공간과 온갖 진기한 문물이 등장하는 당전기唐傳奇의 세계를 만드는 데에도 기여하였다.

당대 지식인들은 과거제도로 관직에 나갔지만 한편으로 막부幕府의 관리가 되기도 했다. 고적, 잠삼을 비롯하여 중당中唐 이후로는 막부를 거치는 문인들이 더 많아졌으며 두목杜牧 803-852과 이상은李商隱 813?-858? 같은 경우 막부에서 오랜 시간을 보냈다. 막부의 연회, 공연, 한담 등은 시의 재료가 되었으며 사詞의 탄생, 소설의 발전에도 영향을 미쳤다.

여행 문화와 더불어 관직 생활의 좌천도 문인 생활에 결정적 영향을 미쳤으며 시문 창작에도 중요한 영향을 미쳤다. 특히 한유韓愈 768-824TIP, 유종원柳宗元 773-819, 유우석劉禹錫 772-842, 백거이白居易 772-846 등 중당 이후 시인들의 경우 좌천은 문인들의 문학창작에 결정적 표지가 되었다.

TIP

한유韓愈

자는 퇴지退之이며, 당나라 남양 사람이다. 그의 선대 조상이 창려昌黎에 살았으므로 한창려韓昌黎라고 불리기도 한다. 한유는 시문에서 모두 탁월한 성과를 거두었고, 특히 그의 고문은 당시 육조 이후 변려문이 주도하던 문풍을 바꾸어놓아 후인들은 한유를 비롯한 그의 추종자들을 '고문운동가古文運動家'라 부르게 되었다. 그래서 고문운동에서 한유의 위치는 절대적이라 할 수 있다.

당나라는 외래문화에 개방적이었고 사상에서도 열려 있어 유가를 기본으로 하면서 도교와 불교도 수용하였다. 도교를 가까이한 것은 당 왕실에서 노자老子를 조상이라 하고 《노자老子》와 《장자莊子》를 경전으로 높였던 것과도 관련이 있다. 문인들은 불로장생을 꿈꾸며 신선 사상에 심취하여 자연에 귀의하거나 자연 친화적 작품들을 창작하였다. 이백의 시에 등장하는 선경仙境이나 이하李賀 791-817의 월궁月宮, 이상은이 그린 항아嫦娥의 형상 등은 모두 도교의 영향을 받은 것이다. 백거이의 장편 애정시 〈못 잊을 한장한가長恨歌〉의 결말 부분 또한 신선 세계를 그려놓았다.[01] 한편 불교 또한 선종禪宗을 중심으로 중국문화 깊이 내면화되었다. 당대의 많은 문인이 불교에 심취하여 사원을 방문하고 승려들과 서로 시를 주고받았다. 당시에 자주 드러나는 깨끗하고 텅 빈 듯한 이미지의 추숭도 불교적 깨달음과 관련이 깊다. 그뿐만 아니라 불교는 문학 양식에도 직접 영향을 미쳐 속강俗講과 변문變文이 출현하였다. 이들 장르는 소설 흐름에서 문언과 궤를 달리하는 백화소설白話小說의 출발점이 되며 희곡戲曲 양식의 성립에도 많은 영향을 미쳤다.

당나라 문학은 위진남북조의 귀족적 경향, 송대의 학자풍 문학 모두와 구별되는 진취적이고 매력적인 문학의 꽃을 피운다. 그 정점은 당나라 문화가 가장 번영했던 성당盛唐시기이며 중국을 대표하는 두 시인 이백과 두보 모두 이 시기에 활동하였다.

이러한 당나라 문학의 색채는 안사의 난을 분수령으로 전후로 양분된다. 성당의 정점에서 전후 8년간 지속된 안사의 난은 제국을 거의 붕괴시켜 수많은 사람이 전화에 사망하거나 각지를 떠돌았으며 이로써 왕권이 실추되고 기존 지배층의 권위도 무너졌다. 당나라의 문학 역시 시기적으로 양분할 수 있는데, 전기 문학은 위진남북조시기 문학을 이어받아 개혁을 거쳐 꽃피우는 시기였고, 후기 문학은 안사의 난을 겪은 이후 송대문학으로 그 흐름이 이어진다. 이 두 단계를 세분하여 초당初

01 〈장한가〉 마지막은 현종의 부탁을 받든 도사가 천상세계에서 양귀비를 만나고 돌아와 그녀의 당부를 현종에게 전하는 것으로 끝난다. "하늘에서는 원컨대 나란히 나는 비익조가 되고, 땅에서는 원컨대 가지를 나란히 한 연리지가 되기를.在天願作比翼鳥, 在地願爲連理枝."

唐, 성당盛唐, 중당中唐, 만당晩唐 네 시기로 나눌 수 있다.

당대 문학은 시를 비롯하여 산문과 소설, 새로운 양식인 사詞에서도 많은 발전이 있었다. 시는 발전의 정점을 찍었으며 산문은 문체 개혁 운동이 있었다. 당대 문학 발전에서 특징적인 것은 그 이전 시기 시인들이 귀족계층이었다면 당나라에 들어와서는 한사寒士라고 일컬어지는 비귀족계층 출신 문인들이 대거 등장했다는 점이다. 개원開元713-741, 천보天寶742-756시기에 산문 영역에서는 의식적인 개혁이 시작되었다. 유가의 도와 경전을 강조하며 정치교화에 도움이 되는 문장을 쓸 것을 주장하였다. 한유, 유종원에 이르러 문체 개혁운동은 당시 정치혁신 운동과 연계되어 유학 부흥 사조의 중요한 구성 부분이 되었다. 이러한 현상을 후대인들은 고문운동古文運動이라고 한다.

사회변화는 새로운 문체를 탄생시켜 소설 영역에서는 전기傳奇가 출현하였다. 전기소설의 발전은 소설 발전 역사에서 중요한 의미를 지닌다. 가장 큰 특징은 그것이 의식적 창작이라는 점이다. 또한 발단에서 결말까지 의미 있는 하나의 스토리가 있으며 인물의 통일성도 마련되었다. 전기소설의 주제는 매우 다양했으며 사전체史傳體 서사방식으로 허구 이야기를 풀어냈다. 시의 최고봉이 성당시대였던 것과 달리 전기는 중당시기에 가장 발전하였으며 이것은 산문의 발전과도 연관이 있다. 이밖에 음악 영역에서는 연악燕樂[02]의 성행으로 새로운 시가 형식인 사詞가 출현하였다.

02 수당에서부터 송대까지 궁정 연회에서 사용된 가무음악을 지칭하는데, 한족의 속악에 호족의 음악이 유입되어 이루어졌다. 생笙, 비파琵琶, 적笛 등의 악기를 사용하고 다양한 춤과 공연이 포함되어 있었다.

1 시가문학의 전성기, 당시

(1) 시가 제국의 서막, 초당

초당은 당 고조高祖 무덕武德 원년618에서 당 현종玄宗 개원開元 원년713까지 100여 년에 해당한다. 초당부터 이미 시부詩賦로 인재를 선발하는 과거제도가 정립되었기에, 수많은 인재가 시가 창작에 열을 올렸으며 시대적으로도 안정되어 시가의 전성기를 맞이한다. 비록 남북조 말기의 화려한 제량체齊梁體를 이어 황제의 공덕을 칭송하거나 사물을 아름답게 묘사한 시들이 위주가 되었으나 전보다 수준 높은 기교를 사용하였다. 이러한 노력은 심전기沈佺期, 송지문宋之問에게서 꽃을 피워 대구對句,[03] 평측平仄,[04] 압운押韻[05]의 엄정한 규칙 속에서 율시의 체제를 완성하였다.

초기의 궁정시인들과 비슷한 시기에 새로운 활력을 보여준 시인들로 초당사걸이라 불리는 왕발王勃 650-676/684,TIP 양형楊炯 650-693, 노조린盧照隣 636?-695?, 낙빈왕駱賓王 626?-687?이 있다. 이들은 모두 중하층 문인 출신으로 이제 막 번성하기 시작한 제국의 수도에서 활약했으나 걸출한 재능에

TIP

왕발王勃

어린 나이에 재주를 인정받은 신동이었지만 자신이 지은 글로 임금의 노여움을 사서 관직을 박탈당했다. 이후 다시 관직에 오른 뒤에는 관노를 죽이는 죄를 저질렀는데 사면을 받는 대신 이 일로 아버지가 멀리 교지(交趾, 현재의 베트남 북부지역)로 유배되었다. 전하는 말에 따르면, 왕발은 아버지를 만나 뵙고 돌아오는 길에 실족하여 물에 빠져 죽었다고 한다. 왕발이 남긴 명문장으로 변려문의 형태로 쓰인 〈등왕각서滕王閣序〉가 유명하다. 아버지를 만나러 가는 길에 장시江西성 난창南昌의 등왕각滕王閣에서 열린 연회에서 지었으며 그 가운데 "지는 노을은 외로운 따오기와 같이 나란히 날고, 가을빛을 띤 강물과 길고 넓은 하늘이 다 같이 한 빛이로구나.落霞與孤鶩齊飛, 秋水共長天一色."라는 구절은 오랫동안 빼어난 대구로 회자되었다.

▶ 왕발

03 대구는 고대 시문의 수사법으로 글자 수가 같고 의미가 대응되는 구절을 말한다. 위진시기 이후 문인들이 성조까지 고려하여 형식 면에서 점차 격률화되었다. 근체시가 성립된 이후에는 율시의 중간 두 연은 반드시 대구를 사용하였다.

04 평측은 한자漢字의 평성운과 측성운으로 평평한 소리와 굴곡이 있는 소리를 각각 지칭한다. 현대 중국어에서 평성은 1성과 2성에 해당하고 측성은 3성과 4성에 해당한다. 평측을 따진다는 것은 시의 작법에서 글자마다 성조를 고려하여 최대한 대비효과를 기하는 것을 말한다.

05 압운은 시가에서 대구를 이루는 시행마다 운韻, 즉 한 음절의 끝나는 소리를 통일감 있게 규칙적으로 배열하는 것을 말한다.

도 불구하고 비참한 인생을 살다 이른 나이에 세상을 떠났다는 공통점이 있다. 다만 시대적으로 가능성이 많은 시기였기에 처지를 비관하기보다는 자신감을 표출하거나 격앙된 목소리로 불합리한 현실에 불만을 토로하였다. 그 가운데 왕발의 시를 보자.

〈**촉주로 부임하는 두소부를 전송하며**送杜少府之任蜀州[06]〉

삼진三秦[07]의 보위를 받는 장안 성궐에서,	城闕輔三秦,
바람과 안개 속에 오진五津[08]을 바라보네.	風煙望五津.
그대와 헤어지는 이 마음,	與君離別意,
우리는 모두 벼슬길에 떠도는 사람들.	同是宦遊人.
이 세상 어딘가에 지기만 있다면,	海內存知己,
하늘 끝에 있어도 이웃과 같으리니.	天涯若比鄰.
헤어지는 갈림길에서	無爲在歧路,
아녀자처럼 눈물 흘리지 마세.	兒女共沾巾.

이 작품은 그가 장안에서 관직 생활을 할 때 멀리 떠나는 지인과 이별하며 쓴 것이다. 첫 2구는 각각 보내는 사람이 처한 장안이라는 곳과 이별하는 벗이 향하게 될 촉주의 지형을 상징적으로 드러내며 관직 때문에 함께 먼 거리를 이동할 수밖에 없는 사람들이라는 점을 강조했다. 후반부는 이별시에 자주 등장하는 슬픔과 고독을 떨치고 이 세상에 알아주는 벗 하나만 있다면 어디를 가든 지척처럼 가까울 것이라는 청년의 패기를 보여주었다.

이밖에 초당의 개성파 작가로 진자앙과 장약허张若虛 670?-730?를 들 수 있다. 진자앙은 쓰촨성 출신으로 어려서는 공부를 하지 않다가 뒤늦게 학문에 매진하여 진사에 급제하고 측천무후則天武后 624-705 시기에 벼슬이 우습유右拾遺에까지 올랐

06 현재 쓰촨성 충저우崇州를 말한다.

07 장안 부근의 관중 지역을 이르는 말.

08 쓰촨성 민강岷江에 있는 다섯 개의 나루. 여기서는 두소부가 부임하는 촉주를 지칭한다.

다. 서북 및 동북 변방으로 종군하여 시인으로서 경험을 넓히기도 했으나 후에 모함에 빠져 억울하게 옥사하였다. 진자앙은 초당시기에 유행한 궁체시와 변려문의 풍조에 반대하고 '한위풍골漢魏風骨'을 주장하여 〈감우感遇〉 시 38수를 통해 강렬한 자아의식을 드러내는 가운데 적극적으로 사회와 정치의 병폐를 폭로하기도 하였다. 대표작 〈유주의 누대에 올라 부르는 노래登幽州臺歌〉를 살펴보면, "앞으로는 옛사람 보이지 않고 뒤로는 올 사람이 보이지 않는다. 천지의 끝없는 영원함을 생각하니, 홀로 비감에 젖어 눈물 떨군다.前不見古人, 後不見來者. 念天地之悠悠, 獨愴然而涕下."라고 하여 특별한 수식 없이도 광활한 시공을 한편에 아우르는 기개, 형식의 굴레를 과감히 넘어선 언어 등에서 이백李白을 비롯한 성당 시인들에게 깊은 영향을 남겼다.

한편 장약허는 봄밤의 아름다움을 노래한 장편시 〈봄 · 강 · 꽃 · 달 · 밤春江花月夜〉을 남겼다. 비록 수백 수씩 시를 남긴 다작 시인들에 비해 《전당시全唐詩》 수록 시가 두 편에 불과하지만, 이 한 편이 《당시삼백수唐詩三百首》에 수록되었고 현대 문학가 원이둬聞一多1899-1946로부터 '궁체시의 죄를 씻다'라는 평을 받기도 했다.

(2) 찬란한 당시의 전성기, 성당 시가

성당은 현종의 치세 기간인 개원開元713-741 · 천보天寶713-756 연간과 안사의 난을 합친 50여 년간을 말한다. 당나라는 이 시기에 대제국으로 국위를 떨쳤고 사회 · 경제 · 문화적으로 번영을 구가했다. 왕유, 맹호연孟浩然689-740 등 산수자연 시파와 잠삼, 고적으로 대표되는 변새시파가 등장하였으며 중국 시의 양대산맥이라 일컬어지는 시선詩仙 이백과 시성詩聖 두보가 모두 이 시기에 나왔다.

① 산수자연의 아름다움, 산수자연시파

개원 · 천보 연간에는 당제국의 흥성으로 풍요롭고 낭만적인 분위기가 만들어져, 산수의 아름다움과 전원의 한적한 생활을 구가하는 시들이 출현하였다. 위진시기 도연명으로부터 시작된 소박한 전원시와 사령운이 이끌었던 화려한 산수시는 남북조 후기의 유미주의가 휩쓸고 난 뒤 모두 생명력을 잃었다가 맹호연과 왕유의 등장으로 새로운 계기를 맞이하였다.

맹호연은 40세 즈음에 장안에 올라와 과거시험을 보았으나 뜻을 이루지 못한 이후 평생 은둔생활을 하며 많은 산수자연시를 남겼다. 200여 편의 시가를 남겼는데, 고독과 한적의 정서를 맑고 깨끗한 산수의 경물로 표현해냈다.

왕유는 사대부 집안에서 성장해 일찍 진사에 합격하여 감찰어사 등의 관직을 지냈지만 어려서 모친으로부터 불교사상을 접하고 깊은 영향을 받았다. 안사의 난이 일어나기 전까지는 성당시기 시인답게 활기찬 기상을 노래했으나 안사 반군이 수도를 점령하여 어쩔 수 없이 반군 치하의 벼슬을 거부하지 못한 것이 흠결이 되었다. 이로써 만년에 더욱 불교에 심취하여 장안 근처에 있는 별장에서 풍경을 관조한 시들을 많이 썼다. 화가로도 뛰어나서 남종화南宗畵의 시조로 추앙되었으며, 훗날 소식蘇軾으로부터 "시 속에 그림이 있고 그림 속에 시가 있다.詩中有畵, 畵中有詩."라는 평가를 받았다. 그의 산수시는 언제나 아늑한 고요함을 지녔는데 적막감이 아니라 움직임과 고요함이 어우러져 상생하는 생기를 지닌다. 왕유의 〈죽리관竹里館〉을 보자.

홀로 깊은 대숲에 앉아	獨坐幽篁裏,
거문고를 타다 긴 휘파람 부네.	彈琴復長嘯.
깊은 숲이라 아무도 모르는데	深林人不知,
밝은 달이 찾아와 나를 비춘다.	明月來相照.

고독한 시 속 주인공은 달빛 아래서 거문고를 타며, 그저 달빛과 벗하고 있다. 마치 한 폭의 그림 같은데, 그 그림 속 시인에게는 말 못할 고독이 깊이 스며 있다.

② 변방의 기세, 변새시파

남북조시기에도 변방의 생활을 노래한 시들이 더러 지어졌고 당나라에 들어와 초당사걸 등도 변새에 관심을 두었지만 아직 하나의 유파로 형성되지는 않았다. 성당시기에 이르러 변경확장을 위한 전쟁이 강화되었고 벼슬길이 막힌 시인들도 빨리 공을 세우고자 북방의 변경에서 기회를 찾았다. 중원과 다른 한랭한 토지와 호족들의 문화를 접하며 시인들은 드넓은 대지와 강건한 기상을 노래하고 새로운 시풍을 일구었다. 주요 시인으로 고적, 잠삼, 왕창령王昌齡698–757, 왕지환王之渙688–742 등을 들 수 있으며 고적과 잠삼이 가장 유명하다.

이 가운데 잠삼은 허난성河南省 출신으로 후베이성湖北省 장링江陵 지역에서 성장했으며 진사에 급제한 뒤 안서安西, 관서關西의 절도판관 등으로 일생을 거의 서역에서 보내다가 만년에 쓰촨성에서 사망했다. 변방에서 전란의 고통과 모순 등을 고발한 고적에 비해 이역의 풍광 자체에 훨씬 집중하였으며 화려하고 낭만적인 느낌을 전한다. 그의 〈흰 눈의 노래로 무판관이 수도로 돌아가는 것을 전송하다백설가송무판관귀경白雪歌送武判官歸京〉를 보자.

북풍이 흙 몰아 부니 백초가 꺾이고,	北風卷地白草折,
오랑캐 땅의 팔월에 눈이 날린다.	胡天八月卽飛雪.
갑자기 밤에 봄바람 불어	忽如一夜春風來,
온갖 나무 사이에 배꽃이 피었나?	千樹萬樹梨花開.
……	……
펄펄 날리는 저녁 눈발이 원문에 내리고	紛紛暮雪下轅門,
바람이 붉은 깃발 날려도 얼어서 펄럭이지 못하네.	風掣紅旗凍不翻.
윤대 동문에서 그대를 보내니	輪臺東門送君去,
떠날 때 눈이 천산 길에 가득하네.	去時雪滿天山路.
산 돌고 길 굽어 그대는 보이지 않고,	山回路轉不見君,
눈 위에 헛되이 말 다닌 자취만 남아 있네.	雪上空留馬行處.

북녘땅은 겨울이 일찍 찾아와 음력 팔월에 눈발이 날린다. 처음 보는 낯선 풍경에 시인은 마치 하룻밤 새 봄바람이 불어 배꽃이 가득 피어난 듯 환상에 빠진다. 이역 풍물을 바라보는 시인의 신선한 눈길이 그려진다. 중반부에서 추위가 강조되다가 마지막 부분에는 천 리 먼 길을 떠나는 사람을 전송하며 보내는 감탄이 담겨 있다.

③ 낭만과 열정의 시선, 이백

▶ 시선 이백

이백은 중국 시의 흐름에서 굴원屈原 기원전340?-기원전278, 도연명陶淵明 365?-427 이후 가장 위대한 시인으로 중국뿐 아니라 동아시아 문학에 지대한 영향을 미쳤다. 동시대의 두보와 함께 이두李杜로 병칭되는 이백은 시선詩仙이라는 별칭에 걸맞게 태생부터 기질, 삶의 행로와 시풍에 이르기까지 모든 면에서 시성詩聖 두보와 대조되기도 한다.

이백의 집안에 대해서는 이설들이 있으나 대체로 그 집안이 현재의 간쑤성甘肅省에 살았으나 죄를 짓고 서역 땅으로 옮겨 살다가 아버지 대에 쓰촨성四川省으로 돌아왔다고 보는 편이다. 이백의 출생지는 서역일 수 있으며 6세 무렵부터 25세가 되기까지 쓰촨성에서 살았다. 이 때문에 각지를 유랑하면서도 사천을 자신의 고향으로 여겼으며 이곳의 험난한 지형은 웅장한 그의 시 세계를 만드는 데 영감을 주었다. 42세까지는 후베이湖北, 후난湖南, 장쑤江蘇, 저장浙江, 산둥山東, 허난河南 등을 큰 꿈을 가지고 주유하다가 지인의 추천으로 장안에 입성하여 현종 밑에서 한림공봉翰林供奉을 지내기도 했다. 뛰어난 시적 재능으로 사람들을 놀라게 하여 '적선謫仙'이라는 칭호를 얻은 것도 이때이다. 다만 궁중 생활은 그의 이상과 맞지 않았고, 당시 부패한 정치적 현실을 목도하고 분개하며 〈촉으로 가는 길의 어려움蜀道難〉, 〈양보의 노래梁甫吟〉, 〈가는 길의 어려움行路難〉 등 대표작을 남겼다. 3년간의 궁정 생활을 끝으로 궁정을 떠나게 된 이백은 실망하여 각지를 유랑하며 두보, 고적 등을 만나기도 했다. 755년 안사의 난이 일어났을 때 이백은 안후이성安徽省 여산廬山에서 지내다 적을 토벌하는 영왕永王 군대에 참여했으나 반란으로 몰려 먼 야랑夜郎으로 유배되었다. 비록 유배 가는 도중 사면을 받기는 했으나[09] 병을 얻어 재기하지 못했으며, 762년 당도현當塗縣[10]의 친척 집에서 생을 마감하였다.

---

09 쓰촨성 평제현(옛 백제성이 있는 곳)에 이르렀을 때 유배길에서 사면되어 기쁜 마음으로 〈조발백제성早發白帝城〉이라는 걸작을 남겼다.

10 현재의 당투현으로 안후이성 마안산시馬鞍山市에 속한다.

이백의 시에는 술 마시고 즐기자는 내용이 많아 자칫 가볍게 인식될 수 있으나 자신의 정치적 출로와 국가의 행보, 문학창작의 올바른 방향에 관심이 많았으며 이는 〈고풍古風〉 59수와 같은 작품에 집약적으로 드러난다. 또한 〈홀로 경정산에 앉아獨坐敬亭山〉의 "바라보아도 서로 싫지 않은 것은 오직 경정산뿐이네.相看兩不厭，只有敬亭山."와 같은 구절을 보면, 시대가 용인하지 못한 천재의 고독을 조금은 이해할 수 있다.

이백의 시적 특질이 가장 잘 발휘된 영역은 우선 옛 제목들을 활용하여 자기 이야기를 펼쳐낸 악부시를 꼽을 수 있으며 〈술잔을 드시오將進酒〉, 〈촉으로 가는 길의 어려움〉, 〈가는 길의 어려움〉 등을 들 수 있다. 이밖에 거침없는 성격과 기상이 그대로 드러난 장편가행으로 〈꿈에 천모음을 노니는 노래로 남아 있는 이들과 작별하다夢遊天姥吟留別〉, 〈선주의 사조루에서 숙부 이운과 이별하며宣州謝朓樓餞別校書叔雲〉 등이 있다.

한편 짧은 절구絶句 형식에서는 명쾌한 언어로 맑고 산뜻하면서도 여운이 감도는 작품들을 남겼다. 이 가운데 "고개 들어 밝은 달 바라보고, 고개 숙여 고향을 생각하네.擧頭望明月，低頭思故鄕.〈고요한 밤의 생각靜夜思〉"나 "백발은 삼천 장, 시름 때문에 이렇게 길었나?白髮三千丈，緣愁似個長，不知明鏡裏，何處得秋霜?〈추포의 노래秋浦歌〉"와 같은 시는 우리에게도 친숙하다. 〈산중의 문답山中問答〉을 읽어보자.

내게 무엇 때문에 푸른 산속에 사는가 묻는데,	問余何事棲碧山，
웃으며 대답은 하지 않지만 마음은 절로 한가롭네.	笑而不答心自閑.
복사꽃잎 실은 물은 아득히 흘러가는데,	桃花流水杳然去，
별천지가 있어서 인간 세상 아니라오.	別有天地非人間.

내가 은거하는 산속의 이곳이 바로 도화원桃花園이라고 말하는 이 시는 비슷한 주제를 다룬 다른 시인들의 시와 달리 고독과 쓸쓸함이 순간적으로 사라지고 아름다운 선경仙境에 도취하게 만든다. 시선詩仙이라는 이름에 걸맞은 작품이 아닐 수 없다.

④ 시인의 성인, 시성 두보

▶ 시성 두보

두보는 낙양허난성河南省 뤄양洛陽 근처의 대대로 유가를 신봉하는 집안에서 나고 자랐다. 젊은 시절 집안의 기대를 안고 견문을 쌓으려고 장쑤江蘇, 저장浙江, 산둥山東, 화베이華北 일대를 유람하였다. 한 차례 과거시험에 실패했으나 크게 개의치 않았으며 결혼도 하고 많은 사람과 교류하였다. 746년부터 10년간은 장안으로 이주하여 과거시험에 매진하며 점차 부패해가는 당 제국의 실상을 목도하였으나 부친의 사망으로 가정 형편도 점점 어려워졌다. 안사의 난이 일어난 755년 가을, 두보는 전란의 발생을 모른 채 자신의 정치적 이상과 거리가 먼 낮은 직책을 받게 되어 무거운 마음으로 장안 교외의 가족을 만나러 갔다가 가난으로 막내아들이 굶어 죽은 것을 알게 된다. 가족을 찾아가는 무거운 발걸음과 도착 후에 목도한 가난의 비참함을 고스란히 담은 〈수도에서 봉선현으로 가며 500자로 회포를 읊다自京赴奉先縣詠懷五百字〉는 두보가 사회 시인으로 거듭나는 분수령이 된다.

755년 전란 발생 이후 두보의 삶은 전란의 소용돌이에서 급격하게 변화한다. 현종玄宗의 피란에 이어 숙종肅宗의 즉위 소식을 듣고 경하하러 가던 도중 반군에게 붙잡혀 장안으로 호송되었다가 위험을 무릅쓰고 탈출하여 숙종을 만나 좌습유左拾遺라는 직책을 받는다. 그러나 전쟁에서 패배한 재상 방관房琯697–763을 변호하다 결국 파직 위기에 놓였고 이듬해에는 화주[11]로 좌천되었다가 이마저도 버리고 정처 없는 유랑길을 떠난다. 급변하는 삶의 경험 속에서 많은 명작이 탄생했는데 장안에 묶여 있을 때 〈봄의 전망春望〉이 탄생하였고, 화주 좌천 후 전쟁의 참상을 직접 보고 들으며 '삼리三吏', '삼별三別'을 내놓았다.[12]

두보는 759년부터 765년까지 주로 쓰촨성 청두成都에 머물렀다. 힘겨운 방랑 끝에 찾아낸 안식처에서 친구들의 도움으로 집을 마련하고 막부의 벼슬도 받아 생활

---

11 지금의 산시성陝西省 웨이난시渭南市 화저우구華州區.

12 '삼리', '삼별'은 당나라 때 두보가 지은 시가 가운데 〈신안의 관리新安吏〉, 〈석호의 관리石壕吏〉, 〈동관의 관리潼關吏〉와 〈신혼의 이별新婚別〉, 〈늘그막의 이별垂老別〉, 〈집 없는 이별無家別〉을 아울러 지칭하는 말이다.

이 어느 정도 안정되었다. 심신의 여유로 이 기간에는 비교적 평온한 작품들이 나오기도 했으며 〈봄밤에 비를 기뻐하며春夜喜雨〉가 대표적이다. 다만 두보는 자신의 정치적 이상을 실현하고자 장안으로 돌아갈 요량으로 정처 없는 뱃길에 나섰다가 중도에 쓰촨성 기주夔州[13]라는 곳에서 2년 가까이 체류하였다. 길지 않은 기간 그는 노년기를 맞으며 질병도 얻어 자주 수심에 휩싸였으나 여전히 율시 창작에 몰두하였다. 그가 이룬 율시는 내용과 형식 모든 면에서 뒤 사람이 함부로 뛰어넘을 수 없는 경지로 평가된다. 〈높이 올라登高〉, 〈가을 흥취秋興〉 8수 같은 명작이 이 시기에 등장한다. 기주에서 비교적 안정적인 생활을 마다하고 결국 장안으로 돌아가고자 하는 마음에 다시 온 가족이 배에 몸을 실었으나 여정은 쉽지 않았다. 경비가 떨어지고 건강도 안 좋았으며 수시로 안사의 난의 여파로 상황이 열악하여 남쪽으로 뱃길을 돌려 방황하다 770년 악양[14] 근처에서 59세로 사망하였다.

다음은 기주에서 지은 〈가을 흥취〉 8수 중 제1수의 후반부이다.

무더기 국화는 다시 피어나 해묵은 눈물을 되씹게 하는가,	叢菊兩開他日淚,
외로운 배엔 오로지 고향 생각뿐.	孤舟一繫故園心.
겨울옷 장만에 집집마다 분주한 시간,	寒衣處處催刀尺,
저무는 백제성, 급해지는 다듬이 가락.	白帝城高急暮砧.

〈가을 흥취〉 8수는 칠언율시로 평측의 엄격한 규율을 따랐을 뿐 아니라 더 나아가 연작시 8수가 마치 막간의 휴지를 갖는 연극 구조처럼 독립되면서도 유기적으로 이어져 시의 정련미에 장편의 중후함까지 더하고 있다.

두보의 시는 1,400여 작품이 남아 있으며 악부체와 고시에서는 현실을 비판하는 예리한 언어를 선보였고 오언과 칠언의 율시는 한땀 한땀 아로새기듯 조각하여 예술품이 되었다. 집안의 가풍과 일생토록 공부한 유가의 학문은 함께 사는 사회

13 현재의 충칭시重慶市 펑제현奉節縣.

14 현재의 후난성湖南省 웨양시岳陽市.

에 대한 고민, 인간에 대한 깊은 이해로 이어지며 한번에 해결되지 않는 걱정을 오래도록 고민한 언어에 켜켜이 담은 작법은 이른바 침울돈좌沈鬱頓挫[15]라 불리는 시 세계를 완성하였다.

사회의 온갖 부조리한 모습을 고발하고 고민하는 넓이와 깊이, 그리고 예술의 완성도에서 두보가 이룩한 수준을 넘는 시인은 거의 없었다. 이런 이유로 시인 두보는 시성詩聖, 그가 남긴 작품들은 시사詩史라고 불린다. 중당시기 이후 송을 거쳐 명·청대에 이르기까지, 두보의 시는 시적 정신과 창작 방법 모두에서 중국 시단에 지속적으로 영향을 미쳤고 동아시아 문화에 지대한 흔적을 남겼다. 우리나라에서도 조선시대에 두보의 시를 학습대상으로 삼아 《두시언해杜詩諺解》가 나왔다.

(3) 당시의 새로운 길, 중당 시가

중당中唐은 대력大曆766-779, 원화元和806-820 연간을 거쳐 대체로 835년까지의 70여 년을 말한다. 안사의 난이 끝나고 새로 사회를 수습하면서 시단에는 많은 변화가 생겼다. 황금기라고 하는 성당시기는 끝났으나 오히려 현실에 밀착하면서 사회의 부조리를 알리려 했고, 이백과 두보를 넘어서고자 형식을 갈고닦으며 새로운 언어를 탐색하기도 했다. 또한 고문운동, 당전기唐傳奇의 활성화와 함께 서사의 발달로 시에서도 평이한 서술형 시가 만들어지면서 점차 송시 풍에 가까워졌다.

중당시기의 초기에는 아직 새로움을 찾는 모색 단계여서 뚜렷한 색채를 만들어내지 못하였다. 대력십재자大曆十才子라 불리는 시인들이 주로 언어형식을 가다듬는 데 주력했으며 성당의 시풍을 따랐다. 이밖에 위응물韋應物737?-791?, 유장경劉長卿726-789/790 등도 자연을 묘사한 아름다운 시로 이름을 남겼다.

중당시기의 중요한 변화는 진부함을 거부하고 의식적으로 새로움을 추구한 흐름이다. 한유, 맹교孟郊751-814 등이 주축이 되어 한맹시파韓孟詩派라 불리는 이들은 규격화된 시를 반대하며 기존의 서정적 시풍과 달리 기이한 내용에 산문 구법

15 내용에서 겉으로 쉽게 드러나지 않는 무거운 비분의 정서를 담으며 형식 면에서는 미처 분출되지 못한 감정을 풀어내기 위해 마치 꺾이고 비틀리는 듯한 언어적 조임이 있는 것을 말한다.

도 마다하지 않는 형식적 실험으로 '괴탄파怪誕派'라고도 불린다.

한유는 실험적인 성격의 장편고시를 많이 남겼으며, 고문운동을 주도한 대학자답게 전고 활용에 주력하며 대담한 창신을 보였다. 특히 그의 정치적 굴곡은 시적 실험을 더욱 강화하는 계기가 되었다. 36세 때 감찰어사가 되었으나 정치비판으로[16] 양산[17]으로 좌천되었지만 남방의 산천과 열기는 시적 실험에 기폭제가 되어 울부짖는 성성이와 박쥐, 산불 등이 요괴와 귀물의 모습으로 출현하기도 했다. 한유의 대표작 중 하나인 〈산석山石〉을 보자.

▶ 한유

산의 돌은 울퉁불퉁 길이 아스라하고,	山石犖確行徑微,
황혼에 절에 다다르니 박쥐가 날아다닌다.	黃昏到寺蝙蝠飛.
불전에 올라 섬돌에 앉으니 비가 흠뻑 내렸고,	升堂坐階新雨足,
파초 이파리는 커다랗고 치자 열매 탐스럽네.	芭蕉葉大梔子肥.
스님은 낡은 벽 불화가 좋다고 하시며	僧言古壁佛畫好,
불빛을 가져와 비추는데 희미하게 보인다.	以火來照所見稀.
……	……
인생은 이렇다면 정말로 즐거울 수 있겠구나,	人生如此自可樂,
어찌 옹색하게 남에게 고삐를 잡히는가?	豈必局束爲人鞿.
아아, 나와 함께하는 제군들이여!	嗟哉吾黨二三子,
어찌하여 늙도록 돌아가지 않는가?	安得至老不更歸.

16 한유가 803년 감찰어사가 되었을 때 관중 지역이 가뭄으로 기근이 들어 백성들이 기아에 시달려 사방으로 구걸을 나서는 상황이었는데 행정에 책임이 있는 경조윤京兆尹이 사건을 무마하고자 식량이 넉넉하다고 거짓 보고를 하였다. 한유는 이에 실태를 보고하는 글을 올렸으나 오히려 반대파의 박해로 광둥성으로 좌천되었다.

17 지금의 광둥성廣東省 칭웬시淸遠市 양산현陽山縣.

이 시는 한유가 낙양 북쪽 혜림사慧林寺에 놀러 갔다가 쓴 것으로 험한 산길을 지나 절에서 스님이 보여주는 벽화를 구경하고 다음 날 새벽에 길을 나설 때까지의 과정을 순차적으로 다루었다. 인용 부분은 시의 맨 앞과 마지막 부분이다. 제목부터 '혜림사에 묵으며'라거나 '산길의 감회'와 같은 예측 가능한 제목을 피하고 첫 두 글자를 제목으로 삼았다. 특히 마지막 단락의 "아아", "나와 함께하는 제군들"과 같은 구법과 표현에서 시보다는 산문에 가깝다는 것을 알 수 있다.

한유와 일파를 이룬 맹교 역시 독특한 표현에 고심하여 '고음苦吟 시인'이라는 별명을 얻었다. 벼슬에 나아가려고 여러 번 과거를 보았으나 번번이 급제하지 못하고 평생 가난하게 살았던 삶의 환경이 시에 반영되어 '가을 풀', '우는 풀벌레', '거센 바람', '찬 서리' 등이 자주 등장해 더욱 차갑고 기이한 분위기를 만들었다. 맹교와 비슷한 시풍을 이룬 가도賈島 779–843와 병칭되며 송대의 소식蘇軾 1037–1101은 이들을 "맹교는 차갑고 기도는 수척하다. 교한도수郊寒島瘦"라고 칭하기도 했다.

한편 이들보다 조금 뒤에 문단에 등장한 이하李賀는 요절한 천재 시인으로 성당의 낭만적 사조에 한유, 맹교 등의 기이한 면모를 더욱 발전시켜 자신만의 시 세계를 완성했다. 풍부한 감성과 뛰어난 재주가 있었으나 이름으로 인한 불운[18]과 선천적 지병으로 병마에 시달리며 시에 환상적 세계를 집어넣어 시귀詩鬼라는 이름을 얻었다. "차갑고 파란 촛불은 애타는 듯 깜박거린다. 서릉 다리 아래, 비와 바람이 어둡다. 冷翠燭, 勞光彩. 西陵下, 風吹雨. 〈소소소의 무덤蘇小小墓〉" 라고 하며 삼백 년 전에 죽은 기녀에게 연모의 정을 표현한 이 시는 그의 대표작 가운데 하나이다. 이밖에 〈머리 빗는 미인美人梳頭歌〉, 〈술잔을 드시오將進酒〉, 〈가을이 오다秋來〉 등이 있다.

▶ 백거이

중당시기의 시적 흐름과 성취 모두에서 가장 중요한 또 한 명의 시인은 백거이白居易 772–846다. 백거이는 두보의 현실 고발정신을 토대로 옛

18 이하의 부친은 이진숙李晉肅이었는데 이하의 재주를 질투한 사람이 일부러 진사進士시험을 보게 되면 아버지 이름인 진晉과 발음이 같아서 예의에 어긋난다는 유언비어를 퍼뜨렸다. 이하는 여기에 항변하지 못하고 억울한 마음으로 결국 진사시험을 치르지 못했다.

악부를 모방하여 당대 정치를 비판하고 백성들의 힘겨운 삶을 노래하며 '신악부시新樂府詩' 운동을 펼쳤다. 더 많은 사람에게 불리도록 의도적으로 쉬운 언어를 사용한 이 시들은 송대 이후 악부시 발전에도 지대한 영향을 미쳤다. 3,000수를 남긴 다작 시인이기도 한 그는 사회 비판시 외에 평범한 일상의 즐거움을 시에 담기도 하고 구구절절한 대중가요적 감성을 표현하기도 했다. 생전에 그는 자신의 시 세계를 풍유諷諭 · 한적閑適 · 감상感傷 · 잡률雜律 네 가지로 분류했다. 어떤 유형이라도 공통되는 백거이만의 특성은 쉽고 자세하며 친절한 시라 할 수 있다. 백거이의 대표작들을 인용해본다.

〈못 잊을 한長恨歌〉

칠월 칠석날 장생전에서,	七月七日長生殿,
아무도 없는 야밤에 그대는 속삭이셨죠.	夜半無人私語時.
"하늘에서는 원컨대 나란히 나는 비익조가 되고,	在天願作比翼鳥,
땅에서는 원컨대 가지를 나란히 한 연리지가 되기를."	在地願爲連理枝.
끝도 없는 하늘과 땅은 다할 때가 있을지 모르지만,	天長地久有時盡,
장구한 이 한은 언제까지나 끊일 날 없으리.	此恨綿綿無絶期.

이 시는 애절한 사랑 노래로, 위 인용 부분은 120구 장편시의 맨 끝부분이다.[19] 안사의 난 때 당 현종의 명으로 피란 도중 자결할 수밖에 없었던 양귀비의 이야기에 환상을 덧붙여 이야기로 만들었다. 끝없이 이어지는 한의 노래는 그의 절창 〈비파 노래琵琶行〉와 더불어 창작 당시부터 장안의 화제가 되며 후대문학에도 깊은 영향을 미쳤다.

이외에 중요한 시인으로 장적張籍767?-830?, 유종원, 유우석劉禹錫772-842이 있었다. 장적은 두보의 사회시를 이어받아 백거이에게 이어주었다고 평가된다. 한

19 백거이와 친밀하게 지냈던 진홍陳鴻은 백거이의 〈장한가〉에 화답하여 당 현종과 양귀비의 이야기를 소설로 풀어내어 《장한가전長恨歌傳》을 지었다. 이 이야기는 후세에도 크게 사랑을 받아 원대元代의 백박白朴은 잡극雜劇 〈오동우梧桐雨〉를 남겼고 청대 홍승洪昇은 전기傳奇 《장생전長生殿》을 지었다.

유, 맹교와 절친한 사이였으나 기괴한 시풍을 따르지 않고 평이한 언어로 현실문제를 다루었으며 전쟁 과부, 쫓겨난 며느리 등 약자로서 여성의 상황에도 관심을 보였다. 유종원은 한유와 함께 고문운동을 주도했으나 한유가 유가의 도에 천착한 반면 그는 노장사상도 배격하지 않았다. 정치적 좌절로 인생과 자연을 바라보는 태도에는 깊은 슬픔과 예리한 깨달음이 보인다. 유명한 〈강 위의 눈江雪〉의 "눈 내리는 추운 강에서 홀로 낚시질하네.孤舟簑笠翁, 獨釣寒江雪."라는 시구절은 세상에 맞서 온몸으로 고독을 감내하는 본인의 모습처럼 읽힌다. 한편 유우석은 백거이, 원진과 절친하여 이들과 창화하는 시를 많이 지었지만 주된 시풍은 사뭇 다르다. 그는 유종원과 함께 왕숙문王叔文753-806이 주도한 영정혁신永貞革新에 깊이 참여했다가 실패하여 장안에서 멀리 떨어진 불모지로 오랫동안 좌천되었다. 이때 사회 고발시를 쓰거나 실패를 운명으로 받아들이며 자연을 예찬하는 대신 장기간 세월을 보낸 유배시에서 민가의 힘을 발견하였다. "봄 강에 달이 솟아나 큰 둑은 판판하고, 둑 위로는 아가씨들이 팔을 끼고 걸어요.春江月出大隄平, 隄上女郎連袂行. 〈답가사踏歌詞〉", "새빨간 꽃 쉬이 시듦은 님의 마음 같고요, 흐르는 물 끝이 없음은 저의 시름 같지요.花紅易衰似郎意, 水流無限似儂愁. 〈죽지사竹枝詞〉" 등 지역 민가인 댓가지 노래竹枝詞[20] 등을 개작한 짧은 시들은 민가 특유의 생기발랄함이 묻어난다.

(4) 기울어가는 석양의 노래, 만당 시가

대체로 만당은 감로지변甘露之變TIP이 발생한 835년 이후 당나라가 망하는 시점까지를 지칭한다. 중당시기의 다양한 현실비판 목소리는 점차 줄어들고 이 시기에는 쇠락해가는 당 제국 앞에서 과거의

TIP

감로지변甘露之變

당나라 문종 때 환관들이 국정을 농단하자 대신들과 함께 이들 환관을 몰살하려 하였으나 역으로 수많은 대신이 환관에게 죽임을 당한 사건을 말한다. 하늘에서 감로가 내렸다고 속여 밖으로 유인해내려 하다가 계획이 누설되어 목적을 이루지 못하고 역습당하였다.

20 댓가지 노래는 시의 체제 가운데 하나로 본래 파투巴渝(현재의 쓰촨성四川省 충칭시重慶市) 지역에 유행했던 민가를 지칭한다. 당나라 유우석이 이곳의 민가를 시의 형식으로 바꾸어 창작하여 후대에 큰 영향을 미쳤다.

영광을 떠올리거나 흥망성쇠의 감회를 노래하는 일이 많았다. 또한 정치적 희망이 사라지고 실질적으로 현실에 대해 개진할 방법이 없어지자 서글픈 정조에 젖거나 눈앞의 화려함에 취하고자 하였고 시의 영역에서 잘 다루지 않던 남녀 간의 사랑도 등장하였다. 회고조의 시를 주로 쓴 시인으로 두목杜牧 803–852, 허혼許渾 791–858 등이 있으며 남녀 간의 사랑을 다룬 시인은 이상은, 온정균溫庭筠 812?–866? 등이 있다. 이 가운데 대표가 되는 두목, 이상은의 시 세계를 알아보자.

▶ 두목

두목은 젊은 시절 정치적 이상을 품고 여러 주장을 올렸으나 받아들여지지 않았다. 현실과 괴리를 느껴 향락적인 생활에 빠지기도 하였다. 이러한 삶이 반영되어 그의 시는 화려하고 퇴폐적인 느낌을 주기도 한다. 그러나 그 이면에는 점차 기울어가는 국가에 대한 근심과 이상을 펼칠 수 없는 현실에 대한 좌절의 그림자가 드리워져 있다.

〈산행山行〉

멀리 차가운 산을 오르니 돌길은 비스듬하고	遠上寒山石徑斜,
흰 구름 피어나는 곳에 인가가 있네.	白雲生處有人家.
수레를 멈추고 깊어진 단풍숲을 사랑하니	停車坐愛楓林晩,
서리 맞은 꽃이 이월 꽃보다 붉구나.	霜葉紅於二月花.

이 시는 눈앞의 고운 가을 경치를 그려낸 수작이다. 산길을 오르다 피어나는 구름과 그 끝에 보이는 인가 한 채, 그리고 눈에 들어온 단풍을 순차적으로 그렸는데 단풍을 봄꽃보다 붉다고 한 솜씨가 뛰어나 인구에 회자되었다.

만당을 대표하는 유미주의 시인은 이상은이다. 당시까지 시 영역에서 거의 다루어지지 않았던 남녀 사이의 애정을 집중적으로 다루어 중국 시가의 흐름에 새로운 영역을 개척하였다.

이상은은 빈한한 가정에서 불우하게 자라다 청소년기에 도교를 수행하는 도관에서 지낸 적도 있고 고관의 집에서 도움을 받아 생활하기도 하였다. 장성하고 나서 더는 도와주는 이가 없을 때 본래 도움을 주었던 집안과 반대 당파에 속한 집안과 결혼하면서 배신자라는 낙인이 찍혀 평생토록 관직 생활이 순조롭지 못했다. 이상은의 성장 배경은 그의 시 세계에 결정적 영향을 주는데, 도관에서 지내며 남몰래 여도사와 사랑에 빠졌던 경험은 애정시의 소재를 마련해주었다. 또한 고관의 집에서 막료 역할을 하며 문서를 작성할 때 다양한 전고를 활용하며 글을 썼던 것이 습관이 되어 시를 지을 때도 수많은 전고를 활용하였다.

▶ 이상은

〈비단 거문고錦瑟〉

비단 거문고는 까닭도 없이 쉰 줄이나 되어	錦瑟無端五十弦,
한 현 한 기둥마다 지난 시절 생각나게 하네.	一弦一柱思華年.
장자는 새벽꿈에 나비되어 헤맸고,	莊生曉夢迷蝴蝶,
망제는 춘정을 두견새에게 맡겼다지.	望帝春心托杜鵑.
넓은 바다에 달 밝을 때 진주는 눈물을 흘리고,	滄海月明珠有淚,
남전에 해가 따스할 때 옥에는 연기가 피어오른다네.	藍田日暖玉生煙.
이러한 감정은 언젠가 추억이 될 수도 있겠지만	此情可待成追憶,
단지 그때 이미 망연했었네.	只是當時已惘然.

위의 시는 이상은의 대표작으로 꼽히며 그의 삶 전체를 상징적으로 드러낸 것이다. 각각의 구절마다 아름답고 몽환적인 화면을 그렸는데 이 화면들은 현실적으로 한 공간에 있지도 않고 논리적으로 이어지는 것도 아니다. 그러나 아름다우면서도 잡을 수 없어 허망하다는 공통점을 지닌다. 이러한 감정이 모여서 마지막에 하나의 결론을 도출하는 듯하다가 또 한 번 반전이 있다. 그 아스라한 꿈들은 언젠가 추억이 될지 모르지만 문제는 애초부터 허망했다는 것이다. 개인적으로 불우했던 삶의 여정 때문이기도 하지만 당나라가 파국을 향해가던 시대가 만든 것이기도 하다. 이러한 허망한 정서는 그의 또 다른 대표작 〈낙유원〉[21]에서도 잘 드러난다.

21 장안(지금의 시안西安)성 남쪽에 있던 높은 지대이다. 한나라 선제 때부터 있었으며 이곳에 오르면 장안성을 한눈에 바라볼 수 있다. 당나라 때는 도성 사람들의 유람지로 사랑받았고 시인들도 이곳에 올라 시문을 지었다.

〈낙유원樂遊原〉

저녁이 되어 마음이 편치 못해	向晚意不適,
수레 몰고 옛 언덕에 올랐네.	驅車登古原.
석양은 무한히 아름답지만	夕陽無限好,
단지 황혼이 가깝구나.	只是近黃昏.

눈앞의 석양이 아름답지만 곧이어 어둠이 닥칠 것이라는 불안감은 시대의 상징으로 당시 많은 문인이 공감하는 것이기도 했는데, 위의 시에서도 이러한 정서가 잘 나타남을 알 수 있다.

물론 만당의 시가 위와 같이 절망에만 잠긴 것은 아니었다. 특히 만당 후기로 가면 더는 손쓸 수 없이 정치가 부패하여 일군의 시인들이 당시 현실을 비판하기도 하였다. 두순학杜荀鶴846-904 같은 이가 대표적이며 피일휴皮日休838?-883와 육구몽陸龜蒙?-881 또한 사회현실을 고발하는 작품들을 썼다. 그러나 이러한 목소리는 미미했으며 오히려 세상과 적당히 거리를 두고 신변의 소소한 사물을 노래하거나 한가로움을 추구한 작품들이 기조를 이루었다.

2 환상과 사랑의 서사, 당전기

당나라에 들어서자 지괴와 지인의 전통에 기반하여 새로운 서사인 전기傳奇가 탄생한다. 전기는 '기이한 일을 전한다'는 의미로 위진남북조시기의 지괴에 비해 훨씬 발전된 형태를 지녔다. 일찍이 명明나라의 호응린胡應麟1551-1602은 '전기는 최초로 의식적으로 허구를 활용한 창작'[22]이라고 평한 바 있다. 이 새로운 서사는 인간과 귀신의 연애 이야기, 역사 뒤편에 숨겨진 이야기, 별세계로 가는 모험담 등을 제재로 하였다. 지괴 · 지인과 비교하면 전기는 구성면이나 제재 면에서 더욱

22 "凡變異之談, 盛於六朝, 然多是傳錄舛訛, 未必盡幻設語. 至唐人, 乃作意好奇, 假小說以寄筆端."

독자의 흥미에 부합하였다. 전기의 주된 작자와 독자는 모두 당나라의 사인士人 계층이었다. 따라서 전기에는 사인 계층의 취향이 온전히 반영되어 있다. 특히 전기 서사의 말미에는 항상 일종의 논평문이 부가되어 있는데 이 논평문 부분에서는 당시 사인 계층의 이상과 이데올로기가 선명하게 드러난다. '사인' 계층은 당나라에 들어와 처음으로 형성된 새로운 계층이었다. 당나라에서는 관리를 선발하는 방법으로 과거제도를 도입하였다. 그러자 과거시험 급제를 위해 혹은 급제 후 출사를 위해 사인들의 조직이 형성되었고 자연스레 이들은 당나라의 지식인 계층으로 등장하게 되었다.

이 당시 과거에 급제하려면 과거 실시 이전에 유력한 시험관과 개인적인 관계를 만드는 것이 매우 중요하였다. 사인들은 좋은 날을 잡아 시험관을 방문하였다. 그리고 그 자리에 자신들의 문학적 재능을 보일 수 있는 글을 가지고 가서 시험관에게 미리 선을 보였다. 이렇게 과거시험 이전에 시험관에게 미리 보이는 글을 당시에는 행권行卷 또는 온권溫卷이라고 했다. 만일 시험관이 사인의 글을 보고 좋은 인상을 갖게 된다면 과거시험 합격은 훨씬 수월해졌다. 하지만 세월이 갈수록 과거시험은 경쟁이 치열해졌고 글을 미리 보이려는 사인들의 노력 또한 더욱 거세어졌다. 이제는 시, 사와 같은 글보다는 뭔가 보는 이의 흥미를 단번에 끌 수 있는 글이 필요하게 되었다. 숱한 비슷비슷한 글 중에서도 단연 재미있으면서도 정식의 틀을 지키는 글, 바로 이러한 필요에서 생겨난 것이 '전기傳奇'이다. 전기라는 명칭은 배형裴鉶이 쓴 소설집《전기》에서 유래했다. 전기의 발생은 과거제도로 인한 온권의 영향과 함께 고문운동, 불교문화와도 깊은 관계가 있다. 당시 형식미만 추구하는 변려문에 반대해 자연스러운 산문을 사용하자고 주장했던 고문운동은 전기를 쓰기에 적합한 문체인 고문을 제공했다. 또 불교문화의 유입은 전기에 다양한 제재를 제공하였다.

그렇다면 사인들이 만든 전기는 과연 어떠한 이야기인가? 글자 그대로 풀이하면 '전기'는 '기이한 이야기를 전한다'는 뜻이다. 그렇다면 '기이한 이야기'는 또 무엇인가? 그것은 이전 시대에 유행한 서사인 '지괴'와 어떻게 다르다는 것인가?《설문해자주說文解字注》에 따르면 '기奇'와 '괴怪'는 모두 '이상하다'는 뜻이다. 따라서 근본적으로 '전기'와 '지괴'의 제재는 '이상한 이야기'의 범주에 있다. 그렇다면 '전기'는 '지괴'와 전혀 차이가 없을까? 이에 대해 중국학자 리젠궈李劍國는 그의 《당오대지괴전기서록唐五代志怪傳奇敍錄》에서 '기'가 '괴'에 비해 의미상 훨씬 광범위하다고 말한다. 그는 '기'에는 초현실적인 이상한 사건뿐 아니라 현실에서 일어난 이상한 사건까지도 포함된다고 밝혔다. 이러한 리젠궈의 언술에 따르면 지괴는 일상생활에서 보기 힘든 기괴한 사건을 다룬 데 비해 전기는 초현실 세계의 사건뿐 아니라 일상생활에서 보이는 기이한 사건까지도 언급한다는 의미가 된다. 다만 전기에서 특이한 점은 전기의 기술방식이 역사서의 기술방식인 '전傳'의 형식을 선택하였다는 사실이다. 이는 비록 초현실적인 기이한 이야기를 기술한다고 하더라도 그 형식만은 매우 정형적인 틀을 고수했다는 것이다. 이와 관련해서 '전기' 기술의 또 다른 특이한 점은 전기가 지괴에 비해 그 시대의 지배 이데올로기를 훨씬 더 반영한다는 것이다. 예를 들어 전기에서는 기이한 이야기를 다루는 과정에 삼강오륜三綱五倫과 같은 유교의 이데올로기가 개입된다. 이러한 방식은 여우가 둔갑한 여성과의 사랑 이야기를 서술하면서 한편으로는 그 여성이 정절을 지켜 훌륭하다고 찬미하는 것으로 나타난다. 또는 용왕의 딸과 결혼한 남성의 이야기에서 의리와 예의를 주장하기도 한다. 이와 같은 이데올로기의 개입은 당나라 전기가 역사서의 기술방식인 '전傳'에 의거하였기 때문이다. 그리고 이는 전기의 작자가 바로 유교 이데올로기를 교육받은 사인이라는 점과 연관된다.

당나라의 전기는 창작 시기에 따라 구분하면 다음과 같이 나뉜다.

첫째는 초당初唐에서 성당盛唐시기에 작성된 작품들로 왕도王度의 〈고경기古鏡記〉, 작자미상의 〈보강총백원전補江總白猿傳〉, 장작張鷟 660?-740?의 〈유선굴遊仙窟〉이 있다. 이 중 〈고경기〉는 신비한 거울에 대한 이야기이다. 온갖 자연의 조화를 예측하고 다스리는 거울을 지니고 요괴를 물리친다는 내용이다. 〈보강총백원전〉은 젊은 여성을 납치한 흰 원숭이에 대한 것이다. 양梁나라 때 장수인 구양흘歐陽紇의 아내가 어느 날 사라져 남편 구양흘이 아내를 찾아다니다가 결국 예쁜 여자들만 납치하는 흰 원숭이의 소굴을 발견한다. 그리고 흰 원숭이를 퇴치한 뒤 아내를 구해낸다. 그런데 몇 달 지나지 않아 그의 아내가 아들을 낳았는데 그 아들의 얼굴 생김이 흰 원숭이처럼 생겼다고 한다. 이 이야기는 구양흘의 아들 구양순歐陽詢을 싫어하는 사람들이 그의 생김이 실제로 원숭이 같았기에 일부러 지어낸 것이라고도 한다. 〈보강총백원전〉과 같이 남을 헐뜯는 목적에서 만들어진 작품을 영사影射소설이라고도 한다. 창작시대상 〈고경기〉나 〈보강총백원전〉이 모두 당나라 때 지어지기는 했지만 내용과 서사 방법에서는 지괴의 영향에서 탈피하지는 못하였다. 이들 작품에서는 아직 전기만의 독특한 서술방식이 완전히 드러나지는 않았다. 이에 비해 장작의 〈유선굴〉은 지괴와는 완전히 다른 전기의 풍격을 보여주는 작품이다. 이 작품의 내용은 작자 장작의 1인칭 시점으로 기술되어 있다. 나, 장작은 황제의 명을 받들어 출장을 가던 중에 아름다운 여성 두 명을 만난다. 그녀들은 나를 위해 멋진 잔치를 베풀고 나는 그녀들과 어울려 즐겁게 노닌다는 내용이다. 이 작품은 화려하고도 수식적인 변려체騈驪體로 작성되었으며 내용 가운데에는 수많은 운문이 삽입되어 있다. 그리고 내용 전개에서도 무척 과감하다. 지괴에서는 한 번도 시도되지 않았던 남녀 간의 사랑 묘사가 〈유선굴〉에서는 에로틱한 표현으로 서술되어 있다. 이처럼 남녀 간의 사랑을 제재로 하는 점은 당나라 전기의 독특한 성격 중 하나이다.

둘째, 중당中唐시기에 들어서면서 수많은 전기작품이 창작되었다. 그 가운데에서도 남녀 간의 사랑을 제재로 한 작품이 단연 다수를 차지한다. 장방蔣防?-?의 〈곽소옥전霍小玉傳〉은 버림받은 기녀가 원한을 품는다는 이야기이고, 백행간白行簡 776-826의 〈이와전李娃傳〉은 형양공滎陽公의 아들 생生이 과거를 보러 갔다가 기생 이와에게 빠져 생활비를 탕진한다는 이야기다. 이와는 포주의 압력 때문에 생을 알거지로 만들어 내쫓고, 생은 장사치를 때 대신 울어주는 호곡號哭을 하며 생계를 이어갈 정도로 갖은 고생을 한다. 호곡을 하는 생을 우연히 본 아버지는 집안 망신이라며 매를 쳐 생은 거의 죽음에 이르게 된다. 밑바닥 생활을 전전하던 생은 결국 이와와 다시 만나고, 이와는 지극정성으로 생을 보살핀다. 그 결과 생은 과거에도 급제하고 아버지에게도 인정을 받는다. 후에 기생 이와는 견국부인汧國夫人으로 봉해지고, 네 아들은 모두 높은 벼슬자리에 오르는 해피엔딩으로 이야기는 끝난다. 원진元稹779-831의 《앵앵전鶯鶯傳》은 사랑에 빠진 양갓집의 두 남녀가 서로 연모하였으나 결국 혼인에 이르지 못하게 된다는 비극적 스토리이다. 특히 이 작품에서는 혼전 연애가 금기시되어 있던 당나라 사회에서 젊은 남녀의 선택과 그에 따른 결과가 무엇인지를 엿볼 수 있다. 이밖에도 이조위李朝威의 《유의전柳毅傳》은 용왕의 딸과 결혼한 남성의 이야기이고, 진현우陳玄佑?-?의 《이혼기離魂記》는 양갓집 아가씨가 좋아하는 남성과 도망가려고 자신의 육신은 집에 죽은 듯이 누워 있고 영혼만 남성을 따라나선다는 설정이다. 이 이야기는 청대淸代 포송령蒲松齡1640-1715의 《요재지이聊齋誌異》 속 〈섭소천聶小倩〉 이야기로 계승되었으며 현대에 들어와 홍콩 영화 '천녀유혼倩女幽魂'의 제재로 변용되었다.

셋째, 만당晩唐시기에는 전기 작품 수가 대폭 증가하였고 내용이나 제재 면에서도 더욱 풍부해졌다. 특히 이 시기에는 전기작품을 엮은 전기집傳奇集이 출현하기에 이른다. 대표적인 전기집으로는 배형의 《전기傳奇》, 우승유牛僧孺779-847의 《현괴록玄怪錄》, 이복언李復言?-?의 《속현괴록續玄怪錄》 등이 있다. 그 가운데 배형의 《전기》는 신선, 도술, 남녀의 사랑을 주요 제재로 하여 당시에 널리 유행하였다. 따라서 훗날 이 책의 제목에 근거하여 당나라 소설의 전체적인 명칭을 '전기'라고 일컫게 된 것이다. 이 책의 작자인 배형은 함통咸通 무렵 절도사節度使 고변高騈의 종사관이었다. 고변은 신선, 도술에 심취했고 자연히 그의 수하들도 고변의 성향과 유사하였다. 고변의 수하에는 신라에서 건너가서 중국의 관료가 된 최치원崔致遠856-?도 포함되었다. 최치원은 고변 휘하에서 당시 중국을 뒤흔든 황소黃巢의 난을 평정하는 데 공로를 세운다. 현재 최치원의 작품으로 추정되는 《신라수이전新羅殊異傳》의 〈쌍녀분기雙女墳記〉는 인간과 귀신의 환상적인 만남과 연애에 관한 내용이다. 따라서 이 작품은 우리나라의 전기와 중국 당나라의 전기가 어떠한 연관관계가 있는지에 대한 좋은 증거가 된다.

이후 당나라가 멸망함에 따라 더는 당나라의 전기가 창작되지 않았다. 하지만 전기라는 서사 그 자체는 줄곧 존재하게 되었다. 송宋나라에서는 교훈성과 회고성이 강한 전기가 창작되었고, 원元나라에서는 길이가 길어진 중편, 장편 전기가 만들어지게 되었다. 또한 명明나라에 들어서면 구우瞿佑1347-1433가 문언소설집文言小說集인 《전등신화剪燈新話》를 만들었고, 청淸나라의 《요재지이》로 계승되어 지속적인 인기를 누린다. 이는 초현실의 세계와 사랑 이야기를 다루는 전기의 서사전통이 시대를 넘어 독자의 사랑을 받아왔다는 증거라 할 수 있다. 참고로 명대에도 '전기'라는 장르가 유행하는데 명대 전기는 소설 장르가 아니라 잡극雜劇과 다른 형태의 새로운 희곡을 가리키는 말로 사용되었다.

읽을거리 양귀비는 풍만했다

▶ 양귀비

양귀비는 당 현종玄宗의 후궁으로 본명은 양옥환楊玉環이다. 본래 양귀비는 현종의 열 번째 아들인 수왕壽王의 부인이었다. 현종은 수왕의 집에서 우연히 양옥환을 보게 되었고, 그녀의 아름다움에 홀딱 반해 며느리인 그녀를 자신의 후궁으로 삼았다. 이러한 행위는 전통 유교의 관점에서 보았을 때 패륜에 해당한다. 하지만 당대의 자유로운 사회적 분위기 속에서 현종과 양귀비의 애정은 아무런 지탄을 받지 않았다. 오히려 당 전기《장한가전長恨歌傳》에서는 현종과 양귀비의 애정을 견우와 직녀의 사랑에 비유하여 아름답게 표현할 정도였다. 그렇다면 한 나라의 황제를 패륜으로 이끈 양귀비는 도대체 얼마나 아름다운 여성이었을까? 예부터 중국에는 "풍만한 양귀비와 가녀린 조비연環肥燕瘦"이라는 말이 있다. 양귀비와 조비연은 모두 중국을 대표하는 미인이지만, 조비연이 바람에 날아갈 듯 날씬한 미인이었던 데 비해 양귀비는 그렇지 못했다. 왜냐하면 당대에 사랑받던 미인형은 체형이 풍만한 여성이었기 때문이다. 현존하는 당대 미인도를 보면 여성들의 몸매가 상당히 풍만하게 그려져 있는 것이 그 반증이다. 이는 당대의 사회와 문화가 엄숙하거나 금욕적이지 않은, 자유롭고 개방적인 특성이 있었기 때문이다. 따라서 그러한 분위기에서 당대 미인형은 마른 스타일이 아니라 풍만한 스타일이 될 수 있었다. 양귀비가 목욕했다고 알려진 서안西安의 화청지華清池에는 당대 최고 미인 양귀비의 전신 동상이 서 있으니 한 번 방문해보시길 바란다.

3 둔황의 새로운 이야기, 둔황 강창문학

▶ 둔황과 장경동

1900년 중국의 서부, 황량한 사막에서 대단한 발견이 이루어진다. 갑골문甲骨文의 발견과 함께 20세기 최대의 고고학적 발굴이라는 찬사를 듣는 둔황敦煌 장경동藏經洞이 발견된 것이다. 이 장경동은 그곳을 사원으로 쓰고 있던 왕원록王圓祿이라는 도사가 발견했다. 그는 어느 날 청소를 하다 우연히 동굴 입구 벽에 갈라진 틈을 보게 되었고, 그 벽 안에 또 다른 공간이 있음을 발견한다. 그곳에는 귀중한 문서가 수만 권 있었는데 그중 둔황 변문變文이라 일컬어지는 문서들의 발견은 중국문학사를 다시 써야 할 정도로 큰 반향을 일으키게 되었다. 변문이 중국문학계에 반향을 준 가장 큰 이유로는 여태껏 중국에서 보지 못했던 유설유창有說有唱, 즉 이야기와 창이 섞여 있는 새로운 형태의 문장 체제였기 때문이다. 둔황 변문이 발견되기 전까지는 평화平話가 어떻게 송대宋代에 갑자기 나오게 되었는지, 명·청대明淸代에 성행한 보권寶卷, 탄사彈詞 그리고 고사鼓詞가 도대체 근대에 나왔는지, 아니면 예전부터 있었는지 도저히 알 수가 없는데 둔황 장경동이 열려 변문을 발견하고 나서야 고대 문학과 근대 문학 사이의 연결 고리를 얻을 수 있었다. 이러한 발견으로 중국문학사에서 해결하지 못하던 여러 난제가 해결되었고, 그렇기에 많은 학자가 변문을 중시하였다. TIP

그러나 변문을 발견한 후 또 다른 여러 문제가

TIP

설서격고용說書擊鼓俑

▶ 설서격고용

한대의 도기陶器 인형 하나가 발견되었다. 순박하게 웃는 얼굴, 소박한 옷차림에 옆구리에는 북을 하나 끼고 있는 모습으로 말이다. 이 도기 인형은 북 치는 모습을 하고 있기에 '격고용擊鼓俑'이란 이름으로 불렸다. 그런데 어느 순간부터 중국문학사에 '설서격고용', 즉 '설서를 하며 북 치는 인형'이란 이름으로 기록되기 시작한다. 왜 '격고용'이란 명칭 앞에 굳이 '설서'라는 이름이 붙게 되었을까? 여기에는 강창문학을 연구하는 일부 중국 학자의 의도가 들어가 있다. 변문의 중국기원설을 주장하는 중국 학자들은 이 도기의 발견을 당대 이전부터 중국에 강창문학의 전통이 있었다는 강력한 증거로 삼고 싶어 한다. 이에 단순히 '격고용'이라 불리던 이 도기 인형에 굳이 '설서'란 이름을 덧붙인 것이다. 소박한 옷차림을 한 채 순박하게 웃고 있는 이 인형에도 이렇게 복잡한 사정이 숨어 있다.

발생하게 된다. 바로 변문의 정의 때문이다. 〈항마변降魔變〉, 〈유가태자변劉家太子變〉, 〈대목건련명간구모변문大目乾連冥間救母變文〉, 〈순자변舜子變〉 등 둔황에서 발견된 문서에는 '변變', '변문變文'이라는 제목이 붙어 있는 작품들이 있다. 이 작품들은 일반적으로 형식상에서 유설유창의 형식을 지녔으나 〈유가태자변〉과 같은 산문체, 〈순자변〉과 같은 부체賦體 등 형식이 다양하다. 그리고 변문의 의미도 '불경의 본문을 변경하여 속강俗講으로 하다', '변상도變相圖의 설명문', '전변轉變의 저본底本' 등 다양하게 해석하나 아직 일치된 해석이 학계에 나와 있지 않다. 최근 들어서는 변문이라는 용어의 모호함 때문에 둔황 강창문학講唱文學이란 명칭을 많이 사용하기에 여기서는 둔황 강창문학이라는 명칭을 사용하기로 한다.

둔황 강창문학의 경우 쟁점이 되는 것이 몇 가지 있는데, 그 하나가 기원설이고, 또 하나는 저본설이다. 대부분 현대 중국학자들이 주장하는 것 중 하나가 둔황 강창문학은 원래부터 중국에서 기원하였다는 중국 기원설이나 중국을 제외한 다른 나라 학계에서는 일반적으로 인도 기원설을 정설로 받아들인다. 그 이유로는 인도에는 고대부터 현대에 이르기까지 유설유창 형식이 유행하였고, 또 당대 중국과 인도는 교류가 활발하였으며, 둔황 강창문학의 경우 불교와 밀접한 관련이 있다는 것이 그것이다. 다시 말해 인도의 불교를 전파하는 과정에서 일반 서민들에게 쉽게 다가가려고 인도에서 많이 쓰이던 유설유창 형식을 차용하여 속강승들이 이를 활용하였고, 속강승들이 공연하던 내용을 누군가 정리해 지금 우리가 볼 수 있는 형태의 둔황 강창문학이 되었다는 것이다. 이에 반해 중국 기원설을 주장하는 학자들의 경우 이전 시기에도 중국에는 운문과 산문이 존재하였고, 이러한 운문과 산문이 결합한 형식이 둔황 강창문학이기에 이 문체는 중국에서 기원했다는 주장을 펴고 있다. 그러나 중요한 것은 원래부터 존재하던 운문과 산문이 어떻게 결합하게 되었느냐인데, 이에 대한 명쾌한 설명을 못 하기에 이 학설은 중국 밖에서는 큰 지지를 받지 못하고 있다.

또 하나 쟁점으로 설창인說唱人의 저본설이 있다. 설창인은 길거리에서 일반 대중들을 대상으로 이야기를 하고 노래를 불러주던 이를 말한다. 둔황 강창문학을 살펴보면 이러한 공연의 흔적이 여기저기 남아 있기에 현재 많은 학자가 둔황 강창문학을 설창인의 저본으로 파악하고 있다. 다시 말해 수많은 소재의 이야기를 해야 하는 설창인이 남몰래 참고하던 참고서가 지금 우리가 보는 둔황 강창문학이라는 것이다. 그러나 여기에는 많은 문제점이 따른다. 우선 설창인은 일반적으로 저본을 지니지 않았다. 이들은 일반적으로 글이 아닌 '스승의 입에서 나온 말을 귀로 듣고 직접 배우는口耳相傳' 방식으로 기예를 익혀나갔다. 이는 이전 공연 예술의 일반적 특성으로 우리나라의 판소리 역시 이러한 '입에서 귀로 전하는口耳相傳' 방식으로 기예를 전수하였지 자신만의 저본으로 기예를 익히지는 않았다. 그리고 설사 자신만의 저본을 지녔다고 하더라도 남들에게 보여주지 않고 자신만이 비밀로 간직하지 둔황 강창문학처럼 많은 수량이 유출되어 전해질 수 있는 상황은 아니었다. 마치 현대 유명 음식점에서 그 요리 비법을 남에게 공개하지 않는 것처럼 말이다.

그리고 어쩌다 발견되는 저본의 형태 역시 현재 우리가 보는 둔황 강창문학처럼 자세히 묘사하지는 않았다. 저본은 기본적으로 기억을 도우려고 등장인물의 관계라든지, 상투적 표현 등을 적어놓은 것이 대부분이다. 이 때문에 현재 우리가 보는 둔황 강창문학의 형태와는 거리가 있다. 기억력을 도우려고 사용하는 저본으로 보기에는 둔황 강창문학의 편폭이 너무 길고, 또 체계적 형태를 갖추었기 때문이다. 결정적으로 둔황 강창문학의 사본寫本들을 보면 끝부분에 공목관孔目官, 학사랑學士郎 등 관리나 공부하는 자가 필사하였다는 기록이 남아 있다. 공목관 같은 정부 관리가 설창인을 위한 저본을 썼다는 것은 아무래도 이치에 맞지 않는다. 아직 많은 학자가 둔황 강창문학을 설창인의 저본으로 보나 여러 정황을 보았을 때 둔황 강창문학은 설창인의 기억을 도우려는 공연 보조물로 사용한 저본이라기보다는 읽기 위한 독본으로 보는 것이 타당하다.

둔황 강창문학의 대표 작품으로는 목련존자目連尊者가 생전에 악행을 많이 하여 지옥에 떨어진 어머니를 구하려고 명간冥間을 돌아다니는 내용이 그 중심인 〈대목건련명간구모변문大目乾連冥間救母變文〉, 불가佛家의 도를 닦으러 여산山廬으로 들어간 원공遠公의 활약과 신통력을 서술한 〈여산원공화廬山遠公話〉, 한금호韓擒虎의 무용武勇과 신통력을 그린 〈한금호화본韓擒虎畵本〉, 엽정능葉淨能의 도술을 그린

〈엽정능화葉淨能話〉, 먼 길을 떠났던 추호秋胡가 오랜만에 만난 아내를 희롱하려던 상황을 그린 〈추호화본秋胡話本〉, 당태종이 저승에 가서 당한 일을 그린 〈당태종입명기唐太宗入冥記〉 등이 있다.

후대 화본소설의 입화入話 - 정화正話 - 편미篇尾의 형식, 화본소설과 장회소설에 모두 있는 시가 삽입 등은 둔황 강창문학의 영향을 받은 것이다. 둔황 강창문학은 강창이라는 공연 장르와 독본으로 자리 잡은 백화소설을 연결해주는 중간 단계 역할을 하였다. 이와 더불어 당 전기의 향유층이 지식 계층에 한정되었음에 반해 강창문학의 향유층은 일반 서민으로까지 확대되었다는 소설사적 의의도 있다.

읽을거리 장경동의 발견과 왕도사

▶ 왕원록

▶ 폴 펠리오

1900년 5월 26일, 자신이 관리하던 제16굴을 청소하던 도사 왕원록王圓祿은 우연히 동굴 입구 벽의 갈라진 틈을 보고 그 벽 안에 또 다른 공간이 있음을 발견했다. 장경동으로 불리는 그 동굴 제17굴에는 갑골문甲骨文과 함께 20세기 최고의 고고학적 발견이라는 수만 점의 둔황敦煌 문서가 있었다. 이 소문이 퍼져나간 후 1907년 헝가리 출신의 영국인 오렐 스타인Aurel Stein을 필두로 프랑스의 언어학자이자 동양학자인 폴 펠리오Paul Pelliot, 일본의 오타니大谷 등이 둔황으로 몰려와 이 문서들을 헐값에 매입해 돌아갔다. 이로써 왕도사는 국보國寶를 돈 몇 푼에 팔아먹은 매국노의 대명사로 매도당하게 된다. 사실 왕도사는 장경동의 발견을 해당 관청에 신고했지만 당시 부패하고 무능했던 청조淸朝 관리는 이 문서들의 가치를 깨닫지 못하였고, 또 이를 관리할 역량도 없었다. 이에 왕도사의 보고에도 불구하고 장경동 문서를 방치하였고, 결과적으로 소중한 문서들이 중국 밖으로 유출된 것이다. 신라 승려 혜초慧超704-787의 《왕오천축국전往五天竺國傳》 또한 장경동에서 발견된 것으로, 폴 펠리오가 프랑스로 가져갔다.

4 고문운동으로의 변화, 당대 산문

(1) 고문운동의 배경

중국에서 산문散文은 시가詩歌와 함께 '시문詩文'으로 불리며 선진에서 청나라가 망하면서 중국 고전문학의 막이 내릴 때까지 중국 사대부 문학을 대표하는 주류 문체로 자리매김하였다. 그러나 시가가 출발부터 서정抒情적 성격이 강했던 것과는 다르다. 산문은 시가보다 더 이르거나 비슷하게 시작된 것으로 보이지만 '순수 문학' 작품으로 출발한 것은 좀 늦고 더뎠던 편이다. 시가는《시경》이나《초사》처럼 서정抒情이나 언지言志를 주요 내용으로 하여 출발하였으나 산문은《춘추春秋》,《좌전左傳》,《전국책戰國策》,《사기史記》 등의 역사서나 경전經傳 그리고 제자백가서 등 서사敍事, 설리說理적 성격이 강한 글에 주로 쓰였다. 하지만 이는 대체적인 경향이 그렇다는 것으로 꼭 운문체 시가는 서정과 언지에만, 산문체는 서사와 설리에만이라고 절대화하여 나눌 수는 없다. 그것은 실제 운문과 산문은 왕왕 상호 영향을 주고받으면서 발전하기도 하는 경우도 많기 때문이다. 위와 같은 산문 속에도 문학성이 뛰어난 운문 형식이 섞여 있을 뿐 아니라 초사楚辭나 한부漢賦 이후의 여러 부체賦體,[23] 그리고 변려문 등은 편폭이 늘어나면서 운 · 산문이 혼합된 양태를 보이기도 하고 상호 영향의 흔적이 뚜렷하게 나타나기도 한다.

산문은 문학과 비문학의 뚜렷한 경계 없이 발전되어왔다. 남조 소통蕭統은《문선文選 · 서序》에서 선록選錄 기준으로 "작품에 적은 일은 깊은 생각에서 나오고, 그 적은 내용은 아름다운 문식文飾을 거쳐야 한다.事出於沉思, 義歸乎翰藻."라고 하여 이미 지금 문학작품의 기준으로 보아도 손색이 없을 정도로 근접한 문학으로서의 산문관을 보여준다. 실제 선진에서 당대에 이르기까지 이에 부합하는 산문은 상대적으로 시가보다 그 수량이 적은 편이다. 다시 말해 거의 모든 시가가 문학작품이라는 것은 의심할 여지가 없지만, 산문이라고 다 문학작품의 범주에 두기는 어렵

23 한부 이후의 부체는 각 시기를 거치면서 당시 유행하던 문체와 결합한 양상을 보여주는데 위진남북조 변려문의 영향을 받은 '변부騈賦', 당대 율시의 영향하에 생겨난 '율부律賦', 당송산문의 영향하에 생겨난 '문부文賦' 등을 들 수 있다.

다. 이는 마치 지금의 일기나 신문의 뉴스가 문학으로 작품성을 가질 수는 있지만 일기나 신문기사가 문학작품이 될 수 없는 것과 같은 이치이다. 당송 이전의 경우 산문은 주로 경전 산문, 역사 산문, 제자 산문, 정론 산문의 형태로 쓰여오다가 위진남북조를 거쳐 당대唐代의 '고문운동古文運動'TIP 이후 더는 경전, 역사, 제자, 정론 등의 부산물이 아닌 산문 – '고문' 자체로 비교적 독자적인 문학적 지위를 확보하게 된다.

TIP

고문운동古文運動

일반적으로 '고문운동'은 '당송 고문운동'이라고도 하는데 '고문古文'이라는 명칭의 함의는 당대에 한유 등이 위진남북조의 변려문騈儷文에 반대하면서 선진先秦과 양한兩漢의 산문으로 당시 유행하던 변려문을 대체하고자 한 일련의 문체개혁 주장이 당시 유도儒道를 부흥하고자 한 정치사회 개혁운동의 일환으로 진행됨에 따라 중국의 20세기 초 학자들이 붙인 명칭이다.

초당시기 산문은 대체로 초당사걸初唐四傑이 대표하는 남북조의 제량齊梁시기 유풍을 이은 유파와 장열張說 667–730[24]이 대표하는 제량의 유미적 문풍에서 변화를 도모하고자 한 유파 그리고 진자앙陳子昂 661–702이 대표하는 제량의 악습을 타파하고자 한 유파가 있었다.

당대의 산문을 우리가 일반적으로 '고문古文'이라고 부르기도 하는데 우선 '고문'이라는 명칭에서 보듯 이는 다분히 복고復古적 성격임을 알 수 있다. 고문은 당시 유행하던 위진남북조 이후의 변려문에 대한 반발로 생겨났다고 할 수 있다. 그러나 좀 더 정확하게 말하면 변려문 자체에 대한 반발이라기보다 변려문이 말류로 흐르면서 생긴 폐단에 대한 반발이라고 해야 한다. 즉 당시 문단에 횡행하던, 주로 사륙四六형식을 취하며 '겉모습만 화려하고 내용은 부실한華而不實' 변려문에 대하여 선진先秦과 양한兩漢 산문의 성공적 경험인 '고문古文'에서 모범을 취하여 바로잡고자 한 것이다. 이와 같은 문제는 일찍이 변려문이 성행하던 제량齊梁시기 유협劉勰의 《문심조룡文心雕龍》에서 제기되었다. 그러나 유협도 이론적으로는 그러한 과도한 변려체 문장에 반대를 표명했으나 실제 그의 문학이론서인 《문심조룡》조차 변려체로 쓰였고, 거의 동시기에 쓰이고 비교적 출중한 이론적 가치를 지닌 종영鍾嶸 468?–518의 《시품詩品》, 소통의 《문선 · 서序》 등도 모두 변려체를 버리지 못한

24 장열의 대표작으로는 〈논신병군대총관상論神兵軍大摠管狀〉, 〈개원농우감목송開元隴右監牧頌〉 등이 있다.

▶ 유종원

것으로 볼 때 변려문이 얼마나 성행하였는지를 알 수 있다. 당시 이와 같은 한계로 유협 이후 양梁·진陳을 거쳐 중당中唐시기에 이르기까지 변려문의 폐단은 계속되었다. 당시 변려문을 '시문時文'[25]이라 불렀으니 어느 정도 유행했는지를 짐작하여 알 수 있다. 다시 말해 변려문이 성행하면 할수록 폐단도 커져 남조 유협 이후 지각 있는 인사들이 꾸준히 지나치게 유미적인 문풍에 문제를 제기하였으나 대체로 이론 주장에만 그치고 실천이 이론이나 주장에 미치지 못하여 큰 성과를 거두지 못했다. 우선 당대에 이르러 먼저 초당의 문인들과 역사가들[26]의 노력을 지나서 다시 성당盛唐을 거쳐 결국 중당中唐시기 한유와 유종원 그리고 한유의 문하인門下人들에 와서 그 성과를 보게 되었다. 한유, 유종원 등이 중심이 되어 양한兩漢 이전 옛날 사람들이 형식이나 수식보다 내용 전달을 위주로 한 문체인 고문古文을 표방하는 '고문운동'이 일어나고서야 일차적 성과를 거두었다. 그러나 이는 일시적이고 부분적인 성공이어서 만당晩唐과 오대五代 그리고 송초宋初에 이르기까지 여전히 변려문을 비롯한 유미적 문풍이 문단의 주류가 되면서 고문은 다시 세력을 잃고 말았다. 그리고 다시 송대 구양수歐陽修 1007-1072를 비롯한 고문육대가古文六大家[27]가 출현하면서 고문이 다시 산문 가운데 주류로 확고히 자리매김하게 되었다.

(2) 고문운동의 시작과 당대의 산문

당唐 이래로 고문가들은 산문散文을 '고문古文'이라고 부르면서 당시 유행하던 '시문時文'인 변려문과 구분하였다. 아래에서는 이 고문운동의 원류, 발전 그리고 완성과 후세에 미친 영향을 간략하게 알아본다.

우선 고문운동의 원류와 발전을 살펴보면, 앞에서도 언급했듯이 일부 문인들의

25 당시 유행한 문체라는 뜻으로 '고문古文'은 이에 대한 상대적 개념의 명칭이다.

26 중국의 정사 '24사史' 중 3분의 1에 해당하는 8사史가 이 시기에 쓰였으며 모두 〈문원전文苑傳〉, 〈문학전文學傳〉을 두어 남북조의 유미적인 문풍을 비판하는 뜻을 전하고 있다.

27 송대의 고문육대가는 당송 고문팔대가 중 당대의 한유와 유종원을 제외한 구양수·소순·소식·소철·증공·왕안석을 가리킨다.

변려문 반대는 변려문이 성행하면서 당대 이전 위진남북조시대에도 이미 있었다. 즉, 변려문이 지나친 형식미를 추구하면서 전통 산문이 가지고 있던 서사적 기능이 약화된 이래로 많은 자각 있는 문인의 비판의견이 있었다. 앞에서도 언급하였듯 남조 유협의 《문심조룡》, 배자야裴子野 469-530의 〈조충론雕蟲論〉에서 이미 변려문에 대한 불만이 있었고 북조北朝의 소작蘇綽 498-546 그리고 수隋의 이악李諤[28] 등이 연이어 변려문에 반대하며 옛사람들의 질박한 문체로 회귀할 것을 주창하였고 수隋 말의 왕통王通 584-617[29]이 〈중설中說〉을 지어 '문도합일文道合一'[30]을 주장하며 변려문의 폐단을 지적하였다. 당대에 들어와서도 초당의 역사가들이 〈문학전文學傳〉, 〈문원전文苑傳〉 등으로 위진남북조 전대 문학에 대한 회고와 성찰을 담으면서 지나치게 유미적인 문풍에 비평을 가하였다. 또 성당盛唐을 거쳐 중당中唐 초기 유면柳冕 730-804이 문학과 유학儒學의 교화는 하나로 통일되어야 한다고 주장하여 '문이재도文以載道'의 문학이론이 생겼다. 이는 한유 등 고문가에게 영향을 주었을 뿐 아니라 송대 성리학자의 도통道統 문학의 이론적 바탕이 되었다.

28 자가 사회士恢로 북조北朝, 북제北齊와 북주北周의 관직을 거쳐 수隋의 높은 관직을 거쳤으나 생졸년이 분명하지 않다.

29 자가 중엄仲淹 또는 문중자文中子라 하였는데 수隋를 대표하는 사상가이자 교육가로 '초당사걸' 중 한 사람인 왕발王勃의 할아버지이다.

30 말에서 문은 주로 표현방식을 포함한 형식적인 면을 가리키고, 도는 표현하고자 하는 내용적 측면을 가리키는데, 문도론文道論은 중국 문학이론에서 매우 중요한 개념이다.

읽을거리 문이재도와 문이명도

'문이재도文以載道'는 '글은 도를 담는 것이다'라는 말로 주로 송대 이후 성리학자들의 문도관인데, 표면적으로 보기에는 주로 당송고문가들이 말하는 '글로 도를 밝힌다'는 '문이명도文以明道'와 비슷한 것 같지만 마땅히 구분하여 이해해야 한다. '문이재도'는 송宋의 주돈이周敦頤가 《통서通書 · 문사文辭》에서 "문이란 것은 도를 싣는 것이다. 수레바퀴와 끌채를 꾸미고서 사람이 사용하지 않으면 쓸데없이 꾸민 것이 된다. 하물며 빈 수레야 말할 것이 있겠는가?文所以載道也，輪轅飾而人弗庸，徒飾也，況虛車乎？"라고 한 데서 나온 말로, 일반적으로 당송의 유가적 견해를 지닌 문인들의 문도관文道觀을 '문이재도'로 말하기도 하지만 사실 '文以載道'와 '文以明道'는 구분하여 사용하는 것이 맞다.

'문이재도'가 성리학자들의 문도관이라면 '문이명도'는 당송고문가들의 문학관이라고 보아야 한다. 언뜻 이들 간에는 단지 '재載'와 '명明' 한 글자 차이만 있을 뿐이고 실제 자면적 의미도 크지 않은 것 같이 보이나 사실 전자는 성리학자가, 후자는 당송고문가를 비롯한 문인의 주장이라 실제로 '재載'와 '명明' 두 글자 간의 차이보다 그들이 말하는 '도道'의 함의의 차이가 크다. 사실 이면에 복잡다단한 면들이 있긴 하지만 간략히 정리하면, 대체로 송명의 성리학자는 문도의 관계에서 도와 문을 주종 내지 본말의 관계로 보았으나, 당송팔대가 등 문인들은 둘의 관계는 병중되어야 하는 상황이었다. 그리고 도의 함의에 대하여 당송팔대가 등 문인은 거의 내용 · 형식 관계에서 내용 정도로 보았다면 성리학자들은 '유가성현의 도'에 국한했다.

이렇게 중당의 유면 등의 이론적 주장은 있었으나 이를 창작실천을 통해 문단을 이끌 문학적 재능이 부족하였기에 영향력이나 성취에는 한계가 있었다. 이에 비해 한유는 자신의 이론을 구체적으로 정립하고 직접 우수한 창작으로 그의 이론 주장을 실천하였다. 또한 그의 문하에 이고李翱774–836, 장적張籍767?–830, 황보식皇甫湜777–835 등 훌륭한 조력자를 배출하였고, 친구이자 동지인 유종원의 지지와 도움을 받아 후에 '고문운동古文運動'이라 불리는 일련의 문체개혁운동을 전개하였다. 이들은 이론적 주장과 함께 창작을 실천하여 당시 사람들이 본받아 배울 수 있는 산문의 모범을 완성함으로써 결국 복고復古이기도 하면서 창신創新이기도 한 문체개혁운동인 '고문운동'을 일차적으로 완수하였다.

당대 고문가들의 대표적 주장과 이론을 보면 '고문古文'이라는 개념은 대부분 한유에게서 나왔다. 그들이 제기한 '문이명도', '문이관도文以貫道'와 같은 구호는 고문가 주장의 핵심이기도 하다. 그 외 한유의 "진부한 말을 애써 쓰지 않는다.陳言

務去.”[31]와 “옛날에는 글을 씀에 반드시 다른 사람의 것을 가져다쓰는 것이 아니라 자신이 직접 썼는데 나중에 그렇게 하지 못하게 되면서 표절하게 되었다.惟古於詞必己出, 降而不能乃剽賊.”[32]와 같이 남의 것을 그대로 쓰기보다 자신의 독창을 주장하였으며 자신의 창작으로 이러한 주장과 이론을 실천하였다. 한유와 유종원은 그들의 이러한 고문 제창으로 유가 성현의 도를 밝히는 일을 가장 중요하게 생각하여 “옛날의 도를 익히면서 아울러 옛날의 글도 알고자 한다. 옛글을 알고자 하는 것은 본래 뜻을 옛 도에 두고 있기 때문이다.學古道而欲兼通其辭; 通其辭者, 本志乎古道者也.”[33]라고 하였다.

한유는 이상 외에 작자의 도덕적 수양이 문장의 우열을 결정한다고 생각하여 “기가 성하면 말의 길고 짧음이나 소리의 높고 낮음이 모두 마땅해지기 마련이다.氣盛則言之短長與聲之高下者皆宜.”[34]라고 하고, 글을 봄에 “옛 성현이 살았던 삼대나 양한의 글이 아니면 감히 보지 않는다.非三代兩漢之書不敢觀.”[35]라고 하여 그가 한대 이후 위진남북조의 문장을 탐탁하게 여기지 않았음을 알 수 있다. 또 “옛사람의 뜻은 본받지만 그들의 글을 그대로 본받아 쓰지는 않는다.師其意, 不師其辭.”[36] 라고 하였는데, 즉 옛 성현의 정신은 계승해야 하지만 문사文辭 자체를 모방해서는 안 된다는 뜻이다. 한유가 고문 방면에 이룬 성취는 그의 문하인 가운데 이고는 주로 내용 · 정신적 측면에서 한유의 고문을 계승하였고, 황보식은 한유가 추구한 형식 방면에서 “진부한 말을 애써 쓰지 않는다.陳言務去.”와 같은 특징을 본받으려 하였다. 그리고 한유의 위와 같은 주장이나 정신은 대체로 송대 구양수 등 고문가

31 한유의 〈이익에게 답하는 편지答李翊書〉에 보이는데, 이는 변려문에 보이는 상투적인 격식어나 겉만 번지르르한 미사여구의 사용을 반대한 뜻으로 보인다.

32 한유의 〈남양 번종사 묘지명南陽樊紹述墓志銘〉에 보이는데, 소술紹述은 번종사樊宗師의 자이고 번종사는 남양南陽 사람이다.

33 한유의 〈구양생의 애도문 뒤에 적다題歐陽生哀辭後〉에 보인다.

34 한유의 〈이익에게 답하는 편지答李翊書〉에 보인다.

35 한유의 〈이익에게 답하는 편지答李翊書〉에 보이는데, 이는 당송 고문운동가뿐 아니라 명대 전후칠자前後七子의 '문필진한文必秦漢'이라는 주장으로 계승되었다.

36 한유의 〈유정부에게 답하는 편지答劉正夫書〉에 보인다.

들이 모두 계승하였다. 그의 친구이자 동지인 유종원은 기본적으로 한유에 동조하였으나 변려문이나 고금에 대한 태도가 상대적으로 관대하고 포용적이었으며, 도道의 함의에 대해서도 한유는 유가 성현의 도에 치우친 데에 비하여 유종원은 불가나 도가 등 기타 사상에도 상대적으로 관대했다.

당대 고문운동의 영향과 가치는 대략 다음과 같이 셋으로 나누어 말할 수 있다. 첫째는 당시의 문풍을 바꾸어 고문古文이 변려문이 차지해온 문文의 주도적 지위를 대체하게 되었다는 점이다. 둘째는 서사敍事에 유리한 산문 – 고문이란 문체를 확립하여 당시 그리고 후대에 산문문체의 모범을 남겨 배우도록 하였고, 그 외 중당中唐 이후 주로 산문체로 쓰인 소설 당전기唐傳奇에 쓰기에 편한 문체를 제공하여 당대 소설 전기의 흥성에 일조하였다. 셋째는 당대 이후 송 · 명 · 청의 고문 복고운동에 막대한 영향을 주어서 송대 고문육대가는 말할 것도 없이 명대의 당송파, 청대의 동성파 등 모두 한유와 유종원을 비롯한 고문가의 영향을 받지 않은 이가 없을 정도이다.

당대 고문과 고문운동의 성격을 정리해보면 그것은 문체 자체 문제일 뿐 아니라 정치사회 개혁운동의 일환이기도 하다. 즉, 사실 정치 · 사회적으로 안사安史의 난 이후 번진蕃鎭[37]이 할거하고 권력이 환관의 손에 넘어간 상태에서 당쟁은 끊임이 없었다. 게다가 도교 · 불교의 세력이 커져서 왕조의 기반을 위협하던 배경하에 한유와 같이 유가적 세계관을 바탕으로 한 문인이 유학의 기치를 내걸고 '복고復古'를 구호로 한 '고문'이란 문체로 당조唐朝의 통치기반을 다지고자 한 사회개혁운동의 일환이기도 한 것이다.

앞에서도 언급하였듯, 당대 고문의 대표로는 한유와 유종원을 들 수 있는데, 두 사람은 모두 당대 고문운동의 수장으로서 이른바 '문이란 도를 밝히는 것文者以明道'이라는 관점에서 의견이 일치하였으나 자세히 비교해보면 불교 · 도교 등 타 사

37 당나라 중후기 설립한 군진軍鎭으로 '번藩'은 '지킨다'는 뜻이고 '진鎭'은 군진을 가리킨다. 이는 당 현종 때 변방에서 이족異族이 침범하는 것을 막으려고 군진을 확충하여 절도사節度使를 두었는데 모두 절도사 아홉 명과 경략사經略使 한 명을 두었다.

상을 대하는 태도에 차이가 있을 뿐 아니라 문장에서도 아래와 같은 차이가 있다.

첫째, 문도관에서 도道의 내용에서 한유는 주로 유가경전에서만 취했으나 유종원은 유가경전 외에 역사 산문 · 초사 등에서도 취하여 한유보다 광범하다. 또 유종원의 불교와 도교에 대한 태도는 한유처럼 완강하게 배척하지 않고 비교적 관대한 편이었다.

둘째, 산문문체에서 한유는 변려문에 강하게 반대하여 '글과 글자가 순창함文從字順'과 '진부한 언어는 최대한 없애려고陳言務去' 한 주장은 대체로 변려문이 그렇지 못한 폐단에 반대하려는 주장이었지만, 유종원은 변려문에 비교적 수용하는 자세를 취하였다. 특히 비지碑誌 같은 경우 더욱 그러해서 변려문을 완전히 배척하지 않고 장점을 잘 흡수해 그의 산문은 언어가 간결하고 정확하며 생동감이 넘치고 유창하다.

셋째, 둘의 풍격을 보면 한유의 문장은 웅후雄厚하고 기험奇險(雄厚奇崛)하고 의론이 거침없으며, 유종원의 문장은 전아典雅하면서 힘이 있고 간결함雅健峻潔이 돋보인다.

넷째, 둘은 모두 시와 고문의 창작에 능하였는데, 두 사람의 시문을 평가할 때 한유는 산문을 쓰는 방식으로 시를 쓴다以文爲詩는 평이 있었고 유종원은 시를 짓는 방법으로 산수山水 유기문遊記文을 써서 모두 큰 성취를 이루었다.

당대의 고문운동이 일차적 성취를 이룬 것은 한유, 유종원이 단순한 주장이나 이론이 아니라 훌륭한 창작실천이 있었기에 가능했다. 한유에게는 〈원도原道〉, 〈사설師說〉, 〈진학해進學解〉, 〈잡설雜說〉 등 수많은 작품이, 유종원에게는 〈시득서산연유기始得西山宴遊記〉, 〈봉건론封建論〉, 〈포사자설捕蛇者說〉 등과 같은 우수한 산문작품이 전한다.

마지막으로 중당의 한유와 유종원이 고문운동을 창도하기 이전 성당시기에 시선이라 불린 유명한 이백의 시가 아닌 산문 〈춘야연도리원서春夜宴桃李園序〉를 읽어보자.

무릇 천지라는 것은 만물의 여관과도 같으며 광음은 긴 세월의 과객과도 같다. 뜬구름 같은 인생은 꿈과도 같으니 즐거움을 누릴 날이 그 얼마이리오? 그러니 옛사람들이 촛불을 들고 밤에 노닌 것은 진실로 까닭이 있었다. 하물며 따뜻한 봄은 아지랑이 이는 경관으로 나를 부르고 대자연은 나에게 문장을 빌려주었음에랴. 복숭아, 오얏꽃 핀 동산에 모여서 천륜의 즐거움을 펼친다. 여러 친척 동생은 빼어나서 모두가 사혜련謝惠連과 같으니 내가 시가를 읊조림이 어찌 유독 사혜련의 친척 형인 사령운에 부끄러워서야 되겠는가? 그윽한 감상이 아직 끝나지 않았는데 고상한 이야기는 맑은 데로 흘러가네. 옥구슬로 꿴 돗자리를 꽃 위에 펼쳐 앉아 새털로 장식한 술잔을 날리며 달 아래에 취한다. 만약 좋은 작품이 없다면 어찌 고아한 감회를 펼칠 수 있겠는가? 만약 시가 이루어지지 않으면 예전 금곡에서 술 마시는 예법에 따라 벌주 삼배三盃를 내리리라.

夫天地者，萬物之逆旅，光陰者，百代之過客. 而浮生若夢，爲歡幾何? 古人秉燭夜遊，良有以也. 況陽春召我以煙景，大塊假我以文章. 會桃李之芳園，序天倫之樂事. 群季俊秀，皆爲惠連. 吾人詠歌，獨慚康樂? 幽賞未已，高談轉淸. 開瓊筵以坐花，飛羽觴而醉月. 不有佳作，何伸雅懷? 如詩不成，罰依金谷酒數.

MEMO

✣ 작품 감상 ✣

❶ 〈춘망春望〉

두보杜甫

國破山河在, 城春草木深.
感時花濺淚, 恨別鳥驚心.
烽火連三月, 家書抵萬金.
白頭搔更短, 渾欲不勝簪.

해설 이 시는 두보가 안녹산의 난이 한창이던 757년 봄 장안에서 지은 것이다. 봉선奉先 장안의 서북쪽에 있는 아내와 아이들을 만난 뒤 숙종이 즉위한 임시 궁궐이 있는 행재소를 찾아가다가 안녹산 반군에게 잡혀 포로가 된 상태에서 썼다. 전쟁으로 얼룩진 장안의 참상을 목도하며 집안 생각과 나라 걱정에 봄이 와도 절망하게 되는 심정을 그렸다.

엄정한 평측平仄과 대구 및 압운이 율시의 형식에 절묘하게 부합하는 가운데, 시적 감흥과 감정을 전달하는 데서도 천의무봉天衣無縫과 같이 조화롭게 지어져 역대로 율시의 걸작으로 칭송받는 시이다.

해석 나라는 망해도 산천은 남아 있어, 성에는 봄이라고 풀과 나무 우거졌구나.
시절을 느끼니 꽃에도 눈물이 흐르고, 이별을 한스러워하니 새 소리에도 마음 놀란다.
봉화가 석 달이나 이어지니, 집안의 소식은 만금보다 값지도다.
흰머리를 긁으니 더욱 짧아져, 정말 비녀를 이기지 못하겠구나.

❷ 〈장진주將進酒〉

이백李白

君不見，黃河之水天上來，奔流到海不復回!
君不見，高堂明鏡悲白髮，朝如青絲暮成雪!
人生得意須盡歡，莫使金樽空對月.
天生我材必有用，千金散盡還復來.
烹羊宰牛且爲樂，會須一飮三百杯.
岑夫子，丹丘生，進酒君莫停.
與君歌一曲，請君爲我傾耳聽.
鐘鼓饌玉不足貴，但願長醉不用醒.
古來聖賢皆寂寞，唯有飮者留其名.
陳王昔時宴平樂，斗酒十千恣歡謔.
主人何爲言少錢，徑須沽取對君酌.
五花馬，千金裘，呼兒將出換美酒，與爾同銷萬古愁.

해설 이 시는 이백의 대표작 가운데 하나로, 악부시樂府詩의 형식으로 호방하고 거침없는 이백의 개성을 잘 드러내고 있다. 이백이 개원開元 24년736에 태원太原에서 산둥의 집에 갔다가 다시 숭산崇山에 있는 친구 원단구元丹丘를 찾아갔을 때 지은 것이다. 이때는 이백이 장안에 처음 갔다가 아무 소득 없이 돌아왔던 시기로, '만고의 시름萬古愁'이란 말에서 알 수 있듯이 재주는 있으나 쓰이지 못하는 회재불우懷才不遇의 심정이 시의 저변에 깔려 있다. 그러나 전반적으로 호방한 정신이 자유로운 악부시의 형식 속에 펼쳐졌으며, 이백의 낙관주의가 잘 나타나 있다. 더불어 이백의 다른 시에서도 자주 보이는 '한창때 즐기기及時行樂'의 사상도 엿보인다.

해석 그대 보지 못하는가, 황하의 물줄기가 천상에서 내려와 한번 내달려 바다에 이르면 돌아오지 못하는 것을!
그대 보지 못하는가, 고대광실 대갓집에서 거울 속 백발을 슬퍼함을 아침에 검은 실 같던 머리가 저녁이면 흰 눈이 되는 것을!
사람이 살면서 좋은 때를 만나면 마음껏 즐겨야 하니 금술잔이 빈 채로 달과 마주하지 말라.
하늘이 나에게 재주를 주었으니 반드시 쓸모가 있고 천금은 다 써버려도 다시 또 생긴다네.

양을 삶고 소를 잡아 잠시나마 즐길지니 한번 술을 마시면 삼백 잔은 마셔야 하리.

잠 부자여, 단구생이여, 술잔을 드리니 멈추지 말게나.

그대들에게 노래 한 자락 하려니 그대들 귀 기울여 들어주게나.

종을 울려 옥 같은 음식 먹는 것 부럽지 않으니 원하는 건 오래도록 취해 깨어나지 않음이라.

예부터 성현들은 모두 죽고 없으니 오로지 술꾼들만 이름을 남겼어라.

진왕 조식은 예전에 평락관에서 잔치를 벌였는데 한 말에 만금이나 하는 술을 마음껏 마시며 즐겼다더라.

주인이여, 어이하여 돈이 없다 말하는가, 곧장 술을 사와 그대와 대작하리라.

다섯 타래 갈기 묶은 오화마, 천금이 나가는 가죽옷, 아이더러 가지고 나가 좋은 술로 바꿔 오게 하게나. 그대들과 더불어 만고의 시름을 풀어보리라.

③ 〈잡설雜說〉

한유韓愈

世有伯樂，然後有千里馬. 千里馬常有，而伯樂不常有. 故雖有名馬，祇辱於奴隸之手，駢死於槽櫪之間，不以千里稱也. 馬之千里者，一食或盡粟一石. 食馬者，不知其能千里而食也. 是馬也，雖有千里之能，食不飽，力不足，才美不外見. 且欲與常馬等，不可得，安求其能千里也? 策之不以其道，食之不能盡其材，鳴之，不能通其意，執策而臨之曰: "天下無馬" 嗚乎! 其眞無馬邪? 其眞不知馬也!

해설 이 글의 저자인 한유韓愈는 당송팔대가唐宋八大家의 한 사람으로 시와 산문에서 모두 탁월한 성과를 거두었다. 특히 그의 '고문古文'은 당시 육조六朝의 변문騈文이 주도하던 문풍文風을 바꾸었으며, 당송은 물론 명 · 청시기 산문에 이르기까지 지대한 영향을 미쳤다. 이 글은 논변류論辯類의 고문으로 좋은 말 선별에 능한 백락伯樂의 이야기를 빌려 인재人才 자체도 중요하지만 인재를 제대로 볼 줄 아는 안목이 더욱 절실함을 나타내고 있다. 문체가 지극히 평이하여 당송 고문운동古文運動의 기본정신을 잘 실천하고 있다.

해석 세상에 백락과 같이 말을 잘 보는 이가 있은 다음에 천리마가 있다. 천리마는 늘 있지만 백락같이 말을 잘 보는 이가 늘 있지는 않다. 그러므로 명마가 있다고 하더라도 단지 노예의 손에 곤욕을 당하고 마구간에서 평범한 말과 함께 죽어간다면 천리마로 칭해지지 않는다. 말 가운데 천리마는 한 번 먹으면 어떤 때는 곡식 한 섬을 다 먹곤 한다. 그러나 말을 먹이는 사람이 그 말이 천리마인지 모르고 먹이게 되면 그 말은 비록 천 리를 달릴 수 있는 능력이 있다고 해도 배불리 먹이지 않아서 힘이 부족하여 그 재능과 아름다움이 밖으로 드러나지 않는다. 그러면 보통 말과 같고자 해도 같을 수가 없는데, 어찌 능히 천 리를 달리기를 바라겠는가? 말을 채찍질함에 올바른 방도로 하지 않고 먹이기를 그 재능을 다 할 수 있도록 하지 못하고 말이 울어도 그 뜻을 모르고 채찍을 잡고서 다가가서 "천하에 명마가 없다"라고 하니 아! 정말 명마가 없는 것인가? 아니면 정말 명마를 알아보지 못하는 것인가?

Chapter 06

신진사대부의 문학, 송대문학

1

의론의 시가, 송시

2

노래하는 시, 송사

3

고문운동의 완성, 송대 산문

송나라는 후주後周의 절도사였던 조광윤趙匡胤927-976이 960년에 건국했다. 송나라는 건국 후 당나라의 쇠망 원인을 중앙정권의 약화로 보아 여러 제도를 개혁하고 과거科擧로 문인 관료를 선발해 황제 중심의 중앙집권 체제를 구축하기 시작했다. 즉 황제가 직접 주관하는 과거시험으로 선발된 이른바 '신진사대부新進士大夫'라 불리는 문인을 크게 우대하는 한편, 무인은 철저하게 억누르는 정책을 시행했다. 이러한 영향으로 문학, 예술 등의 문화는 크게 발전하였으나 군사 방면에서는 약화되어 외부의 위협에 적절히 대처하지 못하는 결과를 초래했다. 동북의 요遼나라, 북쪽의 서하西夏 등에 끊임없이 침입을 받았으며, 결국 남쪽으로 밀려나 금金나라와 남북으로 대치하게 되었다.

한편 쌀 · 보리의 이모작 확대와 비옥한 화남지역 개발로 식량 생산이 증대되어, 인구가 약 1억 명에 이르렀다. 또한 과학기술의 발달로 화약과 나침반이 발명되었으며, 인쇄술의 발달로 세계 최초로 지폐가 발행되었다. 방직과 염색기술이 발달해 수도였던 변경汴京[01]에 베틀 100대 이상을 갖춘 직조 공장이 100개 이상 운영되었다. 도자기와 차 생산이 증가하면서 국제 무역도 번성했다. 이러한 상공업 발달이 가져온 경제발전을 바탕으로 송나라의 문화 · 학술 · 문학 · 예술 등은 이전과 비교할 수 없을 정도로 발전했다.

그러나 송나라는 지나친 문치주의로 인한 비효율적인 군제와 관제 때문에 외세의 침입에 무력하게 무너졌다. 즉 여진족의 금金나라가 거란족의 요遼를 치고 북송의 수도 개봉開封을 함락해 황제를 잡아간 정강지변靖康之變[02]으로 화북지역을 잃고, 남쪽으로 피란하여 임안臨安[03]을 수도로 남송南宋을 세웠지만, 결국 몽골의 침입으로 멸망하였다.1279 송나라는 남쪽 임안으로 수도를 옮기기 전까지를 북송北宋960-1127, 그 이후를 남송南宋1127-1279으로 나눈다.

외부의 잦은 침입으로 계속하여 남쪽으로 밀려 내려가는 형국 속에서 송대의 많

01 지금의 카이펑開封.

02 정강靖康 2년(1126)에 금나라 군대의 공격을 받아 수도인 변경이 함락되어 휘종徽宗과 흠종欽宗 두 황제와 신하 3,000명, 백성 10만명을 포로로 잡아 금나라로 연행해 갔던 사건이다.

03 지금의 저장성浙江省 항저우杭州.

은 문인은 애국의 발로에서 시대를 걱정하며 격정을 토로하는 경우가 많았고 정치의 장에서 국가의 존망이 걸린 각종 난제를 놓고 치열하게 의론을 펼쳤다. 물론 이러한 분위기는 문학창작에 큰 영향을 주었으니, 강개慷慨한 격정의 애국주의 작품이 많이 창작되고 의론議論의 기풍이 널리 확산되었다. 아울러 자신의 의론을 쉽고 정확하게 전달하려고 평이平易한 문장을 구사하는 것을 능사로 삼기도 하였다.

송나라는 사상적으로도 큰 발전을 이루었다. 첫째, '송학宋學', '이학理學' 혹은 '새로운 유학', 즉 '신유학新儒學'으로 불리는 '성리학性理學'이 등장하여 크게 흥성하였다. 주돈이周敦頤 1017-1073를 시작으로 정이程頤 1033-1107, 정호程顥 1032-1085를 거쳐 마침내 주희朱熹 1130-1200에 이르러 집대성된 성리학이 송대를 대표하는 사상으로 자리 잡았다. 둘째, 송대에 이르러 불교는 더욱 크게 흥성하게 되는데 특히 선종禪宗이 가장 눈에 띄게 발전하며 문인들에게 큰 영향을 주었다. 셋째, 노장사상과 도가사상 역시 크게 유행하였다. 특히 진종眞宗 등 황실이 제창함으로써 한때 크게 유행하기도 했다. 결국 송대는 유가, 불교, 도가가 함께 매우 융성한 시기로 볼 수 있다. 특히 이 '삼교三教'는 서로 합류合流하는 경향을 보이며 문인들에게 깊은 영향을 미치게 된다. 예를 들어, 이학理學과 선학禪學의 유행은 송대문학의 '의론'화를 더욱 가중했으며, 특히 선학의 성행은 문학 속에서 '선禪' 사상이 폭넓게 수용되는 결과를 낳았다. '초탈超脫'의 인생철학이 송대의 시 · 사 등에서 폭넓게 표현된 것 역시 '선' 사상의 표현이라 할 수 있다.

송대문학은 크게 보아 중당中唐 이후의 발전 방향과 그 궤를 같이한다고 할 수 있다. 한유韓愈 768-824가 제창한 고문운동이 당말 · 오대 시기에 다소 주춤하다가 송대에 이르러 크게 흥성하게 된 점이 가장 현저한 증거이다. 시가 방면에서는 사회현실을 중시하며 제재와 풍격 면에서 통속화의 길을 걷게 됨으로써 당시와는 확연히 다른 풍모를 보여주게 된다. 또한 시가 창작 외에도 사詞, 산문, 화본소설話本小說 등 다양한 장르가 함께 크게 발전했는데, 특히 이 가운데 사는 송대의 대표문학 장르로 손꼽힌다. 한편 화본소설 등의 통속문학이 등장함에 따라 문학의 향유층이 민간으로 확대되는 등 새로운 전기를 마련하기도 하였다. 송대문학은 중국문학사에서 당대를 이은 또 하나의 전성기로 기록할 수 있다.

또한 송대는 특색 있는 훌륭한 작가와 다량의 작품이 선보인 시기로도 유명하다. 구양수歐陽修1007-1072, 소식蘇軾1037-1101, 육유陸游1125-1210, 신기질辛棄疾1140-1207 등과 같은 최정상급 작가는 물론이요, 왕안석王安石1021-1086, 황정견黃庭堅1045-1105, 주방언周邦彦1056-1121, 이청조李清照1084-1155, 양만리楊萬里1124-1206, 강기姜夔1155-1221 등과 같은 특색 있는 작가가 즐비했다. 게다가 '서곤파西崑派', '강서시파江西詩派', '강호시파江湖詩派' 등과 같은 여러 '시파詩派'와 '완약파婉約派'와 '호방파豪放派'와 같은 특색 있는 '사파詞派'가 출현하기도 했다. 또한 현전하는 작품의 수량에서도 송대는 당대를 능가한다. 예를 들어, 송대의 사 작가와 작품은 당오대唐五代에 비해 각각 20배와 50배에 달하는 수량을 보여주며 시가 창작과 산문 창작 방면에서도 당대보다 두 배가량 많은 양상을 보여준다.

1 의론의 시가, 송시

송시宋詩는 늘 당시와 비교하여 그 특색을 논하는 경우가 많다. 일반적으로 중국 시가는 당대에 이르러 최고봉을 이룬 것으로 평가한다. 그러나 송시 역시 당시와는 다른 영역을 개척하며 또 다른 측면에서 전성기를 구가한 것으로 평가한다. 따라서 중국 고전시가는 '당송'을 병칭하며 두 개의 최고 봉우리로 보는 것이 타당할 것이다.

송시는 다음과 같이 세 가지 측면에서 당시와는 다른 특색을 보여준다. 첫째, 송시는 성리학 및 선학禪學의 영향 속에서 철학적 · 논리적 내용이 농후한 '이치로 시를 짓는以理爲詩' 풍조가 널리 유행했다. 둘째, 송대의 이른바 '고문운동古文運動'의 영향 속에서 시 역시 서정성과 음악성보다는 산문성과 서술성이 강화되어 이른바 '산문으로 시를 짓는以文爲詩' 창작 방식이 폭넓게 애호받았다. 셋째, 송시는 섬세한 필치의 묘사를 평담平淡한 어조로 풀어내는 경우가 많다. 즉 송시는 당시에 비해 작가가 생활 속에서 보고 느끼는 섬세한 감정과 이치 등을 매우 평담한 어조로 그려내는 경우가 많았다.

한편 시가 창작량 측면에서 보면, 송시는 당시에 비해 더욱 월등한 면모를 보여준다. 예를 들어, 《전송시全宋詩》에는 9,300여 시인의 시 20여만 수가 수록되어 있는데, 이것은 《전당시全唐詩》에 수록된 2,300여 시인의 48,900여 수의 시와 비교하면 확연히 많음을 알 수 있다. 그뿐만 아니라 개별 시인의 창작량에서도 육유는 1만여 수, 양만리는 4,000여 수, 소식은 3,000여 수, 황정견은 2,000여 수를 남겨 당대의 백거이가 가장 많은 3,000여 수를 남긴 것을 제외하고, 두보가 1,400여 수, 이백이 1,000여 수를 남긴 것과 비교해도 확연히 많은 것을 알 수 있다. 만일 시가 창작량 하나만 놓고 본다면, 송시가 더욱 우위에 있음을 확인할 수 있다.

송시는 크게 북송시기와 남송시기로 나누어 살펴볼 수 있는데, 북송시, 남송시는 모두 다시 각각 초기, 중기, 후기의 총 6시기[04]로 나누어 그 특색을 살펴볼 수 있다.

(1) 답습 속의 변혁, 북송 초기 시

시가사의 관점에서 북송 초기라 함은 태조太祖 원년960부터 제3대 황제인 진종眞宗 말년1021까지 60여 년간을 가리킨다. 이때는 조광윤이 이제 막 송조의 기틀을 잡은 시기로 문인우대 정책을 강력하게 실시하는 가운데 문인들이 새로 세운 나라의 태평성대를 칭송해주기를 바랐다. 이러한 요구에 적극적으로 응해 등장한 것이 북송 초기의 '백체시白體詩'이다.

'백체시'는 주로 중당中唐시기에 다량의 창화시唱和詩를 창작했던 백거이의 원화체元和體를 모범으로 삼은 것으로, 송초에 궁중과 관가는 물론 민간에까지 크게 성행하였다. 그러나 이러한 '백체시'는 점차 문인들로 하여금 너무 평이하고 천속하다는 생각있었고 이런 배경 속에서 이를 대체하며 등장한 것이 '만당체晩唐體'이다.

'만당체'는 주로 만당의 시인 가운데 가도賈島779-843와 요합姚合777-843을 종주宗主로 삼고 '청고淸苦'한 시풍을 전범으로 삼았다. 반랑潘閬?-1009, 임포林逋967-1028 등이 이에 속하는데, 이들은 오언율시를 즐겨 사용하였으며, 전고典故는 멀리하면서 간결하고 산뜻한 표현을 뛰어난 대장對仗 속에서 잘 구사하였다. 그러나 이들은 생활상의 경험이 풍부하지 못했기에 경물의 묘사 등에서 작은 성취는 이루었

04 본 시기 구분과 주요 내용은 송용준, 오태석, 이치수 공저, 《송시사》(역락출판사, 2004년)내용 참조.

을지라도 결국 표현이 협소하고 다채롭지 못하다는 한계를 보였다.

따라서 곧이어 '서곤체시西崑體詩'가 등장하자 빠르게 그 중심 자리를 내놓게 되었다. '서곤체시'는 만당의 이상은李商隱813?-858?의 작법을 본받아 풍부하고 아름다운 작풍을 구사하였는데, 송초의 창화 시풍을 계승하면서도 '백체시'의 단점을 보완하는 한편, '만당체'에 대해서도 변혁을 추구하였다. '서곤체시'의 형성은 《서곤수창집西崑酬唱集》에서 유래하는데, 여기에는 양억楊億974-1020과 유균劉筠971-1031 등 17명이 창화한 시 250수가 수록되어 있다. 주로 궁정 생활과 관련지어 북송 초기의 태평성대를 칭송하는 내용으로 구성되어 있는데, 이상은의 작법을 본받아 풍부하고 아름다운 사조詞藻를 구사하며 세련되고 적절한 전고를 나름대로 잘 표현했으나 시 속에 진실성이 결핍되었다는 한계를 보이기도 하였다. 그러나 서곤체의 출현으로 만당, 오대의 답습에서 벗어나 새로운 송시의 세계로 나아갈 수 있는 일정 부분의 활로를 열어주었다는 점에서 그 가치를 인정받을 수 있다.

(2) 송시의 기반 마련, 북송 중기 시

북송 중기는 송대 4대 황제인 인종仁宗 재위 기간에 해당하는 1022년부터 1062년까지 40여 년간을 가리킨다. 이 시기는 북송 초기의 답습과 변혁의 시기를 거친 후 본격적으로 송시의 새로운 길을 모색하던 때로 파악할 수 있다. 먼저 범중엄范仲淹989-1052이 시가혁신의 발판을 마련해주었고, 이어서 구양수, 매요신, 소순흠蘇舜欽1008-1048 등이 등장하며 송시의 새로운 면모를 갖추게 된다. 특히 구양수는 실질적인 문단의 영수로서 '시문혁신詩文革新'[05]에서 주도적 역할을 담당했다. 구양수는 국가와 사회에 대한 사대부들의 책임의식을 크게 강조하였는데, 유가의 도道를 실천하는 사대부는 천하의 일을 걱정하고 이를 문학에서도 실천해야 한다는 주장을 펼쳤다. 특히 그는 중당의 신악부운동과 고문운동의 이론적 성과를 계승하는 시론詩論을 세우는 한편, 실제 창작에서도 이를 실천하며 송시의 새로운 길을 열어주었다. 그의 〈술지게미 먹는 백성食糟民〉을 감상해보자.

05 북송시기의 시문혁신은 송태조宋太祖 개보開寶연간(968-975)부터 인종 가우嘉祐 2년(1075)까지 100여 년 동안 일어난 대규모 시문詩文 복고운동으로, 구양수에 이르러 결실을 이루게 된다.

……

인자하면 응당 백성을 기르고 의로우면 옳은 일을 해야 하며, 仁當養人義適宜,
언로는 조정에 통할 수 있고 힘은 시행할 수 있건만, 言可聞達力可施,
위로는 나라의 이익을 넓히지 못하고, 上不能寬國之利,
아래로는 백성들의 굶주린 배를 채우지 못하네. 下不能飽爾之饑.
나는 술을 마시고, 당신들은 술지게미를 먹으니, 我飮酒, 爾食糟,
당신들이 비록 나를 책망하지 않아도, 爾雖不我責,
나의 책임을 어찌 피할 수 있으리오. 我責何由逃.

이 시는 전체 26구 가운데 마지막 8구의 내용이다. 구양수는 이 시에서 굶주리는 백성을 돌보지 않는 조정을 질책하는 한편, 자신 역시 관리로서 책임을 피할 수 없음을 피력하고 있다. 이 시는 5 · 7언 등의 잡언체 고시로 '산문으로 시를 짓는以文爲詩' 전형을 보여주어 송시의 새로운 면모를 선보이는 듯하다.

위와 같은 송시의 새로운 면모는 매요신과 소순흠의 창작에 이르러 더욱 선명해졌다. 특히 매요신은 2,900여 수에 달하는 시를 창작하며 송시의 개척에 큰 공을 세웠다. 유극장劉克莊 1187-1269은 《시화詩話》에서 "본조宋朝의 시는 진정 매요신이 창시자이다. 그가 나온 이후에 음란한 음악이 점차 사라지고 풍아의 기맥이 다시 이어졌으니 그의 공은 구양수와 윤수 아래에 있지 않다."[06]라며 그의 공을 높게 평가한 바 있다. 소순흠 역시 매요신과 같이 실제 시가 창작에서 구양수와 궤를 같이 하며 송시의 개척에 적지 않은 공헌을 하였다.

(3) 송시의 황금기, 북송 후기 시

북송 후기는 인종仁宗 말 1063년부터 철종哲宗 말년인 1100년까지를 말한다. 이 시기에는 왕안석, 소식, 황정견 등 송시를 대표하는 정상급 시인들이 연이어 출현

06 "本朝詩, 惟宛陵為開山祖師. 宛陵出, 然後桑濮之哇淫稍息, 風雅之氣脈復續, 其功不在歐、尹下."

하여 개성 있는 시를 다수 창작했기에 송시의 황금기로 분류된다.

▶ 왕안석

먼저 왕안석은 정치적으로 신종神宗의 지지를 받으며 이른바 '신법新法'을 통해 사회개혁을 이루고자 했으나, 결국 보수파의 반대로 끝내 이루지는 못했다. 송시를 대표하는 주류의 시인들인 소식, 황정견 등과 정치적 견해가 달랐던 까닭에 왕안석의 시는 높은 예술성에도 불구하고 주류에서 약간 벗어난 지위를 얻을 수밖에 없었다. 왕안석의 시가 예술은 의론적 경향이 강하고, 전고를 사용함에 매우 정밀했으며, 자구의 단련鍛煉에 뛰어난 것에서 그 특징을 찾을 수 있다. 현실 참여적인 경세시經世詩, 일상생활에서 느끼는 서정시抒情詩, 자연 속에서 경물이나 한적의 심정을 노래한 자연시自然詩 등의 내용을 담은 1,600여 수의 시를 남겼는데, 특히 그가 만년에 지은 '청신淸新'한 풍격의 시는 많은 호평을 받았다.

소식은 북송 문단을 대표하는 대문호로 시, 사, 문에서 모두 탁월한 업적을 남겼다. 특히 그는 문단의 영수로서 구양수가 제창한 시문혁신운동을 이어받아 최고봉에 이르게 하였다. 시가 창작에서는 '산문으로 시를 짓거나' 철리哲理와 사변思辨을 강조하는 생활 속에서 '의론으로 시를 짓는' 창작 기법을 매우 성공적으로 실천함으로써 송시의 형성에 결정적 역할을 하게 된다. 다음은 그의 〈소철의 '민지에서의 옛일을 회상하며' 시에 화답하며和子由澠池懷舊〉이다.

인생에 자취를 남기는 것은 무엇과 같나?	人生到處知何似,
날아가는 기러기가 눈밭에 내려앉는 것과 같다네.	應似飛鴻踏雪泥.
눈밭 위에 우연히 발자국 남기지만,	泥上偶然留指爪,
기러기 날아가면 어떻게 동서를 알리오?	飛鴻那復計東西.
노승은 이미 죽고 새 탑이 세워졌으니,	老僧已死成新塔,
벽이 허물어져 예전에 쓴 시는 볼 수 없네.	壞壁無由見舊題.
어려웠던 지난날 아직 기억하는가?	往日崎嶇還記否,
길은 멀고 사람은 지쳤는데 나귀는 절뚝이며 울어댔었지.	路長人困蹇驢嘶.

이 시는 멀리 떨어진 동생 소철蘇轍1039-1112을 그리워하며 지은 것으로, '설니홍조雪泥鴻爪'의 고사성어를 남긴 것으로 유명하다. 기러기가 날다가 잠시 눈 내린 진흙 펄에 내려 몇 발자국의 자취를 남기고 떠나는 것이 우리네 인생 같다는 이 표현은 소식의 천재성을 잘 드러내주는 듯하다. 전반적으로 산문식의 전개와 인생에 대한 깊은 철리를 아우에 대한 그리움 속에서 유기적으로 잘 표현해 송시의 한 전형을 보여주고 있다.

소식은 2,000여 수의 시를 남겼으며, 내용상 정치사회시, 서정시, 사경시寫景詩 등으로 분류할 수가 있다. 정치사회시는 당시 현실정치에 대한 여러 비판적 의견을 견지하였는데, 특히 산문화와 의론화議論化 경향이 농후하다. 서정시는 당시 보수파와 개혁파의 갈등이라는 정치구도하에 겪은 정치적 실의와 유배지에서의 고충, 감회와 우정 등을 담고 있다. 사경시寫景詩는 부임지의 경관을 묘사하는 가운데 인생의 철리를 투영하였다.

한편 소식의 시가 창작은 그의 문하생인 '소문사학사蘇門四學士'[07] 중 한 명인 황정견에게 지대한 영향을 주게 되었고, 황정견은 소식과 함께 '소황蘇黃'으로 병칭되며 송시의 가장 중요한 전형을 완성하게 된다. 특히 황정견은 이른바 '점철성금點鐵成金'과 '환골탈태換骨奪胎'TIP의 시론으로 유명하다. 이 시론의 요체는 전대 시인들에 대한 학습과 연마로 자신만의 시가 세계를 구축하는 것에 있다. 황정견은 도연명과 두보, 당대當代의 구양수, 매요신, 왕안석, 소식을 모범으로 삼았다. 구체적인 시가 창작에서는 박학다식한 독서로 많은 전고를 사용하는 한편 시어, 시구, 격률의 정교한 섬세화에 많은 공을 들였으며 '신기新奇'한 풍격을 추구하고자 했다. 이러한 작법은 다분히 '이성심미理性審美'를 강조하는 측면이 강했으니, 이런 점은 '감성심미感性審美'를 중시했던 당시唐詩와는 확연히 구별된다.

TIP

'점철성금點鐵成金'과 '환골탈태換骨奪胎'

'점철성금'은 쇳덩이를 다루어서 황금을 만든다는 뜻으로, 나쁜 것을 고쳐서 좋은 것을 만듦을 비유적으로 이르는 말이고, '환골탈태'는 낡은 제도나 관습 따위를 고쳐 모습이나 상태가 새롭게 바뀐 것을 비유적으로 이르는 말이다.

이 밖에도 북송 후기에는 진사도陳師道1052-1101, 소철, 진관秦觀1049-1100 등의

07 구체적으로 황정견, 진관, 조보지(晁補之 1053-1110), 장뢰(張耒 1054-1114)를 함께 가리킨다.

일류급 시인들이 '소황'의 시가 창작 경향에 함께하며 송시의 대성황을 이루었다.

(4) 강서시파의 남송 초기 시

남송 초기는 시기적으로 북송 말년인 1101년부터 남송 고종高宗 치세 기간인 1162년까지 약 60년간에 해당한다. 이 시기는 금金나라에 치욕적인 정강지변을 당한 이후 남경에서 개국한 남송이 다시 남쪽으로 밀려 임안지금의 항저우으로 수도를 삼은 후 금과 대치하고자 했으나 계속된 패전과 강화講和로 굴욕의 시간으로 점철되었다.

시가문학에서 이 시기는 이른바 '강서시파江西詩派'라는 하나의 '시사詩社'를 형성하며 북송 후기에 이룩한 송시를 학습하고 계승한 시기로 평가된다. '강서시파'의 명칭은 여본중呂本中 1084-1145이 지었다는 〈강서시사종파도江西詩社宗派圖〉에서 유래한다. 이 종파도에서 거론된 시인들은 총 26명으로, 황정견을 종주로 삼고, 진사도를 추종하던 사일謝逸 1068-1112, 증기曾幾 1084-1166 등이 포함되어 있다. 그러나 이름이 '강서시파'라고 해서 이들이 모두 '강서' 출신은 아니었고 더군다나 이들이 서로 긴밀하게 연계하여 활동한 것도 아니었다. 그저 이들의 시 창작 경향이 서로 유사하기에 그런 이름이 붙여진 것이다. 즉 두보와 황정견을 추종하며 시가 창작에서 북송 후기에 이미 높은 경지로 끌어올린 근면한 '학시學詩'의 태도, 정밀한 구법에 대한 추구, 전고의 활용 등에서 많은 공통점을 보여주고 있다. 다만 이들의 실제 시가 창작에서 그 예술 성취가 그다지 높지 못하다는 점에선 취약점을 보이기도 했다.

(5) 송시의 중흥기, 남송 중기 시

남송 중기 시는 효종孝宗이 즉위한 1163년부터 남송이 금을 공격했다가 실패한 1207년까지에 해당한다. 이 시기는 남송에서 가장 안정된 중흥기로 구분하는데, 시가 역시 중흥을 맞이한 시기이기도 하다. 이 중흥을 주도한 시인으로는 이른바 남송 '중흥사대가中興四大家'가 있다. 육유, 범성대范成大 1126-1193, 양만리, 우무尤袤1127-1194가 바로 그들이다. 이들은 처음에는 강서시파를 학습하다가 점차 자신만의 색채를 찾아 강서시파와는 또 다른 시가 특색을 이루게 된다. 첫째, 이들은 '학시'의 전통을 잇는 가운데서도 이른바 '시외공부詩外工夫'[08]도 중시하였다. 둘째, 이들은 황정견뿐만 아니라 소식도 중시하며 유창한 율조律調를 추구하기도 했다. 셋째, 이들은 송시뿐만 아니라 당시도 함께 중시하며 당시와 송시의 결합을 이루고자 했다.

먼저 육유는 중국 시인 가운데 9,200여 수에 달하는 가장 많은 창작을 한 것으로 유명하다. 육유는 초기에는 강서시파의 여본중과 증기를 따르며 참신한 시어를 추구하였으나 지나치게 기이한 표현을 찾지는 않았다. 육유의 시는 중국 고전시 가운데 가장 압도적인 창작량을 보여줄 뿐만 아니라, 우국시憂國詩, 전원시, 기몽시紀夢詩[09] 등 다양한 제재를 노래해 그 제재 면에서도 매우 광범위한 면모를 보여준다. 그의 시 가운데 〈분함을 적다書憤〉를 살펴보자.

▶ 육유

젊은 시절 어찌 세상일 험한 줄 알랴?	早歲那知世事艱,
북으로 중원을 바라보니 기세는 산과 같구나.	中原北望氣如山.
눈 내리는 밤 군선 타고 과주를 건넜고,	樓船夜雪瓜洲渡,
가을바람 속에서 철마는 대산관을 내달렸네.	鐵馬秋風大散關.
변경 장성에서의 수자리 공연히 자부하지만,	塞上長城空自許,
거울 속 쇠미한 귀밑머리는 이미 희끗희끗하다네.	鏡中衰鬢已先斑.
출사표는 진실로 후세에 그 이름 전하니,	出師一表真名世,
천년 이래 그 누가 버금갈 수 있으리오.	千載誰堪伯仲間.

이 시는 젊은 시절 그 드높았던 호매한 기상과 큰 포부를 회상하나, 몸은 이미

08 시 자체의 창작기법보다는 시의 외적 부분인 시인의 도덕 수양이나 '양기養氣' 등과 같은 후천적 공부를 중시하는 것을 말한다.

09 꿈속에서 나오는 것을 제재로 삼아 그와 관련된 느낌을 서술하는 시.

노쇠해져 중원을 다시 회복할 수 없는 현실의 비분을 침울한 어조로 그려내고 있다. 전반적으로 평이한 어조로 비분강개의 어조 속에서 애국적인 시를 즐겨 쓴 육유의 특징이 잘 드러나 있다.

▶ 범성대

범성대는 1,900여 수를 남겼는데, 역시 전원시, 우국시, 기행시, 사회시 등 다양한 제재를 표현해냈다. 특히 사회시 속에서는 민생의 고단한 삶에 깊은 관심을 보이며 사실주의 수법을 잘 운용하는 현실주의 경향의 시들을 다수 창작했다. 이러한 까닭에 그를 현실주의 시인이라 부르기도 한다. 형식적인 측면에서 범성대는 각종 시체를 두루 잘 사용했는데, 특히 7언율시에서는 원숙한 성취를 이루기도 했으며, 6언율시라는 새로운 시체를 시도하기도 했다. 풍격 면에서는 강서시파의 영향 속에서 만당의 '위완委婉'한 면모를 추구하였기에 강서시파에서 어느 정도 벗어나 자신만의 시 세계를 창조해낼 수 있었다.

양만리는 남송 시단을 대표하는 시인이다. 그는 처음에는 강서시파를 학습하다가 회의를 느끼고 난 뒤 그간에 지은 시를 모두 불태우고 16, 17년간의 탐색 끝에 마침내 '성재체誠齋體'라고 하는 양만리만의 독특한 시 세계를 구축하였다. 즉 그는 '투탈透脫[10]', 무법無法, 자연, 흥취興趣, 시미詩味[11] 등의 시론을 주장하는 '성재체'를 앞세우며, 자연경물시, 우국애국시, 생활정취시 등의 내용을 담은 시 4,200여 수를 남겼다. 사실 양만리의 '성재체'는 이른바 강서시파 여본중의 '활법活法'TIP을 계승한 것으로, 시인이 시를 창작할 때 어떠한 외부 사물에도 얽매이지 않는 '투탈'의 경지에서 모든 일상생활을 조용히 관조觀照하여 얻는 경지를 포착해야 한다고 했다. 그의 〈상호령을 지나다가 초현강 남쪽과 북쪽의 산을 바라보며過上湖嶺望招賢江南北山〉 제2수를 살펴보자.

TIP

활법活法

남송 초기 여본중이 펼친 주장. 활법이란 법도를 모두 갖추면서 동시에 법도 밖으로 나갈 줄 알며, 변화를 헤아리기 어렵지만 법도에 위배되지도 않는 것이라 하며 그는 시를 공부함에 마땅히 활법을 알아야 한다고 하였다.

10 일체의 사물에 대하여 투철한 이해를 가지고 난 뒤 세상의 견식이나 사물의 모습에 구속이나 속박을 받지 않고 원통무애圓通無礙한 경지에 이르는 것을 말한다.

11 '시의 맛'이란 뜻으로, 양만리는 언외지의言外之意를 중시하고 함축과 완곡婉曲을 추구한 만당시의 맛을 높이 샀다.

재 아래에서 산을 보니 잠잠한 파도 같더니,	嶺下看山似伏濤,
사람이 재 오르는 것 보자 어느새 누가 잘났나 경쟁을 하네.	見人上嶺旋爭豪.
한번 오르고 오를 때마다 한번 둘러보니,	一登一陟一回顧,
내 발이 높은 곳 디딜 때 그는 더욱 높은 곳에 있구나.	我脚高時他更高.

여기서 산은 객체로서 사물이 아닌 시인과 교감하는 대상으로 다가온다. 사람이 산 오르는 것을 보자 마치 경쟁하듯 높이를 올리는 듯하다. 물론 여기서의 산은 최고 경지를 암시하는 것으로, 학문은 나아갈수록 그 경지가 심오하며 끝이 없다는 철리를 내포하고 있다. 그 상상이 기발하고 묘취妙趣가 느껴지는 대목이기도 하다. 이처럼 양만리의 시 속에 등장하는 사물은 사람과 마찬가지로 사고하고 행동하여 마치 '살아 있다活'라는 느낌을 주는 경우가 많다. 이런 까닭에 양만리의 시는 그 당시에 '활법시活法詩'라는 평가를 듣게 되었다.

중흥사대가 가운데 마지막으로 우무는 그 시가 창작의 양이나 질에서 다소 떨어진다는 평가를 받는다. 현재 그의 시집은 산실되어 전해지지 않으며, 청대 우통尤侗1618-1704이 수집한 1권 만이 전해질 뿐이다.

남송 중기시는 전체 송시사에서 북송 후기시와 더불어 송시의 황금기를 구가한 시기로 구분할 수 있다. 북송 후기시가 당시에서 벗어나 송시만의 특색을 온전하게 구현한 시기라고 한다면, 남송 중기시는 송시에서 다시 당시로 회귀하여 변화를 추구했던 시기로 평가할 수 있다.

(6) 강호시인과 유민시인의 남송 후기 시

남송 후기 시는 송이 금을 공격했다 실패하고 맺은 가정화의嘉定和議1208부터 송이 원元에 멸망당하는 1279년까지에 해당한다. 이 시기의 시단은 크게 강호江湖시인과 유민遺民시인으로 나눌 수 있다.

강호시인의 명칭에서 '강호'는 '조정朝廷'에 상대되는 개념으로 재야의 민간을 의미한다. 금나라가 중원을 차지하자 남쪽으로 밀려 내려온 문인들은 정치적 혼란

속에서 벼슬길에 나아가지 못하고 생계를 위해 도처를 떠돌며 부귀한 사람들에게 의지해 자신의 재주와 학문에 기대어 살 수밖에 없었다. 이들은 서로 시문을 주고받으며 점차 시사詩社를 형성하게 되었고 마침내 보경寶慶 초년1225에 시인이자 서적상인 진기陳起?-?가 항저우杭州에서 이들의 시들을 모아 《강호집江湖集》, 《강호후집江湖後集》을 출간하게 되었다. 강호시인은 바로 이 시집에 수록된 시인들을 중심으로 형성되었는데, 이 시인 그룹은 다시 '영가사령永嘉四靈'[12]과 '강호시파江湖詩派'로 나뉜다. '영가사령'은 '산문으로 시를 짓거나', '의론으로써 시를 짓는' 강서시파의 시 창작 태도에 반대의 기치를 들고, 당시唐詩로 복귀하자고 주장하며 현실 속에서의 정감과 흥취를 표현하는 것을 중시하였다. '강호시파'에는 강기, 유극장劉克莊1187-1269 등이 포함되는데, 이들은 하나의 일관된 시론을 펼치기보다는 혼란한 중앙정치에서 벗어나 자연 속에서 술을 가까이하며 통속적인 생활의 느낌이나 은일의 감개 등을 노래하였다.

한편 남송이 완전히 멸망한 후 시단에는 동란의 시기를 살면서 고국의 멸망을 목도하며 느끼는 비통한 심정을 노래한 유민시인遺民詩人이 등장하게 된다. 이들의 원래 신분은 다르더라도 이민족의 침략에 저항하고 나라를 지키겠다는 뜻은 하나같아, 무능한 정치는 통렬히 비판하고 고국을 그리워하는 마음은 비장한 어조로 노래하는 등 시가의 내용과 풍격은 서로 비슷하였다. 대표적인 시인으로는 문천상文天祥1236-1283, 임경희林景熙1242-1310 등이 있다.

2 노래하는 시, 송사

송사宋詞는 음악과 문학이 결합한 새로운 형식의 시로 상업경제가 발달하고 도시의 대중문화가 번영하면서 송대에 유행했던 대표적인 문학양식을 말한다. 사는 원래 곡자사曲子詞의 줄임말로 곡자曲子는 곡조, 즉 멜로디를 말하고 사詞는 노래

12 서조(徐照 ?-1211), 옹권(翁卷 ?-?), 서기(徐璣 1162-1214), 조사수(趙師秀 1170-1220)를 가리키는데, 이들은 모두 영가永嘉(현재의 저장성浙江省 원저우溫州) 출신이다.

가사를 뜻한다. 사는 이처럼 곡조에 맞추어 부르는 노래가사로 '노래하는 시'라 할 수 있다. 음악과 문학이 결합한 사는 송대에 들어와 본격적으로 유행하여 송대를 대표하는 문학으로 '송사'라 부른다.

사는 당나라 중기부터 민간에서 남편을 그리는 아내의 슬픔이나 남녀의 연정 등을 노래하는 민간가요에서 출발했다. 민간에서 사가 유행하자 만당과 오대시기에 온정균溫庭筠 812-866/824-882과 같은 문인들이 참여하여 사를 짓기 시작했다. 이들은 주로 여성의 외모와 자태, 남녀의 애정 등을 짧지만 화려한 수사로 묘사했는데, 후대에는 이들을 '화간파花間派'[13]라고 한다. 이렇게 만당 오대시기 문인들의 참여로 사는 점차 문인들에게 넘어가 다듬어지고 세련되어져 송대에 본격적으로 성행하면서 송대를 대표하는 문학이 되었다.

▶ 화간집

송사는 음악과 문학이 결합한 새로운 시가 형식으로 시처럼 격률을 중시하지만 곡조에 맞추어 노래하기 위한 가사로 지어졌다는 점에서 시와 차이가 있다. 이런 특징으로 사는 곡자사 · 장단구長短句 · 전사塡詞 등의 여러 가지 별명이 있다. 장단구는 당시 유행하던 곡조의 박자나 장단, 고저에 따라 가사의 길이가 들쑥날쑥했기 때문에 장단구라 불렀고, 전사는 이러한 곡조의 규정에 따라 가사를 채워 넣어 전사라 하였다.

사는 시와는 다른 형식으로 무엇보다 음악성이 강조되었다. 매 수의 사에는 모두 음악적인 곡조가 나타나 있는데 이를 사패詞牌TIP라 한다. 예를 들어 〈우림령雨霖鈴〉, 〈염노교念奴嬌〉 등과 같은 것으로 이는 사의 제목이 아니라 곡조를 말한다. 만약 작가가 내용과 연관한 제목을 달고 싶다면 사패 다음에 부제처럼 제목을 붙

TIP

사패詞牌

사패의 형식은 일정하게 고정되어 사 한 수에 몇 구, 한 구절에 몇 글자, 압운할 곳, 글자의 평측平仄, 성조聲調의 안배 등으로 이루어진 일련의 엄격한 규정이 있다. 즉 사패는 사의 내용과 무관한 곡조의 명칭이므로 별도로 부제를 붙여 내용에 관계되는 제목을 알리는 것이다.

13 오대는 사의 발달기로 후촉後蜀의 조숭조趙崇祚가 작가 18명의 사 500수를 수록한 중국 최초의 사집인 《화간집花間集》을 편찬하였다. 《화간집》에 수록된 작가들의 사풍이 모두 온정균의 사풍을 모방하여 대부분 염려하고 여성적인 성향이 강해 후대에 이들을 '화간파'라 했다.

이면 된다. 소식의 〈염노교-적벽회고赤壁懷古〉를 보면 〈염노교〉는 곡조인 사패이고 '적벽에서 옛날을 생각함'인 적벽회고는 부제이다. 사패는 또 곡조의 악보와 같아 사패마다 정해진 구절이 있고, 구절마다 정해진 글자 수가 있으며, 글자마다 정해진 성조가 있다. 구절의 길이는 1자에서 10자까지 다양하며, 가사의 길이에 따라 소령小令[소사, 단사]과 대령大令[만사, 장사]으로 나뉜다. 이렇게 보면 사는 매우 복잡해 보이지만 당대에 완성된 근체시에 비해 훨씬 융통성이 있고 자유롭다고 할 수 있다.

사는 이처럼 음악을 매개로 하는 노래가사이기 때문에 송대에 황제부터 일반 서민에 이르기까지 널리 사랑받는 문학으로 자리매김했다. 송대에 사가 널리 유행한 것은 송대의 문치주의 정책과 비약적인 경제발전과 밀접한 연관이 있다. 문인우대 정책으로 문인들에게 오락생활이 가능한 여건이 제공되어 사를 감상하고 짓는 문인들이 대거 등장하게 되었다. 게다가 경제의 비약적 발달로 도시가 번영하면서 나날이 사회적 향락과 오락의 추구가 성행하게 되었다. 이로써 사대부와 관리들은 가기家妓를 두었고 일반 서민들도 청루나 와사에서 가무와 연회를 즐기면서 사가 더욱 유행했다. 고전적 지식이 없는 일반 서민들도 노래가사로서 '사'를 쉽게 받아들일 수 있어 사는 더욱 대중화되었다. 당시 북송의 대표적인 사 작가로 이름을 날린 유영의 사는 우물이 있는 곳이면 어디서나 노래 불렀다고 전할 만큼 송사의 인기는 광범위하고 보편적이었다.

이런 유행으로 1,330여 명에 이르는 사 작가가 등장했고, 작품이 20,000여 수 전한다. 또한 완약파婉約派와 호방파豪放派 같은 특색 있는 사파도 출현했다. 완약파는 주로 화간사풍을 계승하여 사랑과 이별 등 삶의 애환을 청려하고 완약한 언어로 묘사했다. 소식에서 시작된 호방파는 완약파의 한정된 제재에서 벗어나 인생과 사회생활 전반으로 넓혀 사의 내용을 좀 더 확대했다.

송사의 발전은 크게 북송과 남송으로 나누어 그 특색을 살펴볼 수 있다.

(1) 북송의 사

북송의 사는 일반적으로 다음 네 시기로 구분한다. 각 시기의 대표 작가에는 안

수晏殊991-1055, 유영柳永984?-1053?, 소식, 주방언 등이 있다. 안수와 유영은 북송 전기에, 소식과 주방언은 북송 후기에 속한다. 북송의 사는 형식과 내용에서 발전을 거듭하며 전성기를 맞이했다.

제1기는 남당사풍의 영향기로 송사가 발전하기 시작한 시기다. 이 시기는 아직 남당의 사풍에서 벗어나지 못한 상태로 형식은 짧은 소사小詞가 주류를 이루었고 내용은 대부분 완약한 성정을 노래한 귀족 문학적 성격을 띠었다. 이 시기 대표 작가로는 안수와 구양수 등이 있다. 이들 문인의 사는 감상적이고 여성적인 필치로 도시적 정서를 노래하는 짧은 노래가사의 성격을 띠었다. 안수는 북송 초기 '사의 시작'으로 평가받고 있다. 그의 사는 남당 사의 풍격을 답습했지만 깨끗한 필치로 부귀한 기상과 섬세한 느낌을 표현했다. 당시 문단의 선봉장이었던 구양수 역시 남당의 풍연사馮延巳903-960를 존숭하여 사를 지어 완약파의 대가로 불렸다. 그의 사에는 여성적인 서정과 섬세한 정감이 깃들어 있다. 사집으로는 《육일거사사六一居士詞》와 《취옹금취외편醉翁琴趣外篇》이 있다.

제2기는 남당의 영향에서 벗어나 송사가 새로운 국면을 맞이하는 시기다. 이 시기에는 사의 형식과 내용에서 많은 발전을 이룬다. 형식적으로 짧은 사인 소령에서 긴 사인 만사慢詞로 전환되었고 사패 아래에 부제를 달기도 했다. 내용에서도 이전에 감상적이고 가벼운 서정에서 벗어나 도시의 화려하고 향락적인 생활을 거침없이 그려냈다. 장선張先990-1078과 유영 등이 이 시기를 대표한다.

장선은 음악에 조예가 깊어 만사로 새로운 곡들을 많이 창작해 만사가 발전하는 계기를 이루었다고 평가받고 있다. 그는 만사로 도시의 화려하고 향락적인 분위기 그리고 도시인의 생활을 생생하게 잘 표현했다.

유영은 본격적으로 만사를 창작한 대표적인 사 작가이다. 원래 이름은 삼변三變, 자는 경장景莊인데, 훗날 이름을 영永, 자를 기경耆卿으로 바꾸었다. 푸젠福建 숭안崇安 사람이며, 문학적 재능이 뛰어났으나 40대가 되어서야 과거에 합격했다. 말단직인 둔전원외랑屯田員外郎 벼슬을 하여 유둔전柳屯田이라 부른다. 천성이 방탕하고 자유분방한 사람으로 평생을 불우하게 살다가 생을 마쳤다. 유영은 일찍부터 화류계와 인연을

▶ 유영

맺어 기녀들에게 많은 사를 지어주었다. 그의 사는 대부분 솔직하고 적나라하게 상류계층의 향락과 도시의 화려하고 감상적인 밤 풍경, 남녀의 사랑과 이별 등을 감각적으로 묘사했다. 당시 우물이 있는 곳이면 어디서나 노래 불렀다고 전할 만큼 대중적 인기를 받았지만 사대부들에게는 음란하고 저속하다는 비난을 받았다. 사집으로는《악장집樂章集》이 있다.

그의 대표작으로 알려진 〈우림령雨霖鈴〉을 감상해보자.

〈우림령雨霖鈴〉

가을매미 애절하게 울고 장정에 해 저무는데	寒蟬淒切，對長亭晚，
내리던 소나기 막 그쳤네.	驟雨初歇.
성문 밖 송별의 자리 기분 내키지 않고,	都門帳飮無緖，
떠나기 아쉬워 머뭇거리는데	方留戀處，
배는 가자고 재촉하는구나.	蘭舟催發.
두 손 마주 잡고 젖은 눈 바라보다	執手相看淚眼，
끝내 말 한마디 못 한 채 목이 메이네.	竟無語凝噎.
가야 할 천 리, 물안개 길을 생각하니	念去去、千里煙波，
저녁 안개 자욱한 남녘 하늘 아득하네.	暮靄沉沉楚天闊.
정이 많으면 예부터 이별은 마음 아픈 법.	多情自古傷離別.
어찌 견디랴, 적막하고 쓸쓸한 이 가을을!	更那堪，冷落清秋節.
오늘 밤은 어느 곳에서 술이 깰까?	今宵酒醒何處，
버드나무 언덕, 새벽바람 부는 희미한 달빛 아래겠지.	楊柳岸、曉風殘月.
이제 가면 여러 해를 지나리니	此去經年，
좋은 시절 아름다운 경치도 모두 부질없으리라.	應是良辰好景虛設.
헤아릴 수 없는 연정 있다 해도	便縱有千種風情，
어느 누구와 이야기할까?	更與何人說.

〈우림령〉은 이별의 슬픔을 노래하는 사의 곡조이다. 유영은 이 곡조에 남녀 간 이별의 아픔을 절절히 노래했다. 한 연인의 이별을 그 이별 모습과 이별 후 상황 등

전 과정을 가감 없이 전달하면서 그 가운데서 느끼는 솔직한 감정을 잘 표현했다.

상편은 가을, 소나기 등의 경치로 이별 분위기를 암시하며, 하편은 이별 후 상황을 한탄과 고백으로 토로한다. 사람이 살아가면서 사랑하는 사람과 만남을 기약할 수 없는 생이별을 한다면 그 고통을 어찌 감당할 수 있을까? 유영은 이런 이별의 아픔을 장편의 만사로 절절하게 묘사했다.

제3기는 내용상 변화를 추구하여 호방한 풍격을 이룬 시기로 소식이 이 시기를 대표한다. 유영의 작품들은 대중적인 인기가 높았지만 천박하고 지나치게 노골적이라는 이유로 사대부들에게 비판을 받았다. 소식은 이런 유영 사의 풍격을 반대하고 호방함을 추구하며 사의 경계를 확대하고 격조를 높였다.

소식은 자는 자첨子瞻, 호가 동파거사東坡居士라 '소동파'로 널리 알려져 있다. 쓰촨성四川省 메이산眉山 사람이다. 시와 문장, 사 등 여러 방면에 뛰어났던 북송의 위대한 문학가이다. 소씨삼부자로 불리는 소순蘇洵1009-1066의 아들이며 소철의 형인 그는 22세 때 과거시험에서 진사에 급제했고, 과거시험의 위원장이었던 구양수에게 인정을 받아 문단에 등장했다. 그 후 제과制科에 응시하여 장원급제하고 관직에 나갔으나 그의 관직 생활은 순탄치 않았다. 여러 번 유배를 갔고, 마지막 유배지였던 하이난다오海南島에서 7년간 귀양살이를 마치고 돌아오던 도중 장쑤성江蘇省 창저우常州에서 사망했다. 그는 능력에 비해 자기 뜻을 마음껏 펼치지 못했지만 문학과 예술 방면에서 뛰어난 성취로 송대 최고 문인으로 평가받고 있다.

사 방면에서도 소식은 340여 수의 사를 지어 내용상 변화를 추구하며 송사 창작에 독창적인 풍격을 이루었다. 소식은 이전까지 완약한 서정의 범주에 국한되어 있던 송사의 제재를 확대하여 인생의 다양한 영역을 호방한 풍격으로 표현하였다. 그래서 그를 호방파라고 한다. 이러한 사 내용의 확대로 사의 음악과 부조화 현상이 나타나 '시로 사를 짓다以詩爲詞'라는 평을 받기도 하지만 송사가 본격적인 문학의 장르로 자리를 잡는 데 큰 공헌을 했다.

소식은 그의 천부적인 재능과 구속받지 않는 성품을 바탕으로 불우한 인생 조우를 철리와 결합해 거침없이 묘사하였기에 호방파의 창시자답게 호방사의 신천지를 열 수 있었다. 소식의 호방한 사풍을 잘 보여주는 대표작을 감상해보자.

〈염노교念奴嬌 · 적벽회고赤壁懷古〉

장강은 동쪽으로 흘러흘러 모두 씻어가 버렸네,	大江東去，浪淘盡，
천고의 영웅호걸들을!	千古風流人物.
옛 누대의 서쪽이라고 사람들은 말하지	故壘西邊，人道是，
삼국시대 주유의 적벽이라고.	三國周郎赤壁.
뾰족한 돌, 흩어지는 구름, 놀란 파도, 찢어진 듯한 강언덕	亂石崩雲，驚濤裂岸，
천 겹의 흰 눈이 말아 올라가는 듯하네.	捲起千堆雪.
강산은 한 폭의 그림 같은데	江山如畫，
그 시절 영웅호걸은 얼마나 많았던가!	一時多少豪傑.
아득히 당시의 주유를 생각해보니,	遙想公瑾當年，
그때 막 소교에게 장가들어	小喬初嫁了，
멋진 모습 뽐내며 득의만면했지.	雄姿英發.
깃 달린 부채 들고 관건을 쓰고 웃으며 얘기하던 사이에	羽扇綸巾，談笑間，
강한 적은 재가 되어 연기 속으로 사라졌네.	强虜灰飛烟滅.
적벽을 거닐며 옛일을 회상하노라니	故國神游，
정이 많은 내가 참으로 우습구나,	多情應笑我，
이렇게 일찍 머리가 세다니.	早生華髮.
인생은 꿈과 같은 것	人間如夢，
술 한 잔 들어 강 속의 달님에게 부어주노라.	一樽還酹江月.

이 작품은 소식의 대표작으로 적벽대전 당시 영웅호걸들의 자취를 좇아 기리면서 동시에 인생의 무상함을 그려 사람들 입에 오르내린 명편이다. 그가 46세로 후베이성湖北省 황저우黃州에서 유배생활을 할 때인 1082년에 지은 이 작품은 송사의 완약한 정취와 다르게 적벽을 바라보며 지난 역사와 인생을 돌아보는 소식의 광대한 스케일이 드러난다. 건안 13년 오와 촉 연합군과 조조曹操155-220의 위 사이에 일어났던 적벽대전의 영웅들을 그 호방한 필치로 묘사했다. 그중 34세에 득의만만했던 주유周瑜175-210의 영웅적인 모습이 너무 멋지게 표현되어 있다. 주유처럼 혁혁한 공을 이루어보고 싶었지만 순탄치 않은 현실로 포부마저 펼쳐볼 수 없는

자신의 처지를 돌아보며 꿈처럼 허망한 인생무상을 노래했다.

제4기는 사율의 발전기로 음률상 격률미를 추구한 시기다. 소식은 사의 풍격은 높였지만 음률에 맞지 않아 사의 본래 성격에 어긋난다고 생각하는 작가들이 나오면서 서정적이고 음률에 맞는 사를 지어야 한다는 주장이 등장했다. 이들은 무엇보다 격률을 중요시하여 복잡한 음악적 규칙을 준수하고, 세련되고 우아하며 완약한 표현을 추구했다. 그래서 이들을 '격률사파'라 한다. 주방언과 이청조 등이 이 시기를 대표한다.

주방언은 자가 미성美成이고 호는 청진거사淸眞居士이다. 그는 황실의 음악기관인 대성부의 관리를 지내며 중국 사율詞律과 사악詞樂의 정리 발전에 큰 공헌을 했다. 그는 격률사파의 대가로 이전 시기의 사에 대한 풍부한 지식을 바탕으로 사의 격률을 정리하고 북송사를 집대성했다. 그는 음률에 부합하는 표준적인 사를 지어 후세에 사 창작의 모범으로 삼고자 했으나 지나치게 엄정한 격률로 사 내용이 다양하지 못하다는 평가를 받았다. 사집으로는 《청진사집淸眞詞集》이 있다.

▶ 이청조

이청조는 중국문학사에서 걸출한 여성 사인으로 인정받은 뛰어난 작가이다. 호는 이안거사易安居士이고 역성歷城[14] 사람이다. 이청조는 학자 집안에서 태어나 어려서부터 재능이 출중하여 '천하제일의 재녀才女'로 불렸다. 그녀는 18세에 명문가 집안의 아들인 조명성趙明誠과 결혼하여 문화적인 생활을 누렸으나 금나라가 침입하여 북송이 멸망한 후로는 강남을 전전하였다. 그 가운데 고종高宗 건염建炎 3년1129, 조명성이 후저우湖州에 부임하러 가는 도중 건강建康 지금의 난징南京에서 열병으로 죽었다. 남편의 죽음은 북송의 멸망과 함께 이청조의 생애에 커다란 전환점으로 작용한다. 그 후 그녀는 전란을 피해 이리저리 떠돌다가 50여 세에 장여주張汝舟와 재혼하지만 이혼하고 만다. 이청조는 장여주가 뇌물로 관직을 샀다고 고발했고, 남편을 고발했다는 죄명으로 옥살이까지 한다. 그 이후 무의무탁한 신세가 되어 고독하고 비참한 여생을 살았다.

14 지금의 산둥성山東省 지난시濟南市.

그녀의 사는 북송의 멸망을 기점으로 전후의 풍격과 내용이 달라진다. 전기의 사는 주로 사랑과 그리움을 노래하여 청신하고 발랄하다. 후기의 사는 전란으로 뿔뿔이 헤어진 감정과 남편에 대한 그리움, 외로움과 슬픔 등을 애상적이고 처절하기까지 한 정서로 표현했다. 그녀의 사 언어는 청려하고 일상 언어처럼 알기 쉬워 그만의 독특한 예술적 풍격을 이루었으므로 '이안체易安體'라 한다. 사집으로 《수옥사漱玉詞》가 있다.

먼저 남편에 대한 애정과 그리움이 가득한 전기의 사 〈일전매一剪梅〉를 감상해보자.

〈일전매一剪梅〉

연꽃 향기 스러지자 고운 대자리에 가을이 왔어요. 紅藕香殘玉簟秋.
비단 치마 살짝 들고 홀로 작은 배에 올랐네. 輕解羅裳, 獨上蘭舟.
구름 헤치고 누가 서신 전해줄까요? 雲中誰寄錦書來,
기러기 떼 돌아가고 나니 서루에는 달빛만 가득하네. 雁字回時, 月滿西樓.

꽃은 절로 흩날리고 물도 절로 흘러가는데 花自飄零水自流.
한 가지 그리움으로 두 곳에서 시름에 잠겨 있네요. 一種相思, 兩處閑愁.
그리운 이 마음 도저히 떨쳐 버릴 수 없어 此情無計可消除,
가까스로 눈썹에서 내려갔나 했더니 才下眉頭,
또 다시 마음 위로 올라오네요. 却上心頭.

이 사는 신혼시절 변경으로 유학 간 남편에 대한 그리움을 그린 내용이다. 떨쳐버리지 못하는 남편에 대한 그리움이 절묘하게 표현되어 있다. 노랫말이 연꽃처럼 곱고 그윽하다.

이렇게 그리워하는 남편이 죽고 홀로 된 자신과 마주하게 된 고통과 그리움을 노래한 후기의 사 〈성성만聲聲慢〉을 감상해보자.

〈성성만聲聲慢〉

찾으려 찾으려 해도 차갑고 차디차고	尋尋覓覓，冷冷清清，
쓸쓸하고 비참하고 슬퍼요.	凄凄慘慘戚戚.
잠시 따스했다 다시 추워지는 이때	乍暖還寒時候，
편히 쉬기 가장 어려워요.	最難將息.
두세 잔 약한 술로	三杯兩盞淡酒，
어찌 견딜까, 밤에 불어오는 세찬 바람을.	怎敵他曉來風急?
지나가는 기러기 내 마음 쓰라리니	雁過也，正傷心，
그래도 예전엔 서로 아는 사이였지요.	却是舊時相識.
땅에 가득 노란 꽃 쌓여 시들어 떨어지건만	滿地黃花堆積，憔悴損，
지금 그 누가 저 꽃을 따주겠어요?	如今有誰堪摘?
창가에 기대어 홀로 이 까만 밤을	守著窗兒獨自，
어떻게 보낼 수 있겠어요?	怎生得黑?
오동나무에 가랑비마저 내려	梧桐更兼細雨，
황혼 녘 되니 빗방울 뚝뚝 떨어지네.	到黃昏、點點滴滴.
이러한 상황을	這次第，
어찌 슬프다는 한마디로 표현할 수 있겠어요.	怎一個愁字了得!

이 사는 늦은 가을 사별한 남편에 대한 그리움과 고독하고 적막한 자신의 신세를 표현했다. 특히 처절한 슬픔과 고독한 심경을 노래한 첫 3구의 첩어 7개는 당시 문단을 크게 놀라게 했다. 자신의 심정을 형상적으로 묘사하면서 사의 음악적 특징을 극대화한 표현법으로 이청조의 음률에 대한 조예를 나타낸다.

(2) 남송의 사

남송의 사는 전기와 후기로 나누어 살펴볼 수 있다.

전기는 북송이 금나라에 멸망하여 비분강개의 격정과 애국심이 사로 표출되었던 시기다.

1126년 금나라가 송의 수도 변경을 함락하고 휘종徽宗과 흠종欽宗 두 황제를 인질로 잡아가자 휘종의 아홉째 아들 조구趙構가 임안臨安으로 피란 가서 즉위하여 고종이 되니 이때 남송이 시작된다. 나라를 오랑캐에게 빼앗겨 온 백성들은 전란 속에서 고통을 겪었고 문인들 역시 이런 비통함과 피란의 고난 속에 자신들의 비분과 격정을 사로 쏟아내었다. 이 시기에는 다시 소식의 호방한 풍격의 사풍이 부활하여 애국적인 충정과 나라를 잃은 비통함을 노래했다. 주돈유朱敦儒 1081-1159 · 신기질 · 육유 등이 이 시기를 대표한다.

주돈유는 자는 희진希眞이고 낙양 사람이며, 벼슬에 연연하지 않고 현실에 초연했으나 망한 나라와 떠나온 고향을 그리는 슬픔을 처절하게 표현했다. 사집으로는 《초가樵歌》가 있다. 육유도 우국의 열정을 노래한 작품을 많이 썼고, 사풍은 신기질과 비슷하다. 신기질은 남송시기 호방파의 제1인자로 일컬어져 소식과 더불어 사단의 거장으로 칭송된다. 자는 유안幼安, 호는 가헌稼軒으로 금나라에 함락된 산둥성 역성歷城 출신이다. 20대에 의병 활동에 투신하여 금나라 진영으로 쳐들어가 배신자 장안국張安國을 생포하여 조정에 바쳤다. 사람됨이 강직하고 끝까지 항전을 주장했으나 남송정국을 주도했던 강화파講和派와 의견이 맞지 않아 결국 여러 차례 탄핵을 받고 관직을 떠나 은거했다. 그는 애국사의 최고 작가로 잃었던 중원 땅을 회복하지 못하는 끓어오르는 분노를 사로 표출했다. 사집 《가헌장단구稼軒長短句》에는 사가 600여 수 실려 있는데 강렬한 애국주의 사상과 전투 정신이 기본 내용이다. 그중 〈파진자破陣子〉가 제일 유명하다.

▶ 신기질

〈파진자破陣子〉

술에 취해서도 등잔 심지 돋우고 검을 살펴보았고,	醉裏挑燈看劍,
군영에서 울려 퍼지는 나팔소리에 꿈에서 깨어났네.	夢回吹角連營.
소고기 나누어 병사들에게 구워 먹이고,	八百里分麾下炙,
오십 현 거문고로 군가를 연주하며,	五十弦翻塞外聲,
사막 전쟁터 가을 하늘 아래서 병사들을 점호했지.	沙場秋點兵.

군마는 적로마처럼 나는 듯 달리고,	馬作的盧飛快,
활은 번개처럼 튕겨 나가네.	弓如霹靂弦驚.
군왕의 대업을 완수하여	了卻君王天下事,
영원히 이름 날리려 했건만,	贏得生前身後名,
애석하게도 이미 백발이 성성하네.	可憐白發生.

이는 신기질이 마흔여덟 살이 되던 해 장시성江西省 아호鵝湖에서 당시 유명한 사 작가이며 주전파主戰派였던 진량陳亮 1143-1194[15]을 만나 그에게 자신의 마음을 전한 사이다. 전쟁터를 누비며 오랑캐와 싸우고 싶은 마음 간절하지만 중원회복의 뜻을 이루지 못하고 흰머리만 성성한 안타까움을 표현하였다. 전체적으로 호방하고 장엄한 기운이 거침없이 드러나 있다. 신기질은 평생토록 중원회복을 이루지 못하였다는 사실을 못내 아쉬워하다가 결국 임종에 이르러 '적을 죽여라'라는 외마디 비명을 지르고 죽었다고 한다.

후기는 남쪽으로 천도한 남송이 금나라와 화의를 이루어 소강상태를 유지하는 사이에 다시 음률과 형식을 중시하는 사가 유행하는 시기다. 1141년 남송이 금나라와 굴욕적인 화의를 맺자 남부지방 도시들은 다시 번영을 이루어 항주의 번영은 북송의 변경을 능가하게 된다. 이에 다시 사대부들은 나라 걱정을 잊고 연락宴樂에 빠지게 되어 사는 노래가사로 기능이 되살아나 음률과 형식을 중시하게 된다. 이들을 격률파格律派라 하는데, 이는 주방언의 사풍 부활을 뜻하기 때문이다. 그러나 그들은 음률과 형식에 스스로 얽매어 개성이나 창의는 발휘하지 못하는 폐단을 보여주게 된다. 강기姜夔 1155-1221, 사달조史達祖 1163-1220, 오문영吳文英 1200-1260 등이 있다.

송대에 극성을 이루었던 사는 원대와 명대에는 급속히 쇠퇴했지만 청대에 들어와서 다시 어느 정도 중흥을 이루게 된다.

---

15 자는 동보同甫로 남송시기 무주婺州 영강永康 출신의 호방파 사 작가이다. 신기질과 의기투합하여 항전을 주장했다.

③ 고문운동의 완성, 송대 산문

송대 구양수를 비롯한 육대가가 고문운동을 다시 전개하기 전에 만당晩唐의 온정균, 이상은, 단성식段成式 803?-863이 주도한 '삼십육체三十六體'TIP 변려문이 당대 고문이 쇠미한 틈을 타고 일어나 만당과 오대의 문단을 풍미하였고, 이는 북송 초 만당 이상은 등의 시체詩體를 본받고자 한 서곤체시西崑體詩의 유행과 상호 영향을 주며 크게 유행하였다.

TIP
삼십육체三十六體
중당 한유, 유종원이 주도한 고문운동이 일차 성공한 후 다시 위진남북조의 유미적인 변려문으로 돌아가게 되었는데, 그 중심에 이상은·온정균·단성식이 있었고 이들이 집안 형제 가운데에서 서열이 모두 16번째여서 세 명의 16번째란 뜻으로 그들이 창도한 문풍을 '삼십육체'라고 부르게 되었다.

송宋 초 구양수가 고문을 제창하기 전 송대 고문운동의 선구로는 먼저 유개柳開 948-1001, 왕우칭王禹偁 954-1001, 목수穆修 979-1032, 윤수尹洙 1001-1047, 석개石介 1005-1045 등이 고문을 창도하며 변려문과 서곤체 시에 맞서면서 이미 '문도합일文道合一'이란 고문의 이론을 갖추었지만 그들의 성취는 당대 고문운동의 선구자들이 그랬던 것처럼 여전히 이론적 측면에 치우쳐 창작실천이 받쳐주지 못하였기에 그 영향력이 제한적일 수밖에 없었다.

송대 고문운동의 이론적 기초는 구양수 이전에 당대와 송초 이미 확립되었다. 송대 고문이 결국 우수한 창작실천으로 당시 서곤체시와 함께 유행한 변려문과 또 이 같은 변려문에 대한 반발에서 출발한 '태학체太學體'[16]의 악습을 일소할 수 있었던 것은 구양수의 공로가 크다. 즉 구양수의 적극적 창도하에 증공曾鞏 1019-1083, 왕안석王安石 1021-1086, 소순, 소식, 소철과 같은 육대가가 잇달아 나오게 된 데 힘입은 바가 절대적이었다. 이는 당대 한유, 유종원柳宗元 773-819이 창도하고 많은 이가 함께 호응한 고문운동의 전개 양상과도 흡사하다.

16 북송시기 태학의 선비들이 괴이하고 난삽한 글을 숭상하며 유행한 문체로 서곤체나 변려문에 반발해서 생겨난 또 하나의 극단으로 문학적 성취는 낮다.

명明대 모곤茅坤1512-1601의 《당송팔대가문초唐宋八大家文鈔》[17]는 바로 당대의 한유, 유종원과 이상 송대宋代 육가六家의 글을 모아 편선하여 지금의 '당송팔대가'라는 명칭이 확정되었다. 또 우리는 이로써 당송대에 걸쳐 한유, 구양수 등이 주축이 되어 창도한 고문운동의 성취와 성황을 충분히 짐작할 수 있다.

(1) 육대가의 산문

당송팔대가 중 육대가가 송대 인물이고 그것도 모두 북송에서 나왔다는 점은 매우 주목할 만하다. 이는 그만큼 북송에 와서 당대 한유와 유종원이 창도한 고문운동을 훌륭하게 이어받아 큰 성취를 이루었다는 것을 뜻한다. 우선 송대 육대가 산문의 특징을 간단히 살펴보면 구양수는 창작실천에서 문文과 도道를 모두 중요하게 여겼지만 표면적 주장만으로 보면 도를 문보다 우선시하는 듯 보인다. 구양수는 간결하게 뜻을 전달할 수 있는 평이한 산문을 추구하였다. 예를 들어 그의 〈취옹정기醉翁亭記〉와 같은 문장은 평이하고 이해하기 쉬워서 역대 많은 사람의 사랑을 받아왔다. 구양수의 글은 기본적으로 한유의 고문을 본받았지만, 두 사람 문장의 풍격에는 차이가 있는데 일반적으로 한유의 글은 기세가 강한 양강陽剛한 맛이 있다면 구양수의 문장은 부드러운 음유陰柔한 맛이 있다고 평가받는다. 이와 같은 차이는 주로 구양수의 글은 한유에 비해 조사助詞와 허사虛詞를 많이 사용해서인데, 이는 송대 고문과 당대 고문의 일반적 차이이기도 하다. 구양수는 당시 문단의 수장으로 육대가 중 나머지 오대가는 모두 구양수와 인연이 있어서 그만큼 미친 영향도 크고 직접적이었다.

▶ 구양수

당송 고문에서 구양수의 성취는 무엇보다 당시 문단을 잘 이끌어 한유 등 전대 사람들의 성취와 주장을 잘 계승하여 그것을 자신의 창작실천에 응용함으로써 고

17 당송팔대가라는 명칭은 명대 모곤이 편찬한 《당송팔대가문초唐宋八大家文鈔》라는 책명에서 나왔지만 그보다 일찍 명초 주우(朱右 1314-1376)가 이미 8명의 작품을 실어서 《팔선생문집八先生文集》을 편찬하였는데 이것이 이 호칭의 연원이 아닌가 한다.

문이 나아가야 할 방향을 정하고 문단에서 자기 지위를 활용해 후진들을 잘 이끌었다는 데에 있다고 해야 한다.

다음으로 증공曾鞏1019-1083은 자가 자고子固이다. 그의 산문은 근본을 육경六經에 두었으나 아울러 사마천司馬遷기원전145?-기원전86?, 한유 등의 글을 많이 참작하였다. 증공의 문장은 전아典雅하면서 평이하고 내용이 충실한 것으로 유명하다. 서사는 간결하며 의론은 예리하고 전체 문장의 배치에 신경을 썼으며 목록의 서문을 쓰는 데 능했다. 구양수와는 사제지간이라고 할 수 있으며, 구양수의 음유陰柔한 문풍의 영향을 특히 많이 받았다. 주희와 같은 성리학자도 그의 글을 좋아하였으며 청대 동성파桐城派 고문가들의 추숭을 많이 받았다.

왕안석의 자는 개보介甫이며 호는 반산半山이다. 왕안석은 시문과 경학에도 밝아 빼어난 문인이고 학자이기도 하지만 송대 정치개혁을 이끈 정치가로 더욱 유명하다. 그의 문장은 간결하고 힘이 있으며 예리하고 사나운 기세가 글 전체에 넘쳐흐른다. 그래서 후세 사람들로부터 왕안석의 글은 정치가의 글이지 선비의 글이 아니라는 평을 듣기도 하였다. 또 그 때문에 송대 여조겸呂祖謙1137-1181[18]이 편찬한 《고문관건古文關鍵》에서 당송고문팔대가 중 유독 왕안석의 문장만 수록하지 않았다.

마지막으로 이른바 '삼소三蘇'인데, 이는 소식의 아버지 소순과 소식의 동생 소철을 함께 이르는 말이다. 송대 고문육대가 가운데 절반을 이들 부자가 차지하는데 보통 삼부자 가운데 소식이 문학적 성취나 명성이 가장 커서 '소식삼부자'라고도 한다.

▶ 소순

소순의 자는 명윤明允이며 소식과 소철의 아버지로 글은 한대漢代의 문장을 배우려고 하였으며 문풍은 강하고 기백이 있다. 책론문策論文을 잘 썼고 늦은 나이에 독학한 까닭에 송대 구양수를 제외한 5대가 중에서 구양수 글의 영향을 가장 적게 받았다.

18 남송의 성리학자 겸 문학가로 당시 주희, 장식張栻과 함께 '동남삼현東南三賢'이라고 불렸으며 저서로는 《동래집東萊集》, 《고문관건古文關鍵》 등이 있다. 주희와 함께 《근사록近思錄》을 저술하기도 하였다.

소식은 시詩, 사詞, 고문古文, 그림 등 다방면에 걸친 문학 예술적 재능이 탁월했고 그 외에 경학과 사학과 같은 학문에도 밝았으며 불교와 도가사상에도 정통하였다. 문장에 드러난 식견이 두드러졌고 의론문도 매우 빼어나서 호방豪放하면서도 청준淸俊한 풍격을 지녔다고 평가받는다. 그의 글은 힘차게 치닫는 듯한 기세와 변화무상한 것으로 유명하다. 아래에 그의 《동파문집東坡文集》에 실린 〈적벽부赤壁賦〉의 마지막 단락을 일례로 들어보자.

▶ 소식

나 소동파가 말했다. "그대도 저 물과 달을 압니까? 가는 것은 저와 같이 쉬지 않고 흐르지만 영영 흘러서 가버리는 것이 아니요. 차고 기우는 것은 저 달과 같지만 끝내 아주 없어지지도 더 늘어나지도 않는다오. 변한다는 관점에서 보면 천지간에 한순간이라도 변하지 않는 것이 없고, 변하지 않는다는 관점에서 보면 만물과 나는 모두 무궁한 것이니, 또 무엇을 부러워하겠소? 게다가 천지 사이의 모든 사물은 제각기 그 주인이 있으니 만약 나의 소유가 아니라면 털끝 하나라도 취하지 말아야 할 것입니다. 다만 강 위를 부는 맑은 바람과 산 사이에 뜨는 밝은 달은 귀로 들으면 소리가 되고, 눈으로 보면 색깔을 이루는데 이를 취하여도 막는 사람이 없고 아무리 써도 없어지지 않죠. 이는 조물주가 주신 무진장한 보배이며 나와 그대가 함께 즐길 바요." 객이 기뻐 웃고, 잔 씻어 다시 술 따르니, 고기 안주, 과일 안주가 모두 이미 바닥나고 술잔과 쟁반은 어지러이 흩어졌다. 서로를 베개 삼아 배 안에 누워 동녘이 이미 밝아오고 있는지도 몰랐다.

蘇子曰: "客亦知夫水與月乎? 逝者如斯而未嘗往也; 盈虛者如彼而卒莫消長也. 蓋將自其變者而觀之, 則天地曾不能以一瞬; 自其不變者而觀之, 則物與我皆不盡也. 而又何羨乎? 且夫天地之間, 物各有主, 苟非吾之所有, 雖一毫而莫取. 惟江上之淸風, 與山間之明月, 耳得之而爲聲; 目遇之而成色. 取之無禁, 用之不竭, 是造物者之無盡藏也. 而吾與子之所共適." 客喜而笑, 洗盞旣酌. 肴核旣盡, 杯盤狼藉. 相與枕藉乎舟中, 不知東方之旣白.

〈적벽부〉라는 명칭에서 알 수 있듯이 이 글은 당송의 산문과 부체賦體가 결합한 형태인 산문부의 명작이라고 할 수 있다.

▶ 소철

소철은 소식의 동생으로 자는 자유子由, 호는 영빈유로颍濱遺老이다. 소철의 문장은 의론이 평정하고 법도가 가지런하였으며 때때로 빼어난 기세를 드러내었다. 명성이 형 소식에는 미치지 못했지만 그의 문장은 당송팔대가의 일원으로서는 전혀 손색이 없을 정도로 훌륭하다.

송대 육대가 고문이 당시는 물론 후세에 미친 영향을 말해보면, 송초의 상황은 만당에서부터 오대五代를 거치며 변려문이 다시 문단의 주류로 부활하였다. 그리고 이는 서곤체西崑體와 같은 만당의 시풍을 본받으려 하던 시풍과 어우러져 변려문이 더욱 득세하였다. 이에 구양수가 문단의 맹주로 오대가五大家의 도움을 받아 고문이 대표 산문으로 지위를 확고하게 자리 잡도록 하였다. 그러자 고문이 송초에 크게 일어났던 변려문의 기세를 압도하여 그 여파는 명대 가정嘉靖[19] 연간 귀유광歸有光 1507-1571을 비롯한 '가정삼대가嘉靖三大家'라고도 불리는 당순지唐順之 1507-1560, 왕신중王愼中 1509-1559 등 당송파唐宋派 고문가에 직접 영향을 미쳤다. 그리고 청대에 이르러서도 방포方苞 1668-1749, 유대괴劉大櫆 1698-1779, 요내姚鼐 1732-1815를 대표 인물로 하고 청말까지 영향을 크게 미쳤던 산문 유파인 동성파桐城派 고문가에 이르기까지 심원한 영향을 미치게 되었다.

(2) 송대 성리학자와 산문

> **TIP**
>
> **성리학性理學**
>
> 중국에서는 '이학理學', '도학道學', '주자학朱子學' 혹은 '신유학新儒學'으로도 불리는데, 기존의 유학이 옛 성현을 본받으려 하는 학문이었다면 성리학은 성인이 되는 방법을 공부하는 학문이라고 할 수 있다. 북송대에 생겨나 남송 주희가 집대성하였다. 우리나라에서는 주로 '성리학'으로 부르기에 여기서는 편의상 성리학이라 지칭한다.

성리학性理學TIP은 송宋대에 이르러 크게 일어나 송·명대의 모든 학술이 그 영향권 아래에 있었다고 할 수 있다. 문학 역시 예외가 아니어서 성리학이 문학 전반에 미친 영향도 매우 컸다. 당시 지식인이면 누구나 과거시험을 통한 관료 진출을 도모하는 사회 배경하에서 유가 경전 공부는 그들에게 필수적이었

19 명明 세종世宗의 연호로 1522년에서 1566년까지 총 45년에 이른다.

다. 그래서 문학가 성향에 가까운 고문가들이나 학자 성향에 가까운 성리학자들은 각각 스스로 유가의 도통道統과 문통文統을 잇고 있다고 자임하며 서로 격렬한 논쟁을 벌이기도 하였다. 즉 고문가도 유가 성현의 사상에 밝아서 학자로서 소양을 충분히 갖추었고 성리학자들 가운데에서 소옹邵雍 1011-1077[20]이나 주희 같은 사람은 학자로서뿐 아니라 높은 문학적 조예와 성취를 거두었기에 서로 유가의 문文과 도道 방면에서 적통嫡統으로 지위를 양보하고 싶지 않았던 것이다. 이러한 성리학자들이 송대문학에 미친 영향은 간단히 아래와 같이 말할 수 있다.

▶ 주희

우선 문학이론적 측면을 보면, 처음 주돈이周敦頤 1017-1073가 '문이재도文以載道'를 주창하고 이어서 정호程顥 1032-1085, 정이程頤 1033-1107 등이 문장의 문학적 가치를 부정하여 글을 쓰는 행위가 '완물상지玩物喪志'[21]에 해당한다고 비판하였다. 그리고 이들은 모두 송대 고문육대가와 활동 시기가 겹친다. 그러나 남송 주희에 이르러서는 '문과 도는 하나로 합치해야 하며, 문은 도에서 나온다'라고 주창하여 성리학자들의 '중도경문重道輕文'[22] 이론이 날로 더욱 심화되어 극단에 이르게 되었다.

다음으로 창작 실천적 측면을 보면, 한유, 구양수 등 고문가는 비록 글을 쓸 때는 반드시 경전에 바탕을 두어야 한다고 하였지만, 문학적 기교 자체를 배척하지는 않았다. 하지만 성리학자의 주장은 문학적 기교를 거의 부정하고 '도道' 자체만 추구하는 경향이 있었다. 이렇게 성리학자는 오로지 도道에만 전력을 기울여 글의 정교함과 거침, 전아함과 통속적임 같은 것을 크게 중요하게 생각하지 않았다. 다음 《주자어류朱子語類》 제139권의 한 단락을 일례를 들어보자.

"그래서 문인들의 잘못을 말하다가 말씀하시기를 "요즘 의리義理를 아는 사

20 소옹의 시는 그의 《이천격양집伊川擊壤集》에 3천여 수가 실려 있어서 그가 시인으로서도 전혀 손색이 없음을 알 수 있다.

21 어떤 것에 탐닉하다 보면 마땅히 가져야 할 원대한 뜻을 잃어버리게 된다는 뜻으로, 송대 성리학자는 이 말로 선비가 문학에 탐닉하여 성현의 학문을 게을리하는 것을 경계하였다.

22 간단히 말해 도道를 중요하게 생각하고 문文을 가벼이 본다는 말로 글의 외적 수식이나 수사보다 담고 있는 내용을 중요하게 생각한다는 뜻이다.

람은 잠시 물욕의 자극을 받게 되어도 스스로 강해졌다가 약해졌다가 이겨내기도 하고 지기도 하게 되는데, 문인들의 경우는 결국 다가가지도 못한다. 그런데 구양수 같은 경우 처음에 〈본론本論〉을 쓰면서 그의 설은 이미 대체로 졸렬하였지만 여전히 좋은 글로 시작과 맺음이 있다."[23]

위와 같이 주희의 어록을 담은 《주자어류朱子語類》 같은 경우 심지어 구어체로 글을 쓰는 것도 피하지 않았다. 이는 그들이 글을 꾸미는 문식文飾보다 내용을 우선시하였다는 방증이라고 할 수 있다. 비록 성리학자인 주희의 글은 깨끗하면서 전아하고, 섭적葉適 1150-1223의 글은 호방하면서도 여유롭고, 진량陳亮 1143-1194은 글재주가 막힘이 없어서 이 세 성리학자의 산문은 모두 훌륭하지만 그래도 북송의 고문가들에게는 미치지 못한다. 이는 이러한 창작실천 이전에 그들의 주장이 지나치게 '중도경문重道輕文'에 치우친 결과이기도 하다.

다음으로 이러한 성리학자들 산문의 영향을 말하면, 북송北宋의 성리학자들은 산문에서 '문도합일文道合一', '문이재도文以載道'라는 문학관을 확립하여 어느 정도 영향력이 있었다. 특히 당시 문인들의 시문이 지나치게 형식적인 아름다움을 추구하는 것을 막았다는 면에서는 긍정적 역할도 있었다. 그러나 주돈이, 정이, 정호의 시대는 대략 북송의 고문 육대가가 활약하던 시기에 해당해서 북송 고문가의 산문은 그래도 성리학자들의 주장에 눌리지 않고 여전히 우위를 점할 수 있었다. 그러나 남송에 이르러 주희 등의 활약에 힘입어 성리학의 세력이 커지자 고문의 위세는 다시 쇠퇴하는 조짐을 보였다. 남송의 과거 시험장에서 한때 유행하던 '건순체乾淳體'[24]는 이런 복잡한 문단 상황 아래 성리학의 영향을 받아 생겨난 문체였다.

이상의 내용을 다시 정리하면, 북송 초기의 산문은 만당의 시체詩體를 본받던 서

23 因言文士之失，曰："今曉得義理底人，少間被物慾激搏，猶自一强一弱，一勝一負. 如文章之士，下梢頭都靠不得. 且如歐陽公初間做本論，其說已自大段拙了，然猶是一片好文章，有頭尾."

24 남송 효종孝宗의 건도乾道 · 순희淳熙 연간에 과거의 논책論策에서 풍격이 순후淳厚하고 아정雅正한 문풍이 유행하여 주밀周密의 《계신잡식癸辛雜識》과 마단림馬端臨의 《문헌통고文獻通考》에서 '건순체乾淳體'라고 하였다.

곤체시西崑體詩와 함께 만당·오대의 변려문이 다시 고개를 들었다가 송초 목수, 석개, 윤수와 같은 몇몇 사람의 노력도 있었으나 쇠미한 국면을 바꾸지는 못했다. 그러나 구양수가 문단을 이끌면서 증공, 왕안석, 삼소소순, 소식, 소철와 함께 당대 한유가 들었던 고문의 기치를 들고 나서야 문단의 폐단을 일소하고 고문이 산문의 주류로 자리매김하게 되었다. 송대 고문운동에서 특히 주목할 만한 점은 위와 같은 육대가가 활약하던 시기에 주돈이, 정이, 정호와 같은 성리학자들은 육대가와 같은 문인이 창도한 문도관文道觀이 그들 성리학자만큼 철저하지 못한 것이 불만이었다. 이들은 각 고문가에 대해 정도 차이는 있지만 대체로 당송 각 시기의 수장首長에 해당하는 한유와 구양수 그리고 문학적 성취가 높았던 소식 등에게 신랄한 비판을 집중하였다. 특히 남송의 주희는 산문 창작에서 이론과 실천을 겸한 채 비판하였기에 그 파급력도 컸지만 결국 송대 고문의 위세를 완전히 꺾지는 못했다. 그래서 이러한 당송고문의 성취는 당송시기뿐 아니라, 명대의 당송파唐宋派, 청대의 동성파桐城派 등이 표방하는 대상이 되어 줄곧 중국 산문의 주류로 자리매김하였다.

✣ 작품 감상 ✣

❶ 〈서림사의 벽에 쓴 시제서림벽題西林壁〉

소식蘇軾

橫看成嶺側成峯,
遠近高低各不同.
不識廬山眞面目,
只緣身在此山中.

해설 소식은 호를 동파거사東坡居士라 하여, 소동파蘇東坡라고도 부른다. 일찍이 도연명, 이백이 노래했던 여산廬山을 유람하면서 지은 칠언절구七言絶句 시이다. 시의 제목에 나오는 서림사西林寺는 동진東晉 시대에 세워졌으며 여산의 북서쪽 기슭에 위치한다. 멀리서 볼 때와 가까이서 볼 때 혹은 높은 데서 볼 때와 낮은 데서 볼 때 그 모습이 모두 제각각인 여산을 빗대어 도道나 진리의 참모습은 온전하게 파악하기가 어렵다는 것을 말하고 있다. 송대에 크게 유행한 설리說理적 혹은 철학적인 내용을 피력하는 시가 창작의 한 전형을 보여주고 있다.

해석 가로로 보면 산줄기, 옆으로 보면 봉우리,
멀리서 가까이서 높은 데서 낮은 데서 보는 곳에 따라서 각기 다른 그 모습.
여산廬山의 진면목을 알 수 없는 건
이 몸이 이 산속에 있는 탓이리.

❷ 〈취옹정기醉翁亭記〉

구양수歐陽修

環滁皆山也. 其西南諸峰，林壑尤美，望之蔚然而深秀者，瑯耶也，山行六七里，漸聞水聲潺潺，而瀉出於兩峰之間者，釀泉也，峰回路轉，有亭翼然，臨於泉上者，醉翁亭也. 作亭者誰? 山之僧智僊也. 名之者誰? 太守自謂也. 太守與客來飮於此，飮少輒醉，而年又最高，故自號曰‘醉翁’也. 醉翁之意不在酒，在乎山水之間也. 山水之樂，得之心而寓之酒也.

若夫日出而林霏開，雲歸而巖穴暝，晦明變化者，山間之朝暮也; 野芳發而幽香，佳木秀而繁陰，風霜高潔，水落而石出者，山間之四時也. 朝而往，暮而歸，四時之景不同，而樂亦無窮也.

至於負者歌於塗，行者休於樹，前者呼，後者應，傴僂提攜，往來而不絶者，滁人遊也. 臨谿而漁，谿深而魚肥，釀泉爲酒，泉冽而酒香. 山肴野蔌，雜然而前陳者，太守宴也. 宴酣之樂，非絲非竹. 射者中，奕者勝，觥籌交錯，起坐而諠譁者，衆賓歡也，蒼顔白髮，頹然乎其間者，太守醉也.

已而夕陽在山，人影散亂，太守歸而賓客從也. 樹林陰翳，鳴聲上下，遊人去而禽鳥樂也. 然而禽鳥知山林之樂，而不知人之樂. 人知從太守遊而樂，而不知太守之樂其樂也. 醉能同其樂，醒能述以文者，太守也，太守謂誰? 盧陵歐陽修也.

《歐陽文忠集》

해설 저자 구양수歐陽修는 북송北宋 여릉廬陵 사람으로 자는 영숙永叔이며, 만년에 호를 ‘육일거사六一居士’라 하였다. 그는 정치, 학술, 시문 등 여러 분야에서 모두 큰 업적을 이루었다. 특히 시문詩文 분야에서 당시 문단文壇의 수장으로 자신을 포함한 왕안석王安石, 소식蘇軾, 소철蘇轍, 증공曾鞏, 소순蘇洵 등과 함께 당송 고문팔대가 중 송대의 육대가六大家를 이루며 송대 문체혁신에 절대적인 성취를 이루었다.

이 글은 저자가 저주滁州로 좌천당했을 때 쓴 잡기류의 문장이다. 저자는 스스로 취옹醉翁이라 부르며 자연 속에서 우울한 심경을 달래려 하였는데 〈취옹정기醉翁亭記〉는 이 시기의 대표적인 작품이며 동시에 그의 대표작이기도 하다.

해석 저주滁州를 둘러싸고 있는 것은 모두 산이다. 저주 서남쪽의 여러 산봉우리는 숲과 골짜기가 더욱 아름다운데, 그곳을 바라볼 때 초목이 우거지고 깊고 높게 솟은 산이 바로 낭야산이다. 산으로 6, 7리쯤 들어가면 차츰 물소리 졸졸 흐르는 게 들리는데 산의 양쪽 봉우리에서 흘러나오는 소리로, 이것이 양천釀泉이라는 샘물이다. 산봉우리를 돌아 산길을 오르면 정자가 우뚝하게 새 날개를 펼친 듯이 양천가에 서 있는 것이 바로 취옹정醉翁亭이다.

이 정자를 세운 이가 누구인가? 이 산에 사는 승려 지선智仙이다. 이름을 지은 이는 누구인가? 태수가 직접 지은 것이다. 태수는 여러 손님과 더불어 이곳에 술 마시러 오곤 하는데 조금만 마셔도 금방 취하고, 또 손님 중에 나이가 가장 많아서, 스스로 호를 '취옹醉翁'이라 한 것이다. 그러나 취옹의 뜻은 술 자체에 있지 않고, 산수의 즐거움에 있다. 산수의 즐거움은 마음으로 얻어지는 것이지만 술을 빌리는 것이다. 아침 해가 돋으면 숲속의 안개가 걷히고, 구름이 돌아오면 바위 동굴이 컴컴해지는데, 어두웠다 밝았다 변화하는 것은 산속의 아침과 저녁이다. 들에 꽃이 아름답게 피어 그윽한 향기를 뿜어내고, 아름다운 나무들이 높이 뻗어 무성한 그늘을 이루며, 바람은 높고 서리는 하얗게 내리며, 시냇물이 말라서 바닥의 돌이 드러나게 하는 것이 산속 사계절의 변화이다. 아침이면 갔다가 저녁이면 돌아오는데, 사계절의 경치가 모두 다르니 즐거움 또한 그지없다.

짐을 진 사람은 길에서 노래 부르고, 길 가던 사람은 나무 아래서 쉬며, 앞서가던 사람이 소리쳐 부르면 뒤에 가는 자가 화답하고, 서로 몸을 굽혀 손을 잡고 끌어주며 산을 오르내리는 행렬이 끊이지 않는 것은 저주 사람이 노니는 것이다. 시냇가에서는 물고기를 잡는데 물은 깊고 고기는 살이 쪘고, 양천의 물로 술을 담그니, 샘물이 맑고 차서 술이 향기롭다. 산나물 안주에 푸성귀 곁들여 어지러이 앞에 벌여 놓은 것은 바로 태수가 베푸는 연회이다. 연회에서의 즐거움은 현악기와 관악기를 통해서가 아니다. 활쏘기하는 사람은 과녁을 맞히고 바둑 두는 자들은 이기고, 큰 쇠뿔 벌주 잔과 벌주 잔을 세는 산가지가 어지럽게 뒤섞이고, 일어섰다 앉았다 왁자지껄 떠드는 것은 뭇 손님들이 즐거워하는 것이다. 검푸른 얼굴에 백발 늙은이 하나가 그 가운데 쓰러져 있는 것은 태수가 취한 것이다.

이윽고 저녁 해가 산에 걸리고, 사람들의 그림자도 하나둘 어지러이 흩어지는데, 이는 태수를 따라 손님들이 돌아가는 것이다. 숲에 저녁 그림자 드리워지고, 새들의 울음소리 여기저기서 들려오는 것은 이제 사람들이 가니 새들이 즐거워하는 것이다. 그러나 새들은 산림에서 노는 즐거움은 알아도 사람들의 즐거움은 모른다. 또 다른 사람들도 모두 태수를 따라 놀고 즐거워할 줄은 알아도, 태수가 자신 스스로 즐거워하는 바를 즐긴다는 것은 알지 못한다. 술에 취해서는 그들과 즐거움을 같이할 수 있고, 술에서 깨어서는 문장으로 그것을 쓸 수 있는 것이 태수이다. 태수는 누구인가? 바로 여릉廬陵의 구양수이다.

MEMO

Chapter 07

애환 속의 새로움, 현대문학

1

문인의 애환, 산곡

2

민중의 애환, 원잡극

원나라는 몽골 왕조가 금을 멸망시키고 북중국을 통일한 1234년부터 주원장에게 멸망하는 1368년까지 134년간 중국을 지배한 정복왕조[01]이다.

▶ 칭기즈칸 테무진

몽골어로 '최고의 쇠로 만든 인간'이라는 뜻의 테무진鐵木眞 1162-1227이 몽골 부족들을 통합하고 1206년 칭기즈칸汗이 되어 대몽골제국을 창건했다. 이후 칭기즈칸은 천호千戶, 백호百戶, 십호十戶의 십진제 군사조직으로 막강한 군사력을 키워 금나라와 서하를 정복하고, 유라시아 대륙에 이르는 대유목제국을 건설했다.

끊임없이 정복 전쟁을 수행하던 칭기즈칸이 1227년 병사하고, 그의 아들 오고타이窩濶台 1185-1241가 칸이 되어 아버지의 유업을 이어 1234년 금을 멸망시키고 북 중국을 차지했다. 오고타이가 죽은 후 치열한 후계자 싸움에서 승리한 쿠빌라이忽必烈 1215-1294가 1260년 칸에 즉위했는데, 그가 바로 원 세조世祖이다. 그는 《역경》의 '대재건원大哉乾元'을 따서 대원大元으로 나라 이름을 정하고 수도를 지금의 베이징인 연경燕京으로 옮겨 대도大都라 칭하였다. 이때부터 원나라는 유목적인 정치이념에서 벗어나 중국을 아우르는 새로운 유형의 통치체제를 구성하였다.

세조는 1260년부터 1294년까지 35년간 재위하면서 1279년 남송을 멸망시키고 중국 역사상 북방민족이 최초로 중국 전체를 지배하는 정복왕조를 세웠다. 과거제도를 폐지하고 고급관료는 세습제, 추천제 등으로 문벌 중심으로 선발했다. 또한 행정기구인 중서성中書省, 최고 군사기구인 추밀원樞密院, 감찰기구로는 어사대御使臺를 설치하여 중앙집권적인 황제지배체제로 변화시켰다. 아울러 정복민을 통치하기 위해 철저한 민족차별정책을 시행했다. 제1계층은 몽골인, 제2계층은 서역인색목인色目人, 제3계층은 화북민[02]인 한인漢人으로 약간 우대하였고, 제4계층은 끝까지 저항한 남송의 강남인으로 남인南人이라 칭하며 천대하였다.

---

01 Conquest Dynasties라고 하는 이 용어는 미국에서 활동하던 독일 출신의 동양학자인 비트포겔K. Wittfogel이 사용한 것으로 중화제국 역사상 전형적인 중국왕조 외에 이들과 항쟁하면서 때로는 이들을 정복하고 지배한 요, 금, 원, 청 등 유목민족이 건립한 여러 왕조를 말한다.

02 금나라 치하에 있던 거란인, 여진인, 한인, 고려인 등 화북지역 사람들을 말한다.

세조는 이처럼 중국을 실질적으로 강력하게 통치했을 뿐만 아니라 세력을 넓혀서 동아시아 전역의 대제국을 건설했다. 아시아 전역에는 '몽골족 지배하의 평화'가 찾아와 동서 문물이 자유롭게 교류하게 되어 국제교류의 폭이 확대되었다. 이 시기에 중국을 방문해 쿠빌라이칸 밑에서 벼슬을 했던 이탈리아 사람 마르코 폴로Marco Polo 1254-1324가 쓴 《동방견문록東方見聞錄》TIP에 당시 상황이 잘 나타나 있다.

그러나 쿠빌라이칸 이후 원나라는 제위 계승을 둘러싼 내부 분쟁에 시달려 무종武宗 이후 26년 동안 무려 8명의 황제가 교체될 정도였다. 여기에 역대 황제가 티베트 불교인 라마교를 신봉해 사원과 불탑을 건설하고 법회를 개최하는 데 막대한 국고를 소모해 재정이 악화되었다. 이를 타개하고자 지폐를 남발했지만 오히려 물가만 높아졌다. 게다가 관료들의 독직과 가렴주구苛斂誅求 그리고 라마승의 지나친 횡포까지 더해져 몽골 사회에 혼란을 가져다주었다. 이 모두가 원말에 대규모 농민반란이 발생한 원인이 되었다. 이러한 농민반란의 정신적 지주는 백련교白蓮敎였는데, 이들은 홍건紅巾을 머리에 둘렀다고 해서 홍건군이라 이름 붙여졌다. 1351년 백련교도의 홍건군 거병 이후 반란은 규모가 커지고 조직화되어 원나라를 멸망으로 이끌었다. 1368년 원나라는 수도 대도大都를 명나라 군대에 빼앗겨 마지막 황제 혜종惠宗이 몽골 본토로 쫓겨나면서 원나라의 중국 지배는 끝났다.

TIP

《동방견문록東方見聞錄》

이탈리아 베네치아의 상인 마르코 폴로가 1271년부터 1295년까지 전 세계를 여행하면서 체험한 일을 루스티첼로가 기록한 여행기로 원제는 《세계의 기술》이다. 이 기록에 따르면 1274년 마르코 폴로가 원나라를 방문하고 쿠빌라이 칸의 명으로 관직을 받아 17년 동안 벼슬을 하며 중국 각지를 여행했다고 한다.

중국의 역사에서 보면 원나라가 실질적으로 중국 전역을 통치한 기간은 그리 길지 않지만 중국문학 발전에서 원대는 아주 중요한 의미가 있는 시대라 할 수 있다. 원대 문학은 이민족인 몽골족의 통치로 정치 · 사회적 큰 변화 속에서 새로운 문학 환경이 조성되어 이전 시대의 문학과는 다른 양상을 보였다. 기존 사대부 중심의 정통문학인 시문이 쇠퇴하고 종전에 문학예술로 가치를 인정받지 못했던 민간문학이 크게 각광을 받았다. 그중 민간문학의 꽃이라 할 수 있는 연극인 잡극雜劇이 공전의 발전을 이루었다.

한족 지식인들이 최하층으로 몰락했고 과거제도마저 폐지되어 출사가 막히자 더는 전통적인 시문에 대한 관심이 적어져 정통문학은 지배자들을 따르는 일부 한족 지식인들에 의해 명맥이 유지되었다. 요수姚燧1238-1313, 유인劉因1249-1293, 오징吳澄1249-1333, 조맹부趙孟頫1254-1322, 우집虞集1272-1348, 범형范梈1272-1330 등이 대표적인 예이다.

그러나 무엇보다 원대 문학의 성취는 원대에 새롭게 등장한 산곡散曲과 잡극을 아우르는 곡曲이라는 문학이다. 산곡이 곡에 맞추어 노래하는 시가라면 잡극은 산곡 형식 중 여러 곡이 조합된 노래에 동작과 대사를 더한 형식의 연극이다. 음악적 측면에서 산곡과 잡극은 같은 것이기 때문에 이들을 통틀어 원곡元曲이라 하며, 원대 문학을 대표한다. 산곡은 몽골 지배하에서 뜻을 잃은 문인들의 애환을 노래했고, 잡극은 이민족의 통치로 고통받는 민중들의 고단한 삶과 사회문제 등을 무대에 올렸다. 원대 잡극은 원대 문학의 성취를 대표하는 양식으로 꼽힌다.

1 문인의 애환, 산곡

산곡은 송사처럼 장단구로 이루어진 노래이지만 송사와는 또 다른 형식의 노래로 원대에 발달한 새로운 형식의 시가이다. 당시 몽골의 지배 아래 뜻을 잃은 지식인들은 산곡으로 애환을 풀어냈다.

산곡은 장단구로 이루어진 노래가사로 새로운 형식의 시가이다. 산곡이라는 명칭은 원래 원잡극의 극곡劇曲과 구분하려는 것으로, 잡극은 노래와 대사 그리고 동작으로 무대에서 공연하는 것이지만 산곡은 대사와 동작이 없으며 무대에서 공연하는 것이 아니고 단지 노래만 하는 것이기 때문에 붙여진 이름이다. 이로써 청곡淸曲이라고도 한다. 산곡은 북방에서 기원하여 북곡北曲이라 칭했고, 송사와 밀접한 관계가 있어 사여詞餘라고도 불렀다.

산곡은 사의 쇠퇴와 더불어 일어났다고 할 수 있다. 민간의 노래가요로 시작된 사가 문인들에 의해 날로 음률이 정교해지고 수사기교도 우아해지면서 일반 민중이 자유롭게 부를 수 없는 노래가 되자 민간에서는 새로운 노래가 필요하게 되었다. 게다가 송나라가 멸망하고 북방민족인 여진족과 몽골족이 중원을 차지하면서 그들의 음악인 호악胡樂이 유입되었고, 그 리듬과 박자에 맞출 수 있는 새로운 노래 형식이 필요했다. 이러한 필요성에 따라 새로운 음악에 맞는 새로운 노래 형식인 산곡이 점차 민간에서 형성되어 유행했고, 이후에는 문인들이 전문적으로 창작하게 된 것이다.

산곡은 사와 장단구라는 유사성이 있지만 사와는 또 다른 형태의 시가로 자신만의 독특한 체제를 가지고 있다. 산곡에는 소령小令과 투곡套曲 두 가지 주요 형식이 있다. 소령은 하나의 곡曲이며, 투곡은 투수套數, 산투散套라고도 하며 소령의 곡들 몇 개를 연결한 조곡組曲 형식이다. 투곡은 동일한 궁조에 속하는 곡으로 연결해야 하고, 처음부터 끝까지 같은 운을 사용해야 하며, 각 투곡의 마지막에는 곡의 끝남을 알리는 미성尾聲을 붙여야 하는 등 정해진 조건을 갖추어야 한다.

또한 산곡은 사보다 여러 면에서 훨씬 자유로운 특색을 지니고 있다. 형식에서 모두 자유로운 장단구이지만 산곡은 구절마다 정해진 자수 외에 많은 친자襯字를 삽입하여 훨씬 변화가 심하고 자유롭다. 운의 사용에서도 사는 평측을 따져 하나의 운만 사용하지만 산곡은 입성入聲이 소실되고 평상거 3성을 함께 사용할 수 있어서 운의 사용이 매우 자연스럽다. 풍격에서 사는 전아하지만 산곡은 매우 통속적이고 대중적이다. 제재에서도 산곡은 사보다 훨씬 다양하여 표현범위가 넓다.

산곡은 이처럼 사와는 다른 형식의 노래가사로 원대를 풍미한 대표문학이다. 원대의 산곡작가는 200여 명이고 현존하는 작품은 4,300여 수이다. 그중 소령은 3,800수고 투수는 400여 수이다.

원대 산곡은 원 세조가 남송을 멸망시키고 중국을 통일한 1279년을 경계로 크게 전기와 후기로 나뉜다.

(1) 전기 산곡

전기는 오고타이 칸이 1234년 금을 멸망시키고 북중국을 차지한 후부터 원 세조가 남송을 멸망시키고 통일한 1279년까지를 말한다. 이 시기 산곡은 대체로 소박하고 질박하며 자연스러운 백화白話적 표현으로 생동감이 넘친다. 이 시기에는 산곡 작가가 아직 전문화되지 않아서 주로 잡극 작가가 대부분을 차지했다. 관한경關

漢卿 1234?-1300?, 마치원馬致遠 1250?-1321/24, 백박白樸 1226-1306? 등이 대표적이다.

관한경은 원대의 저명한 산곡가이자 잡극작가이다. 그의 생애에 대해서는 구체적인 기록이 없어 대략 금대 말에 태어나 원 대덕 연간1265-1307 즈음에 사망한 것으로 추정한다. 그의 호는 이재수已齋叟, 자는 한경漢卿으로 대도에서 태어났다. 관한경의 산곡으로는 투수 10여 곡과 소령 40여 곡이 전한다. 관한경은 '곡의 성인曲家聖人'이라 불리며 대표적인 산곡 작품으로는 〈사괴옥四塊玉 · 이별의 정別情〉을 꼽는다.

〈사괴옥四塊玉 · 이별의 정別情〉

임 떠난 뒤에도 마음은 버리기 어려우니,	自送別, 心難舍,
한 줄기 그리움 언제나 끊기려나?	一點相思幾時絶.
난간에 기대니 소매 날리고 버들개지 눈처럼 날리네.	㱝欄袖拂楊花雪.
시냇물은 또 가로놓이고 산은 또 가리고 있으니	溪又斜, 山又遮,
임은 가버렸네.	人去也.

이 작품은 소령으로 이별의 정을 묘사했다. 이별 후 떨쳐버리기 어려운 그리움을 풍경을 빌려 나타내고 있다. 노래가사는 평이하나 마음의 평정을 찾지 못하는 마음을 잘 표현하고 있다.

마치원 역시 저명한 산곡 작가이자 극작가이다. 호는 동리東籬이고, 대도 사람이다. 그는 젊어서는 장쑤성과 저장성의 무관을 지냈고, 만년에는 정치에 불만을 가져 전원에 은거하며 지냈다고 한다. 산곡집에는 《동리악부東籬樂府》가 있으며 소령 〈천정사天淨沙 · 가을 애상秋思〉은 인구에 널리 회자되어 '추사지조秋思之祖'로 칭송된다.

〈천정사天淨沙 · 가을 애상秋思〉

마른 등나무 오래된 고목엔 황혼녘 까마귀가 깃들여 있고,	枯藤老樹昏鴉,
징검다리 흐르는 물가에 인가가 있네.	小橋流水人家.
한적한 옛길 서풍 속 여윈 말 한 마리	古道西風瘦馬,
저녁 해는 서산 너머로 지고,	夕陽西下,
애달픈 나그네 하늘가를 떠도네.	斷腸人在天涯.

이 작품은 5구의 짧은 소령으로 정처 없이 떠도는 나그네의 형상을 갖가지 가을 풍경과 사물을 빌려 묘사하였다. 직접 가을이라는 단어를 사용하지 않고 마른 등나무, 오래된 고목, 황혼녘 까마귀 등을 인용해 묘사한 정경이 마치 한 폭의 절묘한 가을 경치 같다. 고향을 떠나 어느 하늘 아래 떠돌아다니는 나그네의 심정을 '단장斷腸'에 비유한 표현이 돋보인다.

(2) 후기 산곡

후기는 원 세조가 남송을 멸망시키고 통일한 1280년부터 명나라 건국 전인 1367년까지를 말한다. 이 시기의 산곡은 남송의 수도였던 항저우를 중심으로 발전하였다. 후기 산곡은 시와 사의 영향을 받아 전아하고 미려한 풍격을 지녔고, 언어는 조탁을 추구하고 대우와 성률을 중시하여 형식화되었으며 내용 면에도 현실에서 벗어난 서정 위주의 작품이 많다. 이 시기에는 전문적인 산곡 작가들이 등장하여 전문화되는 경향을 보였는데, 대표적인 작가에는 교길喬吉1280-1345과 장가구張可久1270?-?가 있다. 교길과 장가구는 '곡 중의 이백과 두보'라고 칭송되었다.

원대 산곡은 원이 멸망한 이후에도 명 · 청시기에 지속적으로 번영하여 작가와 작품이 많이 나왔다. 그러나 명 · 청시대의 산곡은 내용과 형식 측면에서 나름대로 특색을 갖추었지만 대부분 작품이 원대 산곡을 모방했고 지나친 수사와 조탁으로 결국 생명력을 잃었다.

2 민중의 애환, 원잡극

원잡극은 선진부터 이어진 중국의 연극적 전통이 원대에 북방의 음악과 결합한 것으로, 이 단계에 이르러 비로소 완전한 연극형식으로 완성되었다. 이처럼 북방 음악이 중심인 원잡극을 북곡北曲 혹은 북곡잡극, 북잡극이라 한다.

13세기 전반에 몽골이 금을 멸망시킨1234 후 송 잡극과 금 원본院本[03]을 기초로 하고 송금 이래의 강창, 무용, 음악 등의 예술을 융합하여 형성된 원잡극은 중국식 오페라라고 할 수 있다. 원잡극은 처음에는 원 왕조의 수도인 대도를 중심으로 북방에서 유행하다가 13세기 후반 원이 남송을 멸망시킨 후에는 점차 남방에 전해져 전국적인 연극으로 발전했다. 더욱이 당시 몽골족 지배하에서 중국인의 애환을 노래한 관한경 등 걸출한 작자들의 등장으로 원잡극은 예술적 성취 역시 매우 높아 이 시대를 대표하는 문학이 되었다.

원대에 잡극이 이렇게 흥성하게 된 배경으로는 먼저 원대 경제의 발전으로 대도시가 번성하고 이로써 도시에 대중을 위한 오락이 필요했던 점을 들 수 있다. 당시 수도 대도는 몽골제국의 정치적 중심지이며 경제의 중심지로 매우 번성하였고, 이런 대도시에는 대량의 오락이 필요하였다. 이때 새롭게 등장한 잡극은 오락문화 중 가장 인기를 끌어 관중의 수요에 부응하였고 이로써 많은 작품이 창작되었다. 더욱이 이 시기에는 과거제도 폐지로 경전 연구에 몰두했던 선비들이 여러 가지 이유로 본격적으로 극본 창작에 눈을 돌렸다. 그들은 작품 창작을 전문적으로 하는 서회書會[TIP]라는 조직에 참여해 많은 작품을 창작하여 잡극 창작의 황금시대를 열었다. 그들은 잡극에서 이민족 사회의 암흑을 반영하고 비판하였으며 봉건 예교의 굴레를 벗어나 자유로운 사랑을

TIP

서회書會

공연예술에 필요한 대본을 창작하고 공연에 종사하는 전문예인들로 조직된 단체이다. 원대 관한경은 옥경玉京서회에, 마치원은 원정元貞서회에 소속되어 이곳에서 작품을 창작했다. 원대에는 지식인들이 대부분 평범한 백성들과 마찬가지로 벼슬 없이 사는 경우가 많았고, 이들 지식인 가운데 일부는 민간 예술인들과 결합하여 서회를 조직하는 등 민간예술로 자신들의 재능을 표출했다.

03 금원시대 기루妓樓인 항원行院의 연극에서 사용한 각본을 말한다. 체제는 송 잡극과 비슷하며, 송 잡극이 원잡극으로 넘어가는 과도기의 형식으로 5명이 공연한다. 작품은 모두 이미 소실되었고, 원대 도종의陶宗儀의 《철경록輟耕錄》에 그 목록만 700여 종 실려 있다.

찬미하고, 역사고사 등으로 망국의 한을 토로했다. 이런 현실적인 내용은 민중에게 희열과 즐거움을 선사하였기에 잡극이 원대를 풍미했던 것이다.

원잡극은 연극이지만 지금의 연극과 달리 그 형식이 아주 엄격하게 제한되어 있다. 한 작품은 4절折현대 연극의 막로 이루어지는 것이 원칙이며 맨 앞이나 중간에 설자楔子라고 하는 서막이나 간막이 삽입되기도 한다. 4절의 각 절은 '발단 – 전개 – 절정 – 결말'의 서사구조를 갖는다. 설자는 주로 본격적인 연극으로 들어가기 전에 앞부분에서 그 줄거리를 설명하거나 가끔 절과 절 사이에 위치하여 앞뒤로 얘기를 연결하는 역할을 하기도 한다. 그래서 원잡극 한 작품은 보통 4절 1설자로 되어 있다. 음률에서 매 절은 같은 궁조宮調의 곡패曲牌로 조성된 하나의 투곡이다.[04] 매 절은 노래인 창唱과 동작인 과科 그리고 대화인 백白으로 이루어지는데, 창이 가장 중요한 부분이다. 창은 남자나 여자 주인공이 혼자서 끝까지 불러야 한다.

연극 양식이니 배역 역시 다양하다. 남자 역은 말末이며 남자 주인공은 정말正末이라 한다. 여자 역은 단旦이고, 여자 주인공은 정단正旦이라 한다. 그 외에 남자 조연 역을 정淨, 어릿광대 역을 축丑, 할멈 역을 복아卜兒, 영감 역을 발로孛老라 한다. 극명劇名은 전체 내용을 요약한 제목題目과 극의 정식 명칭인 정명正名을 끝에 붙여 마무리하는데 8자로 된 시 1~2구절로 되어 있으며 일반적으로 정명 끝의 3~4자를 따서 약칭으로 쓴다.[05]

원잡극은 산곡과 마찬가지로 원 세조가 남송을 멸망시키고 중국을 통일한 1279년을 경계로 전기와 후기로 나뉜다.

---

04 1절은 하나의 궁조에 속하는 10개 정도 곡조로 이루어진다. 궁조는 서양의 조성과 유사한 개념으로 원잡극에서는 9개 궁조(선려궁, 정궁, 중려궁, 남려궁, 황종궁, 대석조, 쌍조, 상조, 월조)가 주로 사용된다. 예를 들면, 〈두아원〉의 1절은 선려궁으로 여기에 속한 곡조로는 점강순–혼강룡–천하락–…살미 등이 있다. 선려궁의 느낌은 대략 청신하고 유장하여 기승전결의 기에 해당하는 1절에 많이 사용된다.

05 관한경의 《두아의 원혼》 고명가본古名家本으로 예를 들면 다음과 같다.

題目	後嫁婆婆忒心偏	개가하려는 시어미 마음 돌아섰어도
	守志烈女意自堅	수절하려는 열녀는 마음 굳기만 하네
正名	湯風冒雪沒頭鬼	바람 부르고 눈보라 뿌리는 머리 없는 귀신
	感天動地竇娥冤	하늘과 땅 울리는 두아의 원혼

(1) 잡극의 황금시기, 전기 잡극

이 시기의 잡극은 원대 산곡처럼 북방을 중심으로 성행했다. 잡극을 대표하는 뛰어난 작가와 작품들이 이 시기에 나와 원잡극의 황금시기라 할 수 있다. 대부분 작가는 대도 일대를 중심으로 활동하였고, 내용에서는 당시 중국 북방의 사회현실과 인간상을 생생하게 다루었다. 이 시기에 활동한 작가와 작품을 기록한 《녹귀부錄鬼簿》에는 작가 57인과 작품 337종을 기록하였는데, 그중 '원곡사대가元曲四大家'라 불리는 관한경, 왕실보王實甫1260-1336, 백박, 마치원이 가장 대표적이다.

① 잡극의 태두 관한경

▶ 관한경

관한경은 원대의 가장 걸출한 현실주의적 잡극가로 희곡 예술에 정통하여 잡극을 창작하고 연출했을 뿐만 아니라 배우가 되어 직접 무대에 서기도 했다. 당시에 명성이 매우 높아 뒤에 나온 잡극작가인 고문수古文秀를 '소한경'[06]이라 불렀다. 작품 수가 많을 뿐 아니라 질적으로도 우수하여 원대 최고 작가로 평가된다. 그는 당시 희곡을 전문적으로 쓰는 옥경서회玉京書會의 재인才人[07]으로 일생 잡극을 창작하였다. 그가 지은 것으로 알려진 작품은 66종이나 되며 현재 18종이 전한다.

그중 걸작으로 꼽히는 것은 〈두아의 원혼竇娥寃〉, 〈풍진에서 구하다救風塵〉, 〈칼한 자루만 가지고 적진에 가다單刀會〉, 〈나비의 꿈胡蝶夢〉, 〈노재랑魯齋郎〉 등이 있다. 그의 작품은 대체로 봉건사회의 어두운 부패상을 드러내 현실에 대한 인식이 분명하고, 극의 구조가 완정하며, 인물의 성격과 갈등 묘사가 뚜렷하고, 질박하면서도 정련된 언어를 구사하여 원잡극의 발전에 지대한 공헌을 한 것으로 평가된다.

특히, 그의 작품은 당시 사회의 약자였던 여성을 핵심인물로 삼은 작품이 주를

06 고문수는 민간에 유행하는 옛 설화를 주제로 한 작품이 많으며, 문사가 속되고 평이한 경향이 있어 민중의 환영을 받아 '소한경'이라 불렸다.

07 서회에서 활동하는 작가를 말하는데, 옥경서회는 원잡극 작가들이 당시 수도인 대도에 설립한 창작단체로 관한경, 백박, 양현지(楊顯之 ?-?) 등이 이곳에서 활동했다.

이루고 있다. 이는 전통적인 봉건적 지배체제 아래서 가장 부당한 억압을 받는 여성에 대한 그의 관심이 반영된 것이라 할 수 있다. 여성 문제를 제재로 한 작품으로는 〈두아의 원혼〉, 〈풍진에서 구하다〉 등이 있는데 여성 가운데에서도 특히 하층 여성들이 겪는 고통을 묘사하였다. 그중 가장 대표적인 작품은 〈두아의 원혼〉이다.

〈두아의 원혼〉은 중국 고전 비극의 대표 작품으로 원대 하층 여성의 비참한 운명을 그렸다. 이 작품은 여자가 주인공인 단본旦本이며, 4절로 구성되어 있고 맨 앞에 설자가 있다. 작품의 전체 이름은 〈하늘을 감동시킨 두아의 원혼感天動地竇娥寃〉이고, 줄여서 〈두아의 원혼竇娥寃〉이라 한다. 〈두아의 원혼〉은 젊은 과부 두아가 시아버지를 독살했다는 억울한 누명을 쓰고 처형당한 뒤 망령이 되어 지방 순찰관이 된 친아버지에게 억울함을 호소하고 누명을 벗는다는 내용이다. 구체적인 내용은 다음과 같다.

설자는 이야기의 도입부이다. 두아竇娥두단운는 세 살 때 어머니를 여읜다. 일곱 살 되던 해에 아버지 두천장竇天章이 채노파에게 빌린 고리대금 40냥을 갚지 못하고 과거시험마저 보러 가야 하는 상황이 되자 두아를 빚과 교환하여 채노파의 민며느리로 보낸다.

제1절에서는 청상과부가 된 두아가 장려아張驢兒 부자와 얽히는 사건이 전개된다. 두아는 채노파의 민며느리로 들어가 열일곱 살에 혼인하나 3년도 못 가 남편이 죽어 청상과부가 된다. 어느 날 채노파가 새노의賽盧醫에게 빚 독촉을 하러 갔을 때 새노의가 채노파를 죽이려 하나 장려아張驢兒 부자의 도움으로 죽을 위기를 모면한다. 장려아는 이를 빌미로 채노파와 두아가 장씨 부자와 혼인할 것을 강요한다.

제2절은 두아가 독살죄 누명을 쓰게 되는 이야기이다. 두아가 장씨 부자의 청혼을 완강히 거절하자 장려아는 채노파를 독살하고 두아와 혼인하려고 하였으나 공교롭게도 자기 아버지를 죽이게 된다. 장려아는 두아에게 자기 아버지를 독살했다는 누명을 씌우면서 자신과 혼인하면 눈감아주겠다고 하나 두아는 장려아의 조건을 거절하고 결국 관아로 끌려가게 된다. 탐관오리인 초주楚州 태수 도올桃杌은 두아의 사정은 듣지 않고 두아에게 자백을 강요하나 뜻대로 되지 않자 시어머니를

심문하려 한다. 두아는 시어머니를 구하려고 자신이 범인이라고 거짓 자백을 한다. 두아는 독살죄 누명을 쓰고 사형 판결을 받는다.

제3절은 두아의 원혼 이야기이다. 사형장에서 두아는 한을 품으면서 자신이 죽은 후에 세 가지 현상, 즉 자신의 선혈이 공중의 흰 깃대에 다 묻을 것이며 유월이지만 서리가 내릴 것이며 초주에 3년 동안 가뭄이 들 것이라고 예언했고, 그녀가 죽은 후 그 말대로 이런 일들이 발생한다.

제4절은 두아의 아버지가 등장하며 한이 풀리는 이야기이다. 두아의 아버지 두천장은 과거에 급제하여 초주에 부임하게 되고, 두아의 원혼이 나타나 아버지에게 억울함을 호소하자 다시 재판을 열어 그녀의 원한을 풀어준다.

이 작품은 원대 사회의 혼란과 관리의 무능 그리고 두아와 같은 하층 부녀자들이 당한 멸시와 고통을 반영하였다. 관한경은 두아가 정직하고 선량한 형상으로 봉건 세력과 과감히 맞서는 모습을 보여주었고, 교활한 장씨 부자와 탐관오리 도올의 형상을 통해 봉건 통치계급을 낱낱이 비판하고 폭로하였다.

관한경은 민간전설과 역사적 자료에 근거하여 두아의 죽음이 얼마나 억울한지를 제3절에서 생생하게 보여주었다. 결국 두아의 억울한 죽음은 하늘과 땅까지 감동시켜 이른바 '천인감응天人感應'의 기적이 나타나며 두아가 말한 세 가지 소원이 그대로 이루어진다. 이는 억울하게 죽은 효부로 인해 3년 동안 가뭄이 들었는데, 그 원한을 씻어주었더니 금방 단비가 내렸다는 《한서 · 우정국전于定國傳》의 이야기 그리고 《수신기搜神記》에 보이는 사형 집행 시에 피가 깃대 위 비단으로 날려 올라갔다는 효부 주청周靑의 이야기, 유월에 눈이 내렸다는 추연鄒衍의 전설들을 엮어 두아의 비극성을 극대화했다.

관한경의 〈두아의 원혼〉은 명대 섭헌조葉憲祖 1566–1641와 원어령袁於令 1592–1672의 전기傳奇 〈금쇄기金瑣記〉로 개편되었고, 지금 경극에서도 〈유월설六月雪〉로 공연되고 있다.

② 아름다운 애정극의 작가, 왕실보

▶ 왕실보

왕실보는 관한경과 동시대의 잡극 작가로 쌍벽을 이룬다. 관한경의 작품이 민중적인 경향이 강한 반면 왕실보의 작품은 문인적이고 귀족적인 경향이 강하다. 그의 생애에 대한 기록은 전무하며 다만 이름은 덕신德信이고 대도 출신이라는 것만 전해진다. 왕실보는 과거의 역사와 문학 전통에서 제재를 가져와 남녀의 사랑을 다룬 작품이 많다. 그중 〈사랑채에서 맺은 사랑서상기西廂記〉이 가장 대표적이다.

〈사랑채에서 맺은 사랑〉은 중국 최고의 고전 연극으로, 당나라 젊은 서생 장생張生과 명문대가의 외동딸 최앵앵崔鶯鶯의 사랑을 다룬 잡극이다. 작품 말미에 "온 천하에 사랑하는 사람들이 가족이 되기를 바라오.願天下有情的都成了眷屬."라 외친 바에서 보듯 봉건 예교를 이겨내고 '참사랑'을 지켜내라는 메시지를 강하게 전달하며 큰 반향을 불러일으켰다. 명대 극작가이자 평론가인 가중명賈仲明1343–1422[08]은 "〈사랑채에서 맺은 사랑〉이 천하 으뜸이다."라고 했고, 청대 문학비평가 김성탄金聖嘆1608–1661[09]이 역대 문헌 중 가장 뛰어난 전적을 선별해 '육재자서六才子書'라 칭했는데 여기에 〈사랑채에서 맺은 사랑〉을 포함했으니 실로 이 작품의 가치를 알 수 있다. 이처럼 〈사랑채에서 맺은 사랑〉은 중국을 대표하는 우아하고 아름다운 러브스토리로 지금까지도 인구에 회자되고 있다.

〈사랑채에서 맺은 사랑〉은 내용면에서 여러 번 변화해 왕실보의 〈사랑채에서 맺은 사랑〉으로 탄생된다. 그 시작은 당나라 전기소설인 원진元稹779–831의 《앵앵전鶯鶯傳》으로 장생과 앵앵의 비극적인 사랑을 내용으로 한다. 그러다 금나라 동해원董解元이 〈서상기제궁조西廂記諸宮調〉에서 《앵앵전》의 비극적인 결말을 앵앵과 장

08 명대 극작가이자 평론가이다. 산둥 치천 사람이며 호는 운수산인雲水散人이다. 악부에 능해 많은 악부와 희곡을 창작했다. 대표작에는 소녀의 적극적인 애정 추구를 묘사한 〈소숙한정기보살만蕭淑蘭情寄菩薩蠻〉과 평론집 《녹귀부속편錄鬼簿續編》이 있다.

09 명말청초의 문예비평가이다. 장쑤성 오현 사람으로 이름은 인서人瑞, 호는 성탄이다. 《장자》, 《이소》, 《사기》, 《두시》, 《수호전》, 《서상기》 등을 각각 비평해 '육재자서'로 내놓음으로써 문학으로 간주하지 않았던 희곡과 소설의 지위를 끌어올렸다.

생의 진정한 사랑이라는 내용으로 대대적으로 개편하였다. 왕실보는 이 내용을 바탕으로 논리적이고 형식적으로도 완전한 이야기 구성에 아름다운 음악이 가미된 〈사랑채에서 맺은 사랑〉을 완성하였다. 왕실보의 〈사랑채에서 맺은 사랑〉은 원잡극 중 유일하게 장편 대작으로 5본 20절로 구성되어 있다. 그 주요 내용은 다음과 같다.

제1본에서는 당나라 정원貞元 연간에 서생 장생이 우연히 보구사普救寺에서 고인이 된 최상국의 딸 앵앵을 만나 둘은 서로 호감을 갖는다.

제2본에서는 도적 손비호孫飛虎가 보구사를 포위하고 앵앵을 강탈하려 하자 앵앵은 손비호를 물리친 사람에게 시집가겠다고 한다. 그러자 장생이 오랜 친구인 백마장군에게 구원을 청해 앵앵을 구한다. 그러나 위기에서 벗어나자 앵앵의 모친은 앵앵이 이미 정혼한 처지라서 장생과 혼인할 수 없다고 오누이로 맺어준다.

제3본에서는 결국 상사병에 몸져누운 장생을 위문한 홍랑은 장생의 연서戀書를 앵앵에게 전한다. 앵앵은 홍랑에게 마음을 들킬까 염려하며 장생에게 만남을 약속하는 편지를 보낸다. 앵앵은 장생에게 화원에서 밀회할 것을 약속하였으나 앵앵이 변심하여 만남은 성사되지 않고 상심한 장생은 병이 더욱 심해진다. 홍랑은 앵앵을 설득했고, 앵앵은 장생과 밀회를 약속한다.

제4본에서 앵앵은 마침내 봉건의 속박에서 벗어나 장생과 사랑채에서 밀회를 나눈다. 딸을 수상쩍게 느낀 최부인은 어느 날 밤 앵앵의 처소에 들렀다가 홍랑을 추궁해 장생과 앵앵이 이미 부부가 되었음을 알게 된다. 홍랑은 이 모든 것이 최부인 잘못이라고 조목조목 따진다. 최부인은 어쩔 수 없이 장생을 받아들이고 그에게 과거에 응시하러 떠나라고 한다. 장생은 밤에 초교점草橋店에서 머물며 꿈속에서 앵앵을 그리워한다.

제5본에서 장생은 마침내 장원급제하고 그 사실을 앵앵에게 편지를 써서 알린다. 한편 앵앵과 정혼했던 정항鄭恒은 보구사에 와서 장생이 위상서衛尙書의 사위가 되었다고 거짓말하고, 노부인은 정항을 사위로 삼고자 한다. 이때 장생은 금의환향하고 실망에 빠진 정항은 자살하는 한편, 장생은 앵앵과 혼인한다.

이처럼 〈사랑채에서 맺은 사랑〉의 장생과 앵앵은 우여곡절 끝에 사랑을 이룬다.

이런 사랑이 결실을 맺을 수 있었던 것은 장생과 앵앵을 연결해주는 역할을 한 홍랑이 있었기 때문이다. 홍랑은 몸종이지만 과감하게 최부인의 신의 없는 행동을 탓하며 앵앵과 장생의 혼사를 이루게 한다. 이로써 홍랑은 후세 남녀 간의 연애와 혼인을 열정적으로 맺어주는 매파의 대명사가 되었다.

〈사랑채에서 맺은 사랑〉은 당시 연극의 대본으로서보다는 문학적인 희곡작품으로 노래가사가 아름답고 서정성이 풍부해 시극詩劇으로 간주되기도 한다. 왕실보는 서정적인 시어를 운용해 인물의 심리나 감정을 잘 표현했을 뿐만 아니라 마치 그림을 한 폭 보는 듯한 분위기를 자아내고 있다.

제4본 3절 〈장정에서 이별하며長亭送別〉에서 장생과 앵앵의 이별 감정과 정황을 노래한 〈정궁〉의 곡조를 보자.

〈정궁正宮 · 단정호端正好〉

높푸른 하늘, 누런 국화 가득 피어 있고,	碧雲天，黃花地，
가을바람 불어오니, 기러기 남쪽으로 날아가네.	西風緊，北雁南飛.
새벽녘 누가 와 취한 듯 붉게 물들였는가?	曉來誰染霜林醉?
이별한 사람의 피눈물이로구나!	總是離人淚.

아름답고 서정적인 시어로 사랑하는 사람과 헤어지는 감정과 분위기를 잘 표현하였다. 〈서상기〉가 불후의 명작임을 인정할 수밖에 없는 대목이다.

③ 당 현종과 양귀비의 비련悲戀을 노래한 백박

백박은 자는 인보仁甫, 호는 난곡蘭谷으로 지금의 산시성 출신이다. 젊어서 허난성 카이펑開封에 살다가 전란으로 모친을 잃고 부친의 친구인 원호문元好問 밑에서 글을 배워 시문을 잘 짓고 음률에도 정통했다. 벼슬에 나아가지 않고 주로 옥경서회에서 잡극 창작 활동을 하였다. 잡극 작품 16종이 있으며, 그중 〈오동나무에 떨어지는 빗소리梧桐雨〉가 가장 유명하다. 이 작품은 당 현종 이융기李隆基와 그가 총애했던 비 양옥

▶ 백박

환楊玉環의 애정비극을 묘사하였는데 그 주요 내용은 다음과 같다.

설자楔子에서는 당 현종이 아들인 수왕의 비로 있던 양옥환을 귀비를 입궁시키고 총애하기 시작한다. 패전하여 장안에 압송된 안녹산安祿山은 참수를 면하고 오히려 양귀비의 양아들이 되어 양귀비와 사정私情을 통한다. 양귀비의 오빠 양국충楊國忠 등은 안녹산을 견제하려고 그를 변방의 절도사로 파견한다.

제1절에서 양귀비는 안녹산과의 관계가 양국충에게 발각되어 안녹산이 변방으로 보내지자 수심에 잠겨 있다. 칠월칠석을 맞아 장생전長生殿 잔치에서 당 현종이 양귀비에게 금비녀와 보석함을 선물하며 오동나무 밑에서 사랑을 맹세한다. 양귀비는 애교와 아양으로 현종의 환심을 사려고 노력한다.

제2절에서 쫓겨난 안녹산은 천하를 빼앗고 양귀비를 되찾으려고 출병을 준비한다. 한편, 현종은 침향정沈香亭에서 잔치를 베풀며 양귀비에게 사천에서 진상해 온 여지荔枝를 하사하자 양귀비는 기뻐하며 예상우의무霓裳羽衣舞를 춘다. 흥이 난 현종은 오동나무를 두드리며 장단을 맞춘다. 당 현종과 양귀비는 향락에 빠져 있다가 안녹산이 반란을 일으켰다는 보고를 받는다.

제3절에서는 현종은 양귀비를 데리고 피란길에 오르지만 황제를 호위하던 병사들이 양귀비와 그의 오빠 양국충의 처벌을 요구하였고, 결국 양귀비는 죽음을 맞이한다.

제4절에서 현종은 꿈속에서 양귀비와 잠깐 재회하고 깨어난 후 양귀비를 그리워하며 추억이 서린 오동나무에 떨어지는 빗소리를 들으면서 슬픔에 잠긴다.

이 작품은 당대 현종과 양귀비 그리고 안녹산 등 역사적 사실과 백거이白居易 772-846의 장편 서사시 〈장한가長恨歌〉에서 제재를 취하여 현종과 양귀비의 애정비극을 묘사함과 동시에 이들의 사치와 음험한 생활을 비판하였다. 또한 〈오동나무에 떨어지는 빗소리〉는 당 현종의 추억, 상심, 그리움 등의 심리 묘사가 뛰어나고 인물의 심정과 오동나무에 비 내리는 처량한 모습이 조화를 이루어 시적 경계를 구성했다.

④ 왕소군의 애국충절을 찬양한 마치원

▶ 마치원

마치원은 호는 동리東籬이고, 일설에 자는 천리千里라고 한다. 그는 회재불우한 문인으로 암울한 현실을 통한해하며 자신의 재주를 펼치지 못하고 운명을 바꾸지 못함을 비탄하는 내용을 작품으로 많이 창작했다. 가장 대표적인 작품은 〈한궁의 가을漢宮秋〉로, 뛰어난 미모에도 화공에게 뇌물을 주지 않아 추녀로 그려지는 바람에 선우單于에게 시집가야 했던 왕소군王昭君의 이야기이며, 주요 내용은 다음과 같다.

설자에서 한漢 원제元帝시기에 국력이 약해진 상황에서 간신 모연수毛延壽는 원제를 부추겨 미녀를 선발하여 후궁을 뽑게 했다. 후궁을 선발하는 모연수는 천하절색인 왕소군이 자신에게 뇌물을 바치지 않자 그녀를 못생기게 그려 원제의 눈에 띄지 못하게 했다.

제1절에서는 원제가 우연히 왕소군의 비파 소리에 끌려 왕소군을 만나게 되고 그녀의 아름다운 용모에 반한다. 그리고 지금까지 왕소군을 만나지 못한 이유가 모연수의 간계임을 알게 된 원제는 모연수를 처벌하려고 하나 모연수는 흉노로 도망친다.

제2절에서 흉노로 도망친 모연수가 선우에게 왕소군의 미모를 알리고 그녀를 왕비로 맞아들일 것을 권하였고, 선우가 왕소군을 요구하자 왕소군과 원제의 사랑은 매우 복잡한 양상을 띤다.

제3절에서 원제는 흉노와 화친을 위하여 어쩔 수 없이 왕소군을 선우에게 떠나보낸다. 하지만 왕소군은 국경을 지나 흉노의 땅으로 가는 도중에 스스로 흑수黑水에 몸을 던져 자결하고 만다. 선우는 모연수의 계략에 속았음을 깨닫고 모연수를 한나라로 압송하고 두 나라는 다시 화친한다.

제4절에서 왕소군을 잃고 슬픔에 빠져 있던 원제는 꿈속에서 잠시 왕소군을 만나지만, 꿈이 깬 후 그녀를 더욱 그리워한다. 마지막에 원제는 모연수를 처형함으로써 왕소군의 넋을 위로한다.

〈한궁의 가을〉은 왕소군이 황제의 총애를 받는 생활을 버리고 나라를 위해 자신을 바치는 애국충절을 기리며 결국 흑수에 뛰어들어 자살하는 모습으로 불굴의 민족적 절개를 표현하였다. 또한 자연환경의 묘사로 인물의 심정을 나타내고 아름다운 언어로 극중 인물의 심리를 묘사하였다.

⑤ 전기 잡극의 걸출한 작가 기군상

원곡사대가元曲四大家 외에 원대의 희곡작가인 대도 사람 기군상紀君祥?-?은 전기 잡극에서 걸출한 작가이다. 생애 기록이 불확실하며 현재 〈조씨고아趙氏孤兒〉만이 남아 있다. 〈조씨고아〉는 춘추春秋 때 진나라의 권신 도안가屠岸賈와 조순趙盾 두 가족 사이에 일어난 투쟁을 제재로 한 작품으로, 그 역사적 사실은 《사기·조세가趙世家》에 기록되어 있다. 당시 권세를 잡고 있던 간신 도안가가 흉계를 꾸며 진나라 영공靈公을 속이고 충신 조순 일가 300여 명을 모조리 잡아 죽이는 내용을 다루었다. 도안가는 조순의 아들이자 진 영공의 부마인 조삭趙朔까지 죽이고 조삭의 아내인 공주를 가두어 둔다. 공주는 갇혀 있는 동안에 유복자 조씨고아趙氏孤兒를 낳았다. 이를 알게 된 도안가가 후환을 없애려 조씨고아를 죽이려 하자 정영程嬰과 공손저구公孫杵臼가 조씨고아를 구해낸다. 결국 고아는 장성한 후 복수에 성공한다.

이 작품은 간신의 잔혹함을 현실적으로 폭로하면서 주군을 위해 자기 아들까지 희생하는 정영 등의 충성을 그려냈다. 왕궈웨이王國維 1877-1927는 《송원희곡고宋元戲曲考》에서 관한경의 〈두아의 원혼〉과 더불어 〈조씨고아〉를 세계적인 비극이라고 극찬했다.

이 작품은 일찍이 프랑스에서 번역 소개되었으며 프랑스 작가 볼테르Voltaire 1694-1778는 이 작품과 내용이 비슷한 작품 《중국고아》를 썼다.

(2) 원잡극의 쇠퇴기, 후기 잡극

후기에는 원나라가 중국을 통일한 뒤 몽골세력이 남쪽으로 확장됨에 따라 잡극의 중심지도 남쪽으로 옮겨갔다. 그래서 후기 잡극은 남방을 중심으로 성행했다.

이 시기에 과거제도가 부활하면서 잡극을 창작하는 작가와 작품의 수가 현저히 감소했다. 또한 남방 문풍의 영향으로 언어를 아름답게 다듬고 곡절하고 신기한 이야기를 위주로 창작해서 잡극이 원래 가지고 있던 현실성을 잃게 되었다. 이로써 후기 잡극은 급격히 쇠퇴하게 되었다. 후기 잡극의 대표적인 작가에는 정광조鄭光祖1264-?, 교길 등이 있다.

원대는 중국 희곡사상 희곡 창작이 가장 번성한 시기다. 원이 멸망한 이후 명·청시기에도 그 명맥이 이어졌지만 이미 체제와 내용에서 원잡극과 다른 모습으로 발전하였다.

✣ 작품 감상 ✣

• 《사랑채에서 맺은 사랑서상기西廂記》 제4본 제2절의 일부

(夫人雲) 這端事都是你個賤人! (紅雲) 非是張生、小姐、紅娘之罪, 乃夫人之過也. (夫人雲) 這賤人倒指下我來, 怎麼是我之過? (紅雲) 信者, 人之根本, "人而無信, 不知其可也. 大車無輗, 小車無軏, 其何以行之哉?" 當日軍圍普救, 夫人所許退軍者, 以女妻之. 張生非慕小姐顏色, 豈肯區區建退軍之策? 兵退身安, 夫人悔卻前言, 豈得不爲失信乎? 既然不肯成其事, 只合酬之以金帛, 令張生舍此而去. 卻不當留請張生於書院, 使怨女曠夫, 各相早晚窺視, 所以夫人有此一端. 目下老夫人若不息其事, 一來辱沒相國家譜, 二來張生日後名重天下, 施恩於人, 忍令反受其辱哉? 使至官司, 夫人亦得治家不嚴之罪. 官司若推其詳, 亦知老夫人背義而忘恩, 豈得爲賢哉? 紅娘不敢自專, 乞望夫人台鑒: 莫若恕其小過, 成就大事, 撋之以去其汙, 豈不爲長便乎? (唱)

[麻郎兒] 秀才是文章魁首, 姐姐是仕女班頭; 一個通徹三教九流, 一個曉盡描鸞刺繡.

[么篇] 世有、便休、罷手, 大恩人怎做敵頭? 起白馬將軍故友, 斬飛虎叛賊草寇.

[絡絲娘] 不爭和張解元參辰卯酉, 便是與崔相國出乖弄醜. 到底幹連著自己骨肉, 夫人索窮究.

(夫人雲) 這小賤人也道得是. 我不合養了這個不肖之女. 待經官呵, 玷辱家門. 罷罷! 俺家無犯法之男, 再婚之女, 與了這廝罷. 紅娘, 喚那賤人來! (紅見旦雲) 且喜姐姐, 那棍子則是滴溜溜在我身上, 吃我直說過了. 我也怕不得許多. 夫人如今喚你來, 待成合親事. (旦雲) 羞人答答的, 怎麼見夫人? (紅雲) 娘根前有甚麼羞?

해설 이 막은 전통적으로 '홍랑을 문초하다'라는 의미의 '고홍拷紅'이라 불린다. 《사랑채에서 맺은 사랑》의 클라이맥스이기도 한 이 막은 홍랑이 앵앵과 장생의 사랑을 완성하기 위해 최부인에게 그녀의 잘못을 조목조목 따져 결국 그들의 사랑을 인정하게 하는 명장면으로 중매쟁이 홍랑의 멋진 모습을 핍진하게 보여주고 있다. 홍랑은 이 막을 통해 그녀의 기지와 예리한 재치 그리고 당돌함을 마음껏 표출하여 지금도 많은 관객의 사랑을 받고 있다.

해석 노마님 이번 일은 모두 못된 네년 짓이다!

홍 랑 장선생, 아가씨, 홍랑 그 누구의 죄도 아니지요, 바로 마님의 잘못입니다.

노마님 이 못된 년이 도리어 나에게 씌우다니! 무엇이 나의 잘못이냐?

홍 랑 신의는 사람의 근본이라 "사람이 신의가 없다면, 그가 괜찮을지 알 수가 없다. 큰 수레에도 끌채가 없고 작은 수레에도 끌채가 없다면, 어떻게 그것을 몰겠는가?" 하였습니다. 당시에 반란군이 보구사를 포위하자 마님은 그들을 물리친 자에게 딸을 주시겠다고 하셨습니다. 장선생이 아가씨의 미모를 흠모하지 않았다면, 어찌 정성을 다해 반란군을 물리칠 계책을 세웠겠습니까? 적이 물러나 몸이 편해지자, 마님은 하신 말씀을 번복하시니, 어찌 신의를 잃은 것이 아니겠습니까? 결혼을 시키지 않으실 양이었다면 재물로 보답하여 장선생을 이곳에서 떠나게 하셨어야지요. 정말이지 장선생을 글방에 남게 하여 독수공방하는 남녀로 하여금 조석으로 엿보게 만드셔서는 안 되는 일이었으니, 마님은 이러한 잘못을 저지른 셈입니다. 지금 마님이 그 일을 덮어두지 아니하시면, 첫째는 대감 나리의 족보를 더럽힐 것이며, 둘째는 장선생이 훗날 명성을 천하에 날리게 될 터인데, 은혜를 베풀었거늘, 도리어 굴욕을 받으라고 차마 시키시렵니까? 만약 소송에 이를 작시면 마님 역시 집안 단속이 부실하였다는 죄를 쓰게 되실 것입니다. 그 실상을 자세히 심문하면 역시 마님이 의리를 등지고 은혜를 망각했음을 알게 될 터이니, 어찌 현명한 일이겠습니까? 홍랑이 감히 독단할 일 아니로되, 마님께서 통찰하여 주시길 앙망하옵니다. 차라리 작은 허물을 용서하시고 대사를 성취하여, 따뜻하게 감싸서 그 허물을 없애주는 것이 어찌 상책이 아니겠습니까? (노래한다)

【마랑아麻郎兒】 수재는 글솜씨 으뜸이고, 아가씨는 규수 우두머리라.
한 사람은 삼교구류에 두루 능통하고 한 사람은 그림 자수 여공을 다 정통하였다네.

【요편幺篇】　　세상에는 관두고 손들 일 있는 법, 대은인을 어찌 원수로 만들랴!
　　　　　　　백마장군 옛 벗을 불러, 반란군 두목을 베었더라.

【낙사낭絡絲娘】　만일 장선생과 앙숙이 된다면, 대감나리께 추태를 보이는 짓이라.
　　　　　　　결국 본인의 피붙이에 관계된 일, 마님은 곰곰이 따져보세요.

노마님 이 계집이 한 말도 일리가 있구나. 내가 이 못난 딸을 낳지 말았어야지. 소송이 일어나면 가문에 먹칠이라. 아서라, 아서! 우리 집안은 범법한 남자가 없었고, 재혼한 여자도 없었으니, 그 자식에게 주어 버리자. 홍랑아, 그 못된 년을 불러오너라.

홍　랑 (앵앵을 만나는 동작을 하고) 아가씨, 기뻐하세요. 그 몽둥이가 내 몸에서 빙글빙글 하였지만, 마님은 저에게 곧장 설득당하셨지요. 저는 크게 두려워하지 않았어요. 지금 마님께서 아가씨를 부르시는데, 혼사를 이루어주실 거예요.

앵　앵 아이 부끄러워, 어떻게 어머님을 뵙지?

홍　랑 어머님 앞인데 무슨 부끄러워할 것이 있어요?

10 왕실보, 양회석 옮김, 《서상기》(도서출판 진원, 1996), 196-198쪽.

MEMO

Chapter 08

복고주의의 명대문학

1

명대 산문

2

명대 시가

3

소설의 전성시대,
명대 화본소설과 사대기서

명나라1368-1644는 몽골족이 지배하던 원나라를 주원장朱元璋1328-1398이 내쫓고 건국한 한족 통일왕조이다. 명나라는 한족이 지배하면서 한족의 문화를 회복시키는 데 힘썼으며, 강력한 중앙집권체제를 확립하였다. 그 과정에서 문자옥文字獄[01]을 빈번히 일으켜 문인들에 대한 억압과 감시를 풀지 않았고, 과거에 팔고문八股文[02]을 사용하여 지식인의 감정을 얽매어 놓기도 하였다. 명나라는 농업 발전의 기초 위에 수공업과 상업이 급속히 발달하였고, 이에 도시 경제가 발전하였다. 명나라 후반에 이르면 공장형 수공업이 등장하면서 자본주의의 맹아가 보이게 되었다. 도시의 번창으로 시민계층의 힘이 커졌고, 시민의식도 나타나기 시작하였으며, 도시민의 수요에 부응하여 백화소설과 희곡 등 통속문학이 성행하였다. 한편 농촌에서는 대규모 토지 겸병이 진행되었고, 토지를 잃은 농민은 유민이 되어 폭동을 일으키는 사태가 자주 발생하였다.

명나라 말기가 되면서 환관 집단이 권력을 휘둘렀고, 이에 대항하는 동림당東林黨의 항쟁이 있었으나 성공적이지는 못했다. 북방 지역은 몽골의 잦은 침입으로 상황이 어려웠고, 동남 연해 지역에서는 왜구의 침략이 자주 발생하였다. 숭정崇禎 17년1644 이자성李自成1606-1645이 베이징을 함락시키자 결국 숭정제가 자살하면서 명나라는 막을 내린다. 이러한 혼란을 틈타 장성 밖의 만주족이 중원으로 들어와 청나라를 세웠다.

명나라의 철학 사상은 문학에 커다란 영향을 미쳤다. 송대 정程 · 주朱의 성리학이 정통의 지위를 유지하다 왕수인王守仁1472-1528이 양지설良知說을 주창하면서 양명학陽明學이 명대 사상계의 주류를 이루게 된다. 양명학은 성리학의 교조敎條적 태도와 달리 상대적으로 자신의 주관을 존중하고, 개성의 자유로운 발전과 가치를 주장하였다. 대표적 인물로는 이지李贄1527-1602가 있는데 이지의 혁신적인 사상은 공안파公安派의 문학개량 운동에 철학적인 근거를 제공하고, 소설 창작에

01 중국 역대 왕조에서 벌어졌던 숙청의 한 방식으로, 문서에 적힌 문자나 내용이 황제나 체제에 대한 은근한 비판을 담고 있다고 하여 해당 문서를 쓴 자를 벌하였다.

02 중국 명나라 초기부터 청나라 말기까지 과거科擧의 답안에 쓰이던 문체文體로 여덟 개의 짝으로 이루어진 한시의 문체를 말한다.

도 깊은 영향을 미쳤다.

명나라는 이전 송나라까지 시문詩文이 문학의 주류를 이루던 것과 결을 달리해 희곡과 소설 같은 통속문학이 발흥하였다. 명 초기 주원장의 가혹한 공포정치로 시문은 생기를 잃었다. 이후 현실과 유리된 채 태평과 공덕만을 찬양하는 대각파臺閣派의 시문이 유행하기도 하였다. 이러한 대각파 시문에 반대하여 "문장은 진한秦漢, 시는 성당盛唐"을 본받아야 한다며 옛사람의 작품에서 규범을 찾아야 한다는 이몽양李夢陽1473-1530을 비롯한 문인 7명으로 된 '전칠자前七子'가 복고운동을 벌인다.

이후 이몽양 등의 복고설에는 호응하지만 극단적인 모방은 반대한다는 의견을 내놓은 하경명何景明1483-1521 등 일곱 문인이 등장하는데 이를 '후칠자後七子'라고 한다. '전후칠자'의 문학 주장에 반대해 당순지唐順之1507-1560 등 '당송파唐宋派'가 등장한다. 이들은 시대성을 인식하여 마음속의 진솔한 감정을 직접 서술하는 것이 중요하다고 생각했고, 당송의 고문古文을 배웠기에 '당송파唐宋派'라는 이름을 얻었다. 인간의 욕망을 긍정하고 예교禮教에 반대한 이지 등은 원굉도袁宏道1568-1610가 대표 인물인 공안파公安派에 지대한 영향을 미쳤고, 이들은 복고·의고에 반대하는 문학운동을 펼치게 된다. 원굉도는 '성령설性靈說'을 내세우면서 자신의 마음에서 나오는 진솔한 감정을 표현해야 한다고 주장했다. 이와 더불어 통속문학의 가치를 높이 평가하여 《수호전水滸傳》과 《금병매金瓶梅》를 육경六經·《사기史記》와 같이 논하였고, 이는 후에 풍몽룡馮夢龍1574-1646과 김성탄金聖嘆1608-1661 등에게 영향을 미쳤다. 공안파의 뒤를 이어 종성鍾惺1572-1624 등의 경릉파竟陵派가 등장하여 공안파의 시문이 천속한 방향으로 흐른 폐단을 비판하고 고인의 정신을 배울 것을 주장하게 된다.

명대에 이르러 통속문학이 발흥하는데, 특히 명대 문학의 중요성은 통속문학인 소설에 있다. '삼언이박三言二拍'과 같은 단편 백화소설인 화본소설, 《수호전》, 《삼국연의三國演義》, 《서유기西遊記》, 《금병매》 같은 장편소설이 독자의 사랑을 받았고, 《전등신화剪燈新話》 같은 문언소설도 등장하였다. 그리고 고명高明1305-?의 《비파기琵琶記》와 탕현조湯顯祖1550-1617의 《환혼기還魂記》 같은 송대 남희南戲에서 발전되어 나온 전기傳奇 같은 희곡도 유행하였다.

이처럼 통속문학이 발전할 수 있었던 이유로는 도시경제의 발전에 따른 시민계층의 등장으로 소설의 독자와 창작층이 확대되었고, 인쇄술의 발달과 서점의 증가로 소설이 널리 간행되고 유포될 수 있었으며, 양명학 같은 개방적인 사상의 영향으로 소설에 대한 관념이 변한 것을 들 수 있다.

1 명대 산문

(1) 초기 산문

명대 초기 산문에서는 송렴宋濂1310-1380, 유기劉基1311-1375 등이 비교적 영향력 있는 작가였으며 이후에는 창작의 침체기를 겪었다. 송렴은 당송 고문가의 '문이명도文以明道' 관점을 계승하여 도학가적 분위기를 띠었다. 다만 인물묘사에서 개성을 부여한 점이 돋보인다. 유기는 우언고사에서 일가를 이루었으며 산문집으로 《욱리자郁離子》가 있다. 이들을 이어 명대 전반기에는 정치가 안정되면서 공덕과 태평을 칭송하는 '대각체'가 크게 유행하였다.

(2) 팔고문과 전후칠자의 복고주의

봉건사회에서 과거시험은 통치집단이 인재를 발탁하는 수단이었다. 명대의 과거시험에서는 당·송대 과거제를 따르면서 팔고문八股文을 규정 문체로 지정하였다. 팔고문의 가장 중요한 특징은 대우對偶를 강조한다는 점이다. 그 형식은 성화成化 연간1465-1487 이전에는 비교적 자유로웠으나 이후에는 대우가 필수조건이 되었다. 성인을 대신하여 입론한다는 취지에 기반하여 창작의 자유로움에 제한이 많았다.

팔고문의 제목은 '사서오경四書五經'에서 취하는데 특히 사서에서 취하는 경우가 많으며, 그 제목이 사서에서 출제되면 문장 논술의 내용은 주희朱熹1130-1200의 《사서집주四書集注》 등에 따라 전개해야 하며 마음대로 바꿀 수 없다. 모든 글의 첫 부분은 두 구로 제목의 의미를 설파해야 하는데 이를 '파제破題'라 한다. 이에 이어져 전개되는 부분을 '승제承題'라 하며 차례로 기강起講, 입수入手, 기고起股,

중고中股, 후고後股를 거쳐 마지막 속고束股로 마무리한다. 그 뒤에 10여 자에서 100여 자 사이의 총결 부분으로 끝맺는다. 기고에서 속고까지는 단락마다 두 줄씩의 대우로 모두 8단락이 되므로 이러한 문체를 팔고문이라 한다.

팔고문도 완전히 고정불변의 것은 아니어서 가정嘉靖 연간1522-1566 이후 귀유광歸有光1506-1571, 당순지 같은 명문장가들은 팔고문에 새로운 요소를 도입하기도 했다. 또한 명대 후기로 가면 탕현조湯顯祖1550-1617, 진자룡陳子龍1608-1647 등이 정치적 의론을 다루고 시국을 슬퍼하며 개인적 감정을 토로하기도 했다. 그 표현기법은 명 · 청 양대에 걸쳐 산문, 시가, 소설, 희곡의 창작에 심원한 영향을 미쳤다.

산문의 흐름은 시와 마찬가지로 초기의 팔고문 단계에서 전후칠자의 복고주의를 따르게 되었다.

(3) 귀유광과 당송파

명대 중기 이후, 복고의 한계를 절감하면서 시문에서 비교적 자유로운 감상을 중시한 귀유광과 당송파가 등장하였다.

전후칠자가 진한秦漢시기를 모방 대상으로 삼았던 것에 반발하며 당송 문풍을 제창한 이들은 한유韓愈768-824, 유종원柳宗元773-819, 구양수歐陽修1007-1072, 증공曾鞏1019-1083 등 당송 고문의 명가를 본받았다. 이들 역시 '문이명도文以明道'를 주장하였으나 이들의 성공작은 문학적 분위기가 짙은 글들이었다. 특히 귀유광은 전후칠자의 영향으로 조탁만 일삼는 풍조를 개탄하였고 모두가 고풍을 추구한다고 여기지만 표절에 불과하다고 질책하였다. 대표작으로 〈항척헌지項脊軒志〉[TIP], 〈한화장지寒花葬志〉 등이 있다.

TIP

〈항척헌지項脊軒志〉

귀유광 고향집의 서실이었던 항척헌에 대한 기록이다. 항척헌은 한 사람이 겨우 거처할 만한 공간으로, 오래되어 비만 오면 천장에서 빗물이 새고 해가 안 들어 오후만 되면 바로 어두워지는 방이었다. 이런 공간을 그는 서실로 아껴 손수 창가에 꽃나무를 심고 책을 읽으며 온갖 자연의 소리를 들었다. 이곳은 귀유광의 어머니와 일찍 세상을 뜬 아내와의 추억이 고스란히 담긴 곳으로 담담한 필치로 생활 모습을 서술한 점이 돋보인다.

(4) 이탁오와 만명소품문

복고주의를 근본적으로 비판한 사람은 만명晩明 시기의 이지李贄1527-1602로, 이탁오李卓吾라는 호로 많이 알려져 있다. 사람에게 윤리란 옷 입고 밥 먹는 문제 외에 다른 이치는 없다고 천명하였으며 전통의 우위를 타파하고 개체로서 가치를 강조하였다. 저명한 '동심설童心說'을 제기하였고 천하의 진실한 문장은 모두 작가 내면의 정감과 욕망을 솔직하게 드러낸 것이라면서 이를 따를 것을 주장했다. 이지의 이러한 주장은 수많은 지식인의 마음을 빼앗아 명말까지 깊은 영향을 미쳤다.

명말에 이르러 가벼운 글쓰기인 소품문小品文이 유행하였다. 소품문은 글자 그대로 대단한 고담준론高談峻論이 아니라 소소한 일상을 짤막한 글에 담았다는 의미로 명말 지식인들의 취미 변화를 보여주기도 한다. 원굉도를 비롯해 공안파의 작가들은 소품문에 뛰어나 원굉도의 〈저녁에 육교를 유람하며 달을 기다리네晩遊六橋待月記〉, 원중도袁中道1570-1623의 〈하엽산을 유람하고遊荷葉山記〉 등이 유명하다. 명말청초의 장대張岱1597-1689는 이를 더욱 발전시켜 자신만의 관점으로 생활 분위기가 가득한 풍경 소품을 창작하였다. 〈서호의 7월 15일西湖七月半〉, 〈호심정에서 눈을 구경하다湖心亭看雪〉 등이 유명하다. 독특하고 유머러스한 글은 린위탕林語堂1895-1976, 저우쭤런周作人1885-1967 등 현대 산문작가에게도 높이 평가되었고 창작의 정신에서 그 자양분을 이어받았다.

2 명대 시가

(1) 정치 안정과 번영의 노래, 명대 초기 시가

명대 초기의 시는 교체기의 불안함을 노래한 시인들이 있었으나 곧바로 정치 안정과 더불어 현재를 칭송하는 기풍이 주류가 되었다. 먼저 명대 초기 시단을 대표한 인물은 고계高啓1336-1374이다. 원말명초를 살며 왕조교체의 혼란기와 명대 초기 삼엄한 정치통제를 겪는 개인적 고민은 물론 시대의 아픔과 인생을 반추하는 내용을 담아 비참한 색채를 띤다.

이후 문단은 잠시 침체기를 거치며 가공송덕歌功頌德의 대각체臺閣體가 주류를 이루게 되었다. 이러한 시는 황제의 유람 등을 제재로 공덕을 칭송하는데 격조는 우아하고 화려하나 당시 사회의 실상이나 작가의 개성과 유리된 채 작품을 단지 정국을 칭송하는 도구로만 소비하여 예술작품으로서 가치가 부족하다고 볼 수 있다. 이는 주된 작가들이 조정의 고관들로 부유한 생활을 하면서 생활경험의 한계가 있었고, 당시 정권이 안정되면서 문인 관료들에게 송대 유가의 가르침을 준수하도록 압박하였던 것도 작용하였다.

이러한 대각체를 뒤이어 등장한 것은 비슷한 토대에서 다름을 추구한 다릉시파茶陵詩派로 이동양李東陽1447−1516이 대표 인물이다. 영락永樂 연간 이래로 대각체가 성행하여 문단이 위축된 상태에서 이동양은 한나라와 당나라를 모범으로 하여 옛것을 학습할 것을 주장하였다. 이러한 주장은 당시 생명력을 잃은 시단에 긍정적 영향이 있었다. 다만 명대 시문의 가장 큰 특색이자 근본적 한계로 꼽히는 '복고' 경향이 바로 이동양에서 시작되었음은 아이러니하다.

(2) 복고의 시대 전후칠자의 의미와 한계

15세기 말 이후 명대 시문의 큰 흐름은 복고였고 이를 대표하는 인물은 전칠자前七子의 이몽양李夢陽1472−1529과 후칠자後七子의 왕세정王世貞1526−1590이다. 이들을 합하여 전후칠자前後七子라 한다. 명대의 시문은 정주이학程朱理學의 영향으로 대각체가 오랫동안 유행했는데 이에 일군의 문인들은 복고를 내세우며 문학예술에서 감정을 담고 형식을 정비할 것을 주장하였다. 다만 과도하게 격조를 추구하여 복고의 함정에 갇혔다고 볼 수 있다.

먼저 이몽양과 전칠자를 살펴보자. 이들의 주요 활동 시기는 홍치弘治1488−1505, 정덕正德1506−1521 연간으로 구성원은 이몽양, 하경명何景明1483−1521, 왕구사王九思1468−1551, 서정경徐禎卿1479−1511 등 총 7명이며 후에 나온 또 다른 일곱 명과 구별하여 전칠자라 한다. 이들은 비슷한 시기에 진사에 급제하여 수도에서 임직하며 자주 모여 시문을 주고받았다. 이몽양 등은 침체된 시문에 돌파구를 찾겠다는 취지하에 의식적으로 문풍의 변혁을 도모하며 그 방편으로 복고를 내세웠다. 이들이 보기에 고대의 시문은 한 사람을 묘사할 때 그 사람과 흡사하게 그려내는 것을 목적으로 했다면 지금 시문은 미추美醜에 상관없이 도덕에 합치하기만을 바랄 뿐이라며 고문의 정신을 상실했다고 평가했다.

마찬가지로 시에서도 복고를 내세우며 당나라 시는 읊조릴 수 있어서 배울 만하지만 송대의 경우 이치를 중시하고 음조를 돌보지 않아 사람들이 결국 시를 모르게 되었다고 혹평하였다. 이들은 시와 문 모두에서 '이치를 위주로 하는主理' 현상을 배척하였다. 특히 이몽양은 참된 감정의 표현을 중시하여 "참된 시는 민간에 있다."라고 민간을 중시하였지만 문인 사대부들의 작품에 대해서는 "감정이 부족하면서 언어표현에만 공을 들인 경우가 많다."라고 비평하였다. 다만 전칠자가 대량의 의고擬古 작품 외에 정치적 폐단을 직언하거나 민생의 질고를 드러낸 작품들도 있다는 점은 높이 평가할 만하다.

이제 왕세정과 후칠자를 보자. 가정嘉靖 1522–1566 연간 이후로 이반룡李攀龍 1514–1570과 왕세정이 주축이 되는 후칠자가 문단에서 다시 한번 복고의 기치를 크게 내세워 이들을 후칠자라 한다. 특히 왕세정은 20년간 문단의 종주로 맹위를 떨쳤다. 그는 시문 창작에는 모두 법칙의 준수가 중요하고 문장이나 시 한 편에는 편법篇法, 구법句法, 자법字法이 있다고 보았다. 전칠자와 유사하게 결국 이들의 병폐는 지나치게 옛 체제를 모방하려 한 것이다. 다만 이반룡의 경우 칠언절구는 모방의 병폐를 벗어나 참신한 가치가 있다고 평가받기도 한다. 왕세정은 최고의 창작 수량을 자랑하여 시문을 합치면 400권에 달한다. 옛것을 따르는 의고 경향이 매우 짙지만 악부와 고체시 가운데 일부는 웅건한 기상이 흐르며 세태에 대한 비판과 깊은 우의를 담았다고 평가되어 일정한 의의가 있다.

다만 전후칠자에게서 긍정할 수 있는 부분은 복고의 기치를 내세워 당시 지나치게 태평세월의 찬미 일색이었던 문학을 현실정치에서 분리해 독립적 자리를 마련해 주었다는 점이다. 즉 이들은 이치보다 언어의 표현을 중시하고 법도를 내세웠기에 시문이 도덕의 설교에서 벗어나는 데 도움이 된 것이다. 그러나 복고의 한계는 자명하다. 사실을 추구한다는 이들의 주장과 달리 실제 작품들은 진정성이 떨어지는 모방작이고 심지어 표절에 가까운 것도 다수이나 이들의 힘은 굳건하여 청대에는 심덕잠沈德潛 1673–1769이 이들의 주장과 활동을 이어받아 격조설을 제시하였다.

(3) 변혁의 노래, 공안 경릉과 만명 시가

명대는 막강한 복고기류에 맞서 중후반에는 사상 면에서 모든 것을 뒤집는 새로운 목소리가 나왔다. 이지TIP는 이러한 변화의 상징적 인물이며 시의 영역에서는 공안파公安派에 영향을 주었다. 원굉도를 대표로 하는 공안파는 이지의 학설을 받아들이는 동시에 성령설性靈說을 핵심으로 하여 문학창작에서 개성적 정감과 욕망의 표현을 중시하였다. 또한 오랜 기간 문단을 지배해온 전후칠자가 남긴 의고주의의 폐단을 바로잡고자 하였다. 다만 공안파의 한계는 개인의 자유를 최대한 인정한 나머지 예술의 심미적 요소를 경시하는 경향이 있었다. 이에 종성鍾惺1574-1625, 담원춘譚元春1586-1637을 필두로 하는 경릉파竟陵派가 등장하였다. 이들은 문학의 복고에 완전히 반대하지는 않아서, 옛것을 배우되 답습에 빠지지 않는 것이 중요하다고 보았다. 고대에서 당대까지의 시를 선록하여 《시귀詩歸》를 내었다. 이들은 그윽하고 심오하며 기이하고 독특한 경지를 추구했지만 결과적으로는 공안파가 열어놓은 자유로운 정신을 이어가지 못했다고 평가받는다.

TIP

이지李贄

명대의 사상가이자 문학가. 푸젠성 취안저우泉州 사람으로 양명학 좌파인 태주학파泰州學派의 대표이다. 정통 유가 학설에 반대하고 개인의 깨달음을 중시했으며 당시로서는 급진적 사상을 주장했다. 문학관에서 거짓 도학을 배격하고 개성을 중시하며 문단에 계몽의 바람을 일으켰다. 후베이성 등지에서 강학하였을 때는 그를 따르는 부녀자도 많았다고 한다. 만년에 무고로 하옥되어 옥중에서 자살로 생을 마감했다. 자신의 글을 태워 없애라는 역설적 제목으로 《분서焚書》 등의 책을 지었다.

이와 같이 모방을 반대하는 공안파와 경릉파가 등장하였으나 시가 부분에서 전통 시의 창작은 큰 틀에서 당송시기와 구별되는 독특함을 만들어내지는 못하였다. 다만 민간에서 만들어진 민가는 지역마다 발전하여 성취를 보였다. 특히 명대 중엽부터 강남의 도시발달로 서민들의 속문학이 발전했는데 민가 역시 상당히 발전하고 많은 수량이 축적되었다. 민가수록집으로 〈괘지아掛枝兒〉, 〈산가山歌〉 등이 나왔다.

이밖에 주목할 만한 특징으로는 명말의 문단에서는 복고를 기치로 내세운 문인들의 모임인 복사復社, 기사幾社 등이 만들어졌다는 점이다. 진자룡陳子龍1608-1647, 하완순夏完淳1631-1647 등이 많은 시문을 남겼다.

❸ 소설의 전성시대, 명대 화본소설과 사대기서

명나라 건국 후 상업경제가 발전하면서 백화문白話文을 사용한 소설이 유행했다. 이는 정신적 자유를 제창했던 왕양명王陽明1472-1529 일파의 사상에 힘입은 바 큰데, 이들이 당시 시대상을 진실하게 반영하는 소설이나 희곡을 중시했기 때문이다. 또 명나라 중엽 이후 인쇄술과 출판업이 발전하면서 소설의 창작과 유통이 활성화되었고, 이에 정부의 소설 금지 정책에도 불구하고 통속문학, 특히 소설은 전례 없이 흥성하게 된다. 소설의 주류 역시 사대부가 즐기던 문언文言소설에서 백화白話소설로 이동한다. 《전등신화剪燈新話》와 같이 당전기를 잇는 문언소설도 여전히 존재하나 '삼언이박三言二拍' 같은 단편 백화소설과 '사대기서四大奇書' 같은 장편 백화소설이 소설의 주류를 이루게 된다.

백화소설은 강창문학講唱文學과 밀접한 관련을 맺고 있다. 이야기꾼이 들려주던 이야기를 읽을 수 있도록 손을 봐 기록한 것이 백화소설인데, 단편 백화소설은 일반적으로 '화본소설話本小說'이라 불린다. 화본소설의 작가는 이전 시기 문언소설 작가와 달리 대부분 몰락한 문인 계층이다. 즉 과거시험에 실패한 문인들이 생계유지를 위해 집필한 작품이 대부분이라 작품에 재미와 교훈을 갖추고 있다. 상업적인 판매를 목적으로 집필하였기에 독자의 흥미를 끌려고 오락성을 가미하였지만, 문인의 특성상 흥미 위주로만 가지 않고 교화적 요소도 작품 속에 넣었다.

장편 백화소설은 '장章' 또는 '회回'로 나뉘어 '장회소설章回小說'이라고도 한다. 비교적 쉬운 백화체로 쓰였으며 강창문학에서 많은 영향을 받았다는 점은 단편의 화본소설과 동일하다. 대표적인 작품으로 《삼국연의》, 《수호전》, 《서유기》, 《금병매》가 있는데, 이 네 소설을 '사대기서四大奇書'라 하며, 이외에 청나라를 대표하는 《유림외사儒林外史》와 《홍루몽紅樓夢》을 포함하여 '육대기서六大奇書'라 부르기도 한다.

(1) 이야기꾼의 기록, 화본소설

화본소설이 등장하기 이전 문언文言은 중국 소설의 중심에 있었다. 강창講唱을 모태로 하는 화본소설은 쉽게 배울 수 있는 입말인 백화白話로 기록되어 있었다. 이로 인해 독자층이 확대될 수 있었고, 그 소재에서도 지괴나 전기에서 주로 다루던 귀신이나 기이한 내용뿐 아니라 인간 세상의 다양한 이야기를 다룰 수 있었다. 화본소설은 중국 소설사에서 문언소설과 함께 중요한 한 축을 이루는 백화소설白話小說로서, 또 그 사상과 예술적인 성취에서 중요성을 지금까지 인정받고 있는 장르이다.

화본소설은 '화話', '설화說話', '화본話本', '의화본擬話本' 등 명칭이 다양하지만 현재 가장 광범위하게 통용되는 용어는 '화본소설'이다. 화본소설의 기원으로는 일반적으로 민간의 강창문학講唱文學이 언급된다. 기록이 일반화되지 않던 시기 서민들은 이야기꾼의 이야기 듣는 것을 오락으로 삼았다. 그중 우리나라의 판소리처럼 이야기와 창을 섞어 공연하는 이를 일러 설창인說唱人이라 하였다. 이 설창인의 공연을 문자로 기록한 것을 강창문학이라고 한다. 강창문학은 이야기 부분과 운문 부분으로 이루이진 독특한 형식을 지녔는데, 이러한 강창문학이 기록문학으로 자리 잡으면서 운문 부분이 축소되고, 이야기 부분이 강화되는 형태로 화본소설이 등장하게 된다. 그러나 화본소설은 단순히 강창문학만의 영향만을 받은 것이 아니라 중국 사서史書와 문언소설의 영향도 받았다. 화본소설 서두에 등장하는 인물·지역·시기 등에 대한 언급, 뒷부분에 나오는 의론, 중간에 삽입된 일부 시가의 형태 등은 역사서와 문언소설의 전통을 이어받은 것으로 볼 수 있다. 이에 화본소설은 민간 강창문학의 기반 위에 역사서와 문언소설의 요소까지 흡수하여 탄생한 것이라고 할 수 있다.

화본소설은 기본적으로 입화入話, 정화正話, 편미篇尾의 삼 단계 형식을 취하고 있다. 이는 민간 공연 문학의 특성이 반영된 것인데, 입화는 일반적으로 본 내용과 연관이 있는 시가詩歌나 짧은 이야기로 구성되어 있다. 편미는 보통 작품 내용을 총괄하는 시나 본문에 대한 저자의 평評으로 이루어져 있는데 교훈적인 내용이 많이 담겨 있다. 이는 《사기史記》의 편미篇尾에 나오는 '태사공왈太史公曰'과 같은 형태로 화본소설의 작가들은 보통 단순하게 오락거리를 파는 것이 아니라 오락거리로 어리석은 백성들을 교화할 수 있다고 생각하였다.

화본소설의 발생과 발전 그리고 그 쇠락 상황을 보면 둔황敦煌 강창문학에서 시작하여 홍편洪楩 ?-?의 《육십가소설六十家小說》의 초창기 형태를 거쳐 명말 풍몽룡馮夢龍 1574-1646의 '삼언三言[03]'과 능몽초凌濛初 1580-1644의 '이박二拍[04]'을 거치면서 전성기에 이르게 된다. 숭정崇禎 연간에 포옹노인抱甕老人이란 사람이 '삼언'과 '이박'에서 대표작 40편을 골라 《금고기관今古奇觀》을 간행한다. '삼언이박'의 발췌본인 《금고기관》은 크게 유행하여 '삼언이박'을 읽는 사람이 없을 지경이 되었다. 그리고 청초清初에 이르면 이어李漁 1611-1680의 《십이루十二樓》 등 다양한 작품이 나오다가 중엽 이후 쇠퇴하게 된다.

화본소설은 지금으로 치면 할리우드 영화처럼 당시 많은 이에게 환영받던 장르였다. 인과응보, 권선징악으로 대변되는 주제 의식은 당시 고단한 세상을 살던 이들을 달래주었으며, 이 작품들은 현대인이 읽더라도 흥미를 느낄 수 있다.

① 청평산당에서 간행된 60가지 이야기, 《육십가소설》

중국 화본소설사에서 현존하는 작품 중 가장 먼저 집集의 형태를 갖춘 작품은 《육십가소설六十家小說》이다. 《육십가소설》에 수록된 작품들은 편찬자 홍편의 개인 창작품이 아니라 당시 있던 작품들을 모아 엮은 것이다. 《육십가소설》의 편찬자 홍편은 자가 자미子美이고, 생졸년은 미상이다. 첨사부주부詹事府主簿 벼슬을 지냈고 집안에 장서가 무척 많았다고 전해지며, 청평산당清平山堂은 그의 서재 이름이다.

현존하는 《육십가소설》의 작품은 모두 29편으로 발견 당시에는 소설집의 이름을 알지 못하였기에 판면版面에 있는 '청평산당清平山堂'이란 글자에 근거해 '청평산당화본清平山堂話本'으로 명명하였다. 《청평산당화본》은 그 후대의 연구에서 《육십가소설》이란 출판 당시의 원래 이름을 찾게 된다. 《육십가소설》은 여섯 개 집으로 이루어져 있다. 《육십가소설》이란 전체 소설집의 이름과 '비 내리는 창《우창雨窓》', '잠 못 이루는 밤《장등長燈》', '배 여행의 동반《수항隨航》', '잠자리의 동반《의침倚枕》',

03 《유세명언喩世名言》(원래 이름 《고금소설古今小說》), 《경세통언警世通言》, 《성세항언醒世恒言》을 말한다.

04 《초각박안경기初刻拍案驚奇》, 《이각박안경기二刻拍案驚奇》를 말한다.

'지루함을 풀어주는 것《해한解閒》', '몽롱함을 깨우는 것《성몽醒夢》' 등 각 집의 이름에서 이 작품의 성격을 파악해볼 수 있다. 우선 전체 소설집의 이름인 《육십가소설》이란 '육십 가지 이야기'라는 뜻이다. 여기에는 어떤 교화적이거나 사상적인 요소가 들어가 있지 않고 그야말로 단순히 읽을거리만 모아놓은 서적임을 보여준다. 또 《육십가소설》에 수록된 개개의 집명을 살펴보아도 단순한 소일거리로서 성격만 부각했기에 《육십가소설》의 편찬자 홍편이 어떤 교화적 의도를 가지고 《육십가소설》을 편찬한 것은 아니라는 사실을 알 수 있다.

② 세상을 깨우치는 세 권의 이야기책, 삼언

《육십가소설》에 이어 나온 '삼언三言'은 《육십가소설》과는 차원을 달리하는 작품이다. '삼언'의 편찬자 풍몽룡이 이전과 달리 제목에 자신의 사상을 피력했기 때문이다. 각각 40편씩 작품을 수록하고 있는 《유세명언喻世名言》, 《경세통언警世通言》, 《성세항언醒世恒言》을 함께 일컬어 '삼언'이라 하는데 각각 '세상을 일깨우는 밝은 이야기', '세상을 경계시키면서도 일반 대중에게 통할 수 있는 이야기', '세상을 깨우치는 영원한 이야기'라는 뜻이다. 이는 작가의 교화적 의도를 드러낸 것으로 《육십가소설》 같은 단순하게 오락용 읽을거리를 표방하는 작품과 차원을 달리하는 것이었다. '삼언'은 전체적으로 교화에 중점을 두면서도 '세상에 통할 수 있는 通言' 통속성 역시 제목에서 언급함으로써 풍몽룡의 사상과 집필 목적을 집약하여 보여주고 있다.

'삼언'의 편찬자 풍몽룡은 오현吳縣 장주長州[05] 사람으로 자는 유룡猶龍이고, 별호別號는 용자유龍子猶라 하였다. 그의 서재 이름이 묵감재墨憨齋였기에 묵감재주인墨憨齋主人으로 스스로 쓰기도 하였고, 무원외사茂苑外史, 녹천관주인綠天館主人 등의 이름도 사용하였다. 풍몽룡은 어려서부터 재주가 뛰어났으나 과거에는 계속 낙방하였고, 기루를 자주 드나들며 당시 유명한 기녀였던 후혜경侯慧卿과 깊은 관계를 맺기도 하였다. 그는 '삼언' 외에 《소부笑府》, 《광소부廣笑府》 등의 소화서笑話書와 《평요전平妖

▶ 풍몽룡

05 지금의 장쑤성江蘇省 쑤저우蘇州.

傳》, 《신열국지新列國志》 같은 장편소설 등을 출판하기도 하였다.

'삼언'은 《육십가소설》과 달리 편찬자 풍몽룡이 개작한 작품들이 많이 수록되어 있다. 그리고 주인공의 신상명세를 앞부분에 서술하였는데 일반적으로 등장인물을 묘사한 내용을 보면 그 사람이 악인인지 호인인지 알 수 있다. 독자에게 그 인물의 선악을 미리 알게 해 악인에게는 욕을, 선인에게는 칭찬을 보내게 장치하는 것이 일반적인 화본소설의 법칙이었다. 이는 현대 할리우드 영화에서 주인공만 보면 영웅인지 악당인지 알 수 있어 관객들이 머리를 쓰지 않고 마음 편하게 영웅은 응원하고 악당에게는 욕을 할 수 있게 만드는 구조와 같은 것이다.

'삼언'은 수록된 작품의 제목도 〈장흥가가 진주삼을 다시 만나다蔣興哥重會珍珠衫 《유세명언》 제1권〉와 같이 7~8자의 한 구절로 내용을 압축한 수수께끼 같은 문장으로 통일했고, 작품의 마지막에 7언절구 시 한 수로 내용을 정리하면서 작가의 의견을 드러냈다. 이는 단순히 작품을 모아놓은 《육십가소설》과 달리 저자 풍몽룡이 작품을 개작한 상황을 보여주는 것이다.

③ 책상을 치며 읽는 기이한 두 권의 이야기책, 이박

▶ 이각박안경기

'삼언'에 이어 나온 '이박二拍'은 《초각박안경기初刻拍案驚奇》와 《이각박안경기二刻拍案驚奇》를 함께 일컫는 것으로 작품이 각각 40편씩 수록되어 있다.

'이박'의 작가 능몽초는 저장浙江 오정烏程 사람으로 자는 현방玄房이고, 호는 초성初成, 별호別號는 즉공관주인卽空觀主人이다. 과거시험에 여러 차례 낙방한 후 〈절교거자서絶交擧子書〉까지 지었으나 55세가 되어 상해현승上海縣丞이란 조그마한 관직을 제수받았다.

'삼언'의 형식을 본뜬 '이박'은 차별성을 보이려 노력하였다. 비록 전체 형식과 내용면에서 '삼언'의 인력引力을 크게 벗어나지 못했지만 '이박'의 작가 능몽초는 '삼언'과 다른 무엇을 '이박'에서 추구하였다. 그 결과 나온 것이 '책상을 칠 정도로 놀랍고 신기한 이야기《拍案驚奇》'라는 제목이다. '삼언'이 교화와 통속을 아우르면서도 교화에 비중을 두어 제목을 지은 것과 달리 통속적이고 오락적인 것만을 강조하는 '책상을 칠 정도로拍案 놀랍고 신기한驚奇 이야기'라는 이름을 생각해낸 것이다. '삼언'에 비해 원류고사原流故事 의존도가 현저히 낮은 '이박'은 외설적 묘사를 강화하는 등 오락성을 높였다.

'이박'에 이르면 개개 작품의 제목도 '삼언'을 그대로 따르지 않고 〈운이 돌아온 사내가 동정의 귤을 운 좋게 만나고, 페르시아 상인이 타룡의 껍질을 알아보다轉運漢遇巧洞庭紅 波斯胡指破鼉龍殼《초각박안경기》 제1권〉처럼 대구對句로 제목을 작명하였다. '삼언'은 원류고사의 개작 정도가 그리 심하지 않은 데 반해, '이박'은 거의 창작에 가까운 개작을 해서 '삼언'에 비해 구성이 깔끔하다. '이박'은 '삼언'을 계승하면서 '삼언'의 단점을 보완하며 화본소설의 전성기를 이어 나갔다.

④ 세상을 틀 짓는 이야기, 《형세언》

《형세언型世言》은 일명 《삼박三拍》 또는 《환영幻影》이라고도 불리는 화본소설집으로 그간 《형세언》이란 이름만 알려졌을 뿐 중국에서도 그 완본完本을 찾아볼 수 없던 작품이다. 그런데 이 《형세언》이 서울대학교 규장각奎章閣에 완본이 고스란히 보존되어 있는 것이 확인되었다. 서울대 규장각본 《형세언》은 전 세계적으로 단 1부밖에 없는 유일본이란 것 외에도 《형세언》의 이본異本으로 알려진 《환영》이나 《삼박》이 유실되어 원본 내용을 제대로 알 수 없었던 것을 전체 40회가 그대로 수록되어 작품집의 전모를 알 수 있게 되었다는 데 그 의미가 있다.

숭정崇禎 5년1632에 나온 《이각박안경기》와 거의 동시대에 나온 것으로 알려진 《형세언》은 극도의 교화적 색채를 띠고 있다. 《형세언》은 '세상을 틀 지우는 이야기'란 제목에서도 보이듯이 독자의 자발적인 동화보다는 작가 또는 《형세언》이란 작품 자체가 독자들의 사고를 교화의 틀에 강제로 끼워 맞추려는 의도를 보인다. 《형세언》의 경우 작품을 읽을 때 너무 교화적인 혹은 정치적인 색채가 짙어 독자에게 부담을 느끼게 한다.

《형세언》은 각 작품의 제목도 교화적 분위기를 강하게 풍긴다. '이박'처럼 대구로 이루어진 제목들은 〈충신은 주군을 배신하지 않고, 정숙한 딸은 아버지를 욕되게 하지 않는다烈士不背君 貞女不辱父 제1회〉처럼 직접적이다. '삼언이박'의 제목들이 은유적이면서 내용을 암시하였던 데 반해 《형세언》의 제목들은 펼치려고 하는 의론을 제목에서 미리 명확하게 알려준다. 제목과 더불어 또 하나 주의해야 할 점은 작가 이름을 숨기지 않았다는 것이다. 각 제목 다음에 '전당錢塘 육인룡군익보陸人龍君翼甫 연演, 염관鹽官 목강인木强人 평評 제1회'처럼 작가 육인룡의 적관籍貫과 자호字號 등을 직접 밝히는 것은 화본소설에서는 쉽게 볼 수 없는 상황이다. 이는 육인룡이 자신의 이름을 밝힐 수 있을 만큼 《형세언》이란 작품에 자부심이 있기 때문일 것이다.

《형세언》의 작자 육인룡陸人龍?-?은 자가 군익君翼으로 명말 항저우杭州의 저명한 출판가 육운룡陸雲龍1587-1666의 아우이다. 육인룡은 그의 형 육운룡의 서사書肆 쟁소관崢霄館의 실무자였고, 《형세언》 외에 평원고분생平原孤憤生이란 필명으로 역사소설 《요해단충록遼海丹忠錄》 등을 쓴 것으로 알려져 있다.

(2) 명나라의 뛰어난 장회소설 네 편, 사대기서

명나라 때 독자의 사랑을 많이 받았던 소설 장르는 장회소설章回小說이었다. 장회소설이란 명칭은 긴 내용을 적당한 길이의 '장章' 또는 '회回'로 나누었다고 해서 얻은 것이다. 장회소설 역시 강창문학과 밀접한 연관이 있다. 송·원시기 역사에 기반하여 각종 민간의 소문과 허구를 가미하여 이야기꾼이 들려주던 이야기를 기록한 평화平話가 있었다. 이 평화가 명나라에 들어서면서 문인작가에 의해 종합·정리되고 창작되는데 이것이 바로 '장회소설'이다. 제재에 따라서 역사적 사실에 근거한 《삼국연의》 같은 '역사연의', 역사적 인물의 일대기를 그린 《수호전》 같은 '영웅전기傳奇', 초월적 존재들의 이야기인 《서유기》 같은 '신마神魔'와 현실을 사는 보통 사람들의 인정세태를 묘사한 《금병매》 같은 '세정世情'으로 분류할 수 있는데, 앞의 네 작품을 일러 '사대기서四大奇書'라고 한다.

① 세 나라의 권력 투쟁 이야기, 《삼국연의》

《삼국연의》는 《삼국지연의三國志演義》 혹은 《삼국지통속연의三國志通俗演義》로도 불린다. 송·원대 '강사화본講史話本'의 기초 위에서 민간에 전해 내려오던 위魏·촉蜀·오吳 삼국과 관련된 각종 전설과 민담을 원말명초에 걸쳐 살았던 나관

중羅貫中1330?－1400?이 종합 · 정리하여 편찬했다고 전해진다. 현재 가장 널리 알려진 《삼국연의》 판본은 청대 모종강毛宗崗1632－1709이 개작한 120회의 모본毛本이다. '연의'란 '뜻을 풀어서 쓴다'는 것으로 '삼국연의'는 위 · 촉 · 오 세 나라의 역사를 쉽게 풀어서 쓴 이야기란 의미이다.

▶ 나관중

《삼국연의》는 역사소설의 대표작으로, 동한東漢 말부터 위나라가 촉과 오를 복속시켰다가 다시 사마씨司馬氏에게 정권을 내어주기까지의 역사를 묘사하고 있다. 동한 말은 황제권이 쇠락하면서 한 황실이 존재하나 실제로는 위 · 촉 · 오 세 나라로 분열되어 서로 패권을 다투던 시기였다. 유비劉備161－223, 관우關羽?－219, 장비張飛?－221가 한나라의 부활을 위해 도원에서 의형제를 맺는 것을 시작으로 이야기가 전개된다. 유가의 덕목을 갖춘 인군仁君으로 형상화된 유비가 신의와 용맹을 상징하는 관우, 장비와 함께 '이利'만을 추구하며 당시 정국을 주도하던 간웅奸雄 조조曹操155－220와 대립 · 투쟁하는 과정을 그렸다. 《삼국연의》의 작가는 유가적 견지에서 촉을 중심으로 삼아 위와의 대립을 서술하고 있다. 이에 독자는 유비와 함께 울고 웃으며 조조를 미워하다가 촉이 부도덕한 위에 멸망하고 촉의 영웅들이 나라와 함께 죽어가는 결말에서 깊은 비애를 느끼게 된다.

촉나라 유비를 중심에 두고 서술한 《삼국연의》는 위나라에 정통성을 부여한 진수陳壽233－297의 정사 《삼국지三國志》TIP와는 결이 다르다. 자신에게 이익이 된다면 무엇이라도 받아들이는 조조와 달리 어리숙하고 답답한 듯하지만 어질고 의로운 유비를 독자들은 사랑했다. 《삼국연의》의 문체는 역사서에서 그 제재를 취한 것이 많아 역사 서술 부분은 문언이 많으나 인물의 대화 부분은 백화로 이루어져 있다. 이른바 '반문반백半文半白'으로 쓰였기 때문에 장회소설 가운데 가장 문언이 많이 사용된 작품에 속한다. 그래서 백화는 모르고 문언문만 알았던 조선시대 문인 중에도 《삼국연의》를 직접 읽은 사람이 적지 않았다.

TIP

《삼국지》일까? 《삼국연의》일까?

소설 《삼국연의》를 보통 《삼국지》라고 한다. 그러나 엄격하게 말하면 《삼국지》는 서진西晉의 진수陳壽가 위·촉·오의 역사를 편찬한 정식 역사서를 말한다. 일반적으로 우리가 《삼국지》라고 하는 것은 명말청초 나관중이 지은 소설 《삼국연의》를 가리킨다. 다시 말해 소설을 지칭할 때는 《삼국연의》 혹은 《삼국지연의》라고 하는 것이 옳다. 소설 《삼국연의》는 커다란 틀에서는 정사 《삼국지》의 역사적 사실에 기반하여 서술하나 실재하지 않는 사건과 인물을 넣어 소설의 극적 긴장감을 높였다.

② 양산박 호걸 이야기, 《수호전》

《수호전》 역시 《삼국연의》처럼 역사적 사건에 기반하고 있다. 다만 《삼국연의》가 "7할이 사실이고 3할이 허구七實三虛"인 역사소설이라면 《수호전》은 역사적 틀만 가져왔을 뿐 대부분 내용이 허구이다. 《수호전》은 영웅의 일대기를 그렸기에 영웅 전기 소설로 분류된다.

《수호전》은 북송 시기 산둥 지방에서 발생했던 송강宋江을 비롯한 36인의 봉기가 진압된 이후 남송의 민간에서 이 사건과 관련된 전설, 희곡, 강창 등이 생겨나 원대와 명대에 이르기까지 전승된 이야기에 기초한다. 이러한 일련의 구전 과정에서 의적義賊의 이미지가 더해지고 108명 영웅의 이야기로 변모되어간 것이 바로 《수호전》이다.

▶ 시내암

《수호전》의 저자가 누구인지에 대해서는 지금까지도 의견이 분분하다. 그렇지만 시내암施耐庵 1296?-1370?이 《대송선화유사大宋宣和遺事》 등 다양한 형식의 관련 이야기들을 종합해서 《수호전》을 편찬했고, 후에 나관중이 문체를 다듬어 출판했다고 추정하는 것이 학계의 일반적 견해이다.

《수호전》의 판본은 비교적 복잡한데 송강 등이 양산박梁山泊에서 봉기한 뒤 조정의 초안招安을 받아들여 방랍方臘을 토벌한 115회본 《충의수호전》, 명나라 천계天啓 · 숭정崇禎 연간 양정견楊定見?-?이 엮은 송강 등이 요遼나라를 정벌한 뒤 다시 전호田虎 · 왕경王慶을 정벌한 일을 추가한 120회본 《충의수호전서忠義水滸全書》, 청초 김성탄이 도적 출신의 무리가 국가를 대신해 이민족이나 반란의 무리와 싸운다는 설정은 성립할 수 없다며 송강 등이 조정에 불려들어간 후반부를 삭제한 70회본 요참본腰斬本 등이 있다.

《수호전》의 내용은 크게 두 부분으로 나뉜다. 전반부는 영웅 108명이 양산박으로 모여들어 그들만의 유토피아를 형성하는 과정을 그렸는데, 당시 부패한 관료체제에 대한 불만과 비판, 백성을 핍박하는 관리에 대한 응징이 이어지고 생동감 넘치는 영웅호걸들의 인물묘사로 협의愜意를 강조한다. 후반부는 양산박에 모인 영웅들이 조정에 귀순한 후 황제의 명에 따라 요나라를 정벌하고 난을 평정하는 과정을 그렸다. 후반부에서는 유가적 윤리와 조정에 대한 충성이 강조되기 때문에 전반부와는 여러모로 대조적이다. 이 때문에 혹자는 급작스럽게 '충'으로 주제를 전환한 데 불만을 표시하기도 하고 혹자는 전반부와 후반부를 묶어 하나의 작품으로 간주하는 데 이의를 제기하기도 한다.

③ 서역으로 가면서 겪은 이야기, 《서유기》

《서유기西遊記》는 초당初唐의 고승 현장玄奘600-664이 천축국天竺國 현재의 인도에서 불경을 가지고 왔다는 역사적 사실에서 그 제재를 취했다. 그러나 《삼국연의》나 《수호전》보다 훨씬 허구성이 가미된 작품이다. 《서유기》처럼 신선이나 귀신이 등장하는 환상적인 세계를 다루는 소설을 '신마神魔소설'이라 한다. 루쉰은 그의 《중국소설사략》에서 신마소설을 "명대 소설의 양대 주류 중 하나이며, 송대 이후 도교와 불교가 성행하면서 유불도 삼교가 상호 영향을 미쳤던 명대의 사회 환경 속에서 탄생한 장르"[06]라고 했다. 이렇듯 신마소설의 특징 중 하나가 바로 유불도 삼교사상이 함께 섞여 있다는 것이다. 《서유기》도 표면적으로는 삼장법사三藏法師를 비롯해 불교적 요소가 두드러지는 듯 보이지만, 삼장법사 일행이 대적하는 요괴와의 싸움은 도교적 배경을 갖고 있다. 그리고 등장인물 간의 관계는 유교적 윤리관으로 이루어져 있다.

《서유기》는 현장법사의 취경取經고사에서 그 제재를 취하였는데, 현장법사는 실제로 인도에 다녀온 후 《대당서역기大唐西域記》를 남겼고, 그에 관한 기록은 《대자은사삼장법사전大慈恩寺三藏法師傳》 등에 남겨져 있다. 남송 때는 현장의 인도 견문이 《대당삼장취경시화大唐三藏取經詩話》라는 형식으로 등장하기도 했다. 한편 인도에서 유입된 신기한 능력을 가진 원숭이 '하누만'의 이야기가 이 취경고사와 결합되면서 신비주의적인 색채가 짙어졌고, 환상성이 풍부한 민간문학으로 변모한 것이다. 오승은吳承恩1504?-1582은 이렇게 민간에서 전해지던 각종 영웅담, 당시 유행하던 불교의

▶ 오승은

06 "且歷來三教之爭，都無解決，互相容受，乃曰"同源"，所謂義利邪正善惡是非眞妄諸端，皆混而又析之，統於二元，雖無專名，謂之神魔，蓋可賅括矣."

변신설화, 민간에서 유행하던 도교 설화 등을 종합하여 환상과 상상의 세계를 넘나드는 소설 《서유기》로 완성했다. 이에 오승은의 이름으로 간행되기는 했지만, 《삼국연의》나 《수호전》처럼 오랜 기간 민간에 유전되면서 여러 사람이 개편한 작품으로 학계에서는 보고 있다.

《서유기》 전반부는 돌에서 탄생하는 손오공의 출생부터 천궁에서의 소란 등 손오공 중심으로 전개되지만, 후반부는 사오정, 저팔계, 용마龍馬와 함께 손오공 일행이 불경을 가지러 서역으로 가는 삼장법사를 수행하면서 요괴들과 싸우는 81난의 극복 과정이 중심이 된다. 이 81난은 바로 서역 여정을 따라 진행되며, 현장법사 일행과 각종 요괴의 대결이라는 갈등의 축을 형성하며 매번 흥미로운 싸움이 전개된다. 《서유기》는 인간이 가진 특정 성격을 과장하고 극대화해 독자들을 끌어들였고, 현대 한국의 《날아라 슈퍼보드》 같은 애니메이션, 일본의 《최유기最遊記》 같은 만화로도 재창작되면서 그 인기를 이어가고 있다.

▶ 날아라 슈퍼보드

④ 끝없는 욕망의 기록, 《금병매》

《금병매》는 외설 소설로 그 이름이 높다. 성애性愛 묘사가 적나라한 《금병매》가 명대를 대표하는 네 편의 뛰어난 작품四大奇書의 하나로 뽑힌 것을 의아하게 생각할 수도 있다. 그러나 《금병매》는 중국 소설사에서 의미가 있는 작품이다. 《삼국연의》, 《수호전》, 《서유기》 등이 모두 역사적 사실에 근거하여 오랜 전승 과정을 거치면서 여러 사람에 의해 창작된 작품인 데 반해 《금병매》는 개인 작가가 창작한 최초의 장회소설이기 때문이다.

《금병매》는 '세정소설世情小說'이란 장르로 분류되는데, 세정소설은 인간사회의 일상생활과 세태의 변화를 묘사한 작품을 말한다. 다시 말해 이전 소설에 등장하는 영웅, 신적인 존재가 아닌 일상생활에서 볼 수 있는 평범한 인물이 등장하는 것이다. 《금병매》에 이르러서야 당시의 평범한 인물들이 살아가는 사회를 직접적으로 묘사하게 된다.

《금병매》의 작가는 난릉蘭陵의 소소생笑笑生이라고 알려져 있을 뿐 그가 누구인지는 밝혀지지 않았다. 소소생은《수호전》의 무송武松이 형수 반금련潘金蓮을 살해한 4~5회 정도 분량에 해당하는 짤막한 이야기를 기본 줄거리로 삼아 장편의《금병매》를 창작해냈다.

《금병매》는 장회소설에서 여성을 주인공으로 처음 등장시킨 작품이기도 하다.《금병매》라는 제목은 작품 속에 등장하는 반금련潘金蓮, 이병아李甁兒, 방춘매龐春梅라는 세 여성의 이름에서 한 글자씩 취한 것이다.《금병매》는 상업경제가 크게 발전해가던 명대 사회의 욕망에 대한 보고서라고 할 수 있다. 재물욕, 색욕, 식욕 등 각종 욕망을 향해 돌진하던 사람들과 그들의 위선적 행태가 자세히 묘사되어 있다. 특히 골목 약재상에 불과했던 서문경西門慶이 몇 번의 결혼과 사업확장으로 지역 최고 상인으로 성장해가는 과정과 여러 여인과의 성행위를 직설적으로 묘사해 현대에도 외설 문학으로 평가받는다. 그럼에도《금병매》는 이전의 장회소설과 달리 여성이 대거 주인공으로 등장하였고, 구어에 기초한 인물 간의 대화 또한 매우 생동감 있다. 이에《금병매》가 없었다면 중국 고전소설의 최고봉으로 일컬어지는《홍루몽》도 없었을 것이라는 평가도 있다.

⑤ 등불 심지를 자르며 읽는 이야기,《전등신화》

명나라의 경우 화본소설이나 장회소설처럼 백화소설이 많은 인기를 끌었으나 문언소설 역시 그 명맥을 잇고 있었다. 명나라 문언소설의 특징은 중편화이며 작품집이 탄생한 것이라 할 수 있다. 이 시기 저명한 문언소설 작품집으로는《전등신화剪燈新話》가 있다.《전등신화》의 제재는 당나라 전기와 유사하나 글을 아는 부유한 상인계층도 독자층으로 편입되었다. 작가도 당 전기의 작가와 달리 과거에 실패한 문인층이 그 주류가 되었다. 또한 인쇄술의 발달로 서적의 유통이 훨씬 용이해졌기에 문언소설의 향유층은 그 영역이 더욱 광범위하게 변하였다.

《전등신화》는 '등불 심지를 자르며 읽는 새로운 이야기'라는 뜻이다. 즉 이야기가 너무나도 재미있어서 등불의 심지를 잘라가며 밤을 새워 읽는다는 것이다.《전등신화》의 작자는 구우瞿佑1347-1433로 그는 어려서부터 총명했으며 학문에 뛰어났으나 불행히도 높은 관직에 오르지 못한 사람이었다. 그는 예부터 전해 내려오는 전기작품과 그 당시 여러 사람에게 전해들은 이야기를 조합하여 전기작품집인 《전등신화》를 펴냈다. 이 책의 내용은 주로 환상세계로의 모험담, 남녀 간의 기이한 만남과 연애를 중심으로 한다. 이는 당나라 전기에서 즐겨 다루던 제재이기도 하다. 《전등신화》는 제재에 따라 다음과 같이 그 내용을 분류할 수 있다.

첫째는 현실의 추악함을 환상세계와 대비해 폭로하는 작품이다. 이 유형에는 용궁에서 글을 짓고 만인의 칭송을 받는다는 내용의 〈수궁경회록水宮慶會錄〉, 용왕의 사당에서 시를 지어 올린다는 〈용당영회록龍堂靈會錄〉이 있다.

둘째는 금기시된 남녀의 자유연애와 관련된 작품이다. 이 유형에는 〈연방루기聯芳樓記〉, 〈애경전愛卿傳〉, 〈취취전翠翠傳〉, 〈금봉차기金鳳釵記〉 등이 있다. 〈연방루기〉는 두 자매가 지은 시로 인하여 남녀가 맺어진다는 내용이고 〈애경전〉은 사랑하는 남성을 위해 정절을 지키고자 목숨을 끊는 기녀의 이야기이다. 〈취취전〉은 어려서부터 사랑을 키워온 두 청춘남녀가 죽어서도 그 사랑을 지킨다는 애절한 작품이다. 이들 작품 가운데 〈금봉차기〉는 당나라 전기 〈이혼기〉와 유사한 구성을 지닌다.

구우의 《전등신화》는 명나라에서 인기를 누렸을 뿐 아니라 조선으로도 전래되었다. 조선에서 이 책은 문인들의 끊임없는 사랑을 받았으며 김시습金時習 1435–1493은 《전등신화》의 영향을 받아 한문소설인 《금오신화金鰲新話》를 펴내기에 이른다. 더불어 《전등신화》는 16세기 초에 베트남의 전기작품집인 《전기만록傳奇漫錄》이 창작되는 동기가 되었으며 17세기에는 일본에서 《오토기보코おとぎぼうこ 伽婢子》라는 번안작으로 출간되었다. 《전등신화》 가운데 몇몇 작품은 동아시아 각국에 유사한 내용의 작품을 탄생시켰다. 그중 〈모란등기〉는 일본과 베트남에 전래되어 각각 〈목단등롱牧丹燈籠〉과 〈목면수전木棉樹傳〉이라는 작품으로 변용되기도 하였다.

읽을거리 중국 소설의 평점과 판본

중국 소설을 공부하다 보면 판본이라는 단어를 많이 접하게 된다. 같은 작품이라도 판본에 따라 내용도 조금 달라지고, 평가도 달라진다. 왜 중국 소설에는 이러한 현상이 나타났을까? 인쇄술이 발달하지 않은 고대 중국에서는 어렵게 책을 빌린 후 이를 필사하는 경우가 많았다. 그 과정에서 마음에 드는 내용이 나오면 그 부분에 빨간 글씨로 자신의 감상평을 적거나, 강조의 동그라미를 그리는 평점評點을 다는 경우가 자주 있었다. 소설 독자들은 소설도 읽지만 빌려온 책에 적힌 평점을 읽는 것도 재미 중 하나였다. 이는 현대 인터넷 문장에 달린 재미있는 댓글을 보는 것과 같은 상황이다. 그리고 더 나아가 소설의 내용이 마음에 들지 않으면 필사하는 사람이 아예 그 내용을 고쳐 쓰거나, 삭제하는 일도 종종 있었다. 고쳐 쓴 작품이 다시 세상으로 나와 독자의 인기를 끌면 원래 있던 소설이 아닌 개사한 판본의 소설이 세상에 많이 유통되었고, 이러한 연유로 중국 소설에는 다양한 판본이 존재하게 된 것이다.

•《초각박안경기初刻拍案驚奇》

卷之二　姚滴珠避羞惹羞　鄭月娥將錯就錯

自古人心不同，盡道有如其面.
假饒容貌無差，畢竟心腸難變.

話說人生只有面貌最是不同，蓋因各父母所生，千支萬派，那能勾一模一樣的？就是同父合母的兄弟，同胞雙生的兒子，道是相象得緊，畢竟仔細看來，自有些少不同去處. 卻又作怪，盡有途路各別、毫無干涉的人，驀地有人生得一般無二、假充得眞的. 從來正書上面說，孔子貌似陽虎以致匡人之圍，是惡人象了聖人. 傳奇上邊說，周堅死替趙朔以解下宮之難，是賤人象了貴人. 是個解不得的道理.

按《西湖志余》上面，宋時有一事，也爲面貌相象，騙了一時富貴，享用十余年，后來事敗了的. 卻是靖康年間，金人圍困汴梁，徽、欽二帝蒙塵北狩，一時后妃公主被虜去的甚多. 內中有一公主名曰柔福，乃是欽宗之女，當時也被擄去. 后來高宗南渡稱帝，改號建炎. 四年，忽有一女子詣闕自陳，稱是柔福公主，自虜中逃歸，特來見駕. 高宗心疑道："許多隨駕去的臣宰尚不能逃，公主鞋弓襪小，如何脫離得歸來？" 頒詔令舊時宮人看驗，個個說道："是眞的，一些不差，" 及問他宮中舊事，對答來皆合. 几個舊時的人，他都叫得姓名出來. 只是衆人看見一雙足，卻大得不象樣，都道："公主當時何等小足，今卻這等，止有此不同處." 以此回復聖旨. 高宗臨軒親認，卻也認得，詰問他道："你爲何恁般一雙脚了？" 女子聽得，啼哭起來，道："這些膫羯奴聚逐便如牛馬一般. 今乘間脫逃，赤脚奔走，到此將有萬里. 豈能尚保得一雙纖足，如舊時模梓耶？" 高宗聽得，甚是慘然. 頒詔特加號福國長公主，下降高世縈，做了附馬都尉. 其時江龍溪草制，詞曰："彭城方急，魯元嘗困于面馳；江左旣興，益壽宜充于禁臠." 那魯元是漢高帝的公主，在彭城失散，后來復還的. 益壽是晉駙馬謝混的小名，江左中興，元帝公主下降的. 故把來比他兩人甚爲初當. 自后夫榮妻貴，恩賚無算.

其時高宗爲母韋賢妃在虜中，年年費盡金珠求贖，遙尊爲顯仁太后. 和議旣成，直到紹興十二年自虜中回鑾，聽見說道:“柔福公主進來相見.”太后大驚道:“那有此話? 柔福在虜中受不得苦楚，死已多年，是我親看見的. 那得又有一個柔福? 是何人假出來的? ”發下旨意，着法司嚴刑究問. 法司奉旨，提到人犯，用起刑來. 那女子熬不得，只得將眞情招出道:“小的每本是汴梁一個女巫. 靖康之亂，有官中女婢逃出民間，見了小的每，誤認做了柔福娘娘，口中廝喚. 小的每驚問，他便說小的每實與娘娘面貌一般無二. 因此小的每有了心，日逐將宮中舊事問他，他日日衍說得心下習熟了，故大膽冒名自陳，貪享這几時富貴，道是永無對證的了. 誰知太后回鑾，也是小的每福盡災生，一死也不在了.”問成罪名. 高宗見了招伏，大罵:“欺君賊婢! ”立時押付市曹處決，抄沒家私入官. 總計前后錫賚之數，也有四十六萬緡錢. 雖然沒結果，卻是十余年間，也受用得勾了. 只爲一個客顔廝象，一時骨肉舊人都認不出來，若非太后復還，到底被他瞞過，那個再有疑心的? 就是死在太后未還之先，也是他便宜多了. 天理不容，自然敗露.

今日再說一個容貌廝象弄出好些奸巧希奇的一場官司來. 正是:

自古唯傳伯仲偕，誰知異地巧安排.
試看一樣滴珠面，惟有人心再不諧.

話說國朝萬曆年間，徽州府休寧縣蓀田鄉姚氏有一女，名喚滴珠. 年方十六，生得如花似玉，美冠一方. 父母俱在，家道殷富，寶惜異常，嬌養過度. ……

해설 '삼언'에 이어 나온 '이박二拍'은 《초각박안경기》와 《이각박안경기》를 함께 일컫는 것으로 작품이 각각 40편씩 수록되어 있다. '이박'의 작가 능몽초는 저장浙江 오정烏程 사람으로 과거시험에 여러 차례 낙방한 후 55세가 되어서야 상해현승上海縣丞이란 조그마한 관직을 제수받았다. 기본적으로 '이박'은 '삼언'의 형식을 본떴지만 통속성과 오락성을 더 강조하였고, 작가 자신이 창작한 작품이 '삼언'보다 많이 실려 있다. 인과응보, 권선징악 등을 강조한 '이박'은 '삼언'과 함께 큰 인기를 끌었기에 '삼언이박'이라 불렸다.

해석 제2회. 요적주姚滴珠는 수치를 면하려다 도리어 수치를 야기하고, 정월아鄭月娥는 잘못인 줄 알면서도 계속 잘못을 저지르다

자고로 사람의 마음이란 서로 같지 않은 것. 그 얼굴이 같다 하여도,
생김새가 똑같다 할지라도 필경 그 마음만은 바뀌기 어렵네.

사람이 태어남에 그 생김새만은 모두 다른 것이다. 각자의 부모에게서 태어나 천차만별이거늘 그 모양이 한결같을 수는 없는 것이다. 같은 부모의 형제면서 쌍둥이이고 그 생김새가 매우 닮았다 하더라도 결국 자세히 보면 조금은 다른 점이 있기 마련이다. 하지만 이상하게도 각자 길이 다르고 전혀 상관이 없는 사람인데도 똑같이 생긴 사람이 있어 진짜를 가장하기도 한다. 옛날 정서正書에서 말하기를 공자의 모습이 양호楊虎와 비슷하여 광인匡人에게 포위되었다고 하는데, 이는 악인이 성인을 닮은 경우이다. 또 전기傳奇에서 말하기를 주견周堅이 조삭趙朔을 대신하여 죽음으로써 하관下官의 난을 해결하였다고 한다. 이는 천인賤人이 귀인을 닮은 경우인데 모두 이해할 수 없는 일들이다.
《서호지여西湖志餘》에 따르면 송宋나라 때에도 생김새가 비슷하여 일시의 부귀를 사취하여 10여 년 동안 누리다가 나중에 들통이 난 일이 있었다. 정강靖康 연간에 금金나라 사람들이 변량汴梁을 포위하였는데, 휘종徽宗과 흠종欽宗 두 황제가 북쪽으로 사냥을 나갔다가 포로가 되자 한때 후비后妃와 공주들이 납치되는 일이 많았다. 그중 유복柔福이란 이름의 공주가 있었는데, 바로 흠종의 딸이었고 그녀 또한 이 당시에 납치되었다. 후에 고종高宗이 남하하여 황제라 칭하고 연호를 건염建炎으로 바꾸었다. 건염 4년에 한 여인이 입궐하여 유복 공주라 자칭하고 오랑캐로부터 스스로 도망쳐 돌아와 황제를 알현하게 되었다고 하였다. 고종은 속으로 이렇게 의심했다. '황제를 수행하였던 수많은 신하도 일찍이 도망쳐 올 수 없었거늘, 아녀자의 작은 발로 어찌 탈출해 올 수 있었단 말인가?' 그리하여 조령詔令을 내려 옛날 궁녀들

로 하여금 시험해보니 하나같이 이렇게 말하는 것이었다. "맞사옵니다. 조금도 틀림이 없습니다." 또 그 여인에게 궁중의 옛일을 물었더니 모두 옳게 대답하는 것이었다. 게다가 그 여인은 옛날의 몇몇 사람 이름까지도 말해내는 것이었다. 다만 사람들은 그녀의 두 발이 원래의 모습과 달리 큰 것을 보고는 모두 이렇게 말하였다. "당시 공주님의 발이 얼마나 작았는데요? 그런데 지금은 이만하니 이것만큼은 다릅니다." 이러한 사실을 황제께 아뢰니 고종이 친히 와서 그것을 알아보고는 힐문하였다. "너는 어찌하여 발이 이렇게 되었더냐?" 여인은 그 말을 듣고는 울기 시작하였다. "그 노린내 나는 오랑캐 놈들이 사람을 마치 마소처럼 다루었습니다. 지금 틈을 타 탈출하여 머나먼 길을 맨발로 뛰어 여기까지 왔사옵니다. 그러니 어찌 지금까지 옛날처럼 고운 발을 간직할 수 있겠사옵니까?" 고종이 그 말을 듣고 매우 슬퍼하여 조서를 내려 특별히 복국장공주福國長公主라는 칭호를 부여하고 고세계高世綮에게 시집을 보내어 부마도위駙馬都尉로 삼았다. 이때 왕룡계汪龍溪가 황제의 명령을 초안하였는데 거기에는 다음과 같은 말이 있었다. "팽성彭城이 바야흐로 급해지자 노원魯元이 곤란을 당하였고, 강좌江左가 중흥하여 익수益壽가 금련禁臠을 취할 수 있었다."

노원은 한고제漢高帝의 공주인데 팽성에서 실종되었다가 후에 되돌아온 것이다. 익수는 진晉나라 부마駙馬였던 사혼謝混의 아명兒名인데 강좌가 중흥하자 원제元帝 공주가 그에게 시집을 간 것이다. 그러므로 그 두 사람과 비교해보면 딱 들어맞는 것이다. 이로부터 부부는 영화롭고 부귀하게 되었고 하사받은 물건은 이루 다 셀 수가 없었다.

이때 고종은 오랑캐 땅에 있는 어머니 위현비韋賢妃를 위해 해마다 보화를 써서 되찾으려 하였고, 멀리서나마 현인태후賢仁太后로 존대하였다. 이후 화의가 성립되고 소흥紹興 12년에 이르러 그녀가 오랑캐 땅으로부터 돌아오니 "유복 공주님께서 만나러 오셨습니다."라고 하는 것이었다. 그 말을 듣고 태후는 깜짝 놀랐다. "그럴 리 없어! 유복은 오랑캐 땅에서 고초를 견디지 못하고 죽은 지 이미 여러 해가 되었고 내 눈으로 직접 보았는데 어떻게 또 다른 유복이 있을 수가 있단 말이냐? 누가 거짓 행세하는 것 아니냐?" 이렇게 말하고는 분부를 내렸다. "법사法司를 불러 엄형으로 진상을 규명하도록 해라!" 법사는 분부를 받들어 피고를 불러내어 문초하였다. 그러자 그 여인은 고통을 참지 못해 진실을 털어놓을 수밖에 없었다. "소인은 본래 변량汴梁의 무당이옵니다. 정강靖康의 난 때에 한 궁중의 하녀가 민간으로 도망쳐 나왔는데, 소인을 보고는 유복 공주로 오인하여 부르는 것이었습니다. 소인이 놀라 그 여인에게 물으니, 소인이 정말로 공주님의 모습과 똑같다고 말하는 것이었습니다. 그렇게 되자 소인은 딴마음이 생겨 매일 궁중의 지난 일을 물었고, 그 여인도 많은 이야기를 해주어서 속으로 잘 알게 되었습니다. 그래서 마음을 크게 먹고 이름을 사칭하여 요 얼마 동안 탐욕스럽게 부귀를 누리면서 영원히 탄로 나지 않을 거라고 생각하였습니다. 그런데 천만뜻밖에도 태후께서 돌아오셔서 소인은 이제 복은 다하고 재앙이 생기게 되었으니 죽어도 원이 없겠사옵니다." 죄명이 정해지자 고종은 조서를 보고는 "임금을 속이는 요사한 계집 같으니!" 하며 욕을 퍼부었다. 곧 그녀를 저잣거리로 끌고 가 처형하였고, 가산을 몰수하여 국고에 귀납하게 하였는데, 이제껏 하사받은 전체 액수가 47만 관貫에 달하였다. 비록 성공하지는 못했지만 어쨌든 십여 년간 충분히 누린 셈이었다. 단지 얼굴 생김이 비슷하여 한동안 궁중의 사람들이 알아내지 못하였으니, 만약 태후가 돌아오지 않았다면 결국 그 여인에게 감쪽같이 속았을 것이고 그 누가 더 의심이나 했겠는가? 태후가 돌아오기 전에 죽었다면 그 여인에게는 매우 좋았을 것이다. 그러나 천리天理에 용납될 수 없다면 자연히 폭로되기 마련인 것이다. 용모가 서로 비슷하여 일어난 간교하고도 괴상한 소송을 또 하나 이야기한다.

자고로 오직 형제간에 닮는 것만이 가능하다고 전하거늘, 서로 다른 곳에 교묘히 안배될 줄이야 누가 알았으랴.
똑같이 생긴 적주의 얼굴 보시라. 오직 마음만은 같지 않으리.

이야기를 해보면, 명대明代 만력萬曆 연간에 휘주부徽州府 휴녕현休寧縣 손전향孫田鄉의 요씨姚氏에게 딸이 하나 있었는데 이름을 적주滴珠라 불렀다. 열여섯 나이에 꽃처럼 아리따워 그 고을에서 가장 아름다운 미모였다. 부모가 다 살아 있고 집안도 넉넉했는데 집에서 그녀를 너무 애지중지한 탓에 응석받이로 자라게 되었다. [하략]

MEMO

Chapter 09

복고주의 집대성, 청대문학

1

복고주의와 그 너머, 청대 시가

2

청대 산문

3

고전소설의 정점을 찍고 사라지다,
청대 소설

1644년 만주족이 베이징으로 들어와 이자성李自成1606-1645의 반란을 제압하면서 청나라1644-1911가 중원의 주인이 된다. 청나라는 표면적으로 한족 문화의 보호 육성이라는 정책을 확대하면서 청나라에 대항하는 지식층을 회유하려는 목적의 문화정책도 추진하지만 지식층에 대한 통제는 엄격하여 여러 번 문자옥을 일으킨다.

청대 학문은 문헌적 고증으로 고전을 정비하고 해명하는 고증학으로 대표된다.

청대 문학은 중국 고전문학의 최후 시기로 3,000여 년에 걸친 과거 문학을 최종적으로 결산한 시기로 평가받는다. 중국문학사에서 등장한 각종 문학 양식이 청대에 다시 등장하여 검토되고 창작되었는데, 변려문도 다시 유행하였고, 사詞도 송대 버금가는 작가와 작품이 나왔으며, 시 · 희곡 · 소설 등 모든 체제의 문학이 창작되었다. 다만 고전문학의 옛 형태만이 남고 새로운 경지의 개척은 힘들었으나 정리와 연구에서는 큰 성과를 거두었다. 이 상황에서 소설만은 활발하게 창작되었다.

시는 초기 종송파宗宋派인 전겸익錢謙益1582-1664과 종당파宗唐派인 오위업吳偉業1609-1671이 활약했고, 강희康熙 · 옹정雍正 연간에 왕사정王士禎1634-1711이 신운설神韻說을, 건륭乾隆 · 가경嘉慶 연간에 심덕잠沈德潛1673-1769이 격조설格調說을, 원매袁枚1716-1797가 성령설性靈說을 주장하였다. 청말에는 황준헌黃遵憲1848-1905과 량치차오梁啓超1873-1929가 시계혁명詩界革命을 주장하였다. 산문은 동성파桐城派 고문이 청대의 주류를 이루었고, 변려체 문장도 함께 성하였다. 사는 청대에 이르러 부흥기를 맞이하였는데, 납란성덕納蘭性德1655-1685이 사단을 크게 장식했고, 주이존朱彝尊1629-1709의 절서파浙西派, 진유숭陳維崧1625-1682의 양선파陽羨派, 장혜언張惠言1761-1802의 상주파常州派가 각각 사풍을 달리하여 작품을 썼다.

청대는 고증학적 기풍의 영향으로 희곡이 크게 발전하지는 못하였다. 그런데도 강희 · 건륭 연간에는 홍승洪昇1645-1704의 《장생전長生殿》과 공상임孔尙任1648-1718의 《도화선桃花扇》 같은 명작이 나왔으며, 건륭 이후 지방희地方戲가 흥성하여 민간 연예의 하나로 자리 잡았고, 경극京劇으로 변화 · 발전하였다.

소설은 청대에도 발전하였으나 정통문학의 범주에 들어가지는 못하였다. 명나라 말기 유행하던 화본소설은 청나라 초기 이어李漁1611-1680의 《십이루十二樓》가 등장하면서 명맥을 이어갔지만 청 중엽에 교화적 색채가 짙어지면서 사라지게 된다. 장회소설은 오경재吳敬梓1701-1754의 《유림외사儒林外史》가 등장하면서 그 맥을 잇고, 중국 소설사상 가장 수준 높은 작품으로 평가받는 조설근曹雪芹1715?-1763?의 《홍루몽紅樓夢》이 창작되면서 그 정점을 찍는다. 문언소설은 포송령蒲松齡 1640-1715의 《요재지이聊齋志異》, 원매의 《자불어子不語》와 함께 지괴 서사의 맥을 잇는 기윤紀昀1724-1805의 《열미초당필기閱薇草堂筆記》가 독자들의 사랑을 받았다. 더불어 이여진李汝珍1763?-1830의 《경화연鏡花緣》, 문강文康?-?의 《아녀영웅전兒女英雄傳》, 진삼陳森1797-1870의 《품화보감品花寶鑑》 등의 소설도 청대에 유행했다. 청나라 말기에는 이보가李寶嘉1867-1906의 《관장현형기官場現形記》와 오옥요吳沃堯1866-1910의 《이십년목도지괴현상二十年目睹之怪現狀》같이 부패한 조정을 비판하는 견책소설譴責小說 계통의 작품도 나왔고, 린수林紓1852-1924 는 유창한 문언문으로 150여 종의 외국 소설을 번역하여 중국 신문학에 영향을 미치기도 하였다.

1 복고주의와 그 너머, 청대 시가

(1) 멸망의 고통, 유민 시인

청대 초기는 명 · 청 교체의 충격으로 많은 지식인이 청조 통치를 거부하였다. 극단적 자살을 선택하거나 승려가 되기도 했으며 일군의 사람들은 살아남는 대신 벼슬을 거부하고 가난을 선택하며 유민으로서 고뇌와 슬픔을 시에 담았다. 이들을 유민시인이라 부른다. 탁이감卓爾堪[01]의 《명유민시明遺民詩》에 이름을 남긴 시인은 500여 명이고 작품은 3,000수에 달한다. 청대 초기 대학자이기도 했던 고염무顧炎武1613-1682, 황종희黃宗羲1610-1695, 왕부지王夫之1619-1692를 그 대표로 한다. 고염무의 작품은 숭고한 인격과 깊은 학식을 바탕으로 비장한 시풍이 두보에 가까

01 생졸년은 불명확하다. 강희 연간에 생존하였고 항청운동에 참여했으며 500명이 넘는 유민시인의 시 약 3,000수를 모아 편집하여 책으로 내었다.

운 면이 있다고 한다. 황종희 역시 학자로서 송의 시풍을 높이 평가하여 시단의 흐름에도 영향을 주었다. 왕부지의 경우 후난湖南 형양荊揚 사람으로 《초사》의 영향을 깊이 받았으며 기탁이 심원한 작품들을 남겼다. 이밖에 대표적 유민시인으로는 민생의 질고에 관심을 가졌던 오가기吳嘉紀1618-1684와 굴원屈原의 후예로 자임했던 굴대균屈大均1630-1696 등이 있다.

청대 초기의 상황은 비교적 복잡하여 완전히 청 정부에 대항한 사람들이 있는가 하면, 청조의 요청에 타협하면서도 항청抗淸운동을 지지했던 경우가 있고 어쩔 수 없이 체제에 굴복하며 부끄러움을 안고 살아갔던 경우도 있다. 전겸익錢謙益 1582-1664은 두 번째 경우에 속한다. 명 만력萬曆 연간에 진사에 급제하여 예부상서를 지냈고 청조에서도 예부시랑 벼슬을 하사받은 바 있다. 노년에는 고향에 돌아가 저술에 힘쓰며 남몰래 반청反淸운동을 지지했다. 풍부한 학식, 복잡한 정치적 상황, 개인적 부끄러움 등으로 시에는 분노와 고독, 참회의 정서가 깊이 얽혀 있다. 비슷한 시기, 시적 명망을 지녔던 오위업吳偉業1609-1671은 세 번째에 속한다. 호는 매촌梅村으로 숭정崇禎 연간에 진사가 되었고 청조의 순치順治 연간에 강요로 관직에 나아갔다. 국가멸망의 충격과 슬픔을 궁정 인물, 역사적 사건, 기녀, 서민 등 다양한 각도에서 다루어 '시사詩史'에 육박한다. 이밖에 실절失節의 고통 또한 중요한 시의 주제가 되었다. 대학자이기도 한 유민시인들이 학식을 바탕으로 한 송시를 높였다면, 오위업은 당시를 종주로 삼으며 음조가 아름다운 작품에 주의했다. 가장 성취가 높은 것은 7언가행체이며 〈원원이의 노래圓圓曲〉[02]가 잘 알려져 있다.

(2) 제국의 시인, 왕사정과 원매

유민시인들의 뒤를 이어 청나라가 제국으로서 더욱 기틀을 잡았을 때 뒤이어 활동한 시인들로 왕사정, 주이존, 시윤장施潤章1618-1683 등이 있었는데, 이 가운데 명성이 가장 높았던 사람은 왕사정이다. 명문 집안의 후예로 형부상서刑部尙書를 지냈고 전겸익 사후에 문단의 맹주 역할을 하였다. 신운神韻을 시의 정종으로

02 명나라 장군 오삼계吳三桂가 그의 애첩 진원원陳圓圓 때문에 조국을 팔아넘긴 것을 풍자한 작품이다.

내세웠으며 육조六朝시기 종영鍾嶸468?-518의 '자미설滋味說', 당나라 사공도司空圖837-908가 강조한 '운외지치韻外之致'의 계보를 따른다. 맑고 그윽하며 한 폭의 그림으로 그려질 만한 왕유王維693/694/701-761, 맹호연孟浩然689-740의 시풍을 따랐다. 젊은 시절 지은 〈가을 버드나무秋柳〉 4수는 가을의 빛바랜 버드나무의 감상적 정조에 역사적 느낌을 부여해 시공간의 확대로 많은 독자의 공감을 얻었다.

옹정 · 건륭 연간은 청대 중엽으로 가장 번성했던 시기로 꼽힌다. 이 시기에 활동한 시인 중 유명한 사람은 심덕잠, 옹방강翁方綱1733-1818, 원매, 조익趙翼1727-1814, 정섭鄭燮1693-1766 등이다. 심덕장은 격조설格調說을 제창하며 당시를 높이고 송시에 대해 억누르는 견해를 취했고《당시별재집唐詩別裁集》등을 남겼다. 옹방강은 기리설肌理說을 제창하였으며 시의 창작은 유가의 도덕관에 합당하며 형식적으로도 음률과 구조 등이 법도에 맞아야 한다고 주장하였다. 정섭은 서화에 뛰어나며 양주팔괴揚州八怪[03] 중 한 사람으로 정판교鄭板橋라는 호로 많이 알려져 있다.

시인으로서 성취는 원매가 가장 뛰어났다. 진사 급제 후 한림원에 들어갔다가 여러 지역 현령도 역임했으나 사직하고 은거하였다. 그가 제창한 성령설性靈說은 널리 알려져 많은 사람이 추숭하였다. 한곳에 얽매이지 않으며 자유분방한 성격으로 욕망을 긍정하고 문학창작에도 남녀의 연정을 포함하여 감정을 잘 드러낼 것을 주장했다. "자아가 없는 사람은 꼭두각시일 뿐이다.有人無我, 是傀儡也.《수원시화隨園詩話 권7》"라고 했듯이, 실제 작품에서도 전통과 규범의 속박에서 벗어나 여러 가지 소재에서 개성적이고 재치 있는 작품을 내놓았다.

(3) 근대의 도래와 중국 고전시가

아편전쟁 전후에 중국의 위기를 절감하고 통치계층 내부에서도 반성의 목소리와 함께 다양한 개혁운동이 있었다. 이에 상응하여 고전 시문 영역에서도 새로운

03 청나라 중기에 양저우揚州를 중심으로 활약한 여덟 명의 화가 김농金農, 정섭鄭燮, 이선李鱓, 나빙羅聘, 황신黃愼, 이방응李方膺, 왕사신汪士愼, 고상高翔 등을 가리킨다. 괴怪란 정통正統에서 벗어났다는 뜻으로, 이들의 화풍이 자유롭고 독창적이었던 데서 붙은 이름이다.

▶ 공자진

변화가 있었는데 공자진龔自珍1792-1841이 그 대표가 된다. 현실정치에 대한 비판이나 감탄이 주류를 이루어 사회 역사적 내용이 풍부하며 청대 시단에 드물었던 시인이다. 청 왕조 부패의 본질을 예리하게 포착하여 비판하고 때로는 변혁 요구와 함께 이 시국을 타개할 인재가 나타나길 희구하기도 하였다. 〈기해잡시己亥雜詩〉[04] 제125수에서는 "온 세상이 힘을 내려면 한바탕 벼락이 쳐야 하는데, 수만 명이 벙어리 되었으니 끝내 애통하다. 나는 하느님께 다시 떨쳐 일어나 어느 한 기준에 얽매이지 말고 인재를 내려주시길 간구하네.九州生氣恃風雷, 萬馬齊喑究可哀. 我勸天公重抖擻, 不拘一格降人材."라고 하였다. 또한 〈기해잡시〉 제5수에서는 "떨어진 붉은 꽃은 무정한 물체가 아니라서, 봄의 진흙으로 바뀌어 다시 꽃을 돕는다.落紅不是無情物, 化作春泥更護花."라고 하였다. 낙화 같은 신세지만 진흙이 되어서라도 새로 피어날 꽃잎을 지키겠다는 은유적 표현에서 나라를 생각하는 간절한 마음을 알 수 있다.

아편전쟁 이후 5·4 신문학이 도래하기 전에 시가 영역에서도 새로운 시대에 맞추어 변화를 추구했다. 황준헌은 외교관 신분으로 일본, 영국 등지를 방문하며 새로운 경험을 시에 담아 량치차오가 제창한 '시계혁명'의 구호를 실제 창작에서 구현하였다. 〈런던 스모그의 노래伦敦大霧行〉, 〈파리 에펠탑에 올라登巴黎鐵塔〉, 〈일본의 여러 가지 일을 노래한 시日本雜事詩〉 등의 제목에서 변화의 시대가 읽힌다.

2 청대 산문

(1) 복고의 초기 산문

청대 초기에 산문은 당송고문의 전통으로 회귀하였다. 역사적으로 당송고문의 전통은 명대에 진한秦漢시기를 모범으로 내세운 복고의 주장으로 약화되고 명 중엽 이후에는 공안公安·경릉竟陵파의 개성주의 주장으로 타격을 입었다. 그렇지만

04 공자진이 1839년 기해년에 관직을 사직하고 베이징을 떠나 그해에 지은 것으로 총 315수이다. 본인 일생의 축소판이자 당시 사회를 알린 시사詩史라고 평가받는다.

명말청초는 지배민족이 바뀌는 시대변화로 전통적 문인들은 다시 성현의 도를 구현하려는 당송고문의 전통을 추구하게 되었다. 이에 황종희, 왕부지, 고염무 등의 학술과 사상을 구현한 산문들도 중요한 의미가 있었다. 한편 명말에 빛을 발했던 소품문은 장대張岱1597-1676 등의 문인이 여전히 활동하였으나 쇠락하였다.

문학산문으로서 명성을 남긴 후방역侯方域1618-1654, 위희魏禧1624-1680, 왕완汪琬1624-1690을 청초 삼대가라 부른다. 먼저 후방역은 다양한 소재를 활용하며 문체의 벽을 깨고 〈이희전李姬傳〉[05]과 같은 소설적인 글을 쓰기도 하였다. 위희는 공리목적의 글을 주장하였으며 유창한 표현으로 정밀한 논리를 펼쳤다. 왕완은 경전에 근거하며 법도를 준수할 것을 주장하여 후에 정통문인들의 추숭을 받았다.

(2) 청대의 대표 산문, 동성파

청대 중엽에 이르러서는 청말까지 맹위를 떨친 동성파桐城派 산문이 등장하였다. 이들은 안후이安徽의 동성 지역 문인으로 방포方苞1668-1749, 유대괴劉大櫆1698-1779, 요내姚鼐1731-1815가 주요 인물이었다. 의법義法[06]을 주장한 방포는 바른 내용과 고상한 표현으로 환영을 받았다. 유대괴는 작가의 기질로서 신神 혼이나 정신을 뜻함, 그것이 반영된 산문의 흐름으로서 기氣 기세 그리고 음절 요소를 중시하였다. 기이한 기개가 있어 당송팔대가의 으뜸인 한유韓愈768-824와 흡사하다는 평가를 받는다. 이들을 이어 요내는 이론을 확대 정리하며 청대 중엽 고문발전에 기여하였다. 의리義理, 고증考證, 사장詞章의 합일을 주장하고 한학漢學과 송학宋學의 조화에 더하여 아름다운 문장 쓰기에 주력하여 동성파의 명성을 높였다. 전통적 음양설을 발전시켜 신神·리理·기氣·미味·격格·률律·성聲·색色 8글자를 추가하였다. 앞의 4글자는 높은 층차의 정밀함의 영역이고 뒤의 4글자는 기본적 단계의 외적 요소이다. 이 요소들이 모두 서로 어울려야 함을 주장하였다. 《고문사류

05 명말 진회秦淮의 기녀 이향李香에 관한 글로, 노래에 뛰어난 예술가로서 재능과 식견, 그녀의 지혜와 품성을 찬미하고 있다.

06 '의'란 문장에 구체적 내용이 있을 것을, '법'이란 언어표현에 조리가 있을 것을 주장한 것이라고 한다.

찬古文辭類纂》을 집필하였으며 대표적 문장으로 〈태산등반기登泰山記〉가 있다.

동성파의 후예들은 양호파陽湖派를 이어 청말의 증국번曾國藩 1811-1872에까지 이어졌으며 더 멀리는 근대 초기 서구저작의 번역서로 이름을 남긴 옌푸嚴復 1854-1921, 린수林紓 1852-1924 등도 동성파의 후예들이다. 동성파에 기대지 않고 소품문의 길을 추구한 산문작가로는 원매, 정섭, 심복沈復 1763-1832 등을 들 수 있다. 개성적인 시인이기도 했던 원매는 산문에서도 비문과 척독尺牘 등 다양한 형태의 글에 모두 능했다. 심복은 자전적 산문인 〈뜬구름 같은 인생의 여섯 가지 이야기浮生六記〉로 유명하다.

▶ 증국번

(3) 복고의 시대와 변문

동성파의 고문은 청대 산문을 대표할 만하지만, 청대는 전반적으로 복고기풍이 강하였기 때문에 변문 또한 유행하였다. 청대 초기에 변문으로 이름을 날린 사람으로는 진유숭陳維崧 1625-1682, 모기령毛奇齡 1623-1716 등이 있었다. 건륭 연간 이후는 변문이 고문에 필적할 만큼 성행하여 창작도 많아졌던 시기이다. 이름을 날린 이로는 원매, 소제도邵齊燾 1718-1769, 손성연孫星衍 1753-1818, 홍양길洪亮吉 1746-1809, 공광삼孔廣森 1752-1786 등 후에 변문팔대가駢文八大家라 불린 이들이 있었다. 변문의 기풍은 청말에도 이어졌고 완원阮元 1764-1846이 그 대표이다. 80여 세의 노령에 이르기까지 학문하였으며 《십삼경주소교감기十三經注疏校勘記》, 《황청경해皇淸經解》 등 학술서를 남겼다. 그의 지론에 따르면 아름다운 문학과 실용적인 글은 구분되어야 하며 변문이야말로 진정한 문학이라 주장하였다.

(4) 근대의 도래와 공자진

청대 말기 일부 전통적 지식인은 내부에서 절망과 함께 변화를 간절히 희구하였다. 민족의 위기, 봉건 통치질서의 위기를 느끼며 변화와 각성의 목소리를 냈는데 이에 태평천국운동이 있었으며 신문화에 대한 열망 또한 높았다. 산문 영역에서는 공자진이 개혁의 선구자 역할을 다하였다. 그는 동심설의 영향으로 '인간'을 중시했으며 깊은 우환 의식을 느끼고 스스로 기록자인 사관으로 자처하였다. 이에 그의 시와 문장은 모두 사회비판의 산물이라 할 수 있다. 청조 봉건통치가 이미 쇠락하던 시기에 그는 인재 등용과 정치 혁신의 주장을 산문에 담았다. 〈은자를 존경하며尊隱〉,[07] 〈병든 매화의 집에 관한 기록病梅館記〉[08]이 유명하다.

3 고전소설의 정점을 찍고 사라지다, 청대 소설

명나라 말기 유행하던 화본소설은 청대 초기 이어의 《십이루十二樓》가 등장하면서 그 명맥을 이어 나갔지만, 청 중엽이 되면 과도하게 도덕적이고 교화적인 방향으로만 나아가 독자들과 멀어지게 되고 결국 사라진다. 장회소설은 오경재의 《유림외사儒林外史》의 등장으로 그 맥을 잇고, 조설근의 《홍루몽》이 나오면서 고전소설의 정점을 찍는다. 문언소설은 당대 이래로 유행한 전기 서사의 형식을 따르는 포송령의 《요재지이》와 함께 지괴 서사의 맥을 잇는 기윤의 《열미초당필기閱微草堂筆記》가 독자들의 사랑을 받는다. 그러나 청 중엽 이후 새로운 주제나 형식을 창조해내지 못하고 쇠락하다가 청말 서구소설의 유입과 함께 현대소설에 그 자리를 내주고 사라진다.

07 우언형식의 정론문으로 아편전쟁 전후 사회의 모순이 격화된 상황을 반영하였다. 사회는 이미 쇠락기에 처했다고 진단하며 재야와 조정으로 양분하여 아직 발굴되지 않은 재야의 인사들에게 국가의 희망을 기탁하였다.

08 병든 매화의 집이란 사람들의 기이한 취향 때문에 비틀리고 제대로 자라지 못한 매화나무를 보면서 이를 통해 당시 잘못된 인습으로 뒤틀린 지식인들을 집단적 질병 상태로 파악하고 이를 되돌리기 위해 혼신의 힘을 쏟겠다는 결심을 보여준 작품이다.

(1) 열두 채 집의 이야기, 《십이루》

화본소설은 청나라에 들어오면서 형식에서 일변一變하게 된다. 명나라 화본소설의 경우 대부분 원류고사를 개작한 것인 데 반해, 청나라의 경우 기본적으로 원류고사가 없는 작가의 순수 창작이 그 주류를 이루었다. 그리고 제목도 이전과는 다른 창의적 제목들이 나타난다.

▶ 이어

청나라 초기 화본소설 작가 중 가장 뛰어난 자는 이어이다. 이어의 본명은 선려仙侶인데 후에 어漁로 개명하였고, 자는 적범謫凡, 호는 입옹笠翁이다. 저장浙江 난계蘭溪 사람으로 넉넉한 집안에서 태어나 숭정崇禎 8년 동자시童子試에 합격하였으나 그 후 향시鄉試에 번번이 떨어지다 결국 과거의 꿈을 접었다. 희곡 작가로도 명성을 떨친 이어는 《입옹십종곡笠翁十種曲》 등의 희곡작품들도 남겼다. 이외에 희곡이론집인 《한정우기閑情偶寄》를 비롯하여 호색소설好色小說로 유명한 《육포단肉蒲團》의 작가로도 알려져 있다.

그는 《십이루十二樓》와 《무성희無聲戲》 등 화본소설 작품을 창작하였는데, 그중 《십이루》는 화본소설사에 중요한 작품이다. 《각세명언覺世名言》, 《각세명언십이루覺世名言十二樓》 등으로도 불리는 이 작품은 '세상을 깨우치는 명성 있는 이야기覺世名言'라는 제목에서는 '삼언' 이래의 '언言' 자류 제목의 전통을 이어받았으나, 《십이루》란 제목은 화본소설의 제목 작명 전통을 파괴하고 있다. '열두 채의 누각十二樓'이란 집명集名과 함께 개개 작품명을 '누각樓'이라는 고리로 연결하는 새로운 구성 방법을 사용했기 때문이다. 이어는 소설 창작에서 두 가지 장점을 갖추었는데, 하나는 희극성의 추구요, 또 하나는 구조의 중시였다. 《십이루》는 이전의 화본소설에서는 볼 수 없었던 시리즈 소설인데, 화본소설집의 전체 구조를 염두에 두고 개개 작품을 창작하였다. 다시 말해 개개 작품이 구조적으로 아무 연관 없이 한 소설집 안에서 존재하는 것이 아니라 '누각'이라는 하나의 소재를 가지고 그 소재와 연관되는 작품들을 창작하였다. 이러한 '제목을 정해놓고 작품을 만들어가는' 구조는 작가가 작품의 구조를 분명히 인식하였음을 드러내는 것이기도 하다. 《십이루》의 경우 역시 전대 화본소설들의 전통을 이어받아 입화入話는 빠져서는 안 될 구성으로 인식했고, 그 형태에서도 전대 화본소설과 그리 큰 차이점이 없다.

《십이루》를 보면 12편 작품 모두가 연분緣分류와 세정류에 들어가 있는 것을 볼 수 있다. 《십이루》는 당전기唐傳奇 같은 유희적 성격이 강한 작품으로 남녀 사이의 애정 이야기 등을 그 주요 제재로 삼았지만, 당전기와 같은 인신연애人神戀愛의 형태를 지양하고 현실의 남녀가 만나 사랑하는 이야기가 대부분을 차지한다. 또 이전의 화본소설들이 사랑의 매개로 꿈이나 점 같은 것을 사용하였음에 반해 망원경 같은 서양 문물이 등장하는 것도 주목할 만하다.

화본소설은 인도에서 유래한 강창문학에 그 기원을 두나 중국 고유의 서사 장르인 사전史傳 형식과 결합하여 그 체제를 정비하게 된다. 그 뒤 아문화雅文化와 결합하면서 거칠었던 풍격이 세련되어지고, 이를 계기로 그 전성기를 맞는다. 다시 말해 외래적 요소와 중국적 요소의 융합, 속문화와 아문화의 융합 등 형식과 사상에서 한쪽으로 치우치지 않고 조화를 이루었던 명말청초에는 화본소설이 그 전성기를 누렸지만, 청 중엽 통속성을 버리고 도덕 · 교화적 색채만 보이면서 아雅로만 내달리자 화본소설은 독자와 멀어지게 되었고, 그 결과 쇠락하여 사라졌다.

(2) 관료 사회의 부조리한 풍자, 《유림외사》

《유림외사儒林外史》는 오경재의 작품이다. 오경재는 안후이성安徽省 전초全椒의 유복한 가문 출신으로 호는 문목노인文木老人이다. 그는 어려서 총명하였지만 시험에 거듭 낙방하였고, 결국 관직에 오르지 못한 채 회재불우懷才不遇의 문인으로 지내며 시문을 팔아 생계를 유지했다. 그는 자신의 쓰라린 경험을 바탕으로 《유림외사》를 창작했으며, 작품에서 불합리한 과거제도와 사대부 계층의 허위와 타락으로 가득한 생활을 날카롭게 파헤치며 풍자했다.

▶ 오경재

'유림외사'는 유가儒家로 상징되는 사대부 혹은 지식인 세계의 바깥 이야기, 즉 정식 역사正史에 들어가지 못하는 숨겨진 이야기 혹은 뒷이야기란 의미이다. 오경재는 《유림외사》에서 과거에 급제하여 출세하려는 탐욕스러운 지식인들과 일반 백성들을 괴롭히고 착취하는 관리와 부자들 같은 부정적인 인물과 함께 정도를 걷고

옳은 일을 하려는 지식인 등을 그려냈다.

《유림외사》의 특징은 무엇보다 풍자에 있는데, 사서오경과 경직된 팔고문 중심의 교육에 대한 신랄한 풍자와 비판은 물론, 과거시험 방식과 부정행위가 횡행하는 시험장도 비판적으로 묘사한다. 그리고 청나라의 문자옥文字獄이 가져온 폐해와 이에 대한 사대부의 공포심리에도 관심을 기울이고 희생자들을 동정했다.

《유림외사》는 훗날 신문화운동 때 후스胡適1891-1962가 백화소설의 모범으로 삼을 만큼 생동감 있고 소박한 백화를 사용했다. 또 구성면에서도 매우 독특한 구조로 이루어져 있다. 다른 장회소설과 달리 작품 전체를 관통하는 주인공도 없고, 일관된 줄거리도 없다. 장편소설이지만 여러 단편을 엮어놓은 것 같은 고리형 구조를 지녔다. 제3회에서 범진范進은 향시를 보러 갈 때 여비를 얻으려 장인인 호도호胡屠戶를 찾아간다. 평소 사위를 쓸모 없는 인간이라며 무시하던 장인은 문전박대를 하고, 범진은 동기생의 도움으로 겨우 돈을 마련해 향시를 보러 간다. 얼마 후 합격 소식을 들은 범진은 미친 듯이 날뛰었고, 그의 광기를 잠재우려면 그가 무서워하는 장인이 호되게 뺨을 쳐야 한다고 누군가가 말한다. 장인 호도호는 사위가 향시에 붙은 거인擧人 나리가 되었다는 것을 알자 어쩔 수 없이 뺨을 치긴 하였지만 범진의 정신이 돌아오자 '사위 어르신'이라 극존칭을 하며 어쩔 줄을 몰라 한다. 이처럼 《유림외사》는 사회 현실을 풍자하고 비판하였으며, 청말 협의俠義소설과 견책譴責소설 등에 직접적인 영향을 미쳤다.

(3) 모든 것은 일장춘몽, 《홍루몽》

18세기 중반에 등장한 《홍루몽》은 청대 장회소설의 대표작일 뿐 아니라 중국 고전소설을 대표하는 최고의 작품으로 평가받는다. 《홍루몽》은 조설근이 미완성으로 남긴 《석두기石頭記》라는 초고본의 형태로 세상에 처음 등장했다. 처음에는 주변 친지들에게 전해졌는데, 가까운 친척인 지연재脂硯齋가 평을 단 80회본의 《지연재중평석두기脂硯齋重評石頭記》가 초기 판본으로 남아 있다. 사람들은 미완성 필사본을 비싼 값에 사서 읽었고, 조설근 사망 후 30년 정도 지나 정위원程偉元1745?-1818?이 이 책의 가치를 알아보고 지인 고악高鶚1758-1815?을 시켜 필사본의 부족한 부분을 보충하고 전체적으로 수정하여 120회본 《홍루몽》을 간행하였다. 《홍루몽》은 출간 당시부터 인기를 끌었는데, 주인공 가보옥賈寶玉과 임대옥林黛玉의 이루지 못한 사랑에 슬퍼하며 며칠을 울다 숨진 소녀가 있을 정도로 독자들의 사랑을 받았다. 또한 비극적 결말에 불만을 품고 행복한 결말로 바꾼 속서들이 연이어 출간되기도 했고, 《홍루몽》과 조설근에 대한 연구가 이어져 '홍학紅學'과 '조학曹學'이라는 학문 분야가 생겨나기도 했다.

《홍루몽》의 원작자 조설근의 선조는 한족漢族이었지만 청나라 건국 초기 만주팔기滿洲八旗의 귀족으로 득세하였고, 그의 조부 조인曹寅과 부친이 강희제의 총애를 받아 60년간 강녕직조江寧織造를 지냈으며, 강희제가 강남을 순시할 때면 그의 집안에 임시 행궁을 둘 정도로 번성했다. 그러나 옹정제가 들어서면서 재산을 몰수당한 후 베이징으로 이주했고, 말년에 《홍루몽》을 창작할 무렵에는 베이징 교외에서 서화를 팔아 연명해야 할 정도로 극심한 가난에 시달렸다. 엄청난 부와 지독한 가난을 모두 체험한 조설근은 자신의 불우한 일생을 되돌아보며 자신이 접촉했던 사람들을 모델로 《홍루몽》을 창작한 것으로 보인다. 《홍루몽》에 그려진 귀족의 화려한 모습은 그의 어릴 적 경험에 바탕을 둔 것이고, 작품에 반영된 귀족사회의 고상함과 번영의 뒷면에 감추어진 위선적 인간관계에 대한 심각한 회의와 환멸은 파란만장한 자신의 일생에서 체득한 것으로 보인다. 화려함과 부귀의 상징인 "'붉은 방'이 결국 꿈에 불과하다"는 뜻의 제목 '홍루몽'은 이러한 작가의 생각을 단적으로 보여준다.

▶ 조설근

작가는 《홍루몽》 120회에 이르는 작품 전체의 구성을 미리 안배해놓았다. 제1회에서 제5회까지는 작품의 전체 도입부로 태허환경太虛幻鏡과 강주선초絳珠仙草 등의 출현과 대황산 여와유석女媧遺石이 환생한 가보옥, 진사은甄士隱과 가우촌賈雨村의 인연, 진사은의 은둔과 가우촌의 득세, 임대옥과 설보차薛寶釵의 상경 등의 내용이 모두 등장한다. 제5회에서 가보옥이 꿈속의 태허환경에서 본 금릉십이차金陵十二釵의 인물 예언시로 주요 등장인물의 운명을 독자에게 보여준다. 그리고 제6회에서 이 가문의 일상 묘

▶ 홍루몽

사가 시작되면서 비로소 본격적인 이야기가 전개된다. 귀공자 가보옥과 임대옥, 설보차 사이에 벌어지는 연애, 가씨 집안에 거주하는 금릉십이차로 불리던 열두 미녀와의 이야기를 중심으로, 가씨 집안의 몰락과 주인공들이 성장하고 출가하면서 겪는 비극적인 삶과 이별의 과정을 작품에서 그리고 있다.

특히 주인공 가보옥은 기존 소설에서는 보기 힘든 캐릭터로 그의 성격은 비극적 결말을 예고한다. 당시 최고 명문 귀족인 가씨賈氏 집안에서 태어난 가보옥은 과거에 급제하고 출세하여 집안의 명성을 이을 것을 요구받는다. 그러나 그는 세상의 명성과 부귀에는 관심이 없고 재주 많은 누이들 사이에서 시를 지으며 그들과 어울리는 것을 좋아한다. 결혼하여 보옥의 곁을 떠나간 누이들이 하나같이 불행해지자 보옥은 여자들의 불행한 삶을 동정한다. 가보옥은 고아가 되어 가씨 집안에 의지하여 사는 사촌누이 임대옥과 깊은 사랑에 빠지지만, 집안 어른들은 연약한 임대옥 대신 부자 상인 집안의 딸인 이종사촌 설보차와 결혼시킨다. 병약한 임대옥은 설보차와 보옥의 결혼에 상심하여 피를 토하며 세상을 하직하고, 임대옥과 결혼하는 줄 알았다가 결혼 당일 자신이 결혼하는 사람이 설보차라는 사실을 안 보옥 역시 깊은 충격에서 헤어나지 못한다. 그 후 보옥은 과거시험 준비에 몰두하여 과거에 합격해 부모의 소원을 들어준 뒤 미련 없이 가족을 떠나 출가한다.

가보옥의 이러한 행동은 부귀공명과 과거제도에 대한 작가의 비판과 조소 그리고 남존여비의 봉건관념과 봉건질서에 대한 비판, 위선적 인간관계에 대한 회의가 담겨 있다. 이 외에도 《홍루몽》의 주제에 대해서는 다양한 견해가 존재한다. 이와 더불어 《홍루몽》은 등장인물만 수백 명에 이르고, 등장인물 하나하나를 생생하고 입체적으로 형상화하는 데 성공했으며, 단선적인 해석을 거부하는 구조 등으로 중국 고전소설의 최고봉으로 평가를 받고 있다.

(4) 요재의 이상한 이야기, 《요재지이》

《요재지이》의 '요재'는 저자 포송령의 서재 이름으로 '요재지이'는 '요재에서 기이한 이야기를 기록하다'라는 뜻이다. 이 책에는 환상세계로의 여행담, 요정 · 귀신과의 연애담, 인간 세상에서 벌어지는 별별 기이한 이야기 등이 담겨 있다. 문체와

▶ 포송령

제재 면에서 보았을 때 《요재지이》는 당나라 전기 서사의 선상에 있다. 이 책의 저자인 포송령은 젊어서부터 과거시험에 급제하려고 끊임없이 노력하였다. 그러나 뛰어난 재주에도 불구하고 계속 과거 급제에 실패하고, 나이 70세가 되어서야 겨우 말단 관직 하나를 얻을 수 있었다. 포송령은 자신의 불우함을 환상세계로 보상받고자 하였고 사람들로부터 전해 들은 기기묘묘한 이야기를 수집하여 이를 바탕으로 《요재지이》를 구성하였다. 《요재지이》는 각 이야기의 뒤편에 '이사씨가 말하다異史氏曰'라는 형식의 논평을 부가하였다. 이 논평은 당나라 전기의 뒷부분에 서술되었던 논평과 유사한 형식이다. 이 부분에서 저자 포송령은 자신의 관점으로 이야기를 평가하고 해석한다.

제재 방면에서 《요재지이》는 크게 다음과 같이 나뉜다.

첫째, 남녀의 자유로운 연애에 관한 내용이다. 이 부분에서 작자 포송령은 자유로운 애정에 기반한 남녀의 만남을 옹호하였을 뿐 아니라 작품 속 여성인물을 긍정하고 찬미하였다.

▶ 영화 《천녀유혼》 포스터

둘째, 《요재지이》에서는 당시의 부패한 현실을 비판하는 내용을 서술하였다. 과거제도의 허위를 고발한 〈석방평席方平〉, 관리의 악덕을 비판한 〈속황량續黃粱〉 등의 작품에서 백성의 고통과 사회의 모순을 지적했다.

셋째, 귀신 · 도술 등의 환상세계에 관한 내용이다. 〈종리種梨〉에서는 나무 손잡이로 배나무를 만드는 도술을 서술하였고 〈화피畵皮〉에서는 얼굴 가죽을 뒤집어쓰는 요괴 관련 이야기를 적고 있다. 〈협녀俠女〉는 신출귀몰하는 협녀의 무예에 대한 내용이고, 〈섭소천聶小倩〉은 악귀에게서 벗어나고자 하는 불쌍한 여자 귀신 이야기이다. 〈섭소천〉 이야기는 현대에 들어와 홍콩 영화 〈천녀유혼倩女幽魂〉으로 재창조되었고, 〈화피〉 역시 환상적인 스릴러 영화로 재탄생하였다.

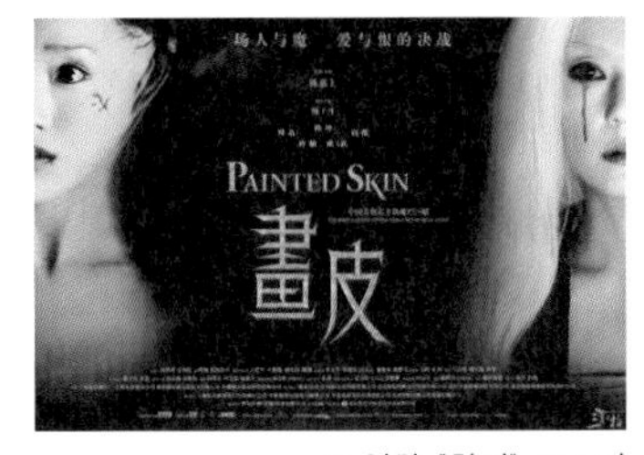

▶ 영화 《화피》 포스터

(5) 열미초당에서 적은 진짜 이야기, 《열미초당필기》

《요재지이》 이외에 청나라 문언소설의 또 다른 경향을 대표하는 작품으로 기윤의 《열미초당필기閱微草堂筆記》가 있다. 《열미초당필기》는 문체와 제재에서 위진 남북조 지괴 서사의 전통을 잇는 작품이다. 이 책 제목의 '열미초당'은 저자 기윤의 서재 이름이다. 또한 '필기'라는 용어로 이 책이 엄정하고 객관적인 필기 문체로 작성되었다는 것을 강조하였다.

《열미초당필기》의 저자 기윤은 불우한 포송령과 달리 재상을 지내고 《사고전서四庫全書》 편집사업의 총찬수관總纂修官으로 10년을 종사할 정도로 요직에 있던 인물이었다. 기윤이 《열미초당필기》를 집필할 당시 포송령의 《요재지이》가 엄청난 인기를 누렸다. 하지만 유학자이자 정치가였던 기윤은 포송령의 《요재지이》가 별로 마음에 들지 않았다. 그는 직접 본 것도 아닌 것을 글로 쓰는 것은 남을 속이는 행위로 반드시 사실에 근거해야 한다고 생각했다. 이에 《요재지이》가 전기의 필법으로 작성된 것에 반대하여 지괴의 필법으로 《열미초당필기》를 지은 것이다. 기윤은 모든 작품은 언제, 어디서 일어난 일인지, 그리고 누구에게 들은 일인지를 밝혀 객관성을 확보해야 한다고 여겼다. 나아가 독자들이 자신의 작품으로 도덕과 윤리 방면의 교화를 받도록 하는 것이 저자의 임무라고 생각하였다. 따라서 기윤의 《열미초당필기》는 유가 이데올로기를 고취하는 데 좀 더 적극적이다.

《열미초당필기》는 《난양소하록灤陽消夏錄》 6권, 《여시아문如是我聞》 4권, 《괴서잡지槐西雜志》 4권, 《고망청지姑妄聽之》 4권, 《난양속록灤陽續錄》 6권으로 구성되어 있다. 이 6권을 기윤의 제자인 성시언盛時彦?-?이 스승의 허가를 얻어 합간한 것이 현재 전해지는 《열미초당필기》이다.

그 가운데 《난양소하록》에는 이런 내용이 있다. 어떤 선비가 밤마다 귀신 소리를 듣는다. 그 선비가 귀신을 두려워하지 않고 오히려 귀신을 꾸짖는 글을 지어 벽에다 크게 붙여놓자 그 이후에는 귀신 소리가 전혀 들리지 않았다고 한다. 《난양소하록》에 기재된 또 다른 이야기에서도 한 선비와 귀신의 대면을 이야기한다. 어떤 고루한 선비가 밤길을 가다가 먼저 죽은 친구의 귀신을 만나 어느 초가집 앞을 지나가게 되었다. 친구 귀신이 그 초가집에 훌륭한 선비가 산다고 말하자 고루한 선비는 그 선비가 훌륭한지를 어찌 아느냐고 묻는다. 그러자 귀신은 선비가 너무도 훌륭하기에 그가 잠잘 때면 선비의 머릿속에서 눈부신 빛이 하늘까지 뻗쳐 오른다고 하였다. 선비는 자신이 잠이 들었을 때는 빛이 얼마나 올라갈까 궁금해하고, 친구 귀신은 빛은커녕 검은 연기만 가득했다고 말해준다. 이 말을 들은 선비가 화를 내자 귀신은 껄껄 웃으며 사라져버렸다고 한다.

이 이야기에서 볼 수 있듯이 기윤은 귀신 같은 환상의 세계를 즐기고 좋아하였다기보다 이로써 세상을 풍자하고, 사람들에게 도덕과 윤리를 깨우치게 하는 데 주안점을 두었다.

《요재지이》와 《열미초당필기》가 청대 초기를 풍미한 이후 원매의 《자불어子不語》라는 책이 등장한다. 제목 '자불어'는 《논어論語》의 '공자는 괴이한 힘과 혼란스러운 귀신에 대해서는 말하지 않는다子不語怪力亂神'에서 따온 것이다. 이 책은 《신제해新齊諧》라는 제목으로도 불린다. 내용 면에서 《자불어》는 기윤의 《열미초당필기》보다는 포송령의 《요재지이》에 가깝다. 이 책에서는 귀신과 환상에 관해 가감없이 이야기할 뿐 아니라 동성연애를 옹호하는 대담한 주장까지 한다. 당나라 전기와 위진남북조 지괴를 계승하는 청나라의 양대 문언소설 《요재지이》와 《열미초당필기》의 등장은 인간과 귀신 이야기의 집대성이라 할 수 있다. 이외에 천계에서 쫓겨난 화신花神들이 인간계로 내려와 100명의 재녀才女가 되어 기예를 자랑하는 내용을 현학적으로 묘사한 이여진의 《경화연鏡花緣》, 여자 협객 십삼매十三妹가 부친의 원수를 갚고 은인인 안기安驥와 행복하게 살아간다는 이야기를 그린 문강의 《아녀영웅전兒女英雄傳》과 베이징 화류계의 실제 인물을 모델로 한 본격적인 장편소설로, 동성애 등 외설적인 묘사가 있는 진삼의 《품화보감品花寶鑑》 등의 소설이 청대에 유행하였다.

청나라 말기에는 서구 사상의 영향을 받은 지식인들이 소설의 사회적 중요성을 인식함으로써 소설을 이용하여 부패에 찌든 조정을 비판하고 사회개혁과 애국 사상을 고취하려는 시도가 있었다. 이에 해당하는 작품으로 이보가李寶嘉1867-1906의 《관장현형기官場現形記》, 오옥요吳沃堯1866-1910의 《이십년목도지괴현상二十年目睹之怪現狀》 등이 있다. 이와 더불어 린수는 유창한 문언문으로 프랑스의

알렉상드르 뒤마Alexandre Dumas fils 1824-1895의 《춘희春姬 La Dame aux camélias》를 번역한 《파리차화녀유사巴黎茶花女遺事》 등 150여 종의 외국 소설을 번역하여 중국 신문학에 큰 영향을 미쳤다. 결국 중국 전통 소설은 백화소설과 문언소설 모두 새로운 주제나 형식을 창조해내지 못하고 점차 쇠퇴하다가 청말 서구소설의 유입과 함께 새로운 형식의 현대소설에 그 자리를 내주고 사라지게 된다.

읽을거리 세계적으로 인정받는 《홍루몽》 그리고 이 작품을 최초로 완역한 나라는?

조설근의 《홍루몽》은 중국뿐 아니라 세계적으로 그 작품성을 인정받는 소설로 중국어 외에 한국어, 일본어, 영어, 프랑스어, 독일어, 베트남어, 만주어, 몽골어 등 30여 종의 언어로 번역 · 출판되었다. 마오쩌둥毛澤東은 "중국 고전소설 중 《홍루몽》이 최고다."라고 했고, 브라운대학교의 도어 레비Doer J. Levy 교수는 "조설근의 천재성은 셰익스피어의 보편성을 증명한다. 지적인 범위와 즉흥적인 휴먼 드라마의 결합은 서구 소설에서는 그 상대가 없다."라고 할 정도로 《홍루몽》을 극찬했다.
그리고 《홍루몽》 120회본을 최초로 완역한 나라는 바로 조선이다. 조선 말기 고종 때 역관 이종태 등은 궁중의 명을 받아 《홍루몽》 120회를 1884년경 완역하였다. 이는 세계 최초로 완역된 사례로 《홍루몽》 120회본의 조선 완역본은 현재 한국학중앙연구원 장서각에 소장되어 있다.

✧ 작품 감상 ✧

•《홍루몽紅樓夢》

[第一回　甄士隱夢幻識通靈　賈雨村風塵懷閨秀]

此開卷第一回也. 作者自云: 因曾歷過一番夢幻之後, 故將眞事隱去, 而借「通靈」之說, 撰此《石頭記》一書也. 故曰「甄士隱」云云. 但書中所記何事何人? 自又云: 「今風塵碌碌, 一事無成, 忽念及當日所有之女子, 一一細考較去, 覺其行止見識, 皆出於我之上. 何我堂堂須眉, 誠不若彼裙釵哉? 實愧則有餘, 悔又無益之大無可如何之日也! 當此, 則自欲將已往所賴天恩祖德, 錦衣紈之時, 飫甘饜肥之日, 背父兄教育之恩, 負師友規談之德, 以至今日一技無成, 半生潦倒之罪, 編述一集, 以告天下人: 我之罪固不免, 然閨閣中本自歷歷有人, 萬不可因我之不肖, 自護己短, 一併使其泯滅也. 雖今日之茅椽蓬牖, 瓦灶繩床, 其晨夕風露, 階柳庭花, 亦未有妨我之襟懷筆墨者. 雖我未學, 下筆無文, 又何妨用假語村言, 敷演出一段故事來, 亦可使閨閣昭傳, 復可悅世之目, 破人愁悶, 不亦宜乎? 」故曰「賈雨村」云云.

此回中凡用「夢」用「幻」等字, 是提醒閱者眼目, 亦是此書立意本旨.

列位看官: 你道此書從何而來? 說起根由雖近荒唐, 細按則深有趣味. 待在下將此來歷注明, 方使閱者了然不惑.

原來女媧氏煉石補天之時, 於大荒山無稽崖煉成高經十二丈, 方經二十四丈頑石三萬六千五百零一塊. 媧皇氏只用了三萬六千五百塊, 只單單剩了一塊未用, 便棄在此山青埂峰下. 誰知此石自經煅煉之後, 靈性已通, 因見衆石俱得補天, 獨自己無材不堪入選, 遂自怨自嘆, 日夜悲號慚愧.

一日, 正當嗟悼之際, 俄見一僧一道遠遠而來, 生得骨格不凡, 丰神迥異, 說說笑笑來至峰下, 坐於石邊高談快論. 先是說些雲山霧海神仙玄幻之事, 後便說到紅塵中榮華富貴. 此石聽了, 不覺打動凡心, 也想要到人間去享一享這榮華富貴, 但自恨粗蠢, 不得已, 便口吐人言, 向那僧道說道: 「大師, 弟子蠢物, 不能見禮了. 適聞二位談那人世間榮耀繁華, 心切慕之. 弟子質雖粗蠢, 性卻稍通, 況見二師仙形道體, 定非凡品, 必有補天濟世之材, 利物濟人之德. 如蒙發一點慈心, 攜帶弟子得入紅塵, 在那富貴場中, 溫柔鄉裏受享幾年, 自當永佩洪恩, 萬劫不忘也. 」二仙師聽畢, 齊憨笑道: 「善哉,善哉！那紅塵中有卻有些樂事，但不能永遠依恃；況又有『美中不足，好事多磨』八個字緊相連屬，瞬息間則又樂極悲生，人非物換，究竟是到頭一夢，萬境歸空，倒不如不去的好.」這石凡心已熾，那裏聽得進這話去，乃復苦求再四. 二仙知不可强制，乃嘆道：「此亦靜極思動，無中生有之數也. 旣如此，我們便攜你去受享受享，只是到不得意時，切莫後悔.」石道：「自然，自然.」那僧又道：「若說你性靈，卻又如此質蠢，並更無奇貴之處. 如此也只好踮脚而已. 也罷，我如今大施佛法助你助，待劫終之日，復還本質，以了此案. 你道好否？」石頭聽了，感謝不盡. 那僧便念咒書符，大展幻術，將一塊大石登時變成一塊鮮明瑩潔的美玉，且又縮成扇墜大小的可佩可拿. ……]

해설 《홍루몽》은 등장인물만 700여 명에 달하며 등장인물들을 생생하게 묘사하고, 단선적인 해석을 거부하는 구조로 중국 고전소설의 최고봉으로 평가받는다. 일반적으로 《홍루몽》 120회 중 앞의 80회는 조설근이, 뒤의 40회는 고악이 지은 것으로 여긴다. 이 소설은 가보옥 · 임대옥 · 설보차의 비극적인 애정을 주요 스토리 라인으로 삼아 귀족사회의 화려하고 고상한 삶 뒤에 감춰진 위선적 인간관계를 회의적인 시각으로 묘사하고 있다. 《홍루몽》은 속편이 30여 종 나왔으며, 30여 종의 언어로 번역되었을 만큼 그 가치를 세계적으로도 인정받고 있다. 위의 내용은 《홍루몽》 제1회의 시작 부분으로 대황산 청경봉 아래에 있는 돌이 통령보옥으로 변하는 상황을 묘사하고 있다.

해석 제1회 진사은은 꿈길에서 통령보옥 처음 보고, 가우촌은 불우할 때 한 여인을 알았다네

책을 펴는 첫 번째 회에서 작가는 다음과 같이 말한다. "일찍이 한 차례 꿈을 꾸고 나서 진짜 일을 숨겨 버리고 '통령'의 이야기를 빌려 이 《석두기石頭記》 한 권을 지었다. 그래서 진사은甄士隱이라는 이름을 썼다." 그렇다면 이 책에서 어떤 사연과 인물을 묘사하였을까? 이에 관해 작가는 다음과 같이 말한다.

"지금 이 풍진세상에서 한 가지 일도 이루지 못하고 녹록한 인생을 살면서 홀연 지난날 알고 지내온 모든 여인이 하나씩 생각나 가만히 따져보니 그들의 행동거지와 식견이 모두 나보다 월등하게 뛰어났음을 알 수 있었다. 나는 수염 난 대장부로서 어찌 저 치마 두른 여자들만도 못했단 말인가 하고 생각하니 실로 부끄럽고도 남음이 있었다. 이미 후회해도 소용이 없는 참으로 막막한 나날의 연속일 뿐이었다. 이러할 즈음 나는 일찍이 하늘의 은혜와 조상의 은덕을 입어 비단 저고리에 명주 바지를 입고, 달고 기름진 음식을 먹던 세월을 돌이켜

보았다. 부모님이 가르쳐주신 은혜를 저버리고 스승님이 이끌어주신 은덕을 뒤로한 채, 오늘날까지 한 가지 재주도 익히지 못하고 반평생을 방탕하게 살아오며 허송세월한 죄를 모두 적어 한 편의 책으로 엮어 세상 사람들에게 들려주고자 하는 마음이 생겨났다. 비록 내가 저지른 죄는 끝내 면할 수 없다 하더라도 규중에서 진솔한 삶을 치열하게 살았던 여인들의 이야기가 폄하되어서는 안 될 것이며, 단점을 감추고자 하는 나의 불초함 때문에 그 흔적조차 없어지게 할 수는 없는 일이었다. 그리하여 비록 지금은 띠풀로 처마를 잇고, 쑥대로 창문을 가린다고 하더라도, 또 깨진 기왓장으로 부뚜막을 대신하고 새끼줄로 침상을 만들어 쓴다고 해도, 새벽바람과 저녁 이슬과 뜰 안의 버들과 꽃나무가 있는 한 결코 내 마음속에 가득한 필묵을 막지는 못하리라. 내 비록 배운 것이 없고 글솜씨가 형편없다고 해도 세상 사람들의 속된 몇 마디 말로 부연하여 이야기를 끌어나가면 그 또한 규중의 일을 세상에 밝히는 것이 되리라. 이는 다시 세인의 눈을 즐겁게 하고 사람의 근심 걱정을 덜어주는 데도 마땅하지 않겠는가 생각했다. 그래서 가우촌賈雨村이란 사람을 등장시킨 것이다."

이곳에서 몽夢이니 환幻이니 여러 가지 말이 나오는데, 이는 실로 독자의 눈을 깨우치고자 하는 것이며 또한 이 책의 주된 의미라고도 하겠다.

독자 여러분! 그러면 이 책이 어디에서 유래했는지 아시겠습니까? 그 연유를 말씀드리자면 비록 황당함에 가깝지만 자세히 알고 보면 재미 또한 쏠쏠한지라, 내가 드리는 말씀을 잘 들으시면 독자 여러분의 궁금증이 확연히 풀리게 될 것이외다.

옛날 여와씨女媧氏가 돌을 달구어 하늘을 때울 때의 이야기다. 대황산大荒山 무계애無稽崖에서 높이가 열두 길, 폭이 스물네 길이나 되는 너럭바위 36,501개를 불에 달구었는데 여와씨는 그중에서 36,500개를 쓰고 나머지 한 개를 남겨 이를 이 산의 청경봉青埂峰 아래에 내던지고 말았다. 그런데 이 돌은 불에 단련된 뒤였으므로 신통하게도 혼자서도 생각할 수 있게 되었다.

다른 돌은 다들 하늘을 때우는 데 쓰였는데 오직 자신만은 재주가 없어 그에 뽑히지 못하였음을 한탄하고 원망하며 밤낮으로 비통한 마음으로 부끄럽게 여기고 있었다. 그러던 어느 날 여전히 한숨으로 지새고 있을 때 홀연 스님 한 분과 도사 한 분이 저 멀리서 다가왔다. 비범한 생김새에 풍채가 남다른 두 사람은 함께 떠들고 웃으면서 이 봉우리 아래에 이르러 이 돌 옆에 앉아 고담준론을 늘어놓았다. 처음에는 구름산과 안개 바다와 신선의 일과 현묘한 얘기를 하더니 이어서 저 홍진세계의 부귀영화에 대해 온갖 말을 늘어놓았다.

돌은 옆에서 조용히 듣고 있다가 불현듯 범심凡心이 동하여 자신도 저 인간세계에 내려가 한 차례 부귀영화를 누려보고 싶은 마음이 불쑥 일어났다. 하지만 자신의 생김새가 거칠고 못난 것을 한스럽게 여겨 부득이 인간의 말을 토해내며 스님에게 말했다. "대사님, 이 못난 놈이 미처 예의범절을 차리지 못하오니 용서하시기 바라옵니다. 방금 두 분께서 말씀하시는 것을 듣자 하니 저 인간세상의 찬란한 영광과 번영에 대해 심히 흠모하는 마음이 생겼사옵니다. 저는 비록 못나고 바보 같지만 성령은 약간 통한 바가 있습니다. 뵙기에 두 분 어른께서 신선의 모습을 하고 계시니 필시 비범하신 분일 것이라, 반드시 하늘을 보필하고 세상을 구제할 재주와 사물을 이롭게 하며 인간을 돕는 능력을 지녔을 것이옵니다. 그러니 한 점 자비심을 베풀어 저를 데리고 저 홍진세계에 들어가 부귀의 고을, 온유의 마을에서 단 몇 년 만이라도 지낼 수 있게 해주시면 그 크나큰 은혜를 영원토록 마음에 새기고 만겁이 지나도록 잊지 않겠사옵니다." 두 분 선사仙師가 그 말을 듣고서 함께 껄껄 웃었다. "좋은 일이로다. 좋은 일이야! 저기 저 인간세계에는 진정으로 즐거운 일이 있고말고. 하지만 그걸 오래도록 간직할 수는 없는 게야. 하물며 옛말에도 '아름다운 것에는 부족함이 있고, 좋은 일에는 마가 낀다'고 하지 않았던가. 이 두 경구가 언제나 붙어 다니는 형국이니, 순식간에 '즐거움이 극에 달하면 슬픔이 생기는 법'이요, '사람도 달라지고, 산천도 바뀌는 법'이지. 결국에는 한바탕 꿈이 되고 만사가 공空으로 돌아가는 것이라네. 그러하니 아예 가지 않는 게 좋을걸세." 하지만 이 돌은 이미 마음에 불이 붙은 터라 그런 핑계 따위가 귀에 들어올 리가 없었으므로 몇 번이고 자꾸 졸라댔다. 두 신선은 억지로 막을 수 없음을 알고 탄식하며 말했다. "이야말로 고요함이 극에 이르면 움직이고자 하는 것이요. 무에서 유가 생겨나는 운수로구나. 정 그러하다면 우리가 너를 데리고 가서 한 번 누려보게 할 터인즉 다만 훗날 어쩔 수 없는 지경에 이르렀을 때 제발 후회하지나 말아라." "이르다 뿐이겠습니까. 물론입지요." 돌이 그렇게 선선히 대답하자, 스님이 또 한마디 덧붙였다. "네가 속이 조금 신통해졌다고는 하지만 겉모습이 이처럼 굼뜨고 미련하게 생긴 데다 특별히 아름다운 구석이 없으니 그저 남에게 밟힐 뿐이 아니겠느냐. 좋아. 그럼 지금 내가 불법을 크게 펼쳐 너를 도와주려고 하니 인연의 겁이 끝나는 날 너의 본모습으로 돌아와 이 사연을 끝낼 수 있게 하려는데 네 생각은 어떠하냐?" 돌이 듣고 감격해 마지않았다.

스님이 주문을 외우고 부적을 써서 크게 환술을 부리니 순식간에 집채만 한 바윗덩이가 맑고 영롱한 아름다운 옥으로 변했다. 옥은 부채 끝에 매달기 딱 좋은 크기가 되어서 차고 다닐 수도 있고 가지고 다닐 수도 있었다. [하략][09]

09 최용철 · 고민희 번역 《홍루몽(紅樓夢)》(나남출판사) 제1권 25-29쪽.

중국 고전문학 주요 작가 연대표

시대 구분	주요 작가	비고
은殷(BC.1600?-1046)		갑골문甲骨文
주周		
서주西周(BC.1046-BC.771)		
		《시경詩經》
동주東周(BC.770-BC.256)		
	노자老子(BC.571?-BC.471?)	
	공자孔子(BC.551-BC.479)	《춘추春秋》,《논어論語》
춘추春秋(BC.770—BC.476)		
전국戰國(BC.476-BC.221)		
	맹자孟子(BC.372?-BC.289)	《초사楚辭》
	장자莊子(BC.369?-BC.286)	
	굴원屈原(BC.340?-BC.278)	
	순자荀子(BC.313?-BC.238)	
	한비자韓非子(BC.280-BC.233)	
진秦 (BC.221—BC.207)	이사李斯(?-BC.208)	〈간축객서諫逐客書〉
한漢 (BC.202-AD.220)	매승枚乘(?-BC.140)	〈칠발七發〉
서한西漢(BC.202-8)	가의賈誼(BC.200-BC.168)	
	사마상여司馬相如(BC.179-BC.118)	〈자허부子虛賦〉
	사마천司馬遷(BC.145-BC.86?)	《사기史記》
동한東漢(25-220)		
	반고班固(32-92)	《한서漢書》
	장형張衡(78-139)	
	채옹蔡邕(133-192)	
		〈고시십구수〉
		〈동문행東門行〉
		〈공작동남비孔雀東南飛〉
위魏(220-266)	조조曹操(155-220)	〈단가행短歌行〉
	제갈량諸葛亮(181-234)	〈출사표出師表〉
	조비曹丕(187-226)	《전론典論 · 논문論文》
	조식曹植(192-232)	〈백마편白馬篇〉
	공융孔融(153-208)	건안칠자建安七子
	왕찬王粲(177-217)	
	유정劉楨(?-217)	
	완적阮籍(210-263)	죽림칠현竹林七賢
	혜강嵇康(223-262)	
진晉(266-420)		
서진西晉(266-317)	장화 張華(232-300)	《박물지博物志》
	반악潘岳(247-300)	
	육기陸機(261-303)	
	좌사左思(250?-305?)	
동진東晉(317-420)	갈홍葛洪(281-341)	《신선전神仙傳》
	간보干寶(?-?)	《수신기搜神記》
	도연명陶淵明(365?-427)	〈도화원기桃花源記〉, 〈귀거래사歸去來辭〉
남북조南北朝(420-589)	사령운謝靈運(385-433)	

송宋(420-479)	유의경劉義慶(403-444)	《세설신어世說新語》
	심약沈約(441-513)	
	포조鮑照(416?-466)	
제齊(479-502)	공치규孔稚珪(447-501)	〈북산이문北山移文〉
	사조謝脁(464-499)	
양梁(502-557)	유협劉勰(460?-538?)	《문심조룡文心雕龍》
	종영鍾嶸(468?-518?)	《시품詩品》
	소통蕭統(501-531)	《문선文選》
진陳(557-589)	서릉徐陵(507-583)	《옥대신영玉臺新詠》
	유신庾信(513-581)	
당唐(618-907)	왕발王勃(650-676/684)	초당사걸初唐四傑
초당初唐(618-712)	양형楊炯(650-693)	
	노조린盧照隣(636?-695?)	
	낙빈왕駱賓王(626?-687?)	
	진자앙陳子昂(661-702)	〈감우感遇〉
	장약허张若虛(670?-730?)	〈춘강화월야春江花月夜〉
	심전기沈佺期(656?-715?)	
	송지문宋之問(656?-712?)	
성당盛唐(713-765)	고적高適(704-765)	변새시파邊塞詩派
	잠삼岑參(718-769)	
	왕창령王昌齡(698-757)	
	왕지환王之渙(688-742)	
	이백李白(701-762)	시선詩仙
	두보杜甫(712-770)	시성詩聖
	왕유王維(693/694/701-761)	산수전원시파山水田園詩派
	맹호연孟浩然(689-740)	
중당中唐(766-835)	유장경劉長卿(726-789?)	
	위응물韋應物(737?-791?)	
	맹교孟郊(751-814)	기험시파奇險詩派
	한유韓愈(768-824)	〈산행山行〉
	가도賈島(779-843)	
	백거이白居易(772-846)	신악부운동新樂府運動
	이하李賀(791-817)	
	원진元稹(779-831)	《앵앵전鶯鶯傳》
	장적張籍(767?-830?)	
	유종원柳宗元(773-819)	〈강설江雪〉
	유우석劉禹錫(772-842)	
만당晩唐(836-906)	허혼許渾(791-858)	
	두목杜牧(803-852)	소두小杜
	이상은李商隱(813?-858?)	소이小李, 〈금슬錦瑟〉
	온정균溫庭筠(812?-866?)	
	장방蔣防(?-?)	〈곽소옥전霍小玉傳〉
	백행간白行簡(776-826)	〈이와전李娃傳〉
	이조위李朝威(766?-820?)	〈유의전柳毅傳〉
	진현우陳玄佑(?-?)	〈이혼기離魂記〉
	배형裵鉶(?-?)	《전기傳奇》
	우승유牛僧孺(779-847)	《현괴록玄怪錄》
오대五代(907-960)	조숭조趙崇祚(1048-1045)	《화간집花間集》

송宋(960-1279)	양억楊億(974-1020)	《서곤수창집西崑酬唱集》
北宋(960-1127)	유영柳永(984?-1053?)	〈우림령雨霖鈴〉
	범중엄范仲淹(989-1052)	
	안수晏殊(991-1055)	
	매요신梅堯臣(1002-1060)	
	구양수歐陽修(1007-1072)	《신당서新唐書》
	소순蘇洵(1009-1066)	
	주돈이周敦頤(1017-1073)	〈애련설愛蓮說〉
	증공曾鞏(1019-1083)	
	왕안석王安石(1021-1086)	
	소식蘇軾(1037-1101)	〈적벽부赤壁賦〉
	소철蘇轍(1039-1112)	
	곽무천郭茂倩(1041-1099)	《악부시집樂府詩集》
	황정견黃庭堅(1045-1105)	
	진사도陳師道(1052-1101)	
	주방언周邦彦(1056-1121)	
	여본중呂本中(1084-1145)	《강서시사종파도江西詩社宗派圖》
南宋(1127-1279)	이청조李清照(1081-1141?)	〈성성만 聲聲慢〉
	육유陸游(1125-1210)	중흥사대가中興四大家
	양만리楊萬里(1124-1206)	
	범성대范成大(1126-1193)	
	주희朱熹(1130-1200)	
	여조겸呂祖謙(1137-1181)	
	신기질辛棄疾(1140-1207)	《가헌장단구稼軒長短句》
	강기姜夔(1155-1211)	
	유극장劉克莊(1187-1269)	강호시파江湖詩派
	오문영吳文英(1200-1260)	
	문천상文天祥(1236-1283)	
원元(1271-1368)	백박白樸(1226-1306?)	《오동우梧桐雨》
	관한경關漢卿(1234?-1300?)	《두아원竇娥冤》
	마치원馬致遠(1250?-1321/24)	《한궁추漢宮秋》
	조맹부 趙孟頫(1254-1322)	《서상기西廂記》
	왕실보王實甫(1260-1336)	
명明(1368-1644)	시내암施耐庵(1296?-1370?)	《수호전水滸傳》
	유기劉基(1311-1375)	《욱리자郁離子》
	나관중羅貫中(1330?-1400?)	《삼국지연의三國志演義》
	구우瞿佑(1347-1433)	《전등신화剪燈新話》
	이동양李東陽(1447-1516)	
	이몽양 李夢陽(1472-1529)	전칠자前七子
	하경명何景明(1483-1521)	후칠자後七子
	오승은吳承恩(1504?-1582)	《서유기西遊記》
	귀유광歸有光(1507-1571)	당송파唐宋派
	이반룡李攀龍(1514-1570)	
	왕세정王世貞(1526-1590)	
	이지李贄(1527-1602)	동심설童心說
	탕현조 湯顯祖(1550-1617)	《환혼기還魂記》
	원굉도袁宏道(1568-1610)	공안파 公安派, 성령설性靈說

명明(1368-1644)	종성鍾惺(1572-1624)	경릉파竟陵派
	풍몽룡馮夢龍(1574-1646)	《삼언三言》
	능몽초凌蒙初(1580-1644)	《박안경기拍案驚奇》,
	담원춘譚元春(1586-1637)	
	장대張岱(1597-1686)	
청淸(1616-1912)	전겸익錢謙益(1582-1664)	종송파宗宋派
	김성탄金聖嘆(1608-1661)	
	오위업吳偉業(1609-1671)	종당파宗唐派
	황종희黃宗羲(1610-1695)	
	이어李漁(1611-1680)	《십이루十二樓》
	고염무顧炎武(1613-1682)	
	왕부지王夫之(1619-1692)	
	주이존朱彛尊(1629-1709)	절서파浙西派
	왕사정王士禎(1634-1711)	신운설神韻說
	포송령蒲松齡(1640-1715)	《요재지이聊齋志異》
	홍승洪昇(1645-1704)	《장생전長生殿》
	공상임孔尙任(1648-1718)	《도화선桃花扇》
	납란성덕 納蘭性德 1655-1685	
	방포方苞(1668-1749)	동성파桐城派
	심덕잠沈德潛(1673-1769)	격조설格調說
	정섭鄭燮(정판교鄭板橋, 1693-1766)	양주팔괴揚州八怪
	유대괴劉大櫆(1698-1779)	동성파桐城派
	오경재吳敬梓(1701-1754)	《유림외사儒林外史》
	조설근曹雪芹(1715?-1763?)	《홍루몽紅樓夢》
	원매袁枚(1716-1797)	《자불어子不語》, 성령설性靈說
	기윤紀昀(1724-1805)	《열미초당필기閱薇草堂筆記》
	요내姚鼐(1731-1815)	동성파桐城派
	옹방강翁方綱(1733-1818)	기리설肌理說
	이여진李汝珍(1763?-1830)	《경화연鏡花緣》
	공자진龔自珍(1792-1841)	〈기해잡시己亥雜詩〉
	증국번曾國藩(1811-1872)	
	황준헌黃遵憲(1848-1905)	시계혁명詩界革命
	린수林紓(1852-1924)	
	옌푸嚴復(1854-1921)	
	량치차오梁啓超(1873-1929)	
	오옥요吳沃堯(1866-1910)	《이십년목도지괴현상二十年目睹之怪現狀》
	이보가李寶嘉(1867-1906)	《관장현형기官場現形記》